DE DOM DIE VAN ME HIELD

—·—

LEXI BLAKE

Sean Taggart keek naar de stille man. Van de drie mannen die tegenover zijn team in deze ultramoderne vergaderruimte zaten, trok deze man met de donkere haren, die nog geen woord had gezegd zijn aandacht. Hij zei niets en luisterde mee, waardoor hij een ondergeschikte leek. Dat was alleen maar een goede zaak aangezien hij eigenlijk een lager geplaatste assistent behoorde te zijn. Alleen droeg deze ondergeschikte schoenen van duizend dollar. Sean zat lang genoeg in het heimelijk circuit om te weten dat de kleine details iemand meestal verraadden.

'De klootzak heeft vorig jaar drie van mijn bedrijven getroffen.' Elliot Lincoln, het hoofd van een houthandel consortium, sloeg op de zware houten tafel.

Toen Sean het waagde om een blik op zijn broer te werpen, verborg hij een kleine lach. Ians rechter wenkbrauw bevond zich praktisch in het heelal.

Iedereen die Ian Taggart kende, zou zich terug getrokken hebben, maar de directeur wist niet van ophouden. Zijn vuist landde weer op de tafel. 'Dat hoerenjong gaat me niet nog meer geld kosten, dat zeg ik je.'

Oh, maar dat zou wel gebeuren als Lincoln, 'McKay/Taggart' beveiliging in zou huren. Die klootzak, zoal Lincoln hem noemde, zou zijn houthandel veel geld gaan kosten.

Sean keek snel naar de mannen en vrouw die de kern van een erg selectief beveiligingsteam vormden. Ian zat aan het hoofd van de tafel met zijn partner, Alexander McKay, aan de andere kant. McKay scheen licht geamuseerd door Ians irritatie. Liam O'Donnell zat links van Sean. O'Donnells ogen waren rood. Hij had het vrijwel zeker weer op een zuipen gezet. Dat gebeurde steeds vaker. Het zou geen invloed hebben op zijn werk en dat was alles wat telde. Eve St. James, een stoere meid, nam een flinke slok van haar altijd aanwezige latte en trommelde met haar perfecte nagels op de tafel. Alleen Jake en Adam hadden toestemming om deze rommelige vergadering te missen.

'Misschien wilt u uitleggen wat u precies nodig heeft, meneer Lincoln.' Ians stem stuurde een golf van ijzige minachting de ruimte in. Grote broer was niet in een goede stemming. Sean zag dat zijn broer ook naar de lange man in het dure pak keek. De man deed alsof hij naar zijn notities staarde, maar zijn blik ging op slinkse wijze door de ruimte, namen alles in zich op. Sean wisselde een blik met Liam. De Ier sloeg zijn ogen ten hemel op en schudde zijn hoofd. Sean wist precies wat hij dacht. Overheidsbureaucraten konden nog geen undercoverklus klaren, al hing hun leven er vanaf.

Lincoln wuifde met zijn hand naar de tweede man die hij mee had genomen. Het was het arrogante gebaar van een baas tegen zijn ondergeschikte. De ondergeschikte lachte goedmoedig en deelde de dossiers uit. 'Hallo, allemaal. Ik ben Gene, de persoonlijke assistent van meneer

Lincoln. Ik heb dossiers van de beide broers Wright. Matthew is de jongste van de twee. Hij is degene die door jullie onderzocht moet worden, ook al is het overduidelijk dat we Patrick proberen te pakken.'

'En Patrick Wright is lid van de Earth League.' Ian stelde een feit vast.

Gene antwoordde met een verontschuldigend schouderophalen. 'Mijn onderzoek is niet perfect. Daarom vinden we het belangrijk om uw bedrijf erbij te halen. Zover ik kan zien is Patrick Wright het hoofd van de Earth League. De groep kwam tien jaar geleden ineens op. Ze begonnen vreedzaam, protesteerden tegen farmaceutische bedrijven, houthandelaren, grote vastgoedontwikkelaars en SUV fabrikanten. Toen voegde Patrick Wright zich bij hen en nam hij de boel over. Je moet begrijpen dat deze man net zo vaak van naam en identiteit wisselt als wij van ondergoed. De politie heeft zijn volgers ondervraagd en vastgesteld dat de naam van de groepsleider steeds verandert. Hij heeft waarschijnlijk ook plastische chirurgie ondergaan.'

Lincolns stem vulde de ruimte. 'Dat hoerenjong! Die fucking boomknuffelaar met zijn gespijker heeft me alleen al in de afgelopen drie jaar vijf miljoen gekost en nu dreigt hij om mijn verdomde huis te bombarderen.'

De zakenman ging door met zijn tirade. Sean kon zien dat Ians geduld opraakte. Het zou leuk zijn om toe te kijken hoe zijn grote broer deze eikel onderuit haalde. Het laatste dat Sean wilde was voor het huis van deze idioot zitten om een of andere 'Red de Aarde' malloot te vangen. Hij had wel betere dingen te doen, zoals zijn gnocchi recept te perfectioneren. Het was bijna klaar. Het had gewoon nog een beetje pit nodig om het perfect te maken. Sean dwong zichzelf om zich op het werk te concentreren in plaats van op zijn hobby. Ondanks het feit dat hij zakenlui niet kon uitstaan, betaalden ze goed. En hij was nieuwsgierig naar de ambtenaar die nog steeds tegenover hem zat.

Hij draaide zich naar Liam toe. 'Gespijker?'

Liam sprak zacht, maar Sean kon hem zelfs boven het gekreun en gezanik van Lincoln heen horen. 'Hij bedoelt de manier waarop eco-terroristen rotzooien met grote bedrijven. Ze bespijkeren bomen die ter omzagen zijn gemarkeerd. Het ruïneert dure zaagbladen. Vaak verwoesten ze de machines. En soms steken ze plekken simpelweg in brand. E.L. staat erom bekend, binnen te kunnen komen op plekken waarvan de houtindustrie denkt dat het veilig is en er vervolgens brand te stichten. Ze zijn echter een beetje aan het uitbreiden. Andere soorten bedrijven worden nu ook geraakt.'

Sean knikte naar Liam en ging weer goed in zijn stoel zitten om vervolgens een blik te werpen op de talloze foto's die Gene had verzameld. Er zat een oude foto van Patrick Wright tussen. Hij was een grote man in een fanfare-uniform. Sean grinnikte in zichzelf. Als dit de foto uit het jaarboek van zijn middelbare school was, dan kon die vent van Wright verdomd goed onder de radar blijven.

Er waren een aantal foto's van Matt Wright. Hij was negenendertig, een goed geklede zakenman. Een oersaaie, goed uitziende man op een typisch Amerikaanse manier. De foto's waren overduidelijk genomen terwijl het subject niet wist dat hij werd gefotografeerd. Privédetective, dacht Sean. Zijn hand stopte bij een van de foto's. Het was Matt Wright die uit zijn kantoorpand liep. Een vrouw liep achter hem, haar hoofd naar beneden. Ze leek een beetje mollig, zacht. Sean kon het echter niet met zekerheid zeggen, omdat ze nogal wijde kleding droeg.

Alles wat ze droeg was donker, van haar broek tot de enorme trui die elke ronding verborg. Haar ogen waren bedekt met een zonnebril en ze droeg een onopvallende aktetas. Het enige beetje kleur aan het lichaam van de vrouw was het felgeel van de stiletto's dat onder haar broek uit piepte.

Neuk me schoenen. Verdomme. Elke vrouw die zulke schoenen droeg had iets onverwachts. Hij vroeg zich af hoe haar ondergoed eruit zag. Iets delicaats en lieflijks?

Sean ging rechtop zitten, ineens geïnteresseerd in de zaak en bladerde door het dossier op zoek naar enige relevante informatie. Het was goed samengesteld, gevuld met een zorgvuldig uitgedachte analyse. Het kwam zeker niet van die eikel Lincoln. 'Matt Wright is de baas van een uitzend-bureau?'

Lincoln dronk zijn koffie. Het gaf Gene de kans om te antwoorden. 'Ja, een van de grootste in Texas. Zijn basis is in Fort Worth, maar zijn mensen werken overal in de staat en ook in Louisiana en Arkansas. Een paar jaar terug begon hij deals te sluiten met uitzendbureaus in India voor informatietechnologiediensten. Hij heeft uitgebreid om allerlei diensten te kunnen bieden, van tijdelijke bedienden tot conciërgediensten. Hij is erg succesvol.'

'Wie is dit?' Sean schoof de foto van de vrouw met de stiletto's naar Gene.

Een lach speelde rond Gene's dunne lippen. Hij wees naar de vrouw. 'Grace Hawthorne, ze doet de administratie van Matt Wright. Ze werkt al zes jaar voor hem.'

'Leuke schoenen.' Liams accent klonk plat en midwesters.

Sean staarde een moment naar hem. Liam wilde niet dat de Amerikaanse overheid hem aan Ierland zou kunnen linken. Alleen een select groepje mensen kreeg zijn originele accent te horen.

Liam trok zijn neus op, en keurde de foto overduidelijk af. 'De rest van haar is een beetje saai, maar het lijkt alsof ze mooie borsten heeft. Gaat iemand rampetampen met de assistente? Ze is ouder dan waar ik het gewoonlijk mee doe.'

'Eikel.' Sean sloeg hem nog net niet. De Ier herkende een echte vrouw nog niet als ze hem in het gezicht sloeg en gezien zijn voorliefdes was dat waarschijnlijk al verschillende keren gebeurd. Sean genoot van Liams gezelschap, maar hij was een klootzak als het op vrouwen aankwam. Als een vrouw niet amper achttien was en hotwings serveerde in een korte broek die langs haar kont opkroop, was ze niet echt vrouw voor Liam. Sean had liever vrouwen dan meisjes. Als Liam Grace niet graag mee naar bed nam, zou Sean dat met liefde willen doen.

Er werd een hoop over en weer gepraat. Hij negeerde het en staarde naar de foto. Later zou hij de biografie van Grace lezen, alle cijfertjes, feiten en data die haar leven maakten echter niets zeiden over wie ze was als vrouw. Hij wilde dat er een foto van haar was zonder zonnebril. Welke kleur zouden haar ogen zijn? Groen, durfde hij te wedden, of hazelnoot. Haar huid leek erg blank, bijna lichtgevend. Ze had haar donkere haar in een staart. Op de foto leek haar stijl ietwat nietszeggend, net zoals al het andere aan de vrouw. *Behalve die schoenen.*

'Je denkt dat Wright geld witwast voor zijn broers groep?' Liams vraag haalde Sean uit zijn gedachten en herinnerde hem eraan dat er werk aan de winkel was. Hij klapte het dossier dicht.

'Verdenken is alles wat ze kunnen,' mompelde Ian. 'Anders zouden ze hier niet zijn.' Hij draaide zijn ijsblauwe ogen naar het hete hangijzer dat hem aankeek. 'En wat wil de CIA met meneer Patrick Wright?'

Lincoln hapte naar adem, maar kreeg het voor elkaar om zijn koffiekopje vast te houden. Sean draaide zijn aandacht schaamteloos naar de 'stille assistent' met de dure schoenen. Nu dat Sean echt naar hem keek, viel hem op dat het horloge van de man een Rolex was. Nog een aanwijzing.

De man in kwestie werd vuurrood. 'Ik had andere schoenen aan moeten doen.'

'Het had niets uitgemaakt. Je ziet eruit als een spion.' Ian spuugde de woorden eruit alsof dat het ergste was wat een persoon kon zijn.

'Hij is geen spion.' Liam gaapte alsof het hele gesprek hem verveelde. 'Hij is een papiervreter.'

De man in kwestie zuchtte en leunde naar voren. 'Kijk, jullie zijn allemaal ex-militair of ex-agent. Je weet hoe het werkt. Jullie hebben eerder in een stille hoedanigheid voor ons gewerkt. Je mag me meneer Black noemen.'

'Wat origineel.' Sean had verschillende meneer Blacks gekend tijdens zijn militaire carrière en hij had geleerd om geen enkele te vertrouwen. De CIA beschermde altijd de identiteiten van hun agenten, zelfs van het militaire personeel dat hun smerige klusjes deed.

Deze specifieke meneer Black leek onaangedaan door Seans minachting. 'Ik laat een telefoonnummer achter voor het geval jullie contact met me op moeten nemen. Ik ben officieel niet hier, mocht iemand het vragen. Ik ontken elk medeweten van deze operatie.'

'Ja, daar zijn jullie goed in.' Sean hoorde de bitterheid in zijn eigen stem. Hij wist hoe het voelde om zijn eigen commandant voor een militaire rechter te zien staan en ronduit te zien liegen over de mannen die hij moest leiden.

De spion negeerde hem. 'De CIA is geïnteresseerd in bepaalde connecties die Patrick Wright misschien heeft gemaakt tijdens zijn reisje naar Chili een paar jaar geleden.'

'Drugskartels?' vroeg Liam. Hij leek nu meer geïnteresseerd.

'Jihadisten. Ze duiken op in heel Zuid-Amerika en het lijkt alsof ze dezelfde interesses hebben als de terroristen van eigen bodem. Ik kan niets bewijzen, maar ik geloof dat Wright misschien optreedt als tussenpersoon om vergaderingen te regelen tussen Zuid-Amerikaanse groepen en de Earth League.'

'Dat is een behoorlijk grote sprong.' Ian fronste terwijl hij de man voor zich bestudeerde.

Meneer Black zuchtte en leek een beetje vermoeid. 'Je bent niet de enige die dat denkt. Niemand gelooft me. Totdat ik concreet bewijs heb, kan ik niets doen. Omdat mijn bewijs hoogstwaarschijnlijk hier op Amerikaanse bodem is...'

Sean kende deze gang van zaken maar al te goed. 'Je hebt iemand nodig zonder de strikte regels van het bureau. Waarom niet de FBI?'

'En al die overkoepelende onzin regelen? Nee. Meneer Lincoln is in staat om deze hele operatie te financieren, als het maar de last van Earth League van zijn schouders haalt.'

Sean grinnikte. 'Jij krijgt het bewijs dat je nodig hebt voor een veel grotere operatie en hij mag doorgaan om zonder inmenging de wereld te verkrachten.'

'Fuck you.' Lincoln keek alsof hij over de tafel heen ging springen.

'Meneer.' Gene probeerde zijn baas onder controle te houden.

'Ik zou het niet doen, als ik jou was, Lincoln.' De stem van de spion leek te zorgen dat de directeur nog een keer nadacht. 'Die man die je aan wil vallen is Sean Taggart. Hij is een voormalige Korps Commando. Zijn broer is de heer aan het eind van de tafel. Je hebt hun beider dossiers gelezen. Ik denk niet dat hij je hier zal vermoorden, maar je zult misschien willen dat hij dat wel had gedaan.'

De directeur ging weer zitten, de arrogantie gleed voorzichtig van zijn gezicht. 'Ik wil gewoon dat u die klootzak pakt.'

Ians vingers streken over elkaar, zoals ze zo vaak deden als hij nadacht. 'Ik kan u niets beloven, meneer Lincoln, maar als Matthew Wright betrokken is bij zijn broers activiteiten, doen we ons best om ze allebei neer te halen.'

* * *

Twee uur later zat Sean het dossier te bekijken.

'Ik stuur je erheen, Sean.' Ian stond over zijn bureau gebogen. Hij wierp een lange schaduw, maar Sean was het gewend om daarin te staan. Ook al was hij tweeëndertig, een meter negentig lang en woog hij honderd kilo, iedereen in het team noemde hem nog steeds Kleine Tag. Ian was Grote Tag.

Sean tikte op de foto waar hij al een uur naar staarde. Iets aan de vorm van haar mond fascineerde hem. Hij was erachter gekomen dat ze veertig en een weduwe was. Ze had twee jongens opgevoed en leek geen leven te hebben buiten haar familie en haar werk. Volgens het dossier fluisterden een aantal van haar collega's dat ze het met haar baas deed. 'Zij is de sleutel, weet je.'

Ian leunde met zijn grote lijf over het bureau. 'Natuurlijk is ze dat. Als je haar bereikt, kom je overal achter. Een secretaresse weet alles van haar baas. Dat is de reden dat ik er geen heb.'

Iets deed hem twijfelen. Ze leek bijna verdrietig op de foto. 'Misschien moet je Jake en Adam erop af sturen. Hun zogenaamde homo-optreden wint altijd het vertrouwen bij de vrouwen.'

Ian barstte in zeldzaam gelach uit. 'Ik zal zorgen dat ze horen dat je de moeite die ze in hun undercover werk stoppen, waardeert. Toevallig zijn Jake en Adam jouw back-up. Als het je niet lukt om dicht bij de vrouw te komen, lukt het hen misschien wel. Heel veel vrouwen bevinden zich graag tussen hen in.'

'Ik kan het wel aan.' Hij ging die twee echt niet in Grace' buurt laten. Er was iets aan haar. 'Ik krijg wat je nodig hebt.' *Laat dat alles zijn. Loop nu weg, grote broer.*

'Je moet eens aan daten denken.' Ians stem schaafde als gebroken glas onder de voet.

'Fuck zeg.' Seans hoofd raakte het blad van zijn bureau.

'Ja, dat is de bedoeling. Het is een jaar geleden sinds je je laatste sub had.'

Sean kreunde. 'Zou het werken als ik zei dat dit absoluut niet jouw zaken zijn?'

Ian haalde zijn schouders op. 'Waarschijnlijk niet. Ik begrijp het gewoon niet. Rona was een leuke sub.'

Rona was een aanhankelijke, zeurende pijnslet die niet eens de zwarte last van het kiezen van haar kleding voor die dag kon dragen, laat staan het hebben van een echte baan of ambities. 'Ik ben niet zoals jij, Ian. Ik wil geen slaaf.'

'Jij wil geen verantwoordelijkheid.' Zoals het uit Ians mond kwam, klonk het als een beschuldiging.

Sean voelde hoe zijn oogleden samenknepen. Zijn broer begreep het gewoon niet. Niet iedereen was zo volslagen hardcore als Ian. 'Ik zorg graag voor een vrouw, dat weet je. Ik voel me gewoon niet aangetrokken tot de aanhankelijke gevallen die het nodig hebben dat ik alles voor hen doe. Ik wil dat ze me nodig heeft, maar me niet nodig heeft voor alles, weet je wat ik bedoel? Ik wil een slimme, onafhankelijke vrouw die zich gewoon graag op seksueel gebied aan me onderwerpt. Is dat teveel gevraagd?'

Er klonk een snuif en toen kwam zijn broers sarcasme naar buiten. 'Het kan je dating site advertentie zijn, broer. Gezocht: slimme, onafhankelijke vrouw om D/s mee te spelen. Ze moet van handboeien, billenkoek en anale seks houden.'

Sean vocht tegen de drang om te grommen. 'Sta me niet uit te lachen. Ik heb tenminste niet alle submissives in de club al gehad.'

Ians gemakzuchtige schouderophalen liet Sean weten dat hij hem niet raakte. 'Sommigen van hen twee keer. In tegenstelling tot jou heb ik realistische verwachtingen over hoe een relatie gaat. Het is het beste om dingen kort en bondig te houden met een contract zodat iedereen weet hoe hij of zij zich moet gedragen.'

Ja, Ian dacht op die manier. Natuurlijk had hij er niet altijd zo over gedacht. Ian was eens verloofd geweest. Niemand sprak tegenwoordig meer over Holly. Niet als ze wilden dat hun hoofd aan hun lijf bleef zitten. 'Bemoei je gewoon niet met mijn liefdesleven.'

'Aangezien je er geen lijkt te hebben, lijkt me dat niet zo moeilijk.' Ian stond op. Zijn blauwe ogen waren niet onvriendelijk toen ze naar Sean keken. 'Ik ga naar de club. Ik ontmoet de rest van het team daar. Waarom ga je niet met ons mee? Je hoeft niet vanavond al te beginnen. Jouw ontmoeting met Wright is pas over een paar weken of zo. Dan zit je diep undercover. Ik heb met een vriend in Chicago gesproken en alles is geregeld voor je. Je gaat erin als een man die voor arbeidsdiensten onderhandelt. Je moet een paar weken werken voor Kelvin Incorporated om het er goed uit te laten zien.'

Ja, een paar weken als een bedrijfsrobot klonk erg opwindend. Hij zou met Ian naar de club moeten gaan. Hij zou een sub voor die avond kunnen vinden en een paar uur door kunnen brengen als afleiding dat de aankomende weken doodsaai zouden zijn. Natuurlijk waren de afgelopen jaren lang geweest, saaie baantjes afgewisseld met af en toe een persoon die hem probeerde te vermoorden. Hij was gewend aan de verveling. Zijn hand vond het dossier en de woorden waren uit zijn mond voor hij ze tegen kon houden. 'Nee, ik wil hier nog een keer doorheen gaan.'

Ian haalde zijn schouders op. 'Oké, broertje. Jake en Adam gaan morgen naar Fort Worth. Ik heb al sollicitatiegesprekken voor ze geregeld. Gelukkig zoekt Wright altijd naar personeel voor de verkoopafdeling. Liam gaat erheen op verkenningsmissie en om een kleine operatiebasis op te zetten. Ze nemen contact met je op als jij daar aankomt. We kunnen het morgen bespreken. Blijf hier niet de hele avond.'

Sean snoof om zijn broer te laten weten dat hij de ouderlijke bemoeienis niet nodig had. Zijn collega's kwamen een voor een langs en boden aan om hem gezelschap te houden. Ze wensten hem een fijne avond als hij hen afwees. Sean lachte en ging verder met zijn onderzoek. Zij was de sleutel. Grace Hawthorne zou de zaak openbreken. Grace met haar verdrietige mond en die intrigerende gele schoenen.

Het duurde nog lang voordat hij zijn bureau verliet.

2

'Hallo.'

De diepe mannelijke stem haalde Grace' aandacht van haar werk. Ze tilde haar hoofd op en op en nog meer op. *Wauw.* De man was enorm. Ze kon niet anders dan staren. Hij was gekleed in een onberispelijk gesneden donker pak. Zijn sneeuwwitte blouse contrasteerde tegen het zwarte van het pak en legde de nadruk op het glanzende blauw van zijn zijden stropdas. Zijn schouders waren zo breed dat ze durfde te wedden dat hij dat pak speciaal op maat had moeten laten maken. Die schouders liepen toe naar een slanke taille en heupen die overgingen in benen waarvan ze durfde te gokken dat ze krachtig gespierd waren. Het aanzicht van zijn lichaam trok ze nog, maar dat gezicht...

Zijn kaak was perfect geslepen, net alsof iemand hem had uitgehouwen in graniet, alle onnodige stukjes weg beitelend om hem te voorzien van sterke, mannelijke perfectie. Zijn blauwe ogen waren ijzig, maar niet kil. Terwijl hij daar op haar neer stond te kijken, haalde hij een grote hand door zijn blonde haar. Het was achterover gekamd, al vielen een paar plukjes over zijn wenkbrauw wat hem een jongensachtige charme gaf, om te passen bij de volkomen mannelijke seksualiteit die hij uitstraalde. Hij zou niet in een pak moeten zitten. Hij zou zo'n helm met van die hoorntjes moeten dragen, en met een zwaard moeten rondzwaaien terwijl hij dorpen overviel. Hij was een Viking god en zijn lippen krulden lichtjes, toen ze naar hem op keek. Het benadrukte het ondraaglijk schattige kuiltje in zijn kin.

'Hoi.' Het was alles dat uit haar mond kwam. Een aantal andere begroetingen kwamen in haar op. "Neem me alsjeblieft ruw" was er een van. Ze had veel te veel romans gelezen en moest dringend afkoelen. Een simpel "hallo" was waarschijnlijk het beste.

'Hallo.' De Viking god had een traag, zuidelijk accent. 'Ik heb een lunchafspraak met meneer Wright.'

Grace lachte. Ze kon er niets aan doen. Ze blikte op haar agenda. 'Natuurlijk heeft u dat. U moet Sean Johansson zijn. Ik zal meneer Wright laten weten dat u er bent.'

Zijn hand schoot naar voren toen ze naar de telefoon reikte. Een grijns speelde over zijn ongelooflijk sensuele lippen. Mannen zouden geen lippen zoals die mogen hebben. 'Ik moet het weten. Wat is er zo grappig? Is het pak niet goed? Ik moet toegeven dat ik een verschrikkelijke kledingsmaak heb. Ik draag normaal gesproken jeans en T-shirts. Mijn moeder heeft me er ooit van beschuldigd dat ik al mijn kleding kocht tijdens concerten.'

Ze schudde haar hoofd en probeerde niet te denken aan de manier waarop haar huid tintelde als hij haar aanraakte. Ze zuchtte. Mannen waren behoeftige wezens. Ze besloot om de Viking god te behandelen zoals ze dat met elke andere man in haar leven deed, met een geamuseerde nonchalance. 'Het pak is meer dan prima en ik denk dat je dat wel weet. Jouw ogen lijken te werken, meneer Johansson. Vertel me eens, zijn de dames bij de receptie flauw gevallen toen u binnen liep?'

Een lichte blos verscheen op zijn hoge jukbeenderen. 'Ik weet niet waar je het over hebt. Ik was hartstikke aardig tegen hen.'

'Ik geloof meteen dat je aardig bent tegen alle meisjes.' Ze knipoogde terwijl ze het zei. Het was een beetje onschuldig flirten. Het maakte haar dag net iets levendiger. Ze had ontdekt dat mannen graag met een vrouw flirtten, die helemaal geen verwachtingen had.

Zijn uitdrukking werd serieus. Die lichtblauwe ogen zetten haar vast en voor een heel kort moment voelde Grace zich als een konijntje in het bijzijn van een hongerige wolf. 'Ik heb liever vrouwen.'

Ze slikte een keer en werd toen gered doordat de deur van het kantoor van haar baas plots open ging. Het geluid kraakte door de lucht. Grace had zich niet gerealiseerd hoe stil het eerder was. Evan Parnell liep het kantoor uit, zijn laarzen maakten een dof geluid op de hardhouten vloeren. Matthew Wright volgde hem.

'Verdomme. We moeten hierover praten.' Matts stem had iets van wanhoop in zich.

Evan stopte en stak een hand uit alsof hij Matt wilde tegenhouden om te spreken. Matts mond ging dicht. Grace kon de spanning tussen de mannen voelen. Ze stond op uit haar stoel en begon naar ze toe te lopen, hopende dat ze de situatie kon kalmeren, maar Sean Johansson stond ineens in de weg. Zijn grote lijf was een muur tussen haar en de ruziënde mannen. Hij was snel geweest. Het ene moment stond hij voor het bureau en het volgende was hij een golfbreker tussen haar, en waar hij blijkbaar bang voor was, dat er zou gebeuren. Grace probeerde langs hem te komen. Hij draaide zich om en het bevel lag, overduidelijk op zijn gezicht geschreven.

Blijf waar je bent.

Grace dacht er kort over na om er tegenin te gaan. Johanssons oogleden knepen samen en ze krabbelde terug. Ze probeerde er niet aan te denken, wat de dominante blik op zijn gezicht met haar deed. Yep, ze ging stoppen met het lezen van romantische boeken. Ze zag dingen die er niet waren. Johansson was simpelweg een heer die niet wilde dat ze zich zou bezeren.

Evans ogen gleden door de ruimte. Grace had nooit begrepen waarom Matt, Parnell überhaupt in dienst had genomen. Hij was onbeschoft, moeilijk om mee om te gaan en veel te intens naar Grace haar smaak. Zijn gezicht was altijd vlak, alsof de wereld voor hem nooit genoeg was en hij er totaal geen vreugde in vond.

'We hebben het er later over. Maar het moet op mijn manier, meneer Wright. Als u zich terugtrekt uit onze deal, zult u de consequenties niet leuk vinden.' Parnells stem was donker. Hij draaide naar Grace. 'Grace, ik wil nu graag mijn cheque.'

Ze keek naar haar baas. 'Maar...'

'Pak de cheque nu maar gewoon, Grace.' Matts hele lijf stond stijf van de spanning.

Ze wilde er tegenin gaan en zeggen dat Parnell pas een cheque op de vijftiende hoorde te krijgen, maar iets aan de lichaamstaal van haar baas stuurde haar naar de afgesloten la van haar bureau. Zodra ze ging zitten, ontspande de Viking. Hij leunde nonchalant tegen de zijkant van het bureau.

Terwijl Grace de cheque schreef, leek Matt te beseffen dat ze niet alleen waren in zijn elegante kantoor. Hij streek zijn pak glad terwijl hij naar Sean Johansson keek.

'Het spijt me. Is Grace u aan het helpen?'

Parnell ging naar de deur en wachtte daar. Hij keek niet achterom, maar stond daar gewoon met zijn armen over zijn borst gekruist. Hij was een iele man, maar sterk. Hij was niet gekleed in een pak, maar dat verraste Grace niet. Hij kwam altijd opdagen in jeans, een flanellen blouse en een chauffeurspet. Ze veronderstelde dat hij daarom Wright Temps moest gebruiken om zijn schoonmaakdiensten te contracteren. Hij was niet bepaald een professionele man.

'Grace is erg behulpzaam geweest.' De toon van de Viking was glad en kalmerend. Grace wist dat het een trucje van haar eigen libido was, maar ze dacht dat ze goedkeuring in zijn stem hoorde.

Grace scheurde de cheque uit het boekje. Ze stond op. 'Matt, dit is Sean Johansson. Hij is je lunchafspraak.'

Matt schudde zijn hoofd alsof hij die moest ophelderen. Zijn hand schoot naar de grote Viking. 'Natuurlijk. Vergeef me alsjeblieft. U hoort bij Kelvin, toch?'

'Inderdaad. Ik ben hier om de beste deal uit u te slepen.'

Grace liep naar meneer Johansson. Hij keek op haar neer en zonder te vragen, nam hij de cheque uit haar hand. Hij stak het kantoor in twee passen over. Parnells wenkbrauwen bogen, maar hij nam de cheque van hem aan. Hij verspilde geen tijd en verliet het kantoor.

Johansson draaide zich om en lachte naar Matt. 'Nou dacht ik me te herinneren dat we een lunchafspraak hadden. Ik heb gereserveerd bij de Blue Moon. Ik vind dat onderhandelingen veel soepeler verlopen met een goede Margarita, vindt u niet?'

Matt ademde diep uit, de eerdere spanning verliet zijn lijf en in plaats daarvan verscheen de charmante man die Grace zo goed kende. 'Absoluut. Ik kan nu al zeggen dat we goed met elkaar op zullen kunnen schieten, meneer Johansson.'

'Zeg maar Sean.'

'Natuurlijk, ik ben Matt. We zouden elkaar al bij de voornaam moeten noemen aangezien we elkaar aan het eind van de maand waarschijnlijk eikel of klootzak zullen noemen.'

Sean gooide zijn hoofd achterover. Zijn dreunende lach deed dingen met Grace. Ze was diep verrast omdat ze er bijna zeker van was dat de sensuele delen van haar lijf, samen met haar man begraven waren. Ze draaide weg van Seans aanblik. Hij was pas een kind. Hij zag eruit alsof hij ongeveer dertig was. Hij was maar een paar jaar ouder dan haar zonen.

'Kom naar mijn kantoor, Sean. We kunnen even praten voordat we die Margarita's gaan drinken.' Matt hield de deur open en de Viking liep naar binnen. Grace voelde de afwezigheid van zijn aanwezigheid meteen. Matts goed gekapte hoofd kwam weer naar buiten. Hij grijnsde naar haar. 'Gracie, kun je de rest van mijn afspraken afzeggen, schat?'

'Natuurlijk.' Ze blikte naar zijn agenda die ze op haar bureau had staan. Er was maar één andere afspraak en die kon ze afschuiven op een manager of zelf oppakken. Matt gaf haar een duim omhoog en verdween.

Grace lachte. Het was volkomen belachelijk, maar ze kon weer ademen. Ze belde snel een van de meer competente managers. Hij vond het prima om de vergadering van Matt over te nemen. Het zou fijn zijn om een stil kantoor te hebben in de middag, zodat ze van alles kon inhalen. Ze moest aan een aantal projecten werken, dus waarom zat ze hier dan aan haar bureau in het niets te staren, luisterend naar het geluid van de stem van Sean Johansson?

'Wow, Gracie, zag je dat?'

Grace keek op om het gezicht van haar beste vriendin te zien. Kayla Greens mond hing open. Grace was aan het wachten totdat het kwijlen begon. Ze wist zeker dat Kayla het over Sean Johansson had. Grace maande haar tot stilte. 'Hij is in Matts kantoor.'

'Meen je dat? Kan ik naar binnen?'

'Nee. Rustig aan, meid. Hij is een klant. Je kan klanten niet bespringen.'

Kayla leunde met haar heup tegen het bureau en een ondeugende grijns gleed over haar schattige gezicht. 'Ik durf te wedden dat hij eraan gewend is om besprongen te worden. Ik zweer het, ik dacht dat ik droomde toen hij binnenliep, Grace. Hij ziet eruit als een... ik weet niet als wat, maar die man is een lopend seksspeeltje.'

'Een Viking.' De woorden waren uit haar mond voordat ze hen tegen kon houden.

Kayla's bruine ogen werden groot. 'Oh mijn god, is jouw libido weer tot leven gewekt? Halleluja! Al denk ik wel dat de Viking een beetje veel is om mee te beginnen, maar ik heb wel wat mannen in gedachten.'

'Wow! Denk er niet eens aan.' Als ze het geen halt toe zou roepen, zou Kayla in minder dan vijf minuten haar eigen versie van speeddaten beginnen. Ze zou van iedereen telefoontjes over dates moeten afweren, van Kayla's nietsnut van een broer tot de postbode. Kayla verzamelde nummers van single mannen, zoals anderen bobblehead poppetjes of postzegels verzamelden. 'Ik ben oud, niet blind, Kay. Ik zou blind moeten zijn om die jongeman niet op te merken.'

'Zo jong is hij niet, Grace. En jij bent niet oud. Veertig is niet oud.'

'Veertig met twee kinderen op de universiteit voelt zeker wel als oud. Ik betwijfel of die puppy daar, zelfs maar heeft overwogen om kinderen te nemen. Hij is nog een jongen.'

Kayla schudde haar hoofd. 'Je had het verkeerd met dat blind zijn. Dat was absoluut een man.' Kayla keek alsof ze verder wilde discussiëren, maar slaakte simpelweg een zucht. 'Prima. Ik snap het. Je wil lezen over vieze, vurige seks, maar je wil het zelf niet hebben. Een dezer dagen word je wakker en realiseer je je dat je leven je gepasseerd is. Ik zal naast je staan en "ik zei het toch" zeggen.'

'Goh, dat klinkt heerlijk, Kay.' En mogelijk ook wat er zou gebeuren.

'Als de baas bezig is, zullen we dan voor de lunch naar de saladebar gaan en vervolgens onze tenen laten doen?'

Grace lachte naar haar vriendin, bereid om de uitnodiging te accepteren.

'Ik ben bang dat de pedicure moet wachten, dames.' Sean Johansson stond in de deuropening, zijn grote lijf vulde de ruimte. Hij leunde nonchalant tegen de muur en Grace was bang dat hij te veel van hun gesprek had gehoord. 'Grace vergezelt ons tijdens de lunch.'

'Oh ja?' De woorden kraakten in haar keel.

Hij lachte zelfverzekerd. 'Natuurlijk.'

Sean ging aan de kant toen Matt achter hem verscheen.

'Kom op, Grace. Sean hier denkt dat we jouw briljante brein nodig hebben om ons, arme mannen te helpen.' Hij deed zijn stropdas al af. Als dit was, zoals Matts andere lunchafspraken, zou hij niet terug komen naar het kantoor. Grace hoopte echt dat hij nuchter zou zijn aan het einde van de dag. 'En Gracie, neem iets mee om notities te maken.'

Matt was de deur al uit en wachtte bij de lift voordat Grace haar tas kon pakken.

Sean Johansson wachtte geduldig bij haar bureau. Zijn hand kwam galant naar voren om de grote aktetas aan te nemen, die ze zo ongeveer overal mee naartoe nam. Hij stelde zich kort voor aan Kayla en toen kwam zijn hand weer naar voren om Grace uit haar stoel te helpen. Zijn grote hand omhulde haar kleine toen hij haar rechtop hielp. Hij hield haar hand een tel of twee langer vast dan nodig was. Toen hij losliet, voelde Grace het verlies van zijn warmte. Hij bood haar zijn arm alsof ze een heer en dame uit een andere tijd waren.

'Zullen we?'

Nee. Nee. Ze zouden echt niet. Het was een slecht idee. Grace schudde het van zich af. Hij was een zakenman op zoek naar een goede deal. Zij was de secretaresse van de baas. Elke redelijk functionerende bedrijfsleider wist dat de secretaresse de reddingslijn was voor de baas. Grace plakte een brede lach op haar gezicht en knipoogde naar Kay. Ze kon net zo goed flirten als Sean Johansson dat kon.

'Ik geloof dat ik wel een Margarita kan gebruiken, meneer Johansson.'

'Zeg maar Sean, Grace. Ik heb gehoord dat deze plek de beste van Noord-Texas heeft. De drankjes kunnen maar beter goed zijn want ik wil je niet teleurstellen.' Hij begon haar naar buiten te leiden. 'En Grace, mooie schoenen.'

Ze keek naar beneden naar de paarse peep-toes die ze vanmorgen uit had gezocht. Ze waren het enige kleurrijke in haar outfit. Ze droeg een zwarte rok en een grijze top. Het paars leek haar iets persoonlijks te geven. Nu vroeg ze zich af hoe die paarse, tien centimeter hoge hakken eruit zouden zien als ze op Sean Johanssons schouders lagen.

Ze had zeker een Margarita nodig.

* * *

Evan Parnell snelde het gebouw uit. Hij keek heen en weer over het trottoir en plantte zichzelf toen voorzichtig achter een enorme struik. Hij haalde een sigaret tevoorschijn, zoals een doodgewone man die een rookpauze had in een stad, die mensen niet meer binnen liet roken. Hij keek toe hoe de Mercedes met drie inzittenden de parkeerplaats afreed.

Verdomme, hij vond dit maar niets. Ze waren zo dichtbij en Matt moest zo nodig proberen een of andere stomme zakelijke deal binnen te halen? Matt zou zich moeten concentreren op het verdomde Bryson Building. Dat was waar ze zouden scoren. Al het andere was een afleiding.

En afleidingen kostten levens. Natuurlijk konden ze zo nu en dan behulpzaam zijn. Hij grinnikte toen hij dacht aan de laatste afleiding die hij had gecreëerd. Hij had genoten van zijn korte tijd als 'eco-terrorist'. Het had ervoor gezorgd dat de aandacht van het bureau van hem werd afgeleid en had hem een klein leger met toegewijde 'soldaten' opgeleverd. Hij had een paar echte volgelingen en ze waren perfecte pionnen. Alles wat hij moest doen, was een paar vuurtjes aansteken, wat gereedschap ruïneren en ineens maakte niemand zich meer druk om zijn echte activiteiten.

Hij liet zijn blik over de horizon glijden. Hij kon het Bryson Building zien. Het was een groot, nietszeggend gebouw zoals de meeste bouwwerken, die samen de skyline van Fort Worth vormden. Het was absoluut perfect omdat daar de Texas Natural Gas Corporation zat. Niet dat hij echt iets gaf om de TNG, maar het was een perfecte dekmantel. Hij kon de westkant niet zien. Het zat in een klein kantoor aan de westkant van het gebouw waar hij zijn laatste, grootste winst zou behalen en dan kon hij met pensioen.

Over ongeveer een week ofzo zou hij in Zuidoost-Azië zitten, de zon in zich opnemen en zoveel meisjes neuken als zijn lul aankon. Nou, dat zou hij doen als zijn broer tenminste niet alles verneukte.

Evan nam een lange hijs van zijn sigaret. Hij keek niet uit naar nog een ronde aan plastische chirurgie, maar het zou nodig zijn. Evan Parnell zou moeten verdwijnen op dezelfde manier als dat Patrick Wright dat had gedaan, maar dit keer had hij niet de middelen van de CIA. Ze hadden hem goed getraind. Misschien als ze hem zo goed hadden betaald als ze hem getraind hadden, was hij niet overgelopen.

Hij dacht aan de cheque in zijn zak. Grace Hawthorne wist het misschien niet, maar zij waste zijn zwart geld al jaren wit. Ze wist heel veel van zijn bankzaken. Als zijn voormalig contactpersoon hem ooit zou vinden, was ze een risico. Als Eli Nelson hem vond, was hij de sjaak en wat Grace wist of niet wist maakte niet uit. Hij moest er misschien alsnog over nadenken om haar uit te schakelen. Een ongeluk. Ja, dat kon geregeld worden. Hij haalde zijn telefoon tevoorschijn en belde snel een van zijn loyale soldaten.

Er moest iets voor Grace geregeld worden. Evan gooide de sigaret weg en deed geen moeite om hem uit te maken. Het kon hem niets schelen. Hij moest een cheque innen.

* * *

Sean staarde over de lege borden heen naar Grace. Ze was aan het flirten met de ober. De jonge idioot was nieuw op het werk en hij had de hele tijd geknoeid met hun bestellingen totdat Grace haar levendige hazelnootkleurige ogen op hem had gericht en met hem was gaan praten met dat belachelijk sexy accent van haar. Hij was bijna meteen gekalmeerd en de rest van de maaltijd was soepel verlopen.

Ze had iets bijzonders. De foto's deden deze vrouw geen recht. Op de foto had hij een vrouw gezien, die bijna de middelbare leeftijd bereikt had. De kleren die ze had gedragen, deden haar wat mollig lijken, en de uitdrukking op haar gezicht was een beetje droevig. De foto's lieten niet zien hoe haar huid straalde in het licht van de late middag. Haar haar, wat eerder vlak bruin had geleken, was eigenlijk meer roodkleurig dan iets anders. Het was naar achteren gedaan in een staart, maar Sean was er zeker van dat het voorbij haar schouders zou vallen als hij het losmaakte. Kleine plukken, golven van kastanjebruin, ontsnapt aan de brutale gevangenschap van een elastiek, omlijstten haar gezicht. Hij was gefascineerd door haar hese lach. Als Grace Hawthorne lachte, kon ze een ruimte verlichten.

Sean merkte dat hij een beetje jaloers was op de aandacht die ze aan de ober gaf, totdat hij zich realiseerde dat ze er niets mee bedoelde. Zijn jarenlange ervaring als Dom had hem bedreven gemaakt in het lezen van vrouwen. Ze zag de ober bijna als een kleine jongen waar ze aardig voor was. Er was niets echt sexy aan de manier waarop ze met de bediende flirtte. Ze dacht er niet aan om een stil plekje te zoeken en zichzelf om het joch te wikkelen. Ze overwoog niet om die prachtige glanzende mond rond de lul van het joch te leggen om te zien hoe snel ze hem kon laten komen. Ze vroeg zich al helemaal niet af hoe ze de mond van de verdomde ober dicht bij haar natte kutje kon krijgen.

Sean dacht aan al die dingen, al had hij zichzelf als Grace' partner geplaatst in plaats van de ober, en dat maakte het erg moeilijk om zich te concentreren. De manier waarop Grace naar de ober lachte en op zijn hand klopte, stelde Sean op zijn gemak. Vervolgens maakte het hem gespannen, toen hij doorhad dat ze hem op exact dezelfde manier zag.

Hij moest dat probleempje oplossen en verdomd snel ook.

'Je moet erover nadenken om een flinke portie van jouw projectontwikkeling naar Chili te verhuizen.'

Matt Wrights verklaring liet Seans brein vechten om de controle terug te krijgen over zijn pik. Het herinnerde hem eraan dat hij hier was voor werk. 'Chili? Dat had ik niet overwogen. Ik dacht dat het meeste IT in het buitenland tegenwoordig naar India ging.'

Wrights hand maakte een achteloos gebaar. Het was slordig en zijn spraak ging een beetje met dubbele tong. 'Dat is ook zo, maar Zuid-Amerika probeert mee te doen. Er zijn heel veel hoogopgeleide Zuid-Amerikanen die goed werk zoeken. Veel mensen op de locatie waar ik aan denk hebben eigenlijk diploma's van Amerikaanse universiteiten in programmeren. Ik kan je de cijfers en achtergronden geven, natuurlijk.'

Grace maakte plichtsgetrouw een aantekening, maar Sean had de lichte verstrakking van haar kaak niet gemist, toen haar baas over het onderwerp was begonnen. Ze had twijfels over de Zuid-Amerikaanse projecten. Hij zou zichzelf eraan herinneren om haar er later naar te vragen. Ze zou niets zeggen middenin een afspraak, dacht hij. Ze leek erg loyaal. Sean vroeg zich af of haar loyaliteit overgedragen zou worden van haar baas naar haar geliefde.

Sean speelde *hard to get*. Hij moest een beetje ongrijpbaar zijn om deze onderhandelingen uit te rekken. 'Ik weet het niet. We zijn behoorlijk blij met onze Indiase kantoren.'

Wright wuifde een minachtende hand in het rond en nam nog een slok van zijn drankje. Hij was halverwege onderweg naar stomdronken worden. 'Ik kan jullie arbeidskosten met vijftien procent terugbrengen en je werknemers in dezelfde tijdzone houden.'

Sean knikte en deed alsof hij het overwoog. Het was interessant dat Wright hem het idee van Chili probeerde te verkopen. Volgens zijn research had Wrights bureau verschillende deals voor buitenlands IT bemiddeld in India. Chili was pas vorig jaar opgekomen. 'Ik wil graag die cijfers zien.'

Seans hand vouwde zich rond de Margarita waar hij al een uur van nipte. Het viel hem op dat Grace haar cocktail op had, maar beleefd een tweede afsloeg. Wright begon de deugden van goedkope Zuid-Amerikaanse arbeidskrachten te verheerlijken en Sean stond zichzelf een moment toe om na te denken over het probleem "Grace".

Het ging hem niet lukken om zijn handen van haar af te houden. Hij zag niet waarom hij die moeite zou doen. Het was hem wel duidelijk dat ze niet de maîtresse van de baas was. Ze gedroeg zich meer als zijn zwaar beproefde vrouw dan een maîtresse. Wright was misschien afhankelijk van de lieftallige weduwe, maar hij sliep niet met haar. Hij was er bijna zeker van. Sean had een licht tintje jaloezie van Wright ontdekt toen hij Grace naar de lift leidde. Het was niet meer dan een ontvlamming in zijn ogen geweest toen Matt de welgemanierde manier zag waarop Sean haar leidde. Het was weg tegen de tijd dat ze de lobby hadden bereikt. Sindsdien had Wright haar een aantal keer schatje genoemd en was hij naast haar gaan zitten alsof het zijn recht was, maar hij raakte haar niet aan. Sean vond het prima om tegenover zijn studieobject te gaan zitten. Het gaf hem de kans om haar echt te observeren.

Hij had veel vragen voor Grace, maar ze moesten wachten totdat hij haar in een veel intiemere setting had. Hij zou het een dag geven en haar dan vragen of ze morgen met hem uit eten ging. Hij had gezien hoe ze had genoten van haar eten en het zoete drankje dat ze had besteld. Haar ogen gleden over de grote kaart met decadente desserts, maar uiteindelijk had ze nee gezegd. Het was duidelijk voor Sean dat ze geen nee wilde zeggen. Ze gaf hoogstwaarschijnlijk toe aan de druk van de sociale boeien. Ze dacht waarschijnlijk dat ze moest afvallen.

Als ze alleen waren geweest, had Sean een chocoladetaart bestelt en haar zelf gevoerd. Hij zou haar ervan overtuigd hebben dat het genieten van een dessert hem een plezier zou doen. Hij zou hebben gekeken hoe haar tong naar buiten kwam om het bitterzoete glazuur te proeven voordat ze de taart in haar mond zou nemen. Dan zou hij haar zoenen, lang en langzaam. De zoetheid zou van haar mond naar zijn mond gaan.

Nog beter, hij zou simpelweg van alles voor haar koken. Elke gang een andere verdieping van zijn verleiding.

Hij beantwoordde Wright toen de man het nodig leek te hebben dat Sean deelnam aan het gesprek, maar zijn blik verliet Grace vrijwel nooit. Hij zou goed zijn voor haar. Ze was erg eenzaam. Ze had iemand nodig die haar een beetje wakker zou schudden. Sean zou goed voor haar zijn in en buiten het bed. Als het zover was, zou hij haar netjes verlaten. Hij zou het licht en leuk houden. Ze zou er geen spijt van hebben dat ze met hem naar bed was geweest.

Grace lachte naar Sean toen de ober de rekening meenam. Sean kon de lichte hapering in zijn ademhaling niet tegen houden.

Het was inmiddels bijna vier uur, toen hij Grace hielp opstaan. Matt struikelde een beetje. Ze haalden het tot de auto en stopten Matt achterin. Grace probeerde met hem in te stappen, maar Sean hield de passagiersdeur open. Na een lichte aarzeling stapte ze in en hij deed de deur dicht.

'Ik denk dat ik hem naar huis rijd.' Ze keek uit het raam toen ze vanaf de Stockyards terug naar het centrum reden.

'Je kunt hem in de lobby achterlaten.' Het was in Seans hoofd een bij uitstek logische oplossing. Matt Wright was heel zakelijk geweest aan het begin van de maaltijd, maar hij had drankje na drankje besteld. Het was compleet onprofessioneel.

'Dan moet ik morgenochtend nog met hem dealen.' Ze zuchtte en hij voelde een diepe vermoeidheid in haar. Ze richtte haar hazelnootkleurige ogen naar hem. 'Het is een goede man.'

Sean twijfelde daaraan. 'Ik geloof het meteen. Is hij een goede baas?'

Nu was er geen twijfel. 'Hij is een geweldige baas. Hij was de enige die me een kans wilde geven. Mijn man is een paar jaar geleden overleden. Ik had geen baan in de tijd dat we getrouwd waren. De verzekering betaalde veel, maar ik moest nog steeds gaan werken. Matt was mijn vijfendertigste sollicitatiegesprek.'

'Dat moet een opluchting zijn geweest.' Het verklaarde haar loyaliteit aan de idioot.

'Je hebt geen idee.' Ze blikte naar de achterbank. Matts hoofd lag achterover. 'Hij kan niet tegen zijn drank. Hij is de nagel aan mijn doodskist. Ik blijf hopen dat hij trouwt en dat zijn vrouw dan voor hem kan zorgen als hij dronken is.'

'Geef me maar gewoon zijn adres en dan zorg ik dat hij thuis komt.' Het diende een dubbel doel. Hij kon Grace helpen en misschien het huis van de eikel doorzoeken.

Ze schudde krachtig haar hoofd. 'Nee, ik doe het wel. Ik waardeer het aanbod, maar het is mijn verantwoordelijkheid. Misschien kun je de volgende keer ervoor zorgen dat hij niet steeds drankjes kan bestellen. We hadden de vergadering twee uur geleden naar het kantoor kunnen verplaatsen.'

Hij gaf haar een verontschuldigende grijns. 'Ik beloof dat ik erover na zal denken. Ik moet echter wel zeggen dat het vaak zo is, dat het in mijn voordeel werkt.'

'Niet echt. Hij tekent nooit iets totdat hij nuchter is. Geloof me, ik ben lang genoeg bij hem om te weten dat ik hem niet om opslag moet vragen na een paar Martini's.'

Sean parkeerde de geleende Mercedes. Hij vond een plekje, een rij van Grace' kleine Honda hybride verwijderd. Natuurlijk liet hij haar niet weten dat hij wist welke van haar was. Ze wees naar haar auto en begon Matt er naartoe te drijven.

'Je zult er geen spijt van krijgen als je met ons gaat werken.' Matts stem klonk vast, ook al wiebelde hij een beetje op zijn benen. Hij leunde zwaar op Grace, zijn arm om haar middel. 'Je bent zo goed voor me, Gracie. Ik laat je niets overkomen.'

Matt zakte voorover in haar passagiersstoel. Grace sloot de deur en een fletse lach verscheen op haar lippen. 'Hij is echt een goede man. Laat dit jouw mening over hem niet beïnvloeden. Hij is alleen op de wereld. Hij is zijn ouders verloren en toen zijn broer.'

Sean liet zijn ogen zacht en sympathiek worden. Dus Matt had haar gezegd dat zijn broer dood was? 'Echt? Hij is zo jong om een broer verloren te zijn.'

'Zijn broer was de enige familie die hij nog had en van wat ik begrijp, waren ze niet echt close. Matt zei me dat zijn broer, Patrick, veel reisde.

Hij is vermoord in Europa. In ieder geval heeft het veel met Matt gedaan.' Grace opende de kofferbak en legde haar aktetas erin. Ze gooide hem dicht en stak ongemakkelijk haar hand uit. 'Het was leuk je te ontmoeten. Bedankt voor de lunch en alles.'

Er lagen duizend vragen op het puntje van zijn tong, maar hij besloot om het rustig aan te doen. Hij zou haar alleen maar verliezen, als hij haar te snel onder druk zou zetten. Hij nam haar hand in de zijne. Hij stond heel dichtbij waardoor ze moest opkijken. 'Ik heb ervan genoten, Grace.'

Ze was een beetje buiten adem, toen ze naar hem opkeek. Het was helemaal niet zoals de zekere, flirterige stem die ze eerder had gebruikt. 'Ik ook. En ik zal die cijfers voor je klaar zetten. Als je wat nodig hebt, geef me gewoon een belletje.'

'Dat beloof ik.' Hij was van plan haar veel te bellen.

Sean liet haar hand los. Ze begon om hem heen te lopen om in haar auto te stappen toen er een motor over de parkeerplaats brulde. Hij kwam uit het niets, als een kogel op het pad van vernietiging. De luide toeren van de motor knalden door de stille late middag. De scène speelde zich als een film af in zijn hoofd. De motor had een direct, standvastig pad. Het zou Grace treffen en haar lichaam zou het beton met een alarmerende snelheid raken. Instinctief greep hij Grace in een vloeiende beweging, waardoor ze tegen de naast haar Honda geparkeerde auto aan klapte. Het werd zo een stuk gemakkelijker om te manoeuvreren zoals hij dat wilde. Hij draaide zo snel hij kon, zodat zijn rug het grootste deel van de impact te verduren kreeg.

De motor racete ervandoor zonder te stoppen, als een boos insect, pissig dat hij niemand had gestoken.

Sean draaide zich terug, in een poging om het nummerbord te zien, maar Grace' stem deed hem stoppen. Haar handen lagen op zijn borst, haar vingers als kleine vlinders strijkend door zijn blouse.

'Bedankt, meneer.'

Alles in hem werd stil bij dat ene woord. *Meneer.* Het was niet uit beleefdheid. Het was niet de vriendelijke naam die een vreemdeling kreeg. Deze "Meneer" was hijgend en hield een enkele belofte in. Het was de manier waarop een submissive haar dominante partner eerde. Elk beetje bloed in Seans lijf ging meteen naar zijn lul.

Grace lachte. Het leek de betovering te verbreken. 'Wat een eikel. Hij stopte niet eens om te kijken of het wel goed met ons ging. Nogmaals bedankt.' Voordat Sean er tegenin kon gaan, maakte Grace zich los uit zijn armen. Haar albasten huid had een blos in levendig rood toen ze snel in de Honda stapte en wegreed.

Sean bleef achter met een pijnlijke stijve en de zekerheid dat de aankomende paar weken alles behalve saai zouden worden.

3

Drie uur later schoof Sean aan in een zitje achterin de kroeg waar hij Adam en Jake zou ontmoeten. Hij koos een zitje in de achterste hoek dat hem uitzicht gaf over de ruimte. Brewski's was net het soort slechte kroeg, dat je in de buitenwijken zou verwachten, maar hij wilde later vanavond langs Grace Hawthornes huis rijden. Hij was al langs dat van Matthew Wright gereden. Het leverde altijd iets op, om te weten hoe alles ingedeeld was.

Hij bedankte de serveerster die hem een flesje bier bracht. Hij durfde geen whisky te bestellen. Hij twijfelde of dat wat ze hem hier zouden brengen, voor whisky door zou kunnen gaan, ook al had hij een blik op de drankkaart geworpen. Hij vroeg zich af wat Grace aan het doen was. Hij vroeg zich af wie Grace deed en of ze haar prachtige lijf vast had laten binden terwijl ze het deden.

Hij vond het jaloerse gevoel onder in zijn buik maar niets. Grace was een sub. Hij wist het zeker. Ze was iemands submissive. Hij betwijfelde of het Wright was. De man was geen Dom. Sean was van plan om erachter te komen bij wie Grace' loyaliteit lag. Het kon vast niet al te serieus zijn. Ze droeg geen halsband, niet eens een kettinkje om duidelijk te maken dat ze van iemand was. Geen Dom die zijn zweep waard was, zou een lieve sub als Grace zonder halsband rond laten lopen.

De deur ging open en Jake en Adam liepen naar binnen. Hun binnenkomst werd benadrukt door een vlaag verschrikkelijk warme lucht. De septemberavond was helemaal niet afgekoeld.

Maar Sean ook niet.

Adam liep meteen naar de bar en begon daar met een vrouw te flirten. Jacob Deans gefocuste blik vond Sean. Hij bewoog door de drukke bar met de gratie van een roofdier. Die donkere ogen scanden de bar op potentiële dreigingen voordat hij in het zitje plaatsnam. Sean was verrast hoe fijn het was om zijn vroegere legermaten te zien. Ze waren het grootste gedeelte van vorig jaar op uitzending geweest en niet op kantoor.

'Hey, sergeant. Goed je weer te zien. Ik heb ons rapport direct naar jouw e-mail gestuurd, gecodeerd natuurlijk, meneer.'

Ondanks het feit dat ze al jaren niet meer bij de Commando's zaten, had Jake nog steeds de gewoonte om hem te volgen. Sean was Jakes onderofficier geweest in hun Special Forces team. Jake was de inlichtingen- en operatieofficier geweest, terwijl Adam de sergeant verantwoordelijk voor de communicatie was geweest. 'Hoe is de afspraak met Wright gegaan?'

Adam Miles had twee biertjes in zijn handen toen hij naast Jake ging zitten. Hij gaf er een aan zijn partner en nam een grote slok van het andere. Adam was een ander verhaal. Hij had nooit veel respect getoond. Hij deed er nu al helemaal geen moeite meer voor. 'Wie geeft er iets om Wright? Vertel me hoe de afspraak met onze smakelijke kleine Grace ging.'

Het flesje raakte de tafel met meer kracht dan Sean wilde gebruiken. 'Speel geen spelletjes met Grace.' Bij de gedachte aan Grace met Jake en Adam gingen zijn handen jeuken. Hij wilde zijn twee beste vrienden tot moes slaan. 'Ze kan maar beter denken dat jullie homo zijn.'

Jake lachte. 'Oh, dat doet ze. Maar dat doen ze meestal.'

'Tot het punt dat ze zich tussen ons in bevinden, jankend als we hen het plezier van dubbele penetratie laten beleven.' Adam hield zijn biertje omhoog voor een spottende toast. Zijn lippen spreidden zich in een decadente grijns. 'Je zou verrast zijn hoe goed de dekmantel als homoseksueel werkt, man. Vrouwen geven zichzelf helemaal bloot als ze denken dat je homo bent. Ze worden een beetje verliefd. Het volgende dat we horen is dat ze zo graag zou willen dat we geen homo waren en bam, wens vervuld.'

'Soms hoeven we niet eens te doen alsof we homo zijn. Dat doen we alleen als we undercover zijn. Soms werkt eerlijkheid. Er zijn vrouwen die dolgraag gedeeld willen worden. Heel veel zelfs. Die kleine luitenant vond het zeker lekker.' Er lag een warme affectie in Jakes bruine ogen toen hij zich overduidelijk een leuke tijd herinnerde.

Sean moest met zijn ogen rollen. 'Ik kan niet geloven dat jullie daar grapjes over maken. Wat zeg ik? Jullie maken overal grappen over. De meeste mensen zouden geen grap maken over een incident waardoor ze oneervol ontslagen zijn.'

Adam haalde zijn schouders op. 'Ik dacht dat we erg eerbaar waren. Ze kwam op zijn minst vier keer voordat wij zelf los gingen.'

'De generaal was niet blij toen hij ons betrapte. Ik denk dat hij van plan was om haar zelf te versieren. Klootzak.' Jake zuchtte. 'In ieder geval vind ik deze baan leuker. Grote Tag maakt het niets uit wat we in de slaapkamer doen en hij is beter bewapend dan het Amerikaanse leger.'

Grote Tag had het recht niet om vragen te stellen over andermans kinks. Hij had er zelf genoeg. Natuurlijk had Sean dat ook. Hij ging er gewoon voor zorgen dat Grace Hawthorne zich overgaf aan zijn kinks en niet aan een menage à trois met de jongens. 'Heb je contact gemaakt met Grace?'

Sean vond de grijns die zich over Adams gezicht spreidde maar niets. Hij keek alsof hij te veel intieme kennis over haar had. 'Terwijl jij in de "Windy City" was, waren wij hier. We waren haar vrienden tijdens happy hour in de laatste paar weken. Ze neemt blijkbaar graag nieuwe werknemers onder haar vleugels, laat ze zien hoe het moet. Ze besloot al snel dat Jake en ik van het homoseksuele soort waren en stelde ons voor.'

'Ik speel hard to get,' zei Jake en nam een slok van zijn flesje.

'Dat denk je. We hebben een muntje gegooid en ik moet deze keer de softie spelen. Ik heb daar een hekel aan, ook al lijkt het bij Grace te werken. In ieder geval is ze erg blij met haar koppelpoging. Afgelopen weekend heeft ze ons uitgenodigd bij haar thuis om te komen eten. Ze had een hemelse lasagne gemaakt. Het was natuurlijk niet zo goed als die van jou, maar ik vond het geen probleem om een uurtje of twee extra in de sportschool te zijn om het er weer af te trainen. Natuurlijk had ik liever een andere training gehad.'

Sean leunde naar voren. Hij hoopte dat zijn gezicht net zo intimiderend was als hij zich voelde.

Jake legde een hand tussen hen in. 'Stop ermee, Adam. Hij heeft het zwaar te pakken en je weet waarom. Ze is heel lief.' Sean ging terug zitten. 'En hij heeft al lang geen wip meer gehad.'

'Hey.' Waarom had iedereen toch commentaar op zijn liefdesleven, of gebrek daaraan? Het begon vervelend te worden. 'Dit is een klus en ik denk dat ik het veel beter doe bij Grace dan jullie twee.'

Adam haalde zijn vrije hand door zijn goudbruine krullen. 'Waarom denk je dat? We kunnen erg charmant zijn als we dat willen. Het is ons tot nu toe erg goed gelukt om bij haar in de buurt te komen. Heb jij nog geen uitnodiging gehad om bij haar te komen eten?'

'Ze is onderdanig.' Hij was er nu absoluut zeker van. De manier waarop ze aan hem had gehangen toen het fysiek werd en dat hijgende 'Meneer' gaf de doorslag. Ze had misschien de volle controle op haar werkplek, maar ze zou zich onderwerpen in de slaapkamer. Ze zou zacht en lief en volkomen gehoorzaam zijn. Ze zou het nodig hebben. Sean nam een grote slok. Het bier was vreselijk, maar hij had de kou nodig. Alleen al de gedachte aan het feit, dat hij degene zou zijn waar Grace zich aan onderwierp, maakte hem verdomd geil. 'Ze heeft of eerder een D/s relatie gehad, of ze heeft er over nagedacht.'

Jakes bruine ogen sperden zich bij de gedachte. 'Met Wright?'

'Echt niet.' Sean kon de gedachte dat die eikel haar aanraakte, niet uitstaan. De man had overduidelijk geen controle. Sean kon geen slechtere eigenschap voor een Dom bedenken. Het kon hem niet schelen wat Grace zei. Haar baas zat tot in zijn nek in deze stront en hoe sneller Sean hem in zou rekenen, hoe beter het voor Grace was. Ze zou geen werk meer hebben, maar Sean had daar al plannen voor. Hij was er zeker van dat hij iets voor haar kon vinden bij McKay/Taggart. Op die manier zou ze dicht in de buurt zijn voor het geval hij de relatie voort wilde zetten. 'Misschien was het haar man. Ze heeft een zelfbeheersing die alleen voortkomt uit het feit dat ze erg geliefd is. Het is extreem aantrekkelijk. Ik denk dat ze ook best van nature submissive kan zijn. Maar er was iets aan de manier waarop ze me "Meneer" noemde, dat me liet denken dat ze haar weg kent in D/s.'

Jake gaf Adam een lange blik die erop duidde dat er iets mis was. Adam schudde zijn hoofd, maar Sean kende hen te goed om het te laten gaan. 'Als je iets weet, gooi het er dan uit.'

Adam rolde met zijn ogen. 'Prima. Maar als dit geen missie was, zou ik tegen je zeggen dat je op moest rotten.'

Jake leunde naar voren. 'We hebben stiekem naar Grace' e-reader gekeken toen we bij haar thuis waren.'

'Dus, de dame leest. Wat heeft dat ermee te maken?' vroeg Sean.

'De dame leest heel veel over bondage,' zei Jake grinnikend. 'Ze lijkt romans over BDSM leuk te vinden, met een stevige neiging richting de D/s kant. Ik weet niet of ik haar zou neerzetten als een getrainde sub. Ze is meer een erg nieuwsgierige dame. Ik heb naar haar foto's gekeken toen we bij haar thuis waren. Ze droeg nooit een halsband.'

Sean voelde zijn kruis strakker worden. Een toerist? Een lieve, nieuws-gierige, onschuldige toerist. Dat was iets om over na te denken. Als Grace echt geïnteresseerd was, kon hij haar nog wel wat dingen leren. Misschien was haar nieuwsgierigheid bevredigen, een manier om dicht bij haar te komen. Maar Adam en Jake hoefden dat niet te weten. 'Zeg me nu eens wat je te weten bent gekomen. Ik weet dat het misschien een schok is voor jullie, maar we zijn op een missie, niet om een wip te scoren.' Het was een herinnering die hij ook wel kon gebruiken.

'Zegt de man die van plan is om een wip te scoren,' vuurde Adam terug. 'Prima. Jake en ik werken in de verkoop. Het was makkelijk genoeg om binnen te komen. Het was ook behoorlijk gemakkelijk om toegang te krijgen tot de personeelsdossiers.'

Jake zuchtte. Zijn bruine ogen vlamden op. 'Tonya van HR. Zij dacht ook dat we homo waren.'

Ze gaven elkaar snel een boks voordat Adam verder ging. 'We hebben de dossiers die we gekopieerd hebben aan Eve gegeven. Ze heeft nog niets gevonden, maar ze heeft ze pas gisteren gekregen. Het is ons gelukt om onze oren te luisteren te leggen en met een paar weetjes te komen die wel of niet kloppen. 'Ten eerste, Wright is een alcoholist.'

Sean snoof. 'Vertel me iets wat ik niet weet.'

'Prima. Hij is compleet afhankelijk van Grace. Ze is betrokken bij elke vergadering die hij heeft, behalve die met Evan Parnell. Daar is ze nooit bij. Parnell is een onderaannemer die een of andere greep op Wright lijkt te hebben. Normaal gezien specialiseert Wright zich in uitzendkrachten voor kantoorbanen, maar Parnell heeft een klein bedrijf voor conciërges. Drie jaar geleden kocht Wright hem op, om op die manier aan het goedkope segment uitzendkrachten te komen.'

'Waarom zou hij dat doen?' Het klonk voor Sean niet logisch. 'Hij moet minder geld verdienen met conciërge werk.'

Jake nam het over. 'Zijn duurdere zaken doken naar beneden toen iedereen hun IT afdelingen naar het buitenland verhuisde. Hij begon met het aanbieden van IT services hier in de States. Het was te duur en bedrijven begonnen te zoeken naar goedkope krachten. Hij is een comeback aan het maken. Zoals je weet begon hij op te treden als makelaar voor Indiase en Zuid-Amerikaanse bedrijven, maar het lager betaalde werk zorgde ervoor dat hij een aantal magere tijden doormaakte. De vraag is, waarom heeft hij Parnell niet laten gaan? Hij heeft hem niet meer nodig. De andere werknemers weten niet goed wat Parnell doet. De roddels zijn dat Wright gokschulden bij hem heeft.'

'Hebben we zijn financiële gegevens?' Eve zou die moeten hebben doorgelicht. Sean haalde zijn smartphone tevoorschijn en zocht naar de relevante e-mail.

'Doe geen moeite, man.' Jake ging ontspannen achterover zitten. 'Zijn persoonlijke financiën zijn de afgelopen jaren alleen vermeerderd. Hij moet iets verbergen. Zorg ervoor dat je aan Grace' laptop komt. Ik durf te wedden dat alles wat je wil weten daarop staat.'

Sean dacht aan de voorzichtige manier waarop Grace haar laptop in had gepakt voordat ze vertrokken voor de lunch. Ze moest er zeker van zijn dat ze hem bij zich had toen ze vertrokken. Hij was belangrijk voor haar en Sean zou erg dichtbij moeten komen om erop te komen. Hij dacht terug aan wat Jake had gezegd over zijn lasagne. Koken was een tijdverdrijf waar hij veel mee geplaagd was, maar misschien zou het van pas komen bij Grace. Misschien zou het hem dicht bij haar laten komen. 'Ik zal haar harde schijf downloaden zodra ik er de kans voor krijg. Zeg me nu wat ik moet weten om zo snel mogelijk in haar bed te belanden.'

Een lange zucht ontsnapte aan Adams mond. Hij wisselde een blik uit met zijn partner die Sean liet weten dat hij dit probleem had overdacht. 'Als we dat lieve ding op moeten geven, gaat ze in ieder geval naar iemand die we mogen. Hier is alle informatie over Grace...'

Sean leunde naar voren. Hij wilde geen woord missen.

* * *

Grace probeerde zich te concentreren op de e-reader voor haar, maar vond het volkomen onmogelijk. Normaal gesproken zou ze smullen van het verhaal over een leuke submissive en haar Meester, maar vanavond zwommen de woorden voor haar ogen als een speelse school vissen. Ze zwommen deze kant op en dan de andere kant en onvermijdelijk eindigden ze als een heerlijk stukje Sean Johansson. Eerst waren het zijn sensuele lippen. De onderlip was iets groter dan de bovenlip, waardoor zijn mond een belachelijk sexy vorm had. Toen leek ze de aanblik van zijn achterwerk niet meer uit haar hoofd te krijgen. Zijn broek omhulde die kont op alle juiste plekken. Ze vroeg zich af hoe hij eruit zag in strakke jeans en niets anders. Ze leunde tegen het hoofdbord van haar bed. De e-reader viel uit haar hand. Ze had geen boek nodig. Haar verbeelding vloog.

Hij zou de bovenste knoop open laten, en daarmee de plek waar zijn heupen perfect uitgesneden waren onthullen. Ze zou dolgraag haar vingers over die vallei laten glijden. Er zou een streepje licht haar zijn dat van zijn navel naar beneden liep en in zijn jeans verscheen als een pijl die wees naar het Beloofde Land. De tent in zijn jeans zou indrukwekkend zijn. Zijn lul zou hard zijn vanaf het moment dat hij naar haar keek.

Ze zou op haar knieën voor hem gaan zitten, naakt, op haar hakken na. Hij zou erop staan dat ze de schoenen aanhield, natuurlijk, en aangezien hij de Meester was, zou hij krijgen wat hij wilde. Haar handen zouden in zijn broek schuiven, ze over zijn heupen naar beneden duwen en zijn lul zou eruit springen. Hij zou haar bevelen om te beginnen bij zijn navel en een pad naar beneden te likken totdat ze de top van zijn lul net in haar mond nam. Zijn smaak zou zoutig zoet zijn op haar tong en ze zou hem oplikken. Hij zou willen dat ze hem diep nam. Het zou moeilijk zijn want er was zoveel van hem, maar ze zou het proberen. Ze zou niet klagen of tegen hem zeggen dat het onmogelijk was. Ze zou gewoon haar keel ontspannen en door haar neus ademen. Zijn mannelijke geur alleen al zou opwindend zijn. Hij zou zo lekker smaken. Ze zou het harde gevoel van zijn hand, gewikkeld in haar haren, terwijl hij haar mond neukte, heerlijk vinden.

De schelle ringtone van haar telefoon haalde Grace uit haar fantasie.

Grace ging rechtop zitten. Ze was er niet zeker van wanneer ze onderuit gezakt was in bed, waarschijnlijk op hetzelfde moment dat haar hand zijn weg had gevonden naar haar nu verschrikkelijk natte slipje. Haar vinger had rondjes over haar clitoris gedraaid terwijl ze had gedacht aan Sean Johansson pijpen. Ze keek boos naar haar telefoon. Het was lang geleden dat ze überhaupt wilde masturberen. Zou ze dat niet in alle rust moeten kunnen doen?

Grace keek naar de naam op het scherm en zuchtte. *Natuurlijk*. Hij kon het niet gewoon van zich af slapen. 'Hallo, Matt. De aspirine ligt op het nachtkastje.'

Er klonk een schuifelend geluid. 'Oh, bedankt, Grace.'

Grace kon horen hoe hij aan het rommelen was, de dop van het potje daagde hem overduidelijk uit. Als hij dit vol bleef houden zou ze voortaan de goede dosis eruit moeten halen zodat hij niet zoiets moeilijks hoefde te doen zoals het flesje te openen.

'Gaat het, Matt?' Ondanks de last die hij in de laatste paar jaar geworden was, vond ze het moeilijk om te vergeten dat hij degene was die haar had gered van werken bij een fastfood restaurant. Hij was ook degene geweest die haar een zorgverzekering had aangeboden. Matt was degene die het had begrepen als ze vanuit huis moest werken of dat ze wat eerder weg moest om naar de honkbal- en rugbywedstrijden van haar zoons te gaan. Matt was een anker geweest nadat haar man was overleden. Ze haalde diep adem en verbande haar irritatie. Hij had veel speelruimte bij haar. 'Hoe voel je je?'

'Ik voel me op verschillende niveaus kut, Gracie.' Hij klonk nu veel nuchterder. Hij zou in zijn "hangende pootjes" fase gaan. 'Vertel me of ik Johansson weg heb gejaagd?'

Ze dacht aan de manier waarop Sean haar in zijn armen had getrokken voordat de eikel op de motor haar hoofd van haar romp had kunnen rijden. Hij had niet geaarzeld. Hij was meesterlijk geweest in de manier waarop hij haar had gered. Het had haar enorm opgewonden. 'Ik denk dat het heel veel kost om meneer Johansson angst aan te jagen.'

Ze bloosde toen ze dacht aan de instinctieve manier waarop ze hem 'Meneer' had genoemd. Ze had de hele middag over hem gefantaseerd. Ze was verdomd blij dat hij echt niet kon weten wat dat voor haar betekende. Hij zou waarschijnlijk schreeuwend het gebouw uit rennen als hij wist dat ze hem zag als haar droom Dom. Niet dat ze ooit echt een Dom had gehad. Haar man had gelachen toen ze zei dat ze het wilde proberen. Ze had van Pete gehouden, maar hij was erg vanilla geweest. Hij had het niet eens leuk gevonden dat ze las over BDSM.

Er was een lange stilte aan de andere kant van de lijn. 'Hij was behoorlijk met je aan het flirten.'

'Hij flirt vast met iedereen.' Ze had dat zinnetje steeds opnieuw tegen zichzelf gezegd. Sean was meer dan lekker. Hij was vlammend heet en zo buiten haar bereik. Zelfs als ze twintig jaar jonger was geweest, zou die man nog in een ander klassement spelen dan zij.

'Hij leek erg geïnteresseerd in jou. Hij was degene die erop stond om jou mee te nemen.' Matts stem kraakte heel erg. De lichte beschuldiging was duidelijk te horen.

Grace ging rechter zitten. Ze was die toon niet gewend van hem. Vanaf dag een hadden zij en Matt een vreemde relatie gehad. Ze waren vrienden, meer partners dan baas en secretaresse. Nu klonk het alsof ze iets ongepasts had gedaan. 'Nou, dat is iets goeds. Ik kon je naar huis rijden. Ik denk niet dat het een goede indruk op de klant had gemaakt als hij je naar huis had moeten brengen. Jouw huis is een troep. Wat is er gebeurd met de schoonmaakster?'

'Ze heeft ontslag genomen. Ik heb nog geen nieuwe gevonden.'

Dat verklaarde het. Matt was een beetje een varken. Ze ging proberen om te onthouden, om een nieuwe schoonmaakster voor hem te vinden. 'Het is een slagveld. Het ziet eruit alsof er een tornado door je huiskamer is gegaan. En je moet de was doen.'

'Zo erg is het niet. Ik weet waar alles is. Nou, ik weet waar alle belangrijke dingen zijn.' Zijn monster van een TV had op zijn plek gestaan, samen met tal van elektronische apparatuur. Zijn laptop had in zijn tas gezeten die hij bij zich had. Ze had niet in de kluis gekeken.

'Verdomme.' Hij klonk alsof hij rende. 'Kutzooi. Waar is de USB-stick? Ik had de USB-stick bij me. Ze kunnen het niet gepakt hebben.'

'Matt, kalmeer een beetje. Heb je het over de USB-stick die in de zak van je broek zat?' Ze had hem gevonden toen ze hem hielp uitkleden. Het was met een sprongetje op de vloer gevallen.

Hij ademde zwaar in de hoorn, zijn stem duidelijk opgelucht. 'Ja. De USB-stick die ik vanavond met me mee naar huis heb genomen. Ik heb hem in mijn zak gedaan voordat we het restaurant uit gingen.'

'Het viel op de vloer. Ik heb hem opgeraapt.'

'Dit is erg belangrijk, Grace. Waar heb je hem neergelegd?'

'Ik heb hem in mijn tas gedaan,' antwoordde Grace. 'Je hebt nogal de gewoonte om USB-sticks kwijt te raken, dan moet ik op zoek naar wat voor belangrijke data jij kwijt bent geraakt. Weet je hoe lang het me kostte om die data van de loonlijst te vervangen toen je die de laatste keer kwijtraakte?'

Matt gromde. 'Ik geef helemaal niks om de data van de loonlijst. Kom gewoon hierheen en breng me die stick.'

Grace keek naar de telefoon alsof het een slang was die haar ging bijten. Hij had nog nooit zo tegen haar gesproken.

'Grace?'

Ze hield de telefoon weer tegen haar oor. 'Ik kom eraan zodra ik mezelf heb aangekleed. Ik wilde net naar bed gaan. Het is tenslotte bijna middernacht.'

'Gracie, het spijt me. Ik had niet zo moeten schreeuwen. Het is een zware dag geweest, maar ik zou het niet op jou af moeten reageren. Jij bent de enige die aan mijn kant staat. Wil je me alsjeblieft de stick brengen? Het bevat wat info die ik nodig heb voor het bod op Kelvin. Ik dacht dat ik nog een tijdje op zou blijven om wat voorbereidend werk te doen.' Hij was ineens stroperig lief. Hij klonk veel meer als de Matt die ze kende.

Ze hield haar humeur stevig in bedwang. Ze begreep niet wat er zo belangrijk was, dat het niet tot de volgende ochtend kon wachten, maar ze was klaar met ruziën. 'Oké. Ik ben er zo.'

Hij stemde daarmee in. Grace hing op en rolde uit bed. Haar fijne avond vol dromen over lekkere directeuren was verpest. Ze haalde de USB-stick uit haar tas. 'Stom ding. Je kost me slaap en wat speciale tijd met Bob.'

Ze moest een leven zoeken, dacht ze, toen ze haar jeans aan trok en de meiden terug in een beha worstelde. Ze had haar vibrator een naam gegeven. Het was een teken dat ze de verkeerde afslag had genomen. Natuurlijk refereerde ze ook naar haar borsten als de meiden, terwijl ze overduidelijk volwassen vrouwen waren, dus moest ze zichzelf die rijke verbeeldingskracht maar vergeven. Ze trok een T-shirt aan. Het begon bij haar te dagen, dat hij de USB-stick nog steeds kon verliezen. Het was logisch om de data te downloaden voordat ze het aan hem gaf. Ze zette haar laptop aan en stopte de data, waar het dan ook van was, veilig weg voordat ze het huis verliet.

* * *

Matts straat was erg stil toen ze zijn oprit opreed. Grace keek in haar achteruitkijkspiegel en slaakte een kleine zucht van opluchting. Er was nu niemand achter haar. Een poosje dacht ze dat ze gevolgd werd, maar als je naar de tijd van de avond keek en hoe moe ze was, deed ze het af als een paranoïde gevoel.

Zachte lichten braken door de donkere nacht. Het zag ernaar uit dat Matt elke lamp in het huis aan had. Zodra ze de autodeur opende, schreed Matt het huis uit. Hij was gekleed in een pyjamabroek en een T-shirt, zijn voeten waren bloot. Zijn haar was nat van een recente douche. Zelfs in het zwakke licht kon ze zien dat zijn ogen rood waren.

'Heb je hem meegenomen?' Zijn hand was al uitgestoken terwijl hij door de tuin liep.

Grace gooide het verdomde ding praktisch naar hem. 'Daar is je USB-stick.'

Ze draaide om terug haar auto in te stappen. Matts hand lag ineens op haar schouder.

'Kom binnen. Voor heel even. Ik wil iets met je bespreken en het is beter als we dat niet op kantoor doen.' Zijn stem was zachter en de hand op haar schouder gleed over haar arm. 'Alsjeblieft?'

Grace zuchtte en volgde hem naar binnen. Het leek alsof de avond nooit ten einde kwam.

Ze liep door zijn hal de woonkamer in. Het zag eruit alsof hij had geprobeerd om zijn huis op te ruimen. De kussens lagen weer op de bank en de papieren die overal hadden gelegen, lagen nu in een nette stapel op de koffietafel. Matt deed de deur achter hen dicht en gebaarde dat Grace moest gaan zitten. Ze plantte zichzelf op zijn bank en hoopt dat dit snel voorbij zou zijn.

'Wat is er, Matt?' vroeg Grace. Ze probeerde enigszins geïnteresseerd te klinken, en verbeet een gaap. Ze had haar schoonheidsslaapje nodig. Sean Johansson zou er in de ochtend weer zijn, en ze wilde er niet als een heks uitzien. Ze vroeg zich kort af of ze een laag uitgesneden blouse in die kledingkastkerker van haar had.

'Ik moet met je praten over die Johansson gast.'

Hij had nu Grace' volledige aandacht.

'Ik wil niet dat je jezelf voor schut zet bij hem. Je moet weten dat hij niet echt geïnteresseerd is in jou. Hij is geïnteresseerd in het verkrijgen van een goed contract.' Matt stond over haar gebogen zoals een vader die tegen zijn tegendraadse dochter sprak. Zijn mond was een rechte streep terwijl hij haar bekeek.

'Dat weet ik.' Grace voelde haar gezicht in vlammen opgaan. Ze wenste dat ze niet zo'n verdomd blanke huid had. Ze kon haar reacties niet verbergen. Ze wist dat Sean niet echt geïnteresseerd was. Ze had zichzelf precies hetzelfde gezegd. Het zo botweg horen, gaf haar het gevoel dat ze een idioot was, vanwege haar dagdroom eerder op de dag.

'Echt? Je kan toch niet geloven dat hij je wil. Hij is tien jaar jonger dan jij en ziet eruit alsof hij elke vrouw kan krijgen waar zijn oog op valt. Probeer me niet te zeggen dat het je niet was opgevallen. Je kwijlde zo ongeveer op de eikel zodra hij binnenliep,' zei Matt met een lage grom.

Vernedering gleed over haar heen. Grace stond op, knipperde de tranen weg. Ze ging niet huilen. 'Het was geen kwijl. Het was een product van mijn gevorderde leeftijd. Als je nu klaar bent, neem ik graag mijn bejaarde botten en lelijke gezicht mee en ga er vandoor.'

'Verdomme, ik ben dit gesprek aan het verknallen.' Matts gezicht vertrok. Hij reikte om haar hand te pakken. 'Het spijt me, Grace. Er gaat vandaag niets goed. Ten eerste ben je niet oud. Je bent veertig, een jaar ouder dan ik.'

Ze bleef stijfjes. Het was anders voor een man. Zij wist het. Hij wist het.

Zijn woorden waren nu zacht en vleiend. 'En er is absoluut niets lelijk aan jou. God, Grace, soms denk ik dat ik ben gestopt met daten omdat ik erachter kwam dat ik nooit iemand zou vinden die zo mooi en geweldig is als jij.'

Grace snoof. Ze wist dat het een verschrikkelijk geluid was, maar ze kon er niets aan doen. Hij kon haar toch niet zo beledigen en dan denken dat ze zijn complimentjes zou geloven. 'Vertel me niet van die onzin.'

Matt strekte zich uit. 'Het is geen onzin. Het is waar. Misschien heeft het zien wat voor effect die grote blonde eikel op je heeft, mij wakker geschud. Ik moet iets doen, anders kan ik je verliezen. Ik geef echt om je, Grace. Ik denk dat we een goed team zijn. We werken goed samen. We vinden elkaar aardig. Nou, ik vind jou aardig en jij tolereert mij. Het is geen slechte basis voor een relatie.'

'Ben je nog dronken?' Grace leunde naar hem toe om zijn adem goed te ruiken. Het zou niet de eerste keer zijn dat hij van zijn kater af probeerde te komen door opnieuw dronken te worden.

Matt leunde naar haar toe. Het ene moment probeerde Grace het recente drankgebruik van haar baas te onderscheiden en het volgende moment waren zijn lippen schokkend tegen de hare gedrukt. Grace bevroor. Matts handen vonden haar middel en hij trok haar dichter naar zich toe. Haar borst was tegen de zijne gedrukt. Matts droge lippen knabbelden bijna weifelend aan de hare, toen met meer kracht terwijl zijn handen een nogal gewaagde reis maakten naar haar achterkant.

'Matt!' Grace duwde hem weg. Het gevoel van zijn handen op haar kont haalde haar uit de schok en dreef haar tot actie. 'Wat doe je in godsnaam?'

Hij lachte schaapachtig. 'Iets wat ik al heel lang geleden had moeten doen.' Hij hield zijn handen omhoog in gesimuleerde overgave. 'En ik ga te snel, zoals gewoonlijk. Kijk, ik wilde je gewoon waarschuwen voor Johansson. Ik wil niet dat die klootzak je hart breekt. Je hebt genoeg meegemaakt. Je hebt een man nodig die voor je zorgt.'

Gezien de manier waarop ze de hele avond Matts zooi had moeten rechttrekken, twijfelde ze serieus of hij degene was die voor haar moest zorgen. Een miljoen gedachten gingen door haar hoofd. Ze was nerveus en het moest op haar gezicht te zien zijn geweest.

Matt duwde een pluk losgeraakt haar weg. 'Laten we het hele zoen-gedoe vergeten, oké?'

Grace knikte gretig. Ze wilde dolgraag dat stukje idioterie vergeten. Ze had nooit aan Matt gedacht in andere termen dan vriend en baas en zo nu en dan als een last. 'Geen probleem. We kunnen de schuld aan de tequila geven.'

Hij knikte. 'Maar ik wil dat je erover nadenkt, Grace. Ik denk dat we het zouden kunnen laten werken. Ik denk dat we gelukkig zouden kunnen zijn.'

'Matt...'

Hij legde een vinger op haar lippen. 'Stil maar. Ik vroeg je alleen om erover na te denken. Kun je dat doen?'

Grace knikte. Ze twijfelde of ze nog aan iets anders kon denken.

4

Grace zette haar laptoptas bij haar voeten toen ze in het zitje bij O'Hagens aanschoof. De kleine pub was niet ver van haar kantoor verwijderd, waardoor het de perfecte plek was om te eindigen na een lange en frustrerende dag. Toen Adam om vier uur bij haar bureau was verschenen, had ze haar kans gepakt om een beetje tijd met hem en Jake door te brengen.

'Hey, wil je dat ik dat daarheen verhuis?' vroeg Adam en wees naar de zware tas.

Grace schudde haar hoofd. 'Nee. Het is prima. Ik wil het graag dicht bij me houden. Het heeft een soort van mijn hele leven erin. Ik houd dat ding altijd in het oog.'

Adam leunde achterover. 'Ik durf te wedden dat het niet je hele leven is, liefje.'

Ze zakte verder in het comfortabele zitje. Ze had een zware dag gehad, maar nu ontspande elke spier in haar lijf zich. Ze had dit nodig. Ze moest gaan zitten en met vrienden praten en een glas wijn drinken. Het herinnerde haar eraan dat ze echt een leven moest zoeken. 'Dat zou je verrassen.

Mijn kinderen zitten op de universiteit. Ik woon alleen. Werk is zo ongeveer mijn leven.'

En dat had ze de afgelopen paar jaar prima gevonden. Nadat haar man was overleden, was het fijn geweest dat ze zich vol op haar werk en familie kon storten. Maar de laatste tijd voelde ze hoe alleen ze was. Als ze keek, hoe Adam en Jake zich met elkaar verhielden, besefte ze hoe erg ze het miste om een man in haar leven te hebben.

'Twee Cosmo's.' Jake lachte naar Grace terwijl hij haar een ijskoud roze drankje gaf. Hij zette er ook een voor Adam neer. Grace zag dat Jake al een biertje voor zich had staan.

'Serieus?' vroeg Adam die naar het drankje staarde.

Jake grijnsde naar zijn nieuwe vriend. Ze waren zo schattig samen. 'Ik herinner me dat je zei dat je zo van Cosmo's hield. En ik weet dat Grace ze lekker vindt. Kijk hoe schattig ze eruit ziet met een roze drankje in haar hand. Erg feestelijk.'

Grace nam een slok. Ze hield echt van Cosmo's.

Adam pakte die van hem. 'Lekker biertje heb je, Jake.'

Jake schoof in het zitje naast Adam. Hij pakte zijn biertje en kantelde het naar zijn partner. 'Ik ben niet zo stads als jij, liefje. Ik ben bang dat ik diep van binnen nog steeds een dorpsjochie ben. Ik hou gewoon van een lekker, koud biertje.'

Adams ogen knepen even samen en toen lachte hij die lieve, gladde lach waar Grace zo van was gaan houden. Hij haalde zijn schouders achteloos op. 'Nou, het is jouw ruigheid dat ik echt aantrekkelijk vind.' Hij draaide naar Grace. 'Al is zachtheid ook eindeloos aantrekkelijk.'

Haar ogen rolden toen ze nog een slok van haar ijskoude drankje nam. Adam was een belachelijke flirt. Hij leek echter liever met vrouwen te flirten was haar opgevallen. Misschien omdat vrouwen veiliger waren om mee te flirten. Jake leek helemaal niet jaloers toen Adams hand de hare vond over de tafel en hun vingers samenvlocht. Adam raakte iedereen graag aan. Hij knuffelde haar altijd en nam haar hand vast.

'Ik ben niet zo zacht, weet je,' wierp Grace tegen. 'Vandaag nog, moest ik een man op zijn plek zetten.'

Ze grijnsde toen ze eraan dacht. Sean Johansson had geprobeerd om het zo te sturen, dat ze de middag met hem door zou brengen. Hij had allerlei excuses bedacht, waarom ze tijdens de vergadering tussen hem en Matt moest zitten. Ze had eigenlijk maar een reden nodig om niet te dicht bij Sean te zitten. Het gedoe gisterenavond met Matt had haar aan het denken gezet. Ze moest Sean op armlengte afstand houden. Hij was te verleidelijk. Als ze zich liet meeslepen met zijn speelse geflirt, zou ze het lachertje van kantoor worden.

'Ik hoorde dat er een grote, blonde gast flink met je liep te flirten,' zei Jake. Hij had zijn stropdas uitgedaan en de bovenste twee knoopjes van zijn onberispelijke blouse open gedaan, waardoor hij een aantal centimeter van gebruinde, gespierde huid liet zien. Geen wonder dat Adam hem wel zag zitten.

Grace wuifde zijn woorden weg met de hand die Adam niet vasthield. 'Hij is uiteindelijk toch een man. Ik denk dat hij heeft beseft dat de weg naar het hart van de baas, via de secretaresse loopt.'

'Waarom speelde Kayla vandaag dan voor secretaresse?' vroeg Adam.

Dat was haar oplossing geweest. Kayla was meer dan bereidwillig geweest. Sean had haar gezegd dat hij iemand nodig had die notities nam en die uit zou typen zodat hij de hoogtepunten van elke vergadering zwart op wit had. Grace had hem Kayla gegeven, die dolgraag de hele dag naar de prachtige man wilde staren. Grace had zich haastig teruggetrokken, zich verschanst in de voorraadkast om een inventarisatie te doen, die pas over twee weken echt af moest en die door iemand anders had kunnen worden afgehandeld.

Als een lafaard was ze weggelopen en ze schaamde zich daar niet voor. 'Ik had wat andere dingen te doen. Kayla vond het niet erg.'

Adam grinnikte een beetje. 'Laat hem een poepie ruiken, liefje. Laat die grote eikel je niet charmeren. Ik ken dat type.'

'Echt?' vroeg Jake en staarde nadrukkelijk naar Adam.

'Ja. Hij lijkt zo'n "hou van ze en verlaat ze" type. Hij is niet de juiste voor onze Grace.' Adams hand wreef lief over de hare. 'Grace heeft iemand anders nodig. Ze heeft iemand nodig voor de lange termijn.'

Een lange schaduw viel over de tafel. 'Wat voor termijn? Mag ik een wilde gok doen?'

Grace trok haar hand uit die van Adam. Sean stond aan het hoofd van hun tafel, zijn jas hield hij over een schouder vast. Net als Jake had hij zijn stropdas gedumpt en zag er heerlijk en casual uit. Hij staarde naar Adam met een woeste frons op zijn gezicht.

Adam ging naar achteren zitten. Als hij al geïntimideerd was door Seans holbewonersgedrag, liet hij dat niet zien. 'Ik vertelde net tegen mijn lieve vriendin hier dat ze uit moet kijken voor mannen die misbruik van haar willen maken.'

'Ja, ze zou daar voorzichtig mee moeten zijn. Ze is een prachtige vrouw. Er zijn veel leugenaars. Er zijn veel mannen die zich anders voordoen, om dicht in de buurt van een vrouw als Grace te komen.'

Grace keek van Adam naar Sean, probeerde de vreemde spanning tussen hen te ontcijferen. 'Kennen jullie twee elkaar?'

Seans gezicht veranderde meteen. Zijn lach werd breed en hij negeerde Adam. Hij legde zijn jas over de achterkant van het zitje en stak zijn hand uit. 'Helemaal niet, liefje. Ik ben gewoon jaloers omdat je mij de hele dag ontweken hebt, maar dat je wel naar hem toe gaat. Dans met me, Grace.'

Ze voelde haar hartslag daadwerkelijk versnellen. O'Hagens had een kleine dansvloer, maar ondanks de muziek die speelde, gebruikte bijna niemand hem ooit. Het nummer was gewisseld van een hip popnummer naar een langzame, sexy ballade. Niemand danste op dit soort muziek. Dit was het soort muziek dat een man gebruikte als excuus om zichzelf publiekelijk tegen zijn geliefde aan te plakken. 'Oh, ik denk dat dat geen goed idee is.'

Zijn kaak verstrakte en zijn stem was dieper toen hij tegen haar sprak. 'Grace, je zou me enorm plezieren als je met me zou dansen.'

Hij wist precies wat hij tegen haar moest zeggen. Ze begon van het bankje te glijden. Sean nam haar hand en hielp haar. Ze ging staan en hij stond zo dichtbij, dat ze de warmte van zijn lijf voelde. Ze moest haar hoofd kantelen om zijn gezicht te zien.

'Dank je wel, Grace.' Zijn stem leek dieper. Zijn lippen kwamen omhoog in een sexy halve lach. 'Ik ben niet zo erg, weet je. Je hoeft je niet in een kast te verstoppen om me te ontwijken.'

Ze voelde dat ze bloosde. Ze had gehoopt dat hij dat niet door had gehad. 'Ik moest de inventaris doen.'

Zijn ogen knepen samen en ze voelde alsof hij door haar heen kon kijken. 'Ik heb liever dat je eerlijk bent, Grace, maar ik denk niet dat we al zover zijn. Prima. Ik kan dat spelletje een tijdje spelen.' Hij keek naar Jake. 'Als de serveerster langskomt, kun je dan een biertje voor me bestellen?'

Grace hoorde amper Jakes "ja" voordat Sean haar naar de dansvloer leidde. Haar hand voelde klein toen hij werd omvat door de zijne. God, hij liet haar zich petieterig voelen en dat was ze op geen enkele manier. Grace blikte door de bar. Niemand anders was aan het dansen. Iedereen zou kijken naar de mollige meid en de grote man die zo overduidelijk te hoog voor haar gegrepen was.

Sean stopte midden op de vloer en trok haar dicht naar zich toe. 'Stop daarmee.'

'Stop waarmee?' Ze deed wat hij had gevraagd. Ze was gewoon geen erg goede danser. 'Als je liever een ervaren danspartner hebt, voel je dan vrij om een andere partner te kiezen.'

Met een brandend gezicht begon ze zich los te maken. Ze had beter moeten weten. Seans arm verstrakte rond haar middel, trok hen dichter tegen elkaar. 'Dat was niet wat ik bedoelde. Ik bedoelde dat je moest stoppen met je druk maken om wat iedereen denkt.'

'Hoe wist je dat?' vroeg ze, terwijl ze probeerde om zijn leiding te volgen. Het was overduidelijk dat ze nog lang niet weg zou gaan.

Zijn arm ontspande alsof hij begreep dat ze zich erbij had neergelegd. Zijn hand vond haar onderrug en ze voelde dat hij haar vriendelijk leidde. 'Ik heb naar je gekeken. Jouw schouders komen omhoog als je gestrest of nerveus bent. En je kaak gaat op slot als je liegt.'

'Ik loog niet.'

'Je zei dat je niet met me wilde dansen. Dat was een leugen. Ik zag hoe je ogen oplichtten en je kaak dichtklemde toen ik het vroeg. Je keek op dezelfde manier naar me zoals je naar een decadent stuk chocoladetaart kijkt in het restaurant en je wees me op dezelfde manier af als je gisteren met het dessert deed.'

Hij had gelijk. Ze schaamde zich, omdat hij zo gemakkelijk door haar heen kon kijken, maar een deel van haar, verwonderde zich over dat hij zoveel over haar geleerd had. Haar man, god hebbe zijn ziel, had die dingen nooit door gehad. 'Nou, ik denk dat jullie allebei slecht voor me zijn.'

Hij verraste haar door te lachen, het geluid was net zo rijk als chocolade. Yep, hij was slecht voor haar. Hij zorgde ervoor dat ze aan allerlei spannende dingen dacht. 'Dat is zo'n onzin, Grace. Iedereen heeft een beetje decadentie nodig. Het maakt het leven waard om te leven.'

Sean geleidde haar over de vloer. Zijn gratie en ritme, waren overduidelijk door zijn soepele bewegingen. Grace gaf zich over en stopte met tegensputteren. Ze liet hem leiden. Het enige probleem met chocolade was dat het enorm verslavend was. Als Grace eenmaal een hapje had geproefd, wilde ze meer. Ze was er vrij zeker van dat het met Sean Johansson ongeveer hetzelfde zou zijn.

'Zegt de man zonder een grammetje vet,' bromde Grace. Geen gram. Zo dicht tegen hem aan, kon ze voelen hoe gespierd hij was. Ze probeerde haar handen stil te houden, maar elke spier leek keihard te zijn. Hij omhulde haar. Ze was omgeven door zijn hitte en zijn erg mannelijke, schone geur. Ondanks haar slechte voorgevoel merkte ze dat ze zich tegen hem aan ontspande. Het voelde zo goed om dicht bij iemand te zijn.

Ze voelde hem zuchten en zijn armen verlieten hun nette danspositie en sloegen simpelweg om haar heen. Hij wiegde op de muziek. 'Is dat wat het probleem is? Grace, liefje, kijk je weleens in de spiegel?'

'Veel te vaak,' antwoordde Grace.

Het was tijd om hem te laten weten dat ze zijn spelletje doorhad. Ze kantelde haar hoofd omhoog en zag dat hij naar haar staarde met een allerliefste lach op zijn prachtige gezicht. Het benam haar een moment de adem. Misschien kon het geen kwaad om gewoon te dansen. Ze zou het niet verder laten gaan. Als ze voorzichtig was, kon ze genieten van een avondje uit met een geweldige man zonder gekwetst te worden.

'Ik denk niet dat je naar hetzelfde kijkt als ik,' zei Sean. 'Ontspan nu. Vermaak je je?'

'Ja,' antwoordde ze eerlijk. Ze vond het veel te leuk om zo dicht bij hem te zijn, en het voelde zo goed, om alle redenen te vergeten waarom ze hier niet moest zijn en gewoon te dansen.

'Gelukkig. Ik denk dat je niet genoeg lol hebt, Grace.' Zijn hand bewoog om haar hoofd vast te houden. Hij drukte haar zacht tegen zijn borst.

De muziek zwol rondom hen aan en Grace vergat simpelweg de mensen die naar haar keken en stond zichzelf toe te voelen. Ze wilde dit. Ze had hier al zo lang naar verlangd.

Ineens veranderde de muziek naar een sneller tempo. Grace bracht schoorvoetend haar hoofd omhoog. Dat had lang niet zo lang geduurd als ze had gehoopt. Ze lachte naar Sean.

Hij schudde zijn hoofd en hield haar hand vast. Hij knipoogde toen hij haar ronddraaide en terug in zijn armen trok. 'Ik kan dit de hele avond doen, Grace. Dans met me.'

Grace voelde hoe een lach zich over haar gezicht verspreidde, toen Sean het tempo versnelde. De man kon dansen. Grace ontspande en volgde zijn leiding.

* * *

'Wat bedoel je dat je niet door haar koffertje bent gegaan?' vroeg Sean. De woorden kwamen er ruwer uit dan hij bedoeld had, maar het was een zware avond geweest.

Hij had zeker een vol uur dansend met Grace doorgebracht, haar mooie, volslanke lichaam tegen het zijne gedrukt. Het was een kwelling geweest. Zijn lul was harder dan staal geweest en hij had zichzelf angstvallig van haar lichaam weggedraaid. Hij wist niet zeker wat Grace gedaan had als hij aan zijn instinct had toegegeven, dat hem toeschreeuwde om zijn lul over haar heen te wrijven zodat ze gegarandeerd zijn interesse zag.

Adam nam een flinke slok van zijn bier. Zodra Grace en de anderen waren verdwenen, had Adam zo snel als hij de woorden uit zijn mond kreeg, een biertje besteld. 'Kayla kwam opdagen. Wat had je verwacht dat ik zou doen? Tegen haar zeggen: je mag niet bij ons zitten omdat ik de inhoud van het koffertje van je vriendin moet doorzoeken? God, dit biertje smaakt zo verdomd lekker. Je zuigt, Jake. Ik krijg je nog wel.'

Jake lachte, zijn hoofd viel achterover. 'De blik op jouw gezicht was zo grappig.'

Sean sloeg op de tafel om hun aandacht te trekken. 'Jullie gezichten gaan er allebei grappig uitzien als ik geen fatsoenlijke verklaring krijg, waarom deze kleine missie van ons een complete verspilling van tijd is geworden.'

Dat was het niet, maar dat wilde hij niet toegeven. Hij had veel meer genoten van Grace' gezelschap dan zou moeten. Ze was lief en grappig en zo slim. Nadat ze klaar waren met dansen, waren ze bij Adam en Jake en de anderen die van het kantoor waren gekomen, en die zich rond Grace hadden verzameld, gaan zitten. Kayla was er geweest, maar ook een boel mannen. Een aantal van hen had naar Grace gekeken. Ze had het helemaal niet opgemerkt, maar Sean had ze met een starende blik weggejaagd.

Maar hij had niet bereikt waar hij voor was gekomen—Adam en Jake de tijd geven om Grace' koffertje te doorzoeken en misschien de inhoud van de harde schijf downloaden. Hij had geweten dat het tweede moeilijk ging worden. Adam had het met zich mee moeten nemen naar het toilet en als Grace iets zou zeggen, zou hij gewoon vertellen dat hij erop wilde letten. Maar Adam was niet zo ver gekomen. Ze hadden twee uur in de bar gezeten, omringd door collega's. Tegen de tijd dat Grace had gezegd dat het tijd was om naar huis te gaan, hadden ze hun kans verknald. Sean wist precies wie hij de schuld moest geven.

'Misschien hadden jullie het te druk met flirten met jullie doelwit om je werk te kunnen doen.' Sean was er klaar voor om het tegen Adam op te nemen. Adam had zijn best gedaan om Grace' aandacht te trekken.

Adam knalde zijn biertje op de tafel. 'Jij neukte haar zo ongeveer op de dansvloer. Wat was dat?'

'Bij lange na niet. Ik heb mijn handen thuis gehouden.' En dat was heel moeilijk geweest. Alles wat hij had gewild, was zijn vingers in haar zachte haar laten glijden en haar hoofd kantelen voor een zoen. Nadat ze ontspande en tegen hem aan vleide, herinnerde Sean zich alle prachtige dingen als je een submissive nam. Grace was gespannen. Ze gaf zichzelf geen toestemming om van iets te genieten. Hij zou dat voor haar kunnen veranderen. Ze had iemand nodig, iemand die het beste met haar voor had. Haar beter leren kennen, had aan Sean duidelijk gemaakt dat ze een geboren sub was. Ze was niet iemand die over zich heen liet lopen. Ze zette alleen bijna iedereens behoeften boven die van zichzelf. Ze had een sterke partner nodig die haar kon beschermen en ervoor kon zorgen, dat ze kreeg wat ze nodig had.

Hij kon die man niet zijn.

'Zo zag het er vanaf deze plek anders niet uit,' vuurde Adam terug.

Jake sloeg zijn ogen ten hemel op. 'Waarom slaan jullie elkaar niet in elkaar en dan hebben we dat ook weer gehad? Sean, zodra Kayla aankwam, vroeg ik of ze wilde dansen. Dat was je niet opgevallen, of wel? We bevonden ons vlak naast jou en Grace, maar dat is je niet opgevallen, dus zeg niet tegen me dat wij de enigen zijn die het hebben verknald.'

'Eric Klein van HR kwam net naar de tafel toen ik het koffertje mee wilde nemen. Hij stelde me een vraag en tegen de tijd dat ik klaar was met antwoorden waren Kayla en Jake terug.' Adam fronste en maakte zijn stropdas los. 'Daarna werden we omringd. Je wist dat dit geen uitgemaakte zaak was.'

Maar hij had het wel gehoopt. Hij had gehoopt dat dit makkelijk zou zijn en dat hij dan weg kon stappen van Grace, aangezien het leek alsof hij er te dicht bij betrokken raakte. Het had echter geen zin om Jake aan te pakken. Maar Adam onder handen nemen zou hem misschien een beter gevoel geven.

Jake schoof uit het zitje, zijn biertje was op. 'Je weet wat je moet doen, Sean. Het zal niet de eerste keer zijn dat je je moet opofferen. Ik begrijp niet waarom je zo terughoudend bent. Serieus, als je niet met Grace naar bed wilt, dan vinden wij het geen probleem.'

Adam stak zijn vuist in de lucht ten teken van overwinning. 'Dat is het plan, mijn vriend. We zijn toch beter uitgerust om het te doen. Een van ons kan Grace vrolijk bezig houden terwijl de ander de klus klaart.'

Jake lachte. 'Ja, onthoud jij nou maar wie de communicatie regelt. Veel plezier met werken, computernerd.'

'Stop daarmee, jullie allebei.' Sean wist dat hij het had verkloot, toen iedereen in de zaak naar hen keek. Hij sprak zachter. 'Jullie gaan niet met Grace naar bed.'

Hij ging niet toestaan dat dat gebeurde. Hij kon dit wel aan. Hij kon Grace wel aan. Ze was niet anders dan de andere subs die hij had gekend. Ze was leuk en lief en hij zou gewoon van haar weg lopen. Ze was gewoon een klus.

Jake schudde zijn hoofd. 'Kijk uit, sergeant. Je kunt maar beter niet vergeten dat ze hierbij betrokken is.'

'Dat is ze niet,' antwoordde Adam. 'Die vrouw zit niet in dezelfde categorie als een verdomde terrorist. Je bent de weg kwijt als je dat denkt.'

'Oh, ze is erbij betrokken,' zei Jake en pakte zijn jas. 'Als Patrick Wright hier is, werkt Matthew Wright met hem. Als Matt met hem werkt, kan het niet anders dan dat Grace erbij betrokken is.'

'Dat is erg vaak 'als', Jake.' Adam schoof er ook uit. Zijn gezicht stond koppig. Hij had zijn kant gekozen.

Sean had ook zijn kant gekozen. Hij wist gewoon niet zeker of het de juiste was. Hij was al eens voor de gek gehouden. 'Ze houdt dat koffertje gesloten. Hoeveel secretaresses hebben koffertjes met sloten erop?'

Het was een dilemma. Elk instinct zei hem, dat Grace Hawthorne precies was wat ze beweerde te zijn. En Grace zou niet de eerste vrouw zijn, die wist dat lief en onderdanig zijn goede manieren waren om criminele activiteiten te verhullen.

'Ik geloof het niet,' zei Adam. 'Maar ik zie dat ik de enige ben die niet heeft toegegeven aan compleet cynisme. Ik ga naar huis. Ik heb om acht uur een vergadering. Ik haat "sales".'

Jake gooide zijn handen in de lucht. 'We gaan niet naar huis, eikel. Ik heb een date met de barvrouw geregeld. Ik moest haar ervan overtuigen dat je de Cosmo dronk vanwege een weddenschap. Ze was er vrij zeker van dat je homo was.'

Adam haalde zijn handen over zijn borst. 'Heb je het over de dubbele D?'

'Ja, de blonde met de enorme tieten en een open mind. We moeten over een half uur bij haar thuis zijn,' zei Jake. 'Tenzij je natuurlijk je schoonheidsslaapje moet doen.'

'Rot op, klootzak. Verdomme, ze is lekker. Ik wil deze keer de achterdeur,' zei Adam gretig. Hij bewoog veel sneller dan eerder.

En hij vergat een paar van zijn spullen. 'Jullie twee kunnen maar beter voorzichtig zijn. Het kan me niet schelen wat jullie buiten werktijd doen, maar wees discreet. Dit kan maar beter niet te herleiden zijn naar het kantoor.'

Jake stak een sleutel uit. 'Al aan gedacht. Ze wil dat we op haar wachten.'

Je kon er vergif op innemen dat Jacob Dean het voor elkaar kreeg dat een of andere willekeurige serveerster hem de sleutel van haar appartement gaf in ruil voor de belofte van meerdere orgasmes. Sean wuifde ze weg. 'Fijne avond, heren.'

Ze vertrokken en Sean was alleen. Hij nam een flinke slok van zijn bier en dacht eraan hoe Grace zich had opengesteld voor hem. Ze had haar hoofd omhoog gekanteld en hij had bijna zijn lippen langs de hare gehaald. Hij wilde haar bevelen om haar mond open te doen en zich over te geven. Ze had zo goed gereageerd toen hij zijn Dom stem gebruikte en tegen haar had gezegd wat hij verwachtte. Ze zou op dezelfde manier reageren als hij haar in bed kreeg. Ze zou zich voor hem blootstellen als hij haar eenmaal getraind had en hij zou voor haar zorgen.

Verdomme. Dat kon hij niet laten gebeuren. Hij kon niet zo dicht bij haar komen. Hij moest het licht houden. Hij zou in haar bed belanden, maar hij zou niet open tegen haar zijn.

Wat er ook gebeurde, hij moest weg kunnen lopen. Het probleem was, dat hij begon te denken dat hij dat niet zou willen.

5

Drie dagen later liet Grace zich in het zwembad zakken, en zuchtte toen het koele water haar lichaam bedekte. Het was vredig en stil in haar achtertuin. Haar buren waren senioren en kwamen zelden buiten als het donker was, dus Grace genoot van de heerlijke stilte. Ondanks dat de septemberdagen belachelijk heet waren in Texas, begonnen de avonden koeler te worden, meer een herfstachtige lucht. Grace keek naar de avondlucht. Dit huis in ranch-stijl met zijn drie slaapkamers noemde ze al veertien jaar haar thuis. Het was het droomhuis van haar en Pete geweest. Ze zou het binnenkort moeten verkopen. Het sloeg nergens op om hier alleen te wonen. Vanaf het moment dat ze die openbaring had gehad, was ze elke avond gaan zwemmen. Het water zou al snel te koud zijn om in te zwemmen. Grace zwom ontspannen in het maanlicht, haar hoofd verwerkte de afgelopen paar dagen.

Ze probeerde meneer Sean Johansson op afstand te houden. Hij leek de intentie te hebben om haar perfect rationele plan te verpesten. De dag nadat ze samen hadden gedanst, had hij gevraagd of ze mee ging lunchen. Toen ze beleefd weigerde, kwam hij opdagen in de cafetaria van het gebouw waar zij en Kayla hadden afgesproken. Kayla was al snel van hem gecharmeerd, en had aangekondigd dat ze hem wel zou nemen als Grace hem niet wilde.

De grote Viking leek vastbesloten om haar te charmeren. Hij had haar elke avond uit eten gevraagd, waarbij zijn blauwe ogen haar aantrokken. Hij had haar gevolgd naar happy hour en was heel erg aardig geweest tegen Kay en hun nieuwe vrienden Adam en Jacob.

Dat was het echte probleem met Sean. Als hij alleen een knap gezicht en een lekker lijf was geweest, had ze er niet zo'n moeite mee gehad. Hij was ook... lief. Ze hadden goede gesprekken gehad. Hij had haar vragen gesteld over haar zonen en wat ze graag in haar vrije tijd deed. Hij leek daadwerkelijk geïnteresseerd in haar als persoon.

Het water voelde glad en zijdezacht tegen haar huid. Ze hield van dit gevoel. Toen ze er echt zeker van was dat er geen buren in de achtertuinen waren, trok ze haar zwempak uit en liet het achter. Zwemmen voelde anders zonder zwempak, sensueel en een klein beetje verboden. Ze zwom naar het diepe gedeelte en ging op het bankje zitten dat in de zijkant van het zwembad gebouwd was. Haar benen bungelden terwijl ze nadacht over de grote Viking die zo snel haar leven overnam.

Sean was overal. Hij schoof haar stoel voor haar naar achteren wanneer ze samen in vergaderingen waren. Hij had haar gisteren een latte gebracht toen ze laat moest werken om een aantal voorstellen uit te typen. Hij had gewacht en haar naar haar auto gebracht omdat het al donker was tegen de tijd dat ze klaar was. Dat was de moeilijkste uitnodiging geweest om af te slaan. Hij keek een beetje gekwetst toen ze uitgelegd had dat ze naar huis moest. Hij had geprobeerd haar een dinervergadering bij te laten wonen met Matt en een paar vertegenwoordigers uit Chili. Toen hij had geklaagd dat hij geen goed gekookte maaltijd kreeg, had ze hem luchtig aangeboden om hem een keer haar beroemde lasagne te voeren. Ze had het met haar flirterige lach gezegd en iets eruit gegooid als dat hij een keer langs moest komen. Hij wist niet waar ze woonde en hij zou over een week of zo weg zijn. Ze zat veilig.

Maar een deel van haar wenste dat ze dat niet was.

Alleen het kleine gepiep van de toegangspoort gaf haar de waarschuwing dat ze niet langer alleen was. Met een klein gilletje duwde Grace zich van het bankje en hing aan de zijkant van het zwembad. Haar naakte borsten schraapte lichtjes tegen de muur.

'Grace? Ben je hier achter? Ik probeerde de voordeur, maar er antwoordde niemand. Oh, daar ben je.'

En daar was hij. Een Noorse god in het maanlicht. En hier was zij... zonder een verdomd zwempak. Grace bad dat het donker genoeg was zodat hij het niet kon zien. Het zwembad was zo gebouwd dat het aanvoelde als een lagune. Het graniet was een donker blauwgrijs. Ze had het licht van het zwembad niet aangezet, dus het was mogelijk dat hij het niet kon zien. Misschien. Ze bad dat hij niet zag dat haar zwempak op het dek lag.

'Sean, wat doe je hier?' De vraag kwam eruit als een piepje. Haar nagels boorden in de tegels aan de rand van het zwembad.

Hij lachte. Ze kon in het maanlicht zijn rechte witte tanden zien, toen hij het dek opliep. Hij zag er ongelooflijk sexy uit in een donker pak. Zijn stropdas was weg en de blouse was open bij de nek. Hij droeg een fles wijn in een grote hand. 'Jij zei dat je me zou voeren, vrouw. Die zaak vanavond was slecht. Ik kon niet nog een doorbakken steak aan.'

'Matt neigt ernaar om zijn restaurants op basis van de bar in plaats van op de kwaliteit van het eten te kiezen,' gaf ze toe. Oh, ze moest een manier vinden om hem hier weg te krijgen. Ook al was het water een klein beetje koud, haar lichaam brandde van schaamte. Het laatste dat deze prachtige man nodig had, was de aanblik van haar hangende borsten.

'Dat blijkt. Zie je, als je met ons mee was gegaan, had ik tenminste iets moois gehad om naar te kijken.' Hij hield de fles wijn omhoog. 'In plaats daarvan kom ik met cadeautjes en smeek je om me te eten te geven. Serieus, Grace, ik ben geen man die elke avond van een restaurant geniet. Je hoeft niet eens te koken. Laat me gewoon gebruik maken van je keuken. Ik bedenk wel iets. Ik ben behoorlijk goed in de keuken.'

De keuken klonk als een perfecte plek voor hem. De keuken was niet hier, waar hij bedreigd zou worden met het zicht van haar te grote achterwerk. Hij kon vast rommelen in de keuken en zij kon het zwempak weer aan trekken. Hij zou het nooit hoeven weten. 'Dat is geweldig, Sean. De achterdeur is open. Neem maar uit de keuken wat je nodig hebt. Ik ben er over een minuut of twee.'

Hij begon naar de deur te draaien en stopte. 'Je lijkt erg meegaand. Ik verwachtte op zijn minst een beetje weerstand.'

'Ik vecht nooit met een man die voor me wil koken.'

Hij nam een paar stappen naar voren totdat zijn instappers net bij de rand van het zwembad waren. Grace was erg dankbaar voor de afstand tussen hen. Ze had het gevoel dat als er geen water in de weg zat, Sean veel dichterbij zou komen.

'Gaat het wel?' Hij fronste plotseling en de volgende vraag die uit zijn mond kwam was grommend. 'Is er nog een andere man hier?'

Ze voelde dat haar mond openviel en ze draaide, terwijl ze ervoor zorgde dat het water haar tot haar nek bedekte. Ze hield een hand op de rand van het zwembad voor balans. 'Nee, ik heb geen man hier, Sean Johansson, maar als ik dat wel zou hebben, zouden dat jouw zaken niet zijn.'

Zijn prachtige gezicht werd een beetje schaapachtig. 'Zou het een verschil maken als ik je zei dat ik wilde dat het mijn zaken waren?'

'Sean,' begon ze met een zucht. Hij speelde een of ander spelletje. Dat moest wel. Geen man zo jong en heerlijk zou zich interesseren voor een veertigjarige weduwe. 'Speel geen spelletjes met me. Het is niet aardig.'

Hij kreunde en schudde zijn hoofd alsof hij niet kon uitvogelen wat ze zei. 'Aardig? Wat bedoel je daarmee? Kom op, Grace. Wat moet ik doen? Ik volg je al dagen als een puppy. Ik ben perfect charmant tegen al jouw vrienden en galant voor jou. Ik sta hier te smeken of ik mijn culinaire vaardigheden aan je mag laten zien. Ik heb besloten dat je misschien medelijden met me krijgt als ik je goed genoeg te eten geef. Ik speel volgens jouw regels, liefje. Ik probeer mijn handen thuis te houden en de perfecte heer te zijn. Je moet me vertellen wat er gaat werken.'

'Niets.' Ze moest ronduit eerlijk tegen hem zijn. Ze liet zich niet gebruiken. 'Ik weet niet hoe vaak dit toneelspel van je werkt, maar het gaat bij mij niet werken. Ik ga Matt niet beïnvloeden zodat jij een beter contract eruit kunt slepen. Je moet het met hem regelen. Nu zou ik graag willen dat je wegging. Vanaf nu hoef je alleen maar professioneel tegen me te zijn en ik zal jou op dezelfde manier behandelen.'

Zijn ogen knepen samen. Grace deinsde een stukje terug. Het was alsof ze zijn wilskracht in de ruimte tussen hen in kon voelen groeien. Een hand lag op zijn heup terwijl hij haar bekeek. Zijn stem was dieper en gladder dan eerder. 'Je begrijpt me verkeerd, kleintje. Ten eerste is er niets professioneels aan wat ik voor je voel. Ten tweede kan me dat contract niks schelen. Het is een baan, Grace. Het maakt me niet uit. Beantwoord een vraag voor me. Als je nee tegen me zegt, dan vertrek ik. Grace, wil jij me net zo erg als dat ik jou wil?'

Grace slikte. Alles wat ze hoefde te doen, was dat ene woord uitbrengen. Ze hoefde alleen maar nee te zeggen en haar hele leven zou weer terug naar normaal gaan. Hij zou haar met rust laten en ze kon zich concentreren op haar zonen... die haar niet meer nodig hadden. Ze waren naar de universiteit. Ze kon zich concentreren op... haar werk? Dat klonk zielig. Hoe ze het ook bekeek, deze grote, blonde man was het meest opwindende dat haar sinds een lange tijd was overkomen. Peter was al zo lang dood. Haar eenzaamheid gleed over haar heen.

'Ik hoef geen 'nee' te horen, Grace.' Zijn stem was zacht en ze hoorde de emotie erin. 'Ik heb een ja nodig.'

Hij zou niet gaan zonder dat, wist Grace. Hij zou haar geen makkelijke uitweg geven. Hij zou het haar laten zeggen.

'Ja.' Ze zou er spijt van krijgen. Ze was er absoluut zeker van. Ze zou eindigen met een gebroken hart, maar misschien was dat beter dan een leeg hart.

Zijn lach lichtte de avond op. Zijn schouders ontspanden. Het was niet te ontkennen, dat er een zekere genoegzaamheid bij hem te bespeuren was. 'Ik ben zo blij. Je zult het zien. Wat voor werk ik aan het doen ben, heeft niets te maken met wat er tussen ons is. Onthoud dat.' Hij stak zijn lege hand uit. 'Kom op. Ik was serieus over mijn culinaire vaardigheden. Mijn moeder kreeg niet de dochter die ze wilde. Ze gaf haar zoektocht naar de perfecte pasta aan mij door. En deze wijn is hemels. Je gaat hem geweldig vinden.'

Grace schudde haar hoofd. Alleen maar omdat ze besloten had dat ze tijd met hem door zou brengen, betekende nog niet dat ze er klaar voor was om als Venus voor hem op te rijzen. Hij was nog steeds jonger dan zij en ze had nog steeds haar onzekerheden. 'Ga maar. Ik kom er zo aan.'

Hij overwoog de situatie een moment. Het was overduidelijk te zien dat hij niet een man was die makkelijk weggestuurd werd. Een langzame lach verspreidde over zijn gezicht en zijn voet begon te tikken. Hij leunde naar voren, probeerde een beter zicht te krijgen. 'Wat is er mis? Waarom kom je niet met me mee? Ben je aan het naaktzwemmen? Heb ik je betrapt zonder badpak aan?'

'Nee.' Het klonk zelfs in haar eigen oren als een leugen. 'Ik ben gewoon verlegen.'

Hij klakte met zijn tong. Hij ijsbeerde langs het zwembad als een leeuw in zijn kooi. 'Je gaat me dit niet makkelijk maken, of wel? We kunnen dit de moeilijke weg doen. Dat was leugen nummer een. Ik houd de tel bij. Ik zou opletten als ik jou was. Misschien krijg je later straf.'

Daar had je het. Grace moest diep ademhalen en bekennen dat wat haar aantrok tot de Viking niet alleen zijn goede uitstraling was. Hij had een diepe, autoritaire aanwezigheid van een Dom als hij dat wilde. Tenminste, hij deed haar denken aan de Doms in haar boeken. Nu had ze een meervoudig probleem. Ze was naakt en nat op een manier dat niets te maken had met het zwembad waar ze in zat.

Sean zette de fles wijn op de tafel en deed zijn jasje uit. Hij keek door de tuin, nam alles in zich op. Hij draaide eindelijk om en bestudeerde de doos die haar zwembad bediende. 'Ah, daar is het.'

Het zwembad was plots verlicht met prachtig blauw licht. Het was een rustgevende kleur dat er ook voor zorgde dat haar naakte vorm zichtbaar werd. Grace hapte naar adem en probeerde weg te gaan. Maar ze kon nergens naartoe. Er was geen plek om zich te verstoppen.

Seans ademhaling was te horen. Hij stond daar een moment naar haar te kijken met grote ogen. 'Je bent echt naakt.'

Voordat Grace kon protesteren, sprong Sean volledig aangekleed in het zwembad.

'Sean!'

Hij zwom naar haar toe. Zijn grote lijf gleed krachtig door het water. Hij kon zijn adem echt heel lang inhouden. Grace bewoog naar de andere kant van het zwembad en dacht er over na om het bankje te gebruiken om eruit te klimmen. Zijn hand lag op haar enkel voordat ze het kon doen.

Zijn grijns was een roofzuchtige streep over zijn knappe gezicht terwijl hij bovenkwam en zijn handen naar haar middel bracht. Hij staarde door het water naar haar.

'Wat is er gebeurd met een heer zijn?' Haar stem was als een hijgende cocktail van verlangen. Ze hoopte dat ze hem niet afschrok. Ze bestuurde zijn gezicht. Hij leek niet teleurgesteld in wat hij zag. Zijn blauwe ogen namen elke centimeter van haar in zich op.

'De heer heeft het gebouw verlaten.' Zijn handen bewogen omhoog om haar borsten vast te pakken. 'God, je bent prachtig.'

Ze voelde zich ineens mooi. Het daagde bij Grace dat ze een keuze had. Ze zou haar onzekerheden hun gang kunnen laten gaan en misschien haar waardigheid redden—of ze kon haar waardigheid overboord gooien en Sean nemen. Haar Viking won in een oogwenk. Een lichte blijdschap vulde haar. Ze wilde dit. Ze had zo lang niet gewild, dat alleen het verlangen al een genot was. Ze gaf zichzelf over aan het gevoel van zijn handen op haar lichaam. Haar tepels waren hard en pijnlijk. Ze sloeg haar armen rond zijn nek.

'Goed zo, Grace. Houd je aan me vast.'

Hij bedekte zijn mond met de hare terwijl hij haar naar het midden van het zwembad trok. Grace' voeten konden de bodem niet raken, maar Sean had niet hetzelfde probleem. Een meter zeventig aan water konden Sean Johansson niet bedekken. Hij trok haar weg van de kant. Ze moest zichzelf om hem heen wikkelen als ze wilde blijven drijven. Zijn lippen voelden warm en zacht tegen de hare. Hij knabbelde teder aan haar mond en toen wreef hij met zijn neus tegen de hare. Het was een lief gebaar waardoor Grace' hart net zo betrokken raakte als de rest van haar. Er lag lust in Seans ogen, maar er was een verlangen dat op meer leek dan simpele seks.

'Je hebt me al dagen gek gemaakt.' Hij haalde zijn tong over haar onderlip. Ze kreunde als antwoord. Elke zenuw in haar lichaam leek tot leven te komen. 'Je bent de meest flirterige vrouw die ik ooit heb ontmoet. Ik zweer je, als je nog een keer die zoete stem van je gebruikt op de postbode, dan zal ik hem moeten vermoorden.'

Grace gaf zich over aan de drang om haar vingers door dat dikke haar van hem te halen. Hij had het meestal strak naar achteren zitten, maar nu was het een sexy puinhoop. Ze hield van het zijdezachte gevoel onder haar vingers. Ze had er dagen naar verlangd om zo dicht bij hem te zijn en nu kon ze zien hoe perfect hij was, zelfs zonder afstand tussen hen. Zijn gezicht was een uitgehouwen perfectie. Zelfs de lichte baard die tegen haar wang kriebelde voelde als een heerlijke sensatie. 'Ik bedoel er niets mee.'

Ze was altijd een flirt geweest. Pete was het niet echt opgevallen. Hij was niet het jaloerse type. Sean leek het jaloerse type. Als ze van hem was en hij betrapte haar op flirten zou hij het misschien niet weg lachen. Hij zou misschien... hij zei dat er misschien later een straf zou volgen. Die ene zin deed allerlei dingen met haar libido. God, waarom had hij dat gezegd? Ze vroeg zich af of ze Sean zou kunnen verleiden om haar billenkoek te geven. Hij dacht misschien dat ze een complete perverseling was. Hoe kon ze uitleggen dat ze heel veel erotica had gelezen en een paar gekke fantasieën had? Ze zou het moeten doen met vanilla seks. Het zou nog steeds heel goed zijn.

'Waarom denk je dat ik die arme postbode heb laten leven, schatje? Ik weet dat je alleen je lieve zelf bent, maar Grace, ik ben erg bezitterig. Dat moet je onthouden.' Zijn stem was licht en plagend. Hij trok haar dicht tegen zijn lijf, zijn handen omvatten haar billen toen hij hen naar het ondiepe deel van het zwembad bracht. Nu was zijn borst uit het water. De witte blouse zat tegen zijn huid geplakt. Het vormde zich naar de harde, strakke spieren van zijn borst, die de uren in de sportschool verraadden. Hij keek op haar neer, bestudeerde haar gezicht. 'Je kijkt alsof je me op kan eten.'

Grace sloeg haar ogen neer, beschaamd dat ze zo'n open boek was. Het was lastig om te weten hoe ze dit moest spelen. Het was zo lang geleden dat ze op een date was geweest. Het was twintig jaar geleden sinds ze zich in zo'n intieme situatie had bevonden met een andere man dan haar echtgenoot.

'Hey.' Sean zette haar op de grond. Zonder hakken kwam ze tot halverwege zijn borst. Hij was zo groot dat hij haar het gevoel gaf dat ze klein en delicaat was. Hij legde zijn hand onder haar kin en dwong haar naar hem op te kijken. Het licht van het zwembad verlichtte zijn heerlijke gezicht, zorgde ervoor dat zijn lichtblauwe ogen donkerder leken, krachtiger. 'Ik hou ervan, hoe je naar me kijkt, Grace. Het geeft me het gevoel dat ik tien meter lang ben en ik wil absoluut, dat je me opeet.'

Hij bracht zijn mond naar de hare en deze keer was er geen zachtheid. Zijn zoen domineerde. Zijn tong stootte naar binnen en verstrengelde zich met de hare in een gewaagde imitatie van iets waarvan ze zeker wist dat zijn lul dat wilde. Grace werd kwetsbaar bij hem, liet haar handen zijn keiharde borst ontdekken terwijl hij haar zoende. Zijn mond ging steeds opnieuw over de hare. Hun tongen schoven in een zijdezachte dans. Zijn driedaagse baard kraste lichtjes tegen haar wang, maar ze hield van het gevoel van hem.

Hij trok haar tegen zijn lichaam, legde de lange lijn van zijn erectie tegen haar buik. Zijn heupen schuurden, een schaamteloze uitnodiging om te spelen. Het was geen uitnodiging die ze wilde weigeren.

Ze was verloren, klaar om haar benen rond zijn slanke middel te leggen en hem meteen te nemen. Grace begroef haar gezicht tegen de ontblootte huid van zijn borst. Ze kuste hem daar, haar handen trokken aan de knoopjes van zijn blouse, en ze haatte de stof die zijn huid weghield van de hare. Ze wilde haar handen op hem hebben, de warmte van zijn vlees voelen en de hardheid van zijn spieren. Ze wilde haar nagels erin drukken en haar sporen op hem achterlaten.

Sean trok zich abrupt terug. Zijn scherpe toon sneed door de lichte waas van haar lust. 'Nee, Grace. Jij hebt niet de leiding.'

Haar voeten vonden de bodem van het zwembad. Ze had zich niet gerealiseerd dat ze van hem afhankelijk was voor balans. Ze voelde zich weer kwetsbaar, zonder de steun van zijn lichaam rond het hare. Ze had hem gehoord, maar de enige woorden die ze echt registreerde waren "nee" en "niet". Ze zette zichzelf voor schut. Hoe kon ze hebben gedacht dat hij serieus was? Hij was gewoon speels. Hij was waarschijnlijk echt verrast toen ze hem serieus had genomen. Ze was een veertigjarige weduwe met hangende tieten en tien extra kilo's die niet weg wilden. Hij was een Noorse god.

Grace probeerde om hem heen te komen.

'Stop daarmee.' Zijn stem was een scherp blad en zijn arm ging rond haar middel. 'Ik pik dat niet. We gaan de regels opstellen voordat we beginnen.'

'Laat me gewoon los, Sean.' Ze wilde niets over zijn regels horen.

'Nee.' Toen Grace naar hem opkeek, leek hij een beetje verbijsterd. 'Behandelde je jouw laatste Dom ook zo, liefje? Liet hij het toe, als je hem manipuleerde? Dat gaat bij ons niet gebeuren.'

Hij pakte haar op en zette haar op de rand van het zwembad.

Ze kon haar gezicht voelen branden van schaamte. Hij had het over "Doms" gehad. Waarom zou hij dat doen? Wat had hij gehoord over haar? Maar een paar mensen wisten van haar fantasie af.

De gladde tegels waren ietwat koud tegen haar billen. Haar voeten hingen in het water, gaven haar een naakt en kwetsbaar gevoel. Ze probeerde snel haar borsten te bedekken. De schutting was hoog, maar het voelde verkeerd om naakt uit het water te zijn.

Seans handen pakten de hare en trok ze weg van haar borst. 'Waag het niet. Je moet nu een stopwoord kiezen.'

'Wat?' Ze voelde haar mond open vallen. Hij vroeg haar om een stopwoord? 'Ik begrijp het niet.'

Hoe kon hij dat weten? Wat zou hij denken? Hij had gevraagd naar haar Dom.

Hij fronste. 'Leugen nummer twee, Grace. Laat het me je zo makkelijk als mogelijk uitleggen. Ik, Dom. Jij, sub. Kies een stopwoord want anders kom ik uit dit zwembad en draag jou naar dat mooie bankje daar en staan we niet meer op totdat jouw kont gloeiend rood is.'

'Olifant.' Ze sprak zachtjes. Ze was niet bang voor de billenkoek. Ze was erdoor geïntrigeerd, maar ze wist niet zeker wat ze ervan vond dat Sean al zo snel zoveel over haar wist. Hij scheen het niet erg te vinden. Grace sloeg haar blik neer. Van de boeken die ze had gelezen, wist ze dat het een woord moest zijn dat ze niet zou gebruiken tijdens seks. 'Is dat een goed woord?'

Haar zachte woorden werkten als magie op hem. Zijn schouders ontspanden en zijn greep op haar werd weer vriendelijk. 'Het is een heel goed woord. Is dat jouw gewoonlijke stopwoord?'

Ze beet op haar onderlip. Hij had een aantal verkeerde aannames, maar Grace wist niet zeker of ze hem terecht moest wijzen. Ze ging voor eerlijkheid door simpelweg zijn vraag te beantwoorden. 'Nee. Ik heb het zojuist verzonnen.'

Hij lachte. 'Perfect. Ik heb liever dat we een frisse relatie beginnen. Ik ga nu deze handen loslaten. Zet ze op de tegels achter je en leun achterover. Dan wil ik de hielen van je voeten op de rand van het zwembad. Heb je dat begrepen?'

Ze blikte rond, vergat haar spel. Ze was een beetje in paniek bij het vooruitzicht om hem te gaan gehoorzamen. 'Maar Sean, mensen zien me misschien.'

'Er is hier niemand, Grace.' Het ongeduld straalde van hem af.

Grace schudde haar hoofd en ze wenste opnieuw dat ze haar verdomde zwempak had aangehouden. Natuurlijk zou Sean het nu zo ongeveer wel van haar afgetrokken hebben. Grace was eerlijk genoeg tegen zichzelf, om te weten dat ze het hem had laten doen, maar er waren een aantal problemen met het scenario. 'Ik heb een Vereniging van Eigenaren. Ik heb een keer een boete van driehonderd dollar gekregen omdat ik mijn vuilnis-bakken twee uur te lang buiten had gelaten. Ik kan me niet voorstellen wat de boete zal zijn als ik mijn reet buiten laat.'

Hij vuurde de woorden af. 'Niemand kan jouw kont zien want je zult erop zitten. Als we het over dat kutje van je hebben, denk er maar niet aan. Het enige wat iemand gaat zien is mijn gezicht dat erin begraven is. Dus het enige waar we ons druk over hoeven te maken zijn die heerlijke tieten. We zeggen wel tegen iedereen dat je Frans bent. Doe nu wat ik je gezegd heb, of we gaan naar het bankje.'

Ze rilde, maar het kwam niet door de kou. Ze had er zo vaak over gefantaseerd om over harde dijen geplaatst te worden en een liefkozende straf te krijgen. Zelfs in haar dromen had ze niet gedacht dat het van iemand als Sean zou komen. 'Zou je me echt slaan?'

Hij staarde strak naar haar. 'Ik sta al bijna op het punt om dat te doen. Je moet een keuze maken. Je kan je overgeven, of ik stop nu meteen en dan doen we alsof dit nooit is gebeurd. Ik weet niet of je ervaren bent of dat je alleen nieuwsgierig bent, maar dit is wie ik ben, Grace.'

'Je bent een Dom.' Diep van binnen had ze het geweten. Ze was er zeker van geweest dat hij een echte alfa man was, maar een deel van haar had een man herkent die haar compleet kon domineren.

Zijn lippen krulden omhoog. 'Ik geloof dat ik dat heb gezegd. Ik heb jaren getraind. Ik herken een sub als ik er een zie. Maak nu een keus. Geef je aan me over of zeg je stopwoord.'

Alles waar ze van had gedroomd, stond voor haar. Ze kon iets, dat ze altijd had gewild, met Sean verkennen als ze gewoon dapper genoeg was om zich over te geven. Grace koos ervoor om zich over te geven. Sean had de leiding. Grace liet haar benen openvallen. Dit was wat haar had aangetrokken tot deze levensstijl. Ze hoefde zich nergens zorgen over te maken behalve Sean gehoorzamen. Er was geen plek voor onzekerheden bij een Dom. Grace voelde haar lichaam trillen van verwachting toen Sean naar haar kutje keek.

'Je bent zo fucking mooi. Kijk hoe nat je bent.' Zijn stem was een donkere, warme deken die haar bedekte en haar beschermde tegen de buitenwereld. Het was hier veilig met Sean.

Zijn vingertopjes schraapten langs de binnenkant van haar dijen, waardoor ze rilde van verwachting. Hij haalde zijn handen over haar benen heen, pakte haar knieën vast, streelde de buitenkant van haar dijen, ging met zijn vingers helemaal naar haar roze teennagels en weer omhoog tussen haar dijen. Hij bewoog een enkele vinger van de bovenkant van haar klit naar de natste delen van haar vagina. Erg voorzichtig bracht hij die ene grote vinger diep bij haar binnen.

'Dit is beter,' zei hij. Zijn stem was nog steeds diep, maar de eerdere bijtende toon was weg, vervangen door een lome, sensuele toon. 'Laten we even een paar dingen doornemen. Wat basisregels afspreken. Ik word graag Meneer genoemd als we spelen. Ik weet niet of je eerder met een Dom hebt gewerkt. Soms vraag ik je om stil te blijven, maar vanavond niet. Ik wil je horen. Je hebt toestemming om zoveel geluid te maken als je wil.'

'Dankjewel, Meneer.' Zoveel wist ze. Doms werden graag Meneer of Meester genoemd als ze speelden. Ze werden ook graag gehoorzaamd. Gelukkig wilde hij haar geluid laten maken. Het zou moeilijk zijn om stil te blijven als alles aan hem, het haar wilde laten uitschreeuwen. Ze hapte naar adem toen hij met zijn vinger langs haar klit streek. 'Oh, Meneer.'

'Ik houd ervan hoe je dat zegt.' Hij bewoog tussen haar gespreide benen. De hoogte van het zwembad was perfect voor zijn doeleinden. Zijn gezicht zat op precies de goede hoogte van haar wachtende kutje. Hij ademde haar lucht in. 'Je ruikt heerlijk. En ik hou van dit mooie, geschoren kutje. Je ziet eruit als een rijpe perzik.'

Pete had haar gevraagd het te scheren. Ze was nooit gestopt met de gewoonte. Nu was ze er meer dan blij mee. Zijn mond hing boven haar kutje. Ze wilde meer dan wat dan ook, omhoog duwen om zijn tong op te eisen, maar ze was geduldig. Na een moment voelde ze de eerste vriendelijke lik van zijn tong.

'Oh, oh.' Ze jammerde door zijn subtiele aanraking van haar clitoris. Het was te lang geleden. Tranen vormden zich in haar ogen bij het fijne gevoel van een andere ziel die haar aanraakte, haar liefkoosde. Ze had het zo erg gemist. Ze hield van haar kinderen, maar ze verlangde hiernaar.

Hij martelde haar met kleine, plagende likken. Zijn tong ging van haar gezwollen klit naar haar vochtige hitte, dook er kort in, om alleen een lijn te trekken die bijna helemaal naar het sterretje van haar kont ging. Hij hield het lang vol, voordat ze de pressie voelde van een vinger die tegen haar anus drukte.

'Ik ga je hier neuken, Grace. Niet vanavond, maar uiteindelijk wel. Ben je daar eerder genomen?' Hij likte haar anus maar duwde niet zijn vinger naar binnen.

'Nee.' Het gevoel van zijn vinger tegen haar kont was onbekend en compleet verdorven. Ze wist niet zeker of ze de druk lekker vond, maar ze wilde haar eigen grenzen verleggen. Ze wilde Sean plezieren. Ze drukte haar achterkant tegen zijn vinger.

Hij haalde zijn hand weg en ze voelde een korte, scherpe klap op haar kont. Ze siste lichtjes door de pijn, maar het werd al snel een warme hitte. 'Nee. Je neemt wat ik je geef, of ik stop. Begrepen?'

'In theorie,' gaf Grace toe. Ze zweefde tussen zich intens kwetsbaar en totaal ongeremd te voelen. Ze was nerveus en gespannen. Ze merkte dat ze dingen zei die ze niet had willen delen. 'Ik heb eigenlijk alleen maar gelezen over BDSM. En het is een tijdje geleden sinds ik... gedate heb.'

'Heb je nog nooit een Dom gehad? Echt? Vond je man de levensstijl niets?'

Ze schudde haar hoofd. 'Nee. Hij lachte toen ik ernaar vroeg. Hij zei dat hij me geen pijn wilde doen.' Hij had het niet eens willen proberen.

'En je hebt geen Dom gezocht? Niet sinds hij overleden is?'

'Ik had het druk met mijn kinderen opvoeden en werken. Het is moeilijk om een relatie te hebben als je twee tieners in huis hebt. Sean, hoe wist je dat ik... hierin geïnteresseerd was?'

'Jaren van training en erg goede instincten,' antwoordde hij met een klein kusje. 'Jouw poging om mensen rondom je te plezieren. Je laat niet met je sollen, maar je krijgt een diep gevoel van eigenwaarde door belangrijk te zijn voor anderen. Je wacht liever, stelt je eigen plezier en behoeften uit als je merkt dat iemand anders in nood is. Je bent een geboren sub, kleintje. Je zou blij moeten zijn dat Doms niet aan bomen groeien, anders was je al lang opgepikt en had iemand een ketting om je hals gedaan.'

Ze kon niet anders dan lachen om dat scenario. Het voelde goed om hier bij Sean te zijn. Hij had zoveel gezien in de paar dagen dat hij haar kende. Hij had haar echt bestudeerd.

Sean was een moment stil. 'Grace, hoe lang is het geleden sinds je seks hebt gehad?' De vraag was zachter, de toon veel dichter bij de dagelijkse Sean waar ze aan gewend was geraakt.

'Ik heb niemand gehad sinds mijn man is overleden, Meneer. Het is zes jaar geleden.'

Hij was stil, maar zijn hand tekende een patroon tegen haar vagina. 'Ik ben vereerd. Ik ben vereerd dat je mij deze wereld aan jou laat zien. Ik beloof je dat ik voor je zal zorgen. Ik ben niet geïnteresseerd in een one-night stand. Ik zal erg goed voor je zijn. En daar begin ik nu gelijk mee.'

Zijn tong bedekte haar klit, wreef hardnekkig terwijl zijn vingers diep gingen. Grace' vingers krasten in het metselwerk. Het voelde zo goed, toch had ze meer nodig. Hij gebruikte er eerst een en toen twee vingers, diep in haar kutje, schaarde ze toen hij de goede plek vond. Grace liet een gejammer horen toen hij die perfecte plek diep in haar raakte. Hij streek tegelijkertijd over haar G-spot en haar klit en ze kwam met een heftige kreet. Het orgasme spoelde over haar heen, liet haar tenen krullen en maakte haar erg blij met de blonde god die zijn belofte na was gekomen. Haar spieren trilden door kleine naschokken toen hij haar nog een laatste keer likte.

Sean trok haar van de tegels en terug in zijn armen. Grace voelde zich loom en gelukkig. Haar armen sloegen om zijn nek, lieten hem haar ondersteunen. Het water voelde koel, nu dat haar huid zo heet was. Het was een genot om er door omringd te worden.

'Waarom?'

Grace deed niet alsof ze zijn zachte vraag verkeerd begrepen had. Eerlijkheid was, zoals ze had gelezen, het belangrijkste deel van een relatie tussen een sub en een Dom. 'Ik wilde niemand. Tot nu.'

Hij hield haar tegen zich aan, wiegde haar tegen zijn borst. Hij drukte lichte zoenen op haar voorhoofd. 'Ik ben daar erg dankbaar voor. Je zult er geen spijt van krijgen. Nu moet ik uit deze natte kleren.'

'Ja, dat moet je, Meneer.' Ze stopte een kleine sexy grom onder haar woorden. Hij moest uit deze kleren want het was zijn beurt om te komen. Ze wilde hem in haar mond nemen. Ze wilde elke centimeter van zijn stevige erectie ontdekken, die ze alleen nog door de stof van zijn broek had aangeraakt.

Sean grinnikte. 'Oh, we zullen nog wel zien, maar later.'

Haar hoofd kwam van zijn borst. De plezierige roes die ze van het orgasme had gekregen, verdween een beetje. Haar onzekerheid begon weer aan haar te vreten. 'Wil je niet?'

Hij leek te aarzelen om welk onderwerp dat hem dan ook dwars zat, aan te snijden. 'Ik wil wel, maar niet totdat we een aantal dingen op een rijtje hebben gezet. Ik weet niet wat je verwacht van een Dom. Aangezien dit allemaal nieuw is voor je, denk ik dat we moeten praten over wat elk van ons wil. Communicatie is de sleutel in een relatie als deze. Ik weet wat in het verleden niet voor me heeft gewerkt. Ik wil dat dit makkelijk werkt tussen ons, dus ik denk dat ik het uit moet leggen. Grace, ik wil je domineren in de slaapkamer, maar ik wil geen vierentwintig uur per dag, zeven dagen in de week relatie.'

Haar hart voelde alsof het zou breken. Ze had dat niet echt van hem verwacht. 'Je wil me alleen zien om de seks? Je wil niet met me daten?'

Zijn ogen werden groot van verwarring. 'Waar heb je het over? Wat denk je dat ik heb proberen te doen? Grace, ik heb je drie keer per dag mee uit gevraagd. Ik ga en haal jouw koffie om drie uur. Ik zit als een schoothondje bij jouw bureau, wachtend of je overweegt om me toe te staan dat ik met je meeloop naar jouw auto. Dat is moeilijk voor een man met mijn ego. Hoe kun je zeggen dat ik niet met je wil daten?'

'Je zei dat je geen relatie wilde.'

Hij zuchtte. 'Ik wil niet vierentwintig uur per dag zeven dagen in de week een D/s relatie, schatje. Kijk, ik heb een broer. Hij is ouder dan ik. Hij is erg hardcore en de meeste van zijn vrienden ook. Ik was erg jong toen ik de levensstijl inging, maar er zijn delen waar ik nooit mee op mijn gemak zal zijn. Ik ben helemaal gek van je. Ik wil dat iedereen weet dat we samen zijn. Ik wil gewoon... ik wil geen slaaf.'

Ze lachte naar hem. De opluchting ging als een golf door haar heen. Het was nooit bij haar opgekomen dat hij de D/s relatie buiten de slaapkamer wilde voortzetten. 'Ik ben blij dat te horen. Sean, je moet weten dat de eerste keer wanneer jij me vertelt wat ik buiten de slaapkamer moet doen, ik waarschijnlijk een koekenpan tegen je hoofd knal.' Ze knuffelde weer tegen hem aan, blij dat ze er hetzelfde over dachten. 'Mijn moeder heeft ervoor gezorgd dat ik een goede gietijzeren koekenpan kreeg toen ik trouwde.'

'Red me van zuidelijke vrouwen en hun moeders.' Hij begon de trap op te lopen. Zijn arm schoof onder haar benen en hij tilde haar omhoog. 'Ik wil dat je erover nadenkt. Ik wil compleet de leiding hebben, als het op ons seksleven aankomt, maar ik wil ook een partner. Ik wil op je kunnen rekenen, net zoals jij op mij kan rekenen. Als we in de slaapkamer zijn of in een club ben ik de Meester, maar op alle andere plekken wil ik jouw vriendje zijn met alles wat daarbij hoort.'

Hij zette haar op haar voeten. Er lag een handdoek op het bankje. Hij wikkelde haar erin en begon haar met korte vegen af te drogen. Grace stond een beetje te lachen. Niemand had haar in zo'n lange tijd aangeraakt en nu had ze haar persoonlijke masseur. 'Wat komt er allemaal bij kijken, Sean? Je moet het me vergeven, maar ik heb al tweeëntwintig jaar geen vriendje gehad. Ik ben met Pete getrouwd toen ik achttien was en ik had twee kinderen op mijn twintigste. Ik ben bang dat ik niets van daten snap.'

'Steek je armen uit.' Grace deed wat Sean vroeg en hij sloeg de handdoek rond haar middel. 'Ik denk dat we langzaam moeten beginnen. Misschien kunnen we morgen samen gaan eten. Maak je niet druk. We vogelen het wel uit. We hoeven niet de regels van alle anderen te volgen. We kunnen ze bedenken terwijl we bezig zijn.' Hij leunde naar voren en kuste haar neus. 'Ga nu een van die handdoeken halen en zet de douche aan. Ik fris me op en neem dan misschien een kijkje in je keuken.'

Ze knikte, maar haar twijfels bleven toen ze door het koele huis liep. Ze liep door de slaapkamer, haar zonnige gele badkamer in. Het was met de jaren zo vrouwelijk geworden, dat ze zich afvroeg hoe misplaatst de grote, mannelijke Sean erin zou lijken. Ze pakte een handdoek, zette de douche aan om op te warmen en ging terug naar hem.

Hij had zijn kleren uit gedaan en stond daar in het maanlicht, volledig op zijn gemak met zijn naaktheid. Zijn schouders waren breed en zijn borst gespierd. Zijn buikspieren vormden de perfecte sixpack en ze had gelijk gehad over zijn benen. Ze waren lang en krachtig. Hij had een klein laagje blond haar over zijn borst. En dan had je zijn lul. Hij stond trots omhoog, stak vanuit de V van zijn dijen omhoog. Het was lang en belachelijk dik. Het lag bijna plat tegen zijn onderbuik, de top bereikte zijn navel. Zonder na te denken likte Grace over haar lippen. Hij was zo hard dat het pijnlijk moest zijn. Grace stapte naar voren en haar hand kwam naar voren om hem aan te raken.

Hij stopte haar door haar pols te pakken. 'Ik heb je geen toestemming gegeven om me aan te raken, Grace.'

Ze voelde dat ze rood werd van schaamte. Ze nam snel een stap terug en liet haar hoofd zakken zodat hij de tranen, die omhoog kwamen niet zou zien. Hoe kon hij haar niet willen?

Hij liet haar hand los en pakte de handdoek. Hij sloeg hem snel om zijn middel. 'Ik dacht dat ik mezelf duidelijk had gemaakt. Ik ben de baas over onze seksuele contacten. Er zullen tijden zijn dat ik je laat doen wat je wil. Dit is niet een van die momenten. Ik ga een douche nemen en dan zullen we praten. Denk hier lang en goed over na. Ik ben misschien niet zo makkelijk om mee om te gaan als jij denkt. Ik tolereer niet, dat je me manipuleert.'

'Ik probeerde je niet te manipuleren.' Ze balde haar handen, langs haar zijden, tot vuisten. Ze begreep er niets van. Als hij haar niet wilde, waarom was hij dan in hemelsnaam hier? 'Ik begreep niet dat ik je niet eens aan mocht aanraken. Misschien ben ik hier niet voor gemaakt.'

Misschien was dit het soort ding dat alleen in boeken werkte.

Hij duwde haar kin omhoog, zijn ogen behoorlijk pleitend. 'Het spijt me, kleintje. Ik voel me een beetje wild. Ik moet kalmeren en dat betekent dat ik een paar minuten voor mezelf moet nemen. Ik weet dat je dit niet wil geloven, maar ik zoek ook mijn weg hierin. Ik heb niet veel dates gehad.'

Ze snoof. Het was geen plezierig geluid, maar ze kon er niets aan doen.

Zijn lippen krulden ietwat omhoog. 'Ik zei niet, dat ik geen enorme hoeveelheid seks heb gehad, maar het betekende niets. Ga nu die fles wijn open maken. Als ik uit de douche kom, dan praten we.'

Hij draaide om en het kostte Grace de grootste moeite om niet naar adem te happen. Sean was volkomen gaaf van voren, maar zijn rug was een massa aan littekens. Het lukte haar om stil te blijven en niet naar hem te reiken. Hij was beschadigd. Dat was iets dat ze begreep. Hij liep weg, liet haar achter met het gevoel dat ze kwetsbaarder was dan ooit.

Wat was er met hem gebeurd? De littekens waren wit. Ze waren jaren oud, maar vertelden een verhaal van de pijn die hij had doorstaan. Grace wilde naar hem toe en haar armen om hem heen slaan. Ze wilde dat hij haar vertelde wat er was gebeurd en dat hij beloofde dat hij nooit meer in die positie zou komen.

Ze betwijfelde of het haar zou lukken om geduldig te zitten en kijken hoe hij eten kookte, terwijl hij haar uitlegde waarom hij van gedachten was veranderd, om de liefde met haar te bedrijven. Het leek voor Grace of hij dat deed. Ze pakte de fles wijn op en liep terug naar het huis, sloot de deur achter zich. Ze zou doen wat hij haar gevraagd had, maar ze zou het op haar manier doen. En ze zou er zeker achter komen hoe serieus hij was.

6

Sean wilde zijn hoofd tegen de tegels van de douche slaan. Hij had het water zo koud mogelijk staan en het verdomde ding wilde niet naar beneden. Hij keek naar zijn weerbarstige lul. Hij was zo hard, er glinsterde een druppel voorvocht op de top. Hoorde het niet te reageren op kou door te krimpen?

Het probleem was dat het niet uitmaakte hoe koud het water was, hij kon niet vergeten hoe lekker Grace was geweest. Ze was doorweekt geweest. Haar kleine kutje had vrijelijk gehuild, smeekte hem gewoon om zijn lul erin te stoppen. Ondanks hun overduidelijke lengteverschil, wist Sean dat ze zo opgewonden was dat het geen problemen zou hebben gevormd om zijn lul helemaal tot zijn ballen in haar te duwen.

Stop. Stop met daaraan denken. Denk aan het feit dat ze niet eens je echte naam weet. Ze denkt dat je Sean Johansson bent, saaie onderhandelaar voor een IT bedrijf. Ze denkt dat je een baan hebt van negen tot vijf waardoor je niet regelmatig neergeschoten wordt. Ze weet niets echts over je.

Maar was dat waar? Ondanks haar pogingen om hem te vermijden, had hij in de afgelopen dagen veel tijd pratend met haar doorgebracht. Ze wist misschien niet alle feiten over zijn leven, maar hij was eerlijk geweest over de meeste dingen. Het was altijd het beste om een benadering van de waarheid te hebben als je undercover was. Hij had haar verteld, dat hij een tijd in het leger had gediend, al had hij niet gezegd dat hij bij de Speciale Eenheid had gezeten. Ze wist dat hij een broer had in wiens schaduw hij altijd had gestaan. Hij had gesproken over hoe moeilijk het voor zijn moeder was geweest toen zijn vader er vandoor was gegaan. God, zijn moeder zou van Grace houden. Zijn moeder zou haar bewonderen om de vrouw die ze was. Hij kon zich inbeelden hoe Grace en zijn moeder tegen hem zouden samenspannen als hij een gevaarlijke klus aannam. Grace zou het zelfs niet met Ian eens zijn. Grace zou waarschijnlijk regelmatig een grote mond hebben tegen Ian. Hij zou het geweldig vinden om te zien, hoe zijn broer om zou gaan met zijn lieve, wilskrachtige zuidelijke schoonzus.

Waar was die gedachte vandaan gekomen? Hij kon niet denken aan trouwen met Grace. Dat was belachelijk. Hij was niet op zoek naar een huwelijk. Sean haalde diep adem en realiseerde zich dat de gedachte bij hem geen paniek veroorzaakte, zoals zou moeten. Hij was tweeëndertig jaar oud. Hij was geen kind meer. Misschien was het tijd om aan settelen te denken. Misschien was het ook tijd om aan een carrièreswitch te denken. Die gedachte speelde al een hele tijd door zijn hoofd. Grace had zojuist zijn droom vorm gegeven.

Natuurlijk, als Grace er achter kwam dat hij onder valse voorwendselen in haar bed lag, zou het onwaarschijnlijk zijn dat hij met haar zou kunnen settelen. Hij zou heel veel uit moeten leggen. Het laatste dat hij wilde was Grace pijn doen. Hij had er kort over nagedacht om zich van deze klus terug te trekken. Hij kon zeggen dat er in het hoofdkantoor problemen waren en Ian kon iemand anders sturen. Als de klus geklaard was, kon hij terugkomen als zichzelf en de relatie opnieuw beginnen. Er was maar een probleem met dat scenario. Als Patrick Wright echt zijn broers zaak als een front gebruikte, dan was Grace misschien in gevaar. Hij vertrouwde het niemand anders toe, om haar veilig te houden. Hij zou gewoon later met de gevolgen moeten dealen.

Sean opende een fles shampoo. Het rook naar perziken, zoals Grace' haar. De laatste tijd wond de geur van perziken hem altijd op. Die verdomde shampoo liet zijn lul alles behalve kalmeren. Zijn lul kon het niet schelen dat Grace boos zou zijn. Zijn lul interesseerde het niet dat hij een relatie met haar probeerde op te bouwen. Zijn lul wilde gewoon in haar zijn.

Sean zette de shampoo neer en zeepte zijn handen in. Er was maar één manier om het probleem op te lossen. Hij sloeg zijn hand rond dat onhandelbare lichaamsdeel en begon te strelen. Zijn zepige hand streelde van zijn top helemaal naar de basis. Hij ging de controle houden. Hij kneep en versnelde, dacht eraan hoeveel beter het zou zijn als Grace' kutje rond hem samentrok. Hij zou haar benen in zijn ellebogen haken en haar wijd open spreiden. Ze zou zich nergens voor hem kunnen verstoppen. Ze zou geven en geven. Alles nemen wat hij had. Ze zou zijn naam schreeuwen als hij haar eindelijk liet komen, seconden voordat hij zichzelf toestond om zichzelf te laten gaan. Hij zou in haar pompen totdat hij helemaal leeg was. Hij zou haar vullen.

Hij verstijfde bij het beeld en liet de adem ontsnappen, waarvan hij niet had geweten dat hij hem inhield. Warm zaad spoot uit zijn lul en bedekte zijn hand. Hij pompte totdat hij niets meer had om te geven. Eindelijk ontspande hij. Zijn spieren ontspanden, zijn adem kalmeerde. Nu deed het koude water zijn werk. Nu kon hij een beetje denken.

Sean zeepte snel zijn lichaam in terwijl hij dacht aan de problemen, waarin hij zichzelf had laten verzeilen. Hij moest zich een beetje terugtrekken. Hij was veel te impulsief geweest. Een eigenschap waarvan zijn broer altijd had gezegd dat het hem de kop zou kosten. Zijn intentie deze avond was niet geweest, om de liefde met Grace te bedrijven. Zijn plan was om wat lekkers voor haar te koken en om indruk op haar te maken met zijn kookkunsten. Hij kon haar verleiden met goede wijn en haar aan de praat krijgen. Het was de bedoeling dat hij vanavond dichter bij haar kwam, door te vragen naar haar zonen en dan een manier te vinden om over haar baas te praten. Hij was hoogstens van plan geweest om haar te zoenen.

Ze had dat plan aan flarden geschoten met haar naaktzwem-avontuur. Hij had zichzelf niet onder controle kunnen houden. Hij lag al snel in het water en zijn handen ontdekten al snel haar perfecte huid, voor hij zichzelf tegen kon houden.

Perfecte huid. Hij vroeg zich af of Grace naar zijn rug had gekeken toen hij weg liep. Hij zeepte zijn schouders in. Hij kon de littekens daar voelen ook al kon hij degenen die lager zaten, niet voelen. Nadat hij in Duitsland uit het ziekenhuis was gekomen, had hij zichzelf gedwongen ernaar te kijken. Zijn rug was een boze rivier van littekens, met anderen, die als zijrivieren uitmondden in het lange, diepe litteken langs zijn ruggengraat. Sean wist dat hij geluk had gehad. Hij had de geïmproviseerde bom, die zijn militaire voertuig had uitgeschakeld, overleefd, maar hij dacht er niet graag aan. Nu moest hij wel. Grace zou vragen hebben. Hij betwijfelde of ze zijn gebruikelijke opmerking zou accepteren. Hij zei meestal, dat als ze dachten dat hij er slecht aan toe was, ze zijn broer moesten zien. Sean betwijfelde of er ook maar één stuk van zijn broer was dat ongeschonden was gebleven.

Sean voelde zich zoveel meer in controle terwijl hij zich afdroogde. Hij draaide de kraan dicht en stapte Grace' delicate kleine badkamer in. Het was een delicatesse van vrouwelijke frivoliteit. Hij was erdoor verrast, omdat Grace zich altijd zo sober kleedde. Dit was een kijkje in haar ziel, zoals die spannende schoenen die ze droeg. Sean glimlachte naar het netjes geordende badzout en bubbelbadolie dat ze in een antieke bak naast het bad op pootjes bewaarde. Op de vensterbank lag een stapel paperbacks. Aan de bloemrijke omslagen kon hij zien dat Grace graag in haar bad lag terwijl ze romans las. Hij keek door de covers en ontdekte al snel dat ze voornamelijk BDSM bevatten. Ze zou erg geïnteresseerd zijn in wat hij haar zou kunnen leren. Hij keek naar dat bad en zag haar daar voor zich.

Natuurlijk was een bad van deze grootte eigenlijk voor twee gebouwd.

Niet aan denken. Hij kon niet gebruiken, dat zijn hersens bleven hangen op het beeld van Grace in bad, tussen zijn benen in. Hij kon haar haar wassen en dan toestaan dat ze hem waste. *Nope.* Hij ging daar niet aan denken.

Hij wenste dat hij slimmer was geweest. Hij had een barrière aan kleding tussen hen nodig. Hij zou zijn kleren moeten drogen voor hij ze weer aan kon trekken. Hij keek in haar grote inloopkast. Alles wat ze had, was haar eigen roze zachte badjas waarvan hij betwijfelde of die zijn borst bedekte. Hij zat vast aan de handdoek. Het was pas dertig minuten ofzo. Hij zou bij Grace gaan zitten en haar zeggen dat hij het rustig aan wilde doen, misschien een paar keer uit gaan voordat ze daadwerkelijk seks hadden. Misschien, als hij geen seksueel contact met haar had voordat de klus geklaard was, zou ze hem niet haten. Misschien kon hij een deel van zichzelf bij haar weg houden.

Sean sloeg de handdoek rond zijn middel en opende de badkamerdeur. Hij had aan Grace gevraagd of misschien een van haar zonen iets achter had gelaten dat hij kon dragen. Dat zou makkelijker zijn dan bijna naakt in haar keuken zitten in een poging haar uit te leggen, dat hij geen seks met haar wilde, terwijl zijn lul dat zo overduidelijk wel wilde.

Het tafereel dat zich voor hem ontvouwde toen hij de deur opende, zorgde ervoor dat hij meteen stopte. Ineens vervloog elke gedachte aan Grace onaangeraakt laten, omdat zijn pik stevig de leiding nam.

Grace zat midden op haar bed. Ze was compleet naakt en op haar knieën. Haar palmen waren naar boven gericht, lagen op haar dijen en haar lieftallige hoofd staarde naar een plek voor haar op de vloer. Haar ogen waren onderdanig naar beneden gericht en lange kastanjebruine lokken hingen als een zijden waterval over haar schouders. Het was een elegante positie van een sub, die wachtte op het commando van haar dominante partner. Alles in Sean reageerde erop. Hij had talloze keren subs gezien die in deze positie op hem hadden gewacht, maar zijn hart sprong op bij het zien van Grace. Dit was geen naamloze sub die op zoek was naar een leuke tijd. Dit was Grace. Ze had nog nooit voor iemand in deze positie gezeten. Alleen voor hem.

'Niet op het bed, Grace,' hoorde hij zichzelf zeggen. 'Als je me begroet, doe je het op de vloer.'

Ze nam snel de gevraagde positie in. Ze keek nooit naar hem op, volgde alleen zijn commando. Haar rode haar streek onbelemmerd over haar rug. Het was wild en golvend door de vochtigheid. Het paste goed bij haar naakte lijf, liet haar eruit zien als primitief en verleidelijk. Hij nam elke centimeter van haar mooie, vrouwelijke vorm in zich op. Ze was klein, maar op alle juiste plekken gevormd. Haar borsten waren groot en natuurlijk. Haar middel liep gracieus over in volle heupen die hij vast kon grijpen als hij haar neukte. Ze was de meest begeerlijke vrouw die hij ooit had gezien. Zijn lul vocht om uit het katoen van de handdoek te breken, alsof hij niet zonet nog een orgasme had gehad.

Hij legde een hand op haar hoofd en gaf het gevecht op. Hij zou er spijt van krijgen. Hij wist het. En hij wist ook dat hij niet van haar kon weglopen. Hij liet de handdoek vallen. 'Jouw vorm is bijna perfect. Recht je rug een beetje. Die boeken die je hebt gelezen lijken je het goede idee gegeven te hebben. Kijk naar me op.'

Haar kin kwam omhoog. Haar mooie gezicht was onbewogen. Die grote hazelnootkleurige ogen waren volkomen kalm, maar de lichte kromming van haar lippen verraadde haar. Ze was enthousiast, over zijn reactie. Ze had geweten wat ze deed. Zijn kleintje zou proberen om van onderaf de bovenhand te krijgen. Het zou een ingewikkelde dans om de macht tussen hen worden. Hij verheugde zich op vele, vele jaren van zo'n strijd. Dit kreeg je niet van een slaaf, dit vuur en deze passie. Ze zou hem altijd verrassen. Misschien was het tijd om ook zijn kleine sub te verrassen.

'Heb je gedaan wat ik vroeg?'

Ze knikte, hoewel er nu een beetje behoedzaamheid in haar gezichtsuitdrukking kwam. 'Ik heb de wijn geopend, Meneer. Het staat op de tafel.'

En ja hoor, ze had zijn bevel letterlijk opgevolgd, maar niet zijn intentie. De fles stond koud in een zilveren emmertje met twee wijnglazen ernaast op het nachtkastje. 'Grace, ik zei toch dat ik wilde praten. Was jij van plan om met mij te praten?'

'Oh ja.' Haar reactie was gretig, alsof ze blij was dat hij het op zo'n manier had geformuleerd, zodat ze er niet over hoefde te liegen. 'Ik denk dat we moeten praten.'

Hij zou directer moeten zijn. Hij verborg de opkomende glimlach. Hij hoorde hier de controle te hebben. 'Grace, probeer je me te verleiden?'

Nu vertrok haar gezicht en haar tanden boorden in haar volle onderlip. 'Kan ik je verleiden?'

Hij zuchtte. Ging het daarom? Had de vrouw soms geen ogen? Hij kende haar nu ongeveer een week, en had elke keer als zij in de buurt was een erectie gehad. Ze was zijn verdomde Viagra en hij was ver over het punt van een "vier uur durende erectie" gegaan. Hij had geen dokter nodig. Hij had haar nodig. Hij dacht al lang niet meer aan de klus. Hij dacht aan Grace.

En hij moest zijn kleine sub een lesje leren. 'Ik geloof, dat je al snel zult merken dat je me kunt verleiden, maar eerst wat andere zaken.' Hij ging op haar bed zitten. 'Op mijn schoot.'

Hij miste de hapering in haar adem niet. Het was geen nervositeit.

'Ik vraag het je niet nog een keer. Op dit moment zijn het er vijf. Elke seconde dat je het uitstelt, voeg ik er iets aan toe.'

Grace' prachtige hartvormige kont lag in een mum van tijd op zijn schoot. Haar maag drukte tegen zijn lul. Ze wiebelde een beetje en probeerde haar plaats te bepalen. Sean hield haar vast met zijn linkerhand. 'Weet je waarom ik je ga slaan?'

'Omdat ik probeerde je te manipuleren?'

'Nee, liefje. Ik ga je slaan omdat je het lekker vindt.' Hij bracht zijn hand in een korte boog naar beneden, het geluid kraakte door de stilte van de avond. Haar huid was zo bleek dat het meteen roze werd en haar adem kwam in een lief zacht gilletje uit haar keel. Ze kronkelde lichtjes. Zijn hand kwam weer naar beneden, op de andere bil. 'Ik sta deze keer je geluiden toe. Weet dat ik je in de toekomst vast zal binden en je de mond zal snoeren als je me weer ongehoorzaam bent.'

Hij plantte een kleine klap tegen het midden van haar kont, liet zijn vingers eronder schuiven om zeker te weten dat hij de situatie niet verkeerd had ingeschat. En zowaar, zijn Grace was zeiknat en met de seconde raakte ze meer opgewonden. Ze vond haar billenkoek leuk. Hij koelde ook totaal niet af. Hij kon zijn lul voelen pulseren tegen haar verhitte vlees.

Hij schoof twee vingers recht in haar kutje. Ze was zo glibberig, dat hij er ongehinderd inschoof. Hij keek hoe haar rug op en neer deinde, ongelijk met elke schokkerige ademhaling. Zijn lieve sub deed zo haar best om zijn bevelen op te volgen. Haar huid was perfect roze en warm om aan te raken. Ze reageerde zo goed op zijn discipline. Hij zou voorzichtig moeten zijn als hij een stok of een zweep bij haar gebruikte. Hij kon niet wachten om haar vast te binden en zijn stempel op haar te drukken. Hij trok zijn vingers uit haar en mepte nog twee keer in snel tempo op haar kont. Hij was het punt van geduld voorbij. Hij had haar nodig. Hij liet haar zakken zodat ze tussen zijn benen knielde. Haar gezicht kwam omhoog. Ze had hem zo nodig, dat ze ervan bloosde. Haar tong ging over die volle lippen van haar en Seans lul klopte.

'Open doen.'

Ze twijfelde niet. Ze opende haar mond en liet hem zijn pijnlijke lul tussen haar lippen door stoten. Haar tong kwam naar buiten om rond zijn top te likken, waardoor hij kreunde. Hij duwde zijn handen in haar haar. Later, beloofde hij zichzelf, later zou hij een avond doorbrengen met haar te instrueren over hoe hij graag gepijpt werd, maar voor nu was hij overweldigd door de behoefte om haar simpelweg te gebruiken, om te weten dat ze van hem was.

Waarom deze vrouw? Waarom nu? Hij kon niet liegen tegen zichzelf. Grace was alles wat hij zocht. Ze was slim, grappig en uitdagend. Ze was zo sexy dat hij niet aan haar kon denken zonder hard te worden. Hoe had hij ooit gedacht dat hij spelletjes met haar kon spelen en weg kon lopen?

'Wijder, Grace, je kan me helemaal hebben.' Hij hield haar genadeloos vast, duwde zijn lul erin en eruit. Hij keek naar beneden. De aanblik van zijn erectie die tussen haar mooie lippen verdween, was bijna genoeg om hem van zijn stuk te brengen. Toen hij terugtrok, werden haar wangen hol, terwijl ze heftig zoog in een poging hem niet kwijt te raken. Haar tong rolde steeds over zijn vlees. Hij liet zijn eikel haar lippen net raken, voordat hij weer binnen in haar keel, naar die zachte plek achterin, zich een weg baande. Nog één stoot en hij zou zijn zaad in haar keel lozen. Sean trok zich terug. Zijn pik kwam uit haar mond. Hij ging de eerste keer niet in haar keel komen. Hij wilde diep begraven zijn in dat natte kutje van haar.

'Op het bed. Spreid je benen.' Zijn stem was zelfs in zijn eigen oren grof, maar het leek Grace niet te deren. Ze klauterde op haar schone, met een quilt bedekte bed, en haar benen waren in een paar seconden gespreid. Ze was prachtig uitgespreid voor zijn plezier. Zijn vuist vond zijn lul en hij streelde die toen hij zich voorbereidde om op het bed te klimmen en haar te claimen. Hij wilde ineens tegen de muur stompen. 'Verdomme. Grace, ik moet voor iets naar de auto.' Hij was niet van plan geweest om de liefde met haar te bedrijven. Zijn condooms waren dus nog in de auto.

Ze lachte een beetje zwakjes naar hem en wees naar het nachtkastje. 'Ik had een paar jaar jongens van de middelbare schoolleeftijd in mijn huis en wilde geen oma worden. Ik zorgde ervoor dat er condooms in huis waren.'

En ze had ze bedachtzaam meegenomen. Ze had hem gemanipuleerd en hij kon haar niet weerstaan. Hij reikte ernaar en pakte er een. Hij keek naar haar met zijn meest dreigende blik terwijl hij het condoom over zijn dankbare lul rolde. 'Ik had je meer billenkoek moeten geven.'

'Later. Neuk me nu alsjeblieft, Meneer.'

Hij kroop over haar heen, haakte haar knieën over zijn ellebogen, en duwde haar benen verder uit elkaar. Ze was compleet open voor hem. Haar perfect geschoren kutje was drijfnat. Het smeekte hem om binnen te komen en hij kon de verleiding geen seconde langer weerstaan. Hij bracht zijn lul in positie, draaide het in haar sap om het vochtig te maken en langzaam begon hij zorgvuldig naar binnen te duwen.

Ze was zo strak en heet rond zijn lul. Haar kutje was een genot die hij moest verkennen. Haar ogen waren gesloten en haar mond een stukje open. Ze zuchtte toen hij zichzelf nog een centimeter naar binnen dwong. 'Open die ogen.'

Er zou niets voor hem verstopt worden. Hij eiste eerlijkheid van haar, zelfs al had hij daar niets van te bieden.

Ze deed ze gehoorzaam knipperend open, om hem te doorboren met een blik van pure lust. Er was geen terughoudendheid in Grace. Er was slechts een eenvoudig verlangen naar hem. 'Je gaat me gek maken, weet je dat?' Hij keek hoe haar hazelnootkleurige ogen groter werden toen hij naar voren duwde, totdat hij tot aan zijn ballen in haar zat. Haar schouders schokten toen ze probeerde om zich aan hem aan te passen. Hij gaf een moment lang toe, genietend van de connectie die hij had gewild vanaf het moment dat hij haar had gezien. 'Fuck, je voelt zo goed. Je voelt zo verdomd goed.'

Hij trok terug en stootte snel weer naar binnen. Haar kutje zoog aan hem, probeerde hem binnen te houden. Er was geen kans, dat hij het lang vol ging houden. Later zou er tijd zijn om haar uren te neuken, om haar steeds opnieuw te laten komen totdat ze hem zou smeken om het af te maken, maar nu moest hij komen.

Sean boog zijn lichaam naar beneden, dwong haar om meer van zijn gewicht te nemen. Het voelde goed om in Grace te zijn, alsof er een vreemd stukje van hemzelf op zijn plek was gevallen. Hij hield niets terug. Hij was wild in zijn behoefte. Hij stootte in haar. Haar hijgende gekreun zei hem dat ze het helemaal niet erg vond. Toen hij de rilling onderaan zijn ruggengraat voelde, die hem zei dat hij bijna af ging als een raket, liet hij een van haar benen vrij zodat hij over haar klit kon wrijven. Hij haalde zijn duim over dat gevoelige stukje vlees en keek hoe Grace kwam. Het was een prachtig iets. Haar ogen werden groot en haar mond opende om een zachte gejammer te uiten toen de kleine spieren van haar kutje ineens rond zijn lul klemden.

Sean liet zijn hoofd achterover vallen. Er was voor haar gezorgd. Nu was het zijn beurt. Hij stootte steeds opnieuw naar binnen totdat het zaad uit zijn lichaam spoot in een golf van bevrijding. Hij wreef tegen haar aan zodat ze elke laatste druppel uit hem melkte. Toen hij eindelijk klaar was, stortte hij op haar in. Hij hield van de zachtheid van haar huid die tegen het zijne wreef. Haar armen sloegen om hem heen en haar vingers vonden zijn haar. Hij begroef zijn gezicht in haar borsten, volkomen tevreden om de rest van de avond hier door te brengen.

* * *

Er stond een groot, prachtig exemplaar van een man in haar keuken en hij wachtte niet op haar om hem te voeden. Ze staarde een moment naar hem. De gebeurtenissen van de vorige avond golfden door haar heen, lieten haar opnieuw blozen. Het was perfect geweest. Ze had zich nooit dichter bij iemand gevoeld als toen ze zich bij Sean voelde bij het onderwerpen aan hem. Een kleine golf van schuldgevoel dreigde. Ze duwde het weg. Ze had van haar echtgenoot gehouden. Ze was trouw geweest, maar hij was overleden. Ze verdiende een beetje geluk.

Grace stapte de slaapkamer uit nadat ze zichzelf zorgvuldig voorbereid had op de dag. Sean stond bij het fornuis in niets meer dan zijn broek. Haar kleine koekenpan lag in zijn handen en hij gooide met wat er ook in zat, met de vaardigheid van iemand die langskwam op 24 Kitchen.

'Goedemorgen.' Zijn lach liet haar een beetje smelten. 'Ik heb koffie gemaakt.' Hij gebaarde naar de koffiepot waar hij al een mok neer had gezet, die ze kon gebruiken.

Grace was dankbaar voor de afleiding. Ze schonk een mok in en vroeg zich af wat haar gisterenavond eigenlijk bezield had. Ze had flink wat seks gehad met een man die zijn geliefden graag domineerde. Ze had er zo van genoten, om onder hem te liggen, zich aan hem te onderwerpen. Ze had zichzelf in bed geworpen met een man die zeker tien jaar jonger moest zijn dan haar.

'Hoe oud ben je?' De vraag was haar mond uit, voordat ze er twee keer over na kon denken.

Hij schoof een omelet op een bord en draaide naar haar toe. 'Is dat, waar je je deze ochtend zorgen om maakt?'

'Ik maak me geen zorgen. Ik ben gewoon nieuwsgierig.'

Zijn donkerblonde haar leek nu zoveel langer, omdat het niet achterover gekamd was. Het viel voor zijn ogen en krulde rond zijn oren. Zijn oogleden knepen toe. 'Ik dacht dat we hadden besloten, dat je niet meer tegen me zou liegen.' Hij liep naar de tafel en zette het bord neer. 'Ik ben tweeëndertig. En jij bent amper een Mrs. Robinson. De enige persoon die een probleem van ons lichte leeftijdsverschil gaat maken, ben jij.'

Grace twijfelde daaraan. Ze was veertig, met twee volwassen kinderen. Sean begon net aan zijn leven. Grace ging in de stoel zitten aan de ontbijttafel en nam een slok van de koffie. Hij had die perfect gezet en de omelet was luchtig. Er was ook volkoren toast met boter en frambozenjam.

'Ik moest het ermee doen.' Hij ging tegenover haar zitten, alsof het iets was dat ze elke dag deden. 'Jouw voorraadkast is bijna leeg. Ik zal niet eens over je koelkast beginnen.'

Zijn ongedwongen manier liet iets in haar tot rust komen. Ze was bang geweest, dat hij vanmorgen de deur uit zou rennen. Een deel van haar had gezegd dat dat beter zou zijn. Ze had niet beseft, hoe diep ze had gehoopt dat het niet waar was, totdat ze hem bij het fornuis had zien staan. 'Nou, ik ben maar alleen, weet je. Het is moeilijk om voor één persoon te koken.'

'Ik heb vandaag geen enkele vergadering gepland staan.' Hij zei het op een enorm opgeluchte toon. 'Ik denk dat ik ga winkelen. Er is een *Coq au Vin* recept dat ik wilde proberen. Vind je het vervelend, om mijn proefkonijn te zijn?'

Haar adem stokte. 'Wil je vanavond samen eten?'

'Ja. Ik dacht dat het fijn zou zijn. Ik dacht dat, nu ik jou had toegestaan om me te verleiden, je misschien medelijden met deze man zou hebben en akkoord zou gaan, om met mij te daten.' Zijn lach vervaagde. 'Tenzij je van plan was om een one-night stand te hebben.'

'Ik was helemaal niets van plan. Ik wist gewoon niet of je me nog een keer wilde zien.'

Zijn hand gleed over de kleine tafel. 'Ik heb je gezegd dat ik gek op je was. Ik wil je zien en het heeft niets te maken met dat contract dat ik onderhandel met jouw idiote baas.'

Ze negeerde de opmerking over haar baas. Hij was een idioot, maar ze was veel te trouw om het er hardop mee eens te zijn. Ze liet haar vingers samenvlechten met de zijne, en hield van de manier waarop haar huid praktisch zoemde waar hij haar aanraakte. Het voelde zo goed om hem aan te raken. 'Ik zou je vanavond graag weer zien. Hoe lang blijf je nog in deze stad?'

Zijn vingers verstrakten een beetje rond de hare, toen liet hij los en nam hij wat afstand. 'Uh, ik denk nog een week of zo. Ik zou alles dan wel geregeld moeten hebben.' Zijn mond verstrakte, alsof hij nadacht over de situatie. 'Misschien duurt het langer. Ik ontmoet nog andere mensen behalve Wright. En zelfs dan moet ik regelmatig terugkomen.'

Een week. Ze had een hele week met hem. Grace hield zichzelf niet voor de gek. Ze kon iemand als Sean niet voor altijd houden, of ze dat nu wilde of niet. Dat was maar beter ook. Ze kon zich hem amper voorstellen als de stiefvader voor haar zonen. *En waarom niet?* Waarom moest ze iemand kiezen op basis van het passen bij haar volwassen kinderen? *Dus wat,* zei haar opstandige innerlijke stem, *als haar jongens Sean niet leuk zouden vinden?* Zij had een aantal van hun vriendinnen ook niets gevonden. Grace nam een hap van haar omelet. Hij was hemels, net zoals de man die het had gemaakt. Als ze maar een week met hem had, wilde ze er het beste van maken.

'Waarom blijf je niet hier bij mij?' Ze hield haar adem in, wachtend totdat hij haar zou weigeren.

Zijn blauwe ogen dansten vrolijk. 'In plaats van in mijn waardeloze hotelkamer? Hm. Dat is een interessant voorstel. Ik moet erover nadenken. Laten we eens kijken, de hotelkamer heeft een minibar waar ik tien dollar moet betalen voor een cola, een slechte douche die maar de helft van de tijd werkt en geen HBO. Dit is ook een plek waar de buren volksmuziek draaien om vier uur in de ochtend. Het is wel heel moeilijk om zo'n comfortabele plek te verlaten. Wat heb jij te bieden?'

Ze dacht aan gisterenavond. Ze dacht aan nog een keer met Sean zwemmen, alleen deze keer zou hij ook naakt zijn. Het was een ervaring die ze niet wilde missen. 'Zeemeerminnen.'

Zijn lach was zwoel en ze wist dat hij zich gisterenavond ook herinnerde. 'Naakt, dan wel. Zeemeerminnen winnen zeker. Heb je een reservesleutel? Ik haal mijn spullen uit het hotel en vul dan jouw voorraadkast aan. Ik beloof dat ik een perfecte gast zal zijn. Ik zal zelfs koken. Ik waarschuw je vast, ik ben niet goed in schoonmaken.'

'Ik denk dat ik het wel aan kan.' Als het avondeten net zo goed was als het ontbijt, zou ze de hele nacht schoonmaken.

Twintig minuten later, neuriede ze toen ze haar hybride auto parkeerde en begon ze aan de wandeling naar haar gebouw. De avond met Sean speelde door haar hoofd. Ze had een minnaar en hij was geweldig.

De wind waaide door de straten van het centrum van Fort Worth en dwong Grace om haar zwarte rok vast te houden, alsof haar leven er vanaf hing. De wind was droog en heet zoals lucht afkomstig van het fornuis. Het racete tussen de hoge gebouwen door en speelde een natuurlijke versie van *pinball.* Grace zag, hoe de deuren van het gebouw zich voor haar openden en Evan Parnell naar buiten stampte. Zijn ogen waren toegeknepen door het felle daglicht. Hij keek boos naar iedereen, die met een vriendelijke blik naar hem keek.

Wat was er aan de hand? Hij was in de afgelopen maand elke dag op kantoor geweest, viel Matt lastig en was een grote lastpak. Zijn aanwezigheid op kantoor was genoeg om mensen te irriteren. Hij kon niet teruggekomen zijn voor nog een cheque. Hij werd maandelijks betaald en ze had zijn cheque voor die maand al uitgeschreven. Parnell was nog niet het digitale tijdperk ingegaan. Ze had hem een keer horen zeggen dat computers en smartphones een man alleen maar in de problemen konden brengen.

Nog een windvlaag zwiepte langs, toen een oud busje wegreed van het trottoir. Het was groezelig met vieze, getinte ramen. Het zijraam van de bestuurder stond open en Grace kon een donkerharige vrouw op de stoel zien zitten. Ze fronste haar wenkbrauwen, haar mond naar beneden gericht terwijl ze het busje liet stoppen. Ze was best knap, haar schoonheid werd echter ontsierd door de minachtende uitdrukking op haar gezicht. Parnell schoof de achterdeur open en stapte naar binnen. Grace was een beetje verrast. Ze had Parnell nog nooit met een vrouw gezien. Deze was slank en veel jonger dan hij.

Grace keek toe, hoe een enkel stuk papier door de wind omhoog en uit de stapel die Parnell vasthield, werd geblazen. Het busje reed weg. Grace joeg achter dat stuk papier aan en ving het uiteindelijk met de neus van haar pumps. Ze herkende het papier. Ze had het zelf besteld. Het was Matts briefpapier.

Er stond een reeks cijfers en een enkel adres op. *2201 Mount Dale Ave.* Geen stad of postcode, alleen het adres in een mannelijk handschrift geschreven. Ze dacht erover, om het op te bergen, om het de volgende keer dat hij binnenkwam, aan Parnell te geven maar legde dat idee snel naast zich neer. Misschien kwam het enkel doordat ze gisteravond moedig was geweest, waardoor ze nu zo nieuwsgierig was, maar eigenlijk gaf haar instinct al aan dat er iets mis was met Parnell. Ze wist ook dat Matt het niet zou toegeven als hij in de problemen zat. Het werd duidelijk dat, als ze wilde weten wat er gaande was tussen haar baas en die eikel, ze op onderzoek moest uitgaan.

Grace liet het papiertje in haar laptoptas glijden en liep de trap op naar het kantoor. Ze zou het niet tegen Sean zeggen. Hij was hier maar een week en ze wilde haar tijd met hem niet verpesten door paranoïde theorieën uit te leggen. Nee, ze zou zwijgen over haar kleine missie. Overdag zou ze werken om haar baas te redden, maar de nachten waren voor Sean.

Verderop zag ze Jacob en Adam wachten op de lift. Ze zagen er samen zo schattig uit. Het was vooral jammer voor vrouwen dat die mannen andere mannen leuk vonden. Jacob zwaaide naar haar. Tegen de tijd dat ze de negende verdieping bereikten, hadden ze plannen voor de lunch, waaronder een kleine shopping trip. Het was tijd, om wat van dit zwart kwijt te raken. Grace dacht dat ze er goed uit zou zien in blauw, iets dat bij Seans ogen paste.

Tegen de tijd dat ze bij haar bureau kwam, was ze veel meer geïnteresseerd in winkelen dan in dat briefje dat ze in haar laptoptas had gestopt. De situatie met Parnell kon wel een week wachten, besloot ze toen ze aan het werk ging.

7

Sean wist onmiddellijk toen hij het huis binnenkwam, dat hij niet alleen was. Hij zette zwijgend zijn tas neer en vervloekte het feit dat hij bij deze specifieke opdracht geen wapen bij zich kon dragen. Hij had zijn SIG Sauer kunnen gebruiken. Natuurlijk kon hij zich de vragen die Grace zou hebben, als ze hem omhelsde en de omtrek van een pistool in een holster tegen zijn lichaam voelde drukken, voorstellen. Ze zou kunnen vragen waarom haar IT-vriend een geladen pistool nodig had. Toch voelde hij zich een beetje naakt zonder.

Hij liet de deur op een kiertje open staan. Hij wist niet zeker of hij hem geluidloos kon sluiten. Hij luisterde terwijl hij geduldig in de hal stond. Degene die in het huis bewoog deed het zachtjes, maar hij of zij was in de slaapkamer. Aangezien Grace' auto nog steeds weg was en er geen andere auto op de oprit stond, vermoedde Sean dat deze persoon niet wilde dat iemand van zijn aanwezigheid wist. Sean bewoog geluidloos over Grace' hardhouten vloeren. Hij bleef dicht bij de muur. Zelfs op de begane grond van een huis kon hardhout kraken. Dicht bij de muur was daar minder kans op. Hij sloop vooruit, zijn ademhaling regelmatig, zette eerst zijn tenen neer en vervolgens zijn hiel. Hij zou naar de keuken gaan. Hij had misschien zijn vertrouwde pistool niet, maar hij kon ook verdomd dodelijk met een mes zijn. Hij speelde de scène in zijn hoofd af. Hij zou een van de kleinere messen pakken. Het was makkelijker om te hanteren of te gooien als dat nodig was. Hij zou terug naar de slaapkamer gaan en voordat de indringer wist dat hij niet langer alleen was, zou hij het op de keel van die klootzak hebben gezet. Sean zou de indringer dan beleefd ondervragen. Als onderofficier van de Groene Baretten waren verhoren een van zijn specialiteiten geweest.

Sean zou de klootzak naar een ondergrond met tegels moeten brengen als hij besloot hem te vermoorden. Die waren veel makkelijker schoon te maken. Hij blikte op de klok. Het was net na de middag. Hij moest de verdomde kip opzetten anders zou het niet gaar zijn voor het avondeten. Misschien zou hij toch niet zo beleefd zijn tegen de klootzak. Hij verpestte Seans plan voor het eten.

'Hallo, broertje.'

Sean draaide om en zijn adem stokte in zijn keel. 'Rot op, Tag!'

Verdomme. Hij was zich bijna dood geschrokken. Zijn broer verplaatste zich als een geest. Ian kon hem altijd, maar dan ook altijd verrassen.

Ians lippen krulden om in een tevreden grijns. Hij zat in de woonkamer, die verbonden was met de keuken en had een boek in zijn hand. Zijn enorme lichaam nam Grace' leren fauteuil in beslag, alsof hij die bezat. Maar Ian deed Sean ook altijd denken aan een koning op zijn troon, waar hij dan ook zat. Ian kon op de goedkoopste klapstoel plaatsnemen en hij leek die te veranderen in iets machtigs door er alleen maar op te zitten.

'Ik wilde net de keel van de persoon in de slaapkamer doorsnijden,' verklaarde Sean.

Ian schudde zijn hoofd. 'Alsjeblieft niet. Ik zou het verschrikkelijk vinden om Liam te moeten begraven. Er staat in zijn contract dat, wanneer hij vermoord wordt, ik zijn lichaam terug naar Ierland moet brengen voor een begrafenis. Die klootzak laat me hem niet eens cremeren.'

Sean wilde niet horen wat er in het contract van de Ier stond. Liam was redelijk nieuw in het team en Sean vond hem lichtelijk irritant. Hij vond de gedachte dat die man door Grace' haar spullen rommelde, maar niets. 'Wat doe je hier, Ian? Ik hoef morgen pas iets van me te laten horen.'

'Nou, ik keek naar dit boekje. Serieus, Sean? Ze leest een boek met de titel *De reactie van de submissive*. Lezen vrouwen deze troep? Dit is een soort fantasie BDSM. Geen echte Dom doet zulke dingen. Hij laat haar hem vastbinden. Deze auteur heeft wat tijd nodig met een echte Dom.'

Het laatste wat Sean wilde, was Grace' literatuurkeuzes bespreken. 'Nogmaals, wat doe je hier verdomme?'

'Je had gisteren in moeten checken.' Zijn broer legde het boek neer. Ians handen zakten op zijn schoot. Hij gaf Sean een blik die hem er aan herinnerde wie de grote broer en wie de kleine was.

En ja hoor, Sean kon het niet helpen, maar hij voelde zich defensief. 'Ik heb een bericht bij Eve achtergelaten. Ik was druk aan het werk. Ik moest tijd met Wright doorbrengen en werd toen gestrikt voor een diner. Je weet hoe zwaar een deepcover-opdracht kan zijn.'

Ian gebaarde naar de comfortabele kleine kamer. 'Je doet niet bepaald alsof je een drugsdealer bent, diep undercover in een misdaadsyndicaat, Sean.

Je had tijd kunnen vinden om weg te sluipen en te bellen. Ik verwachtte, dat je gisteravond om tien uur zou bellen. Wat was je aan het doen?'

Grace. Hij was Grace aan het nemen, in het zwembad en daarna in het bed. Het beeld speelde door zijn hoofd. Toen hij de harde schijf van haar computer had moeten kopiëren, had hij haar vastgehouden terwijl ze sliep. Hij ging dat stukje informatie niet met zijn broer delen. 'Ik zei al—ik had het druk.'

'Dat is wel duidelijk. Dus je ligt eindelijk met de dame in bed.' In Seans hoofd klonk dat een beetje als een beschuldiging. 'Duurde lang genoeg, als je bedenkt wat de leesvoorkeur van de dame is. Je had lang geleden al in haar bed kunnen belanden.'

Sean had niet willen aandringen. Dit hele gesprek maakte hem ongemakkelijk. 'We zijn vrienden.'

Ian staarde naar hem, met een blik als een laserstraal, die naar iets zocht om te doorboren. 'Ze gaf je de sleutel van haar huis. Ik zou zeggen dat jullie meer dan vrienden zijn.'

Hij ging dit specifieke gesprek niet aan. Hij wilde de meer intieme stukken van zijn relatie met Grace niet delen. Het voelde te veel als een ondervraging. Wat er tussen hem en Grace gisterenavond gebeurd was, had niets met zaken te maken. Hij ging zeker niets achterhouden als het aankwam op iets dat belangrijk was voor de undercover klus, maar Ian hoefde niet te weten hoe goed het had gevoeld om haar vast te houden of hoe verdomd tevreden hij deze ochtend wakker was geworden terwijl hij tegen haar lichaam aan lag.

'Ik ben ermee bezig.' Sean ging terug naar de voordeur en pakte zijn tassen op. Hij zette zijn koffer neer en begon toen de boodschappen uit te pakken.

'Werk harder. Je hebt nog niets gevonden wat we nog niet wisten. Als je deze klus niet kan klaren, dan moet ik je terugtrekken en iemand sturen die het wel kan.'

Sean negeerde zijn eerste, gewelddadige impuls om over de bar heen te springen en zijn broer tot pulp te slaan. Niemand ging zijn plek innemen. Als Ian dacht dat hij simpelweg kon zeggen dat hij zich terug moest trekken en dat Sean iemand anders Grace zou moeten laten versieren, was hij gestoord. Het enige wat Sean kalm hield, was het standvastige geloof dat het niet zou werken. Grace zou, buiten hem, in niemand anders geïnteresseerd zijn. Ze had het bewezen, door zichzelf gisterenavond aan te bieden. Hij was de enige man die ze wilde, sinds haar echtgenoot was overleden. Sean was even stil en zijn antwoord was net zo scherp als een pijl. 'Ik krijg de klus wel geklaard.'

'Zorg dat je dat doet.' Dat was niet zijn grote broer die sprak. Dat was zijn baas. Sean kende het verschil.

Ian stond op en liep naar de bar. Hij leunde naar voren. 'Wat maak je?'

'*Coq au Vin.*'

Sean kon zijn broer praktisch zien kwijlen. 'Dat klinkt goed.'

'Dat zal het zijn als ik ooit de tijd krijg om het op te zetten.' Sean haalde de verse kip die hij had gekocht en een snijplank tevoorschijn. Hij pakte het mes op waarmee hij van plan was geweest om Liams keel door te snijden en gaf het een ander doel. 'Is het ooit bij je opgekomen dat ik niets kan vinden omdat er niets te vinden valt?'

Grace was zo lief. Ondanks zijn kennis van het tegendeel, was het moeilijk te geloven dat ze echt bij deze puinhoop betrokken was.

'Die gast van de CIA denkt van niet.'

'Oh, nou ja, als het Bureau het gelooft, dan moet het waar zijn.' Sean herinnerde zich veel vrienden en teammaatjes die waren neergehaald omdat de CIA de verkeerde informatie had. Afghanistan had het Bureau veel kansen gegeven om dingen te verkloten. Natuurlijk waren het niet de fouten, waar Sean zich echt zorgen om maakte. Het was het feit dat het Bureau altijd het Bureau beschermde. Ze zouden de rest van de wereld als pionnen gebruiken voor hun spelletjes. Toen Sean een Groene Baret was, had hij geen keus gehad om wel of niet mee te spelen. Hij zou liever een hete pook in zijn handen houden, dan iets te maken hebben met de CIA.

Ians vingertoppen trommelden op de bovenkant van de bar. Hij hupte op een barkruk en maakte het zichzelf gemakkelijk. 'Ik denk dat ze hier iets op het spoor zijn. Meneer Black gaf me inzage in zijn dossier over Wright. Wright is aan het uitbreiden. Black denkt dat hij achter twee brandstichtingen zit. Eentje bij een houthandel en eentje in een bureau voor vastgoedontwikkeling waarbij twee mensen om het leven zijn gekomen. Hij houdt ervan om bedrijfskantoren te treffen, vooral die in grote steden. Helaas zijn veel daarvan hoogbouw. De laatste brand die hij stichtte, betrof een gebouw van negenentwintig verdiepingen. Het veroorzaakte miljoenen dollars aan schade en de lokale bevolking noemde het "defecte bedrading". Ik geloof het niet en Black ook niet.'

'Waarom heeft hij de politie dan niet gebeld? Dit zou afgehandeld moeten worden door de FBI of Homeland Security.' Seans handen werkten snel aan de kip. Het daagde hem, niet voor de eerste keer, dat hij echt gelukkiger zou zijn ergens in een restaurant. Fort Worth was een culinair stadje. Het was misschien een heel goede plek om een kleine bistro te openen.

Ians hand sloeg tegen de bar. 'Hou je hoofd erbij, Sean. Wat is er mis met je? Ik heb het over een moordenaar vangen en jij bent meer geïnteresseerd in die kip.' Hij leunde voorover en keek naar de kruiden die Sean had gekocht. 'Wat is Coco Van eigenlijk?'

Sean corrigeerde meteen de manier waarop zijn broer de Franse uitspraak verkrachtte. 'Vergeet het maar. Het is voor Grace. Wat doe je nu verdomme echt hier?'

Een donkere wolk gleed over Ians gezicht. 'Hoe diep zit je er met deze vrouw in?'

'Hij slaapt zeker met haar.' Liam liep de slaapkamer uit. Hij was helemaal in het zwart gekleed, van zijn T-shirt tot aan de spijkerbroek en de laarzen aan zijn voeten. Hij liet met een grijns twee lege condoomverpakkingen zien aan Sean en Ian. 'Maar twee keer, rokkenjager?'

Sean waste zijn handen en haalde de pan die hij nodig had tevoorschijn. De keuken van Grace was erg goed uitgerust voor een vrouw die amper kookte. 'Sommigen van ons praten graag met onze minnaars.'

'Ik dacht dat jij en Grote Tag hier, ze alleen graag vastbindden.'

Daar zou hij niet tegenin gaan. Hij was vanmiddag naar meer dan één winkel geweest, maar hij ging Liam en Ian niet vertellen dat hij handboeien, glijmiddel en een vibrator had gekocht. Hij ging voor sarcasme. 'In tegenstelling tot Ian haal ik soms de knevel eruit en luister ik naar wat de dame te zeggen heeft.'

Dat maakte Ian aan het lachen. 'Ik heb je slecht getraind.'

Liam gooide de condoomverpakkingen op het aanrecht. Sean was zich ervan bewust dat Liam hem zag als het broertje dat regelmatig geplaagd moest worden. Normaal gesproken stoorde het Sean niet. 'Ik dacht dat je beter kon, dan maar twee keer. Blijkbaar is het lastig om het met een oudere dame te doen.'

Deze keer stoorde het hem wel. Instinctief kwam Seans vuist naar voren en dreunde op Liams neus met een misselijkmakende knal. Liam raakte de vloer. Sean ging kalmpjes verder met de voorbereiding van het eten.

'Waar was dat verdomme voor nodig?'

Sean wist dat Liam van slag was. Liams Iers accent was goed te horen. Sean antwoordde terug met hetzelfde accent. 'Dat, jochie, was voor de smerige praat over een dame.'

Sean was blij met zijn accent. Het spiegelde dat van Liam. Als hij nog een woord over Grace zei, zou Sean gedwongen zijn om iets anders te doen.

Liam stond onmiddellijk weer overeind. Zijn mond hing open van schok, in plaats van woede. 'Verdomme, Kleine Tag. Zeg me dat je niet voor het meisje bent gevallen. Sean, dit is geen goed idee.'

Sean schudde het van zich af en probeerde zich normaal te gedragen. 'Dit was vanaf het begin het plan. Om dicht bij haar te komen. Nu ik dicht bij haar ben, moet ik zeggen dat ze een buitengewoon leuke dame is. Ik laat je niet over haar praten alsof ze een van jouw minderjarige chickies is.'

Liam staarde hem met mond open aan en keek toen naar Ian. 'Trek hem nu terug. Hij is gecompromitteerd.'

Ian wees naar de condoomverpakkingen. 'Dat is overduidelijk. Ik maak me niet zo druk om mijn broertjes verdiensten. Heb je de afluisterapparatuur geïnstalleerd?'

'Aye.' Liam leek zichzelf te horen en ineens was zijn accent weg, vervangen door de vlakke cadans van het midwesten. 'Ja, meneer. Ik heb aan al haar vaste lijnen afluisterapparatuur gekoppeld en er zijn er een paar op strategische locaties. Als ze hier contact maakt met Wright, weten we het. Adam zou nu zo ongeveer het kantoor en haar auto voorzien moeten hebben. Ook weten we het, als Kleine Tag zijn record verbreekt door haar meer dan twee hele keren te neuken.' Hij hield zijn handen omhoog in overgave. 'Excuseer me. We het kunnen horen als ze prachtig de liefde bedrijven.'

Sean dacht er serieus over na, om Liam een paar goede tikken te geven. Het was het gewoon niet waard. Liams hoofd was te hard om er enig verstand in te rammen. 'Is dit echt nodig?'

Ian boog zijn hoofd lichtjes en Liam vatte dat op als zijn teken om te vertrekken. Hij verdween door de achterdeur. Sean was alleen achtergelaten met zijn grote broer. 'Ja, dat is nodig. We moeten Grace Hawthorne monitoren alsof ze een hoofdverdachte is. Sean, ik maak me zorgen om je. Ik denk dat jouw meisje er tot haar nek in zit.'

Sean sloeg zijn ogen op ten hemel, ook al wist hij dat hij een paar avonden geleden hetzelfde argument had gebruikt bij Adam. 'Doe niet zo belachelijk. Grace is geen eco-terrorist. Ze is een lieftallige weduwe en moeder van twee.'

Er was een korte stilte, die Sean liet weten dat Ian iets serieus wilde zeggen. Grote broer wist hoe hij hem moest laten wachten. 'Ze is ergens halverwege de jaren tachtig gearresteerd.'

Seans hoofd kwam omhoog. 'Waar heb je het over?'

Ian leek in zijn sas te zijn om eindelijk de volledige aandacht van zijn broer te hebben. 'De arrestatie werd uit het strafblad geschrapt omdat ze minderjarig was, maar Eve slaagde erin de dossiers op te graven. Ze kan alles vinden, weet je. Grace Hawthorne, voorheen Thornton, werd gearresteerd tijdens een protest. Ze werd beschuldigd van het mishandelen van een agent. Ze werd voorwaardelijk vrijgelaten en de aanklacht werd op haar achttiende verjaardag van haar strafblad verwijderd.'

Het mes in Seans handen viel naar de zijkant. Er was niets in Grace' karakter dat hem liet geloven dat ze een strafblad had. Hij zou er zijn leven op verwedden dat ze een perfecte gezagsgetrouwe burger was. 'Wat bezielde haar in godsnaam om een agent aan te vallen?'

Ian wuifde het weg alsof de redenen nogal onbelangrijk waren. Het was alleen belangrijk dat ze gearresteerd was. Sean wist dat Ian soms de wereld in grimmig zwart en wit zag, met absoluut geen tinten grijs. 'Wat ik ervan kan zeggen is dat ze een aap of iets dergelijks probeerde te redden. Ze probeerde een busje dat primaten naar een lab vervoerde om schoonheidsproducten te testen te stoppen. Ze had haar liberale kontje aan het hek geketend en geweigerd om de vrachtwagen er langs te laten.'

Sean slaakte een diepe zucht van opluchting. Dat kon hij begrijpen. Grace' instinct om iedereen te beschermen waarvan zij dacht dat die zwakker was dan zichzelf was sterk. Het was een van de dingen die hij aan haar bewonderde. Shit, als hij erbij was geweest, had hij haar geholpen. 'Als ze een agent heeft geslagen, dan verdiende die agent dat.'

'Nou, er werd misschien iets genoemd over het feit dat de agenten een beetje handtastelijk waren met de vrouwelijke protestvoerders.'

'Zie je, hij had het verdiend.'

'Oké, dat geef ik toe maar ze is sterk betrokken bij een complot om de gasbedrijven uit deze omgeving te houden.'

'Een complot? Met wie?' Ze had hier niets over verteld. Natuurlijk hadden ze ook niet erg veel tijd doorgebracht met praten. Hij was veel te druk bezig geweest met haar laten kreunen. Dat was misschien waarom het niet ter sprake was gekomen.

'Haar Vereniging van Eigenaren. Ze drong er bij iedereen op aan, om te weigeren om hun mineraalrechten weg te geven.'

De kip riep weer. Ian maakte van een mug een olifant. Misschien miste zijn broer de oude dagen bij de geheime dienst. 'Ze is schuldig aan compassie hebben. Misschien wil ze niet, dat er een hoop gasbellen in de ozon lekken. Je weet dat die dingen zo goedkoop mogelijk gebouwd worden. Geef het op. Je kan haar geen eco-terrorist noemen omdat ze geeft om de plek waar ze woont. Grace zou nog geen vlieg kwaad doen. Negenennegentig komma negen procent van die groenen zijn de meest geweldloze mensen die je ooit zult ontmoeten.'

'Het is de nul komma een procent, waarin ik geïnteresseerd ben.' Ians blauwe ogen waren tot spleetjes geknepen toen hij Sean bekeek. Het zorgde ervoor, dat Sean er een beetje nerveus van werd om in die niet-knipperende blik te zitten. Hij voelde zich net een insect dat bestudeerd werd. De enige vraag was of Ian een speld door zijn buik zou duwen en hem in een doosje zou stoppen als aanvulling van zijn collectie. Sean stond stil, wetende dat wat Ian ook ging doen, hij hem niet van zijn pad kon laten afwijken. Ian nam uiteindelijk altijd zijn eigen besluit. 'Als ik je eruit trek, ben je zo weer hier, nietwaar?'

En hij had bijna altijd gelijk. 'Pas nadat ik mijn ontslag in heb gediend. Ik stop met de zaak en ik blijf bij Grace. Ik geloof geen seconde dat ze hierbij betrokken is, maar als er iets rondom haar aan de hand is, kan ze gekwetst worden. Ik heb geen intentie om dat te laten gebeuren.'

Ians schouders zakten. Een overduidelijk teken van verlies. Vanaf de dag dat hun vader bij hen wegliep toen Sean amper tien was, had Ian het voortouw genomen. Slechts één keer had Sean er over gedacht om tegen Ians betere oordeel in te gaan. Ian had gewild dat Sean na zijn studie de zakenwereld in zou gaan, in plaats van hem het leger in te volgen. Er waren tijden in Afghanistan geweest dat hij wenste dat hij naar Ian had geluisterd. Maar nu wist Sean dat hij de broer van wie hij hield, moest zeggen dat hij naar de hel kon lopen en dat allemaal voor een vrouw. Niet zomaar een vrouw, dacht hij in een moment van openbaring—*de* vrouw. Grace was de ware voor hem. Gisteravond had het Sean bewezen.

'Oké, ik laat je erin, maar pas op,' gaf Ian toe. 'Eve's profiel van Patrick Wright is angstaanjagend.'

Het was goed om de zaak terug te krijgen. Eve St. James was een van de beste profilers die de FBI ooit had getraind. Nu werkte ze voor Ian. Als zij bang was, wilde Sean erover horen. 'Zin om me bij te praten?'

'Het staat allemaal in het rapport dat ik je gestuurd heb, als je de moeite zou nemen om je e-mail te lezen. Ik zal je de kern vertellen. Hij is erg intelligent en bereid om te doden, echter hij zal willen afwachten als de tijd niet rijp is. Hij wordt niet beheerst door passie. Hij is bijna zeker mishandeld als kind, waarschijnlijk door zijn vader. Hij heeft grote gaten in zijn volwassen levensloop. Eve denkt dat hij of ondergronds was of misschien ondergedoken werkte, als hij geld nodig had. Een deel van zijn geschiedenis is onduidelijk, maar ze is er absoluut zeker van dat hij koelbloedig en volkomen genadeloos is.'

'Dat geloof ik direct.'

'Verder is hij stil en serieus. Hij speelt geen spelletjes of heeft een oprechte wens om gepakt te worden. Hij heeft geen groot verlangen om erkend te worden. Hij heeft waarschijnlijk meer dan eens maskers en kostuums gedragen en zou plastische chirurgie kunnen zijn ondergaan als hij dacht dat het hem zou helpen om de autoriteiten te ontwijken. Dat deel maakt Eve echt bang. Meestal worden deze moordenaars gepakt omdat ze dat diep van binnen willen.'

Sean knikte. Hij beloofde zichzelf dat hij het profiel later vanavond zou lezen, maar eerst wilde hij nog een ding weten. Hij wist precies hoe Ian deze operaties runde en wat hij Eve zou laten doen. Er zou een profiel zijn van iedereen die betrokken was. 'En wat had Eve te zeggen over Grace?'

Ians mond werd een streep. 'Ze zei dat Grace compleet ongevaarlijk was, tenzij er iemand van wie ze houdt in gevaar is. Dan zou ze een tijgerin zijn. Ze zei dat Grace het soort vrouw is, die haar volledige loyaliteit aan een persoon geeft en dat het erg moeilijk is om haar daar vanaf te brengen. Grace is het soort persoon dat volledig liefheeft. Eve vond jouw Grace erg leuk.'

Zijn Grace. Dat klonk wel goed in zijn oren. 'Ik denk dat Eve Grace netjes op heeft gesomd, dus wat is het probleem?'

'Eve heeft het al eens mis gehad.'

Eve had eerder heel, heel erg ongelijk gehad en het had twee FBI-agenten het leven gekost. Dat was de reden dat ze het Bureau verlaten had en uiteindelijk bij McKay/Taggart kwam werken, waar haar ex-man Alexander McKay werkte.

'Deze keer heeft ze geen ongelijk. Geloof me, Ian, het komt allemaal goed.' Sean draaide weg, om een kurkentrekker voor de wijn te halen. Toen hij zich terugdraaide, was Ian verdwenen.

Sean schudde zijn hoofd. Hij zou Ians vaardigheid nooit kunnen evenaren en hij wilde het al lang niet meer proberen. Hij had zijn eigen talenten. Hij zette eerst de saus op en toen de kip aan het koken. Dit specifieke gerecht had veel suddertijd nodig. Het zou alleen op smaak zijn als het de juiste hoeveelheid tijd kreeg om te koken. Het leek een beetje op een relatie.

Maar Sean had geen tijd. Ian wilde dit snel gedaan hebben.

Als Sean Grace aan het einde hiervan wilde houden, zou hij haar heel snel aan hem moeten binden.

Sean zette het vuur op het fornuis op een lager pitje en pakte zijn sleutels. Het was tijd om het vuur met Grace op te voeren. Sean dacht dat hij precies wist hoe hij haar moest laten koken.

8

Grace ging op haar kantoorstoel zitten en was in haar nopjes met de excursie van die middag. Jake en Adam waren echte lieverds geweest. Ze hielpen haar bij het vinden van drie rokken, twee blouses en een jurk die haar sterke punten goed accentueerden. Ze hadden een paar chique boetieks gevonden waarvan ze het bestaan niet kende. Het was goed om een mannelijke mening te krijgen. Adam was zo lief geweest om met haar naar de kleedkamer te gaan en haar te helpen de cocktailjurken die ze had gepast, aan en uit te trekken. Hij had zijn roeping gemist. Adam had een stylist moeten zijn in plaats van een accountmanager.

'Morgen zouden we lingerie kunnen doen.' Adam ging op de rand van haar bureau zitten. 'Ik weet dat er hier in de buurt een winkel moet zijn die Agent Provocateur verkoopt.'

'Of La Perla.' Jake zette haar tassen neer. Ze hadden rondgereden in Jakes jeep. Grace had besloten dat hij de meest mannelijke van de twee was. Hij had de neiging om de leiding te nemen. Meer zoals Sean.

'Ik weet niet of dat zo'n goed idee is.'

Zoals ze het had gelezen, zocht de Dom gewoonlijk graag lingerie uit. Sean had de leiding in de slaapkamer. Ze wist niet zeker of hij wel zou willen dat een andere man haar ondergoed uitzocht, ook al had die man geen zin om haar daarin te zien.

Sean. Ze kon haar gedachten niet van Sean afhouden. Ze kon niet stoppen met denken aan het feit dat haar grote, sterke Viking bij haar thuis in de keuken aan het koken was. Hij zou er zijn als ze thuiskwam. Voor het eerst in meer dan een jaar tijd, sinds haar jongste het nest was uitgevlogen, voelde ze geen greintje onbehagen bij de gedachte naar huis te gaan. Het zou niet leeg zijn. Ze kon aan komen rijden en niet worden aangevallen door een verduisterd huis met zijn sombere stilte en onaangenaam nette kamers. De netheid stoorde haar. Het bewees dat er niet echt meer in het huis werd geleefd. Het afgelopen jaar had ze daar alleen maar bestaan.

Grace hoopte dat Sean een klein beetje slordig was.

'Kom op, Grace,' moedigde Adam aan en trok haar uit haar gedachten. Hij boog zich voorover en gaf haar een sexy knipoog. 'Je zou er heel mooi uitzien in een korset. Ik zou kiezen voor een smaragdgroen volledig korset met een bijpassende string. Je zou die geweldige Jimmy Choos kunnen dragen die we zagen.'

Grace snoof. Oh, ze zou de Jimmy Choos geweldig vinden, als ze drie mille aan een paar schoenen kon uitgeven. Ze was niet zo zeker van het korset. Sean leek haar liever naakt te hebben. Ze wist dat dit de manier was waarop zij hem zelf het liefste had. Grace dacht aan de littekens op zijn rug. Ze wilde er met haar handen langs gaan en het verhaal over elk ervan vragen. Ze wist dat hij gevechtssituaties had meegemaakt. Ze vroeg zich af of hij nog droomde van de dag dat hij die littekens kreeg. Ze zou ze kussen, haar lippen erlangs laten glijden en hun aanraking en smaak leren kennen. Elk litteken was een deel van hem. Ze wilde ze allemaal kennen, ze in haar geheugen opslaan.

'Dus, happy hour vanavond?' Jake keek op de klok.

Grace volgde zijn blik. Het was iets over tweeën. Nog drie hele uren voordat ze Sean zou zien. God, ze gedroeg zich als een verliefde tiener. Voordat ze het wist, zou ze een Facebook-pagina opzetten zodat ze kon zeggen dat Grace Hawthorne "een relatie" had. Dat zouden haar jongens geweldig vinden.

'Ze gaat niet naar het happy hour. Ze gaat zich ergens heen haasten, om die grote krachtpatser te zien die ze neukt.' Adams elegant gewelfde wenkbrauw daagde haar uit om iets anders te zeggen.

Ze ging niet liegen. Ze was misschien discreet tegen anderen, maar in de afgelopen weken was ze close geworden met deze jongens. Ze waren haar vertrouwelingen geworden. 'Hij is geen krachtpatser. Hij is mijn Viking.'

Adam lachte lang en hard. Het was een hees geluid dat vreemde dingen deed met haar binnenste. Nu dat ze weer seks had, was ze er continu met haar hoofd mee bezig. Soms als Adam en Jake naar haar keken, zoals vandaag, dacht ze bijna dat ze serieus geïnteresseerd in haar waren. Ze was vast gek natuurlijk. Sean Johansson veranderde haar brein in seksuele pulp. Adam trok haar uit de stoel en sloeg zijn armen om haar heen in een vriendschappelijke knuffel, ook al waren zijn handen verschrikkelijk dicht bij haar achterkant. Hij was een spierbundel onder zijn designer pak en hij rook schoon en fris. Ze kon Adam Miles wel waarderen maar ze verlangde naar Sean.

'Een Viking? Ik hou van de analogie, liefje. Zeg me eens. Heeft hij gisterenavond jouw lekkers geplunderd?'

'Hij gaat dat van jou plunderen als je niet uitkijkt.' Jake schudde zijn hoofd om de capriolen van zijn vriendje. Het viel Grace op dat ze een intense band leken te hebben voor twee mensen die pas een paar weken geleden bij elkaar waren gekomen. Ze had het al eerder opgemerkt. Ze hadden een kracht tussen hen in, alsof ze op een ander niveau communiceerden.

Voordat ze de kans kreeg om te antwoorden, ging Matts deur open. Hij stak zijn hoofd naar buiten. Zijn ogen waren rood en hij zag eruit alsof hij een dag of twee niet had geslapen. 'Grace, als je terug bent van de lunch, wil ik graag met je praten.'

Grace zei gedag tegen haar vrienden en liep Matts kantoor binnen. Hij droeg zijn vermoeidheid als een gekreukt pak. Hoewel ze zich de afgelopen week van hem had teruggetrokken, voelde ze nog steeds haar hart ineenkrimpen toen ze naar hem keek. Jarenlang was hij haar vriend geweest en nu leek hij een beetje verloren. Grace had geen moment gedacht, dat Matts aanbod van de andere avond serieus was geweest. Hij was gewoon die man die nooit iets opmerkte totdat iemand anders het had. Zodra Sean weg was, zou Matt haar weer als vanzelfsprekend beschouwen en haar vriendelijke baas zijn. Dat had Grace het liefste maar voorlopig was er een spanning in elke ontmoeting. 'Wat is er aan de hand?'

Hij schudde zijn hoofd alsof hij zijn gedachten wilde leegmaken. 'Er is niets aan de hand. Het lijkt er zelfs op dat we een groot contract gaan krijgen. Ik denk dat ik eindelijk de conciërgediensten van het Bryson Building heb weten vast te leggen.'

'Echt?' Grace glimlachte. Matt vocht al maanden voor dat contract. 'Dat is goed nieuws.'

Ze was blij voor Matt, hoewel ze met dat specifieke gebouw helemaal geen zaken zou hebben gedaan. Het was een van de grootste gebouwen in het centrum van Fort Worth en het huisvestte het grootste aardgasontwikkelingsbedrijf in Texas. Grace kende het gebouw goed. Ze had daar nog geen drie weken eerder een ondertekende petitie afgegeven.

Hij knikte en zijn lippen krulden zich op, hoewel de glimlach zijn ogen niet bereikte. Hij had het te druk met het verzamelen van zijn spullen. Hij pakte zijn mobiel en portemonnee en stopte beide in zijn laptoptas. 'Ik ga vandaag naar huis. Misschien een beetje vieren. Kun jij de dingen hier aan?'

'Natuurlijk.' Ze hoopte dat hij niet te hard zou feesten. Sean zou pissig zijn als ze om drie uur 's nachts gebeld werd. 'Waar is het contract? Ik typ het uit en geef het door aan de manager in het Bryson Building.'

Hij stopte, zijn gezichtsuitdrukking was een moment helemaal blanco. 'O, het is nog niet helemaal klaar. Ik zal de taal die ik wil gebruiken uitwerken en het zelf uittypen.'

'Wat?'

'Ik kan typen, Grace.'

'Nee, dat kan je niet.' Hij was verschrikkelijk. Hij kon amper appen zonder het te verpesten. Hij typte nooit zijn eigen contracten.

Matt maakte zichzelf groot en zijn ogen werden een beetje hard. 'Maak je er maar geen zorgen over. Ik regel het wel. Ik functioneerde al voordat ik je ontmoette, Grace, en zal dat ook doen als je weg bent.'

Grace schrok van die uitspraak. Wat bedoelde hij daarmee? 'Ik wist niet dat ik ergens heen ging.'

Matts blik weigerde de hare te ontmoeten. Hij staarde naar een plaats op de muur achter haar. 'Denk je dat ik niet weet dat je die klootzak ziet? Denk je dat ik de gloed op je gezicht vanmorgen heb gemist of dat gegiechel met Kayla? Zeg me dat je vannacht niet bij hem bent geweest. Dat kan je niet. Als hij een beetje hersens heeft, neemt hij je mee als hij weggaat.'

Grace zuchtte. 'Hij neemt me niet mee, Matt. We zijn net begonnen om elkaar te zien en hij heeft duidelijk gemaakt dat hij over een week of zo terug zal gaan naar Chicago. Het is maar een avontuurtje.'

Matt ontspande zich een beetje. Zijn blik vond eindelijk de hare. Ze was verbaasd over de diepe opluchting die ze daar aantrof. 'Ik hoop het. Ik zou het vreselijk vinden om je te verliezen.'

'Ik ga nergens heen, dus waarom laat je me mijn werk niet doen?' Ze was geïnteresseerd in het zien van het contract. Bij de laatste vergadering waar ze bij was geweest, vroeg de beheerder van het gebouw om hoge kortingen, zo veel dat het de klus financieel onhoudbaar zou maken. Ze vroeg zich af wat voor magie Matt had gebruikt.

Hij greep zijn aktetas. 'Ik zal het je morgen bezorgen. Dat zal snel genoeg zijn. Bewaak het fort. En Grace, begin met het plannen van een feestje voor vrijdag. Ik wil dat het hele kantoor feest viert. Op een leuke plek, oké?'

'Vrijdag? Ik kan niets groots plannen voor vrijdag,' sputterde ze. Feestjes hadden tijd nodig. Feestjes moesten gepland worden.

'Je zult het doen, Grace, of ik laat het iemand anders doen.' Hij rende praktisch het kantoor uit.

Grace staarde even naar de deur. Het was niets voor Matt om aan te bieden om zelf werk te doen dat zij kon doen. Hij was een luie man en hij genoot er oprecht van om werk te delegeren. Zijn status als baas lag hem zeer aan het hart. Grace' nieuwsgierigheid kreeg de overhand. Ze keek naar Matts keurige bureau. Het was vooral netjes omdat Grace al het papierwerk perfect georganiseerd hield en Matt vroeg om wat hij nodig had. Dat was de manier waarop ze de afgelopen zes jaar hadden gewerkt. Wat was er deze keer anders? Ze dacht na over het contract. Het was voor schoonmaakdiensten.

Evan Parnell zou de contactpersoon zijn.

Na enige twijfel opende Grace de bovenste la van Matts bureau. Ze pakte het eerste potlood dat ze kon vinden eruit, en veegde met de punt zachtjes over het notitieblok dat hij achter had gelaten. Gelukkig deed Matt nooit iets half. Ze kon makkelijk lezen wat hij had geschreven door de afdruk op het blok. Grace voelde haar wenkbrauwen samenkomen.

2201 Mount Dale Ave.

Dat was hetzelfde adres dat Evan Parnell eerder vandaag had opgeschreven. Wat was er in godsnaam op dat adres? Misschien werd het tijd dat ze een uitstapje maakte.

'Dus als de baas weg is, speelt de secretaresse spelletjes?'

Grace snakte naar adem en bloosde alsof ze betrapt was op iets slechts. Ze opende de la en legde het notitieblok in Matts bureau. Ze deed het rustig aan en trok de rest van het bureau recht terwijl ze naar de man opkeek. 'Nee. Ik doe mijn vaste ritueel om ervoor te zorgen dat mijn baas zijn bureau door de gebruikelijke rommel heen kan zien.'

Sean stond in de deurpost. Hij zag er heerlijk casual uit in een strakke spijkerbroek, een zwart T-shirt en cowboylaarzen. Zelfs aan de andere kant van de kamer kon ze de sensuele blik in zijn ogen zien. Hij sloot de deur. Sean liep recht op haar af en torende boven haar uit, zonder een centimeter persoonlijke ruimte tussen hen in te laten.

'Hé, ik dacht dat je aan het koken was.' Ze wist dat ze buiten adem klonk, maar dat kwam omdat hij haar geen ruimte gaf om adem te halen. Hij zag er een beetje roofzuchtig uit toen hij voorover boog. Er was geen twijfel over de lust die hij uitstraalde. Sean Johansson had trek... in haar.

'Het suddert. Het is prima. Het is een gerecht dat de hele middag nodig heeft om te garen. Ik dacht dat ik hierheen zou komen om te zien of ik je mee kon krijgen voor je koffiepauze in de middag, maar het lijkt erop dat je al bent geweest.'

De tassen. Hij moest haar tassen hebben gezien. Oh, het was moeilijk om na te denken als zijn mond zo dicht bij de hare zweefde. Ze voelde de warmte van zijn lichaam. Ze zou geen deken nodig hebben als Sean in haar bed lag. Zijn grote lichaam was een oven. Hij boog zich over haar heen en keek haar aan met zijn intens blauwe ogen. Alles in haar warmde op om bij zijn hitte te passen. Hoe kon hij haar zo beïnvloeden? Hij liet haar alles vergeten. 'Ik ben net met de jongens gaan winkelen.'

Zijn ogen vernauwden zich en zijn stem werd een laag gegrom. 'Jongens? Ik wist niet dat je zonen in de stad waren.'

Ze schudde haar hoofd. Ze deinsde achteruit, op zoek naar het kleinste stukje veiligheid. Helaas liep ze regelrecht achteruit tegen het bureau aan. Seans handen omklemden haar heupen om haar te laten weten dat hij een antwoord wilde. 'Dat zijn ze niet. Ik was met een paar vrienden van het kantoor. Ze hebben me geholpen met het uitkiezen van nieuwe outfits.'

Een kleine glimlach krulde zijn lippen. 'Had je de behoefte om er mooi uit te zien, Grace? Als dat het probleem was, schat, dan zou je geen kleren aan moeten trekken, je zou ze moeten uittrekken.' Zijn handen trokken de zijkanten van haar rok omhoog en streelden de huid die hij blootlegde. Ze voelden zo sterk op haar huid dat Grace op Matts bureau sprong en haar benen om zijn middel sloeg. 'Ik denk dat je er zo het beste uitziet.'

Ze schonk hem een stralende glimlach. 'Gelukkig, maar Adam vindt dat ik er het beste uitzie in groen en blauw. Hij zegt dat ik juweeltinten moet dragen.'

Seans handen stopten hun lange, uitdagende verkenning van haar dijen om op zijn heupen te blijven rusten. Hij keek op haar neer. 'Adam?'

'Ja, Adam, van de verkoop. Je hebt hem een paar dagen geleden bij O'Hagen's ontmoet. Als je hem niet mag, kun je maar beter aan hem wennen, want hij is mijn vriend. Hij is mijn vriend en zijn vriendje Jake ook.' Ze legde speciale nadruk op het woord vriendje om Sean te laten weten dat hij geen reden had om jaloers te zijn. Alleen al het feit dat hij een beetje jaloers was, zorgde ervoor dat haar hartslag versnelde. Ze liet haar handen naar de zijkanten van zijn gezicht gaan en streelde hem. 'Dus niet van slag raken als ik met ze winkel. Trouwens, als ik je meenam, wed ik dat je me niet zou helpen in de kleedkamer zoals Adam dat doet. Je zou je waarschijnlijk de hele tijd afvragen wanneer we naar huis zouden kunnen gaan.'

Zijn mond viel open. Zijn gezicht werd een uiting van mannelijke verontwaardiging. 'Hij was bij je in de kleedkamer?'

Grace stak haar hand uit om hem sussend te aaien. Het was niet erg. Het was gewoon Adam. Als de kamer groot genoeg was geweest, had ze Jake ook binnen gevraagd. 'Ik had hulp nodig met de ritsen.'

'Dat kan maar beter het enige zijn waarmee hij je heeft geholpen.' Sean klemde zijn tanden op elkaar.

Grace lachte. 'Waar zou hij me nog meer mee helpen? Ik zei toch dat hij homo is. Hij is veel meer geïnteresseerd in de manier waarop mijn kleren passen dan in alles wat ik eronder heb.'

Sean mompelde iets binnensmonds dat Grace niet helemaal begreep, hoewel het een beetje gewelddadig klonk. Hij haalde diep adem en zijn gezicht was vriendelijker toen hij zich nestelde in haar armen. 'Luister, het kan me niet schelen of hij nog nooit een vrouw in zijn leven heeft aangeraakt. Ik wil niet dat hij de mijne aanraakt. Doe me een plezier. Ik heb een bezitterig karakter. Voel je vrij om met Adam te winkelen zoveel je wilt, maar hij mag niet bij jou in de kleedkamer. Verdorie, we kunnen een dubbele date hebben met de jongens als je daar blij van wordt, maar dit naakte lichaam is voor mij en mij alleen.'

God, als hij zo sprak, klonk het alsof hij geïnteresseerd was in veel meer dan een flirt van een week. Ze stond op het punt gekwetst te worden, maar ze kon het niet helpen. Ze zou het liever weten. 'Sean, je klinkt serieus.'

'Wanneer heb ik ooit gezegd dat ik dat niet was?' Hij glimlachte een beetje en tilde haar hoofd op. Hij stak zijn hand in zijn zak en haalde er een klein voorwerp uit. Hij liet het in zijn hand bungelen. Grace staarde even naar het kleine, gouden hart dat aan een gouden ketting hing. 'Begrijp je wat dit betekent?'

Ze dacht eigenlijk van wel, maar ze zou het liever van hem horen. 'Een cadeau?'

'Het is meer dan dat. Als ik je naar een club zou brengen, zou ik een halsband om je nek doen om de anderen te laten weten dat je van mij bent. Dit is geen traditionele halsband, maar je kunt hem wel overdag dragen. Het is een symbool dat je me accepteert als je Dom. Grace, wil je dit dragen?'

Het was de bijna aarzelende manier waarop hij de vraag stelde die haar hart deed wankelen. Hij was op dat moment geen Dom, maar een man die een beetje bang was dat hij zou worden afgewezen. Grace schonk hem haar meest stralende glimlach en hield haar haren omhoog zodat hij het om kon doen. Sean morrelde met de sluiting en het hart viel tegen Grace' huid, net onder haar nek. Ze bracht haar hand omhoog om het aan te raken. 'Ik vind hem prachtig.'

En ze begon van hem te houden.

Nu was de Dom terug. Hij keek op haar neer met een volkomen tevreden glimlach. 'Het staat je goed. Dus geen intieme shoppingtrips met andere mannen meer.'

Ze herkende een bevel als ze het hoorde. En als ze erover nadacht, zou ze het zelf ook niet prettig vinden als een andere vrouw Sean in zijn broek zou helpen, of ze nu van mannen hield of niet. Grace besloot zich aan deze regel te houden, hoewel hij zijn uitspraak "Ik domineer alleen in de slaapkamer" al aan het breken was. Het verbaasde haar niet. Hij was een overweldigende man. Ze genoot van de uitdaging. 'Prima. Adam gaat niet met mij mee de kleedkamer in.'

'Goed, dan kunnen we doorgaan naar het interessantere deel van het bezoek.' Zijn toon werd donker en diep. 'Laat me je borsten zien, Grace.'

Ze slikte moeilijk. 'Wat?'

Hij deed een stap achteruit en zijn ogen werden hard en ijskoud. Hij hield er echt niet van om zichzelf te herhalen. 'Ik zei laat me je borsten zien. Ze zijn van mij. Ik wil ze zien.'

Grace keek achterom naar de deur en vroeg zich af wie er binnen zou komen. Normaal gesproken was Matts kantoor verboden terrein, maar meestal zat ze ook buiten als poortwachter. Iedereen kon binnenlopen. Haar hart versnelde.

'Ik ben aan het wachten en ik zal het niet nog eens vragen.'

Grace' handen gingen naar de knopen van haar blouse toen ze Sean naar de bureaustoel zag kijken. Ze wist precies wat hij dacht. Hij vroeg zich af hoe het zou dienen als een plek om haar over de knie te leggen. Ze besloot dat het oneindig veel waardiger zou zijn om betrapt te worden terwijl ze hem haar borsten liet zien dan met haar blote kont in de lucht. Ze kon natuurlijk altijd weglopen. Het kleine gouden hart werd tegen haar keel gedrukt, een herinnering aan alles wat zich tussen hen opbouwde. Ze wachtte niet, maar bleef de blouse losknopen. Ze zou nooit weglopen zolang hij haar nog wilde.

Sean keek haar met lust gevulde ogen aan. Zijn tong kwam naar buiten om zijn lippen te bevochtigen toen Grace eindelijk de laatste knoop losmaakte en de voorsluiting van haar beha openmaakte. Haar borsten kwamen vrij uit hun beperkingen. Ze wist dat ze niet zo parmantig waren als vroeger. Ze waren veertig jaar oud en hadden twee kinderen gevoed, maar toen Sean haar als een hongerige leeuw aankeek, kon ze niet anders dan zich sexy voelen.

Hij staarde haar een lange tijd aan, de streling van zijn blik bijna tastbaar op haar vlees. In een reactie richtten haar tepels zich op en ze stak haar borst naar voren zodat hij geen centimeter miste. Het wachten was bijna ondraaglijk. Ze wilde zijn handen om haar heen, zijn mond die haar vlees bedekte.

'Je bent prachtig, kleintje.' Zijn grote hand kwam naar voren, omvatte haar borst en kneep er zachtjes in. Grace zuchtte, volkomen tevreden over het contact.

Sean ging voor haar staan en nam beide borsten in zijn handen. Hij duwde ze tegen elkaar en hield ze toen uit elkaar. Hij speelde met haar tepels en kneep ze tussen zijn duimen. Hij had ze hard en stijf en klaar, toen hij de rechter omhoog duwde en voorover boog. Grace' hoofd viel achterover toen zijn hete mond zich over haar tepel sloot. Haar benen bewogen rusteloos op en neer langs zijn zijden terwijl hij zoog. Hij likte en speelde met de borst alsof hij een jongen, gefascineerd door een nieuw speeltje, was. Hij miste geen centimeter, likte rond de tepelhof en beet uiteindelijk in de bruin roze tepel.

'Vanavond zet ik deze prachtige tieten in klemmen. Ze zullen wiebelen terwijl je me berijdt. Ik vind het leuk om je borsten te zien stuiteren.'

Het beeld zorgde ervoor dat Grace' kutje zich in afwachting samentrok terwijl Sean zich tegoed deed aan de andere borst.

Nadat hij haar linkerborst de volledige behandeling had gegeven, gingen zijn lippen langs haar nek en stopten even om het kleine hart te kussen dat haar nu als de zijne markeerde. Hij bereikte haar mond en zijn tong dook naar binnen, gedoogde het geen moment, om zich terug te trekken. Hij trok haar tegen zijn erectie terwijl hij zijn grote lul tegen haar aan wreef, alleen zijn broek en haar rok ertussen.

Grace drukte zich tegen hem aan. Ze was er zo klaar voor om hem te nemen. Het kon haar niet meer schelen wie er binnenkwam of waar ze waren. Het kon haar alleen schelen dat hij niet zou stoppen, voordat hij haar had gegeven wat ze nodig had.

'Omdraaien.' Seans bevel voelde als een zweepslag toen hij zich van haar losmaakte. Hij trok aan de gulp van zijn spijkerbroek.

Grace deed wat hij vroeg. Ze stapte van het bureau af, draaide zich om en zette zich schrap tegen het hout. Ze hoorde wat geritsel en wist dat Sean voorbereid was. Hij duwde haar rok omhoog.

'Ik denk niet dat we deze nodig zullen hebben.' Hij trok haar slipje van haar heupen en langs haar benen. Ze stapte er gehoorzaam uit en hij legde het aan de kant. Zijn handen streelden haar blote kont en gingen toen naar beneden. Hij liet zijn vinger naar haar kutje glijden en speelde in het vocht dat hij daar vond. Hij gleed met zijn vingers rond en scheidde haar schaamlippen. 'Je bent zo nat voor mij. Zeg me, wil je me?'

'Fuck, ja.' Ze zou sterven als hij haar niet snel nam.

'Wat wil je dat ik met je doe?' Zijn vingers plaagden rond haar klit, wreven verleidelijk en gingen er dan vandoor. Grace bewoog en probeerde zijn vingers terug te krijgen. Zijn handen gingen van haar vagina naar haar borsten. Hij kneep hard in een tepel, de pijn ging in een oogwenk over in sensueel genot. 'Ik heb een vraag gesteld, Grace. Wat wil je dat ik met je doe?'

Ze gaf hem het enige eerlijke antwoord dat ze had. 'Neuk me, Meneer. Neuk me alsjeblieft.'

'Nou, omdat je het zo aardig vroeg, sub.' Hij greep haar heupen en duwde zijn keiharde pik recht in haar kut.

De kracht van de stoot bracht haar bijna van haar stuk. Grace hield zich vast aan het bureau terwijl Sean haar neukte. Ze hoorde hem achter zich grommen en wenste dat er een spiegel was. Ze vond het heerlijk om naar zijn gezicht te kijken terwijl hij een orgasme naderde. Hij stootte tegen haar aan en hield niets in. Sean was niet voorzichtig of zachtaardig en omdat hij haar geen instructies had gegeven om stil te zijn, deed ze met hem mee. Grace duwde zich tegen hem aan en klemde zich om zijn pik terwijl Sean in en uit haar schroefde. Dit had ze de hele dag gemist. Ze had het gevoel dat Sean zich in haar bewoog en bezit van haar nam, gemist. Ze had de verbinding van zijn huid met de hare gemist.

Hij neukte haar een schijnbare eeuwigheid lang. Het enige geluid in de kamer was hun vermengde gekreun en de klap van vlees tegen vlees. Het ritme hield stand, elke ademhaling was een noot in het lied dat ze aan het creëren waren.

Sean wreef keer op keer met zijn vingers over haar klit, stevig over haar pulserende vlees. Ze kwam drie keer. Elke keer rolde de golf sterker dan voorheen over haar heen. Ze moest op haar lip bijten om het niet uit te schreeuwen. Eindelijk kreunde hij en ze voelde het moment dat hij de controle verloor. Hij knalde tegen haar aan en duwde haar op haar tenen terwijl hij de samensmelting tussen hen leek te zoeken. Grace schreeuwde het uit toen zijn pik over haar G-spot gleed en ze kwam harder dan ooit tevoren, haar nagels groeven zich in het hout van het bureau. Ze knalde weer tegen Sean aan en wilde hem niet kwijtraken, zelfs niet nadat ze haar orgasme had bereikt. Seans handen klemden zich bijna pijnlijk om haar heupen toen hij zich diep in haar vasthield en kreunde. Hij stootte er nog een keer in, viel toen op haar neer en drukte haar tegen het bureau.

Ze rustte een fijn moment uit. Ze hield van het gevoel van zijn gewicht tegen haar aan, zijn adem in haar nek. Hij kuste haar daar zachtjes voordat hij zich met een zucht ophief. Hij hielp haar overeind, wikkelde het condoom in wat tissues en gooide het in de vuilnisbak. Hij ritste zijn broek weer dicht en zag er even onberispelijk uit als anders, afgezien van de luie, verzadigde blik in zijn ogen. Grace probeerde haar kleren recht te trekken. Haar blouse was hopeloos gekreukt en haar slipje was een verloren zaak. Ze kon ze met geen mogelijkheid weer aantrekken.

Seans grijns verminderde zijn aantrekkingskracht niet. Hij hield het zijdeachtige slipje omhoog. 'Zal ik deze meenemen?'

'Goh, bedankt.' Ze kuste hem en rende bijna naar de badkamer om zich op te frissen. Het zou een lange middag worden.

De uren tikten weg, maar Grace' gedachten waren bij dat adres dat ze had gevonden. Zelfs nadat Sean was vertrokken en ze het notitieblok had gepakt, het bovenste blad had weggegooid en het weer op Matts bureau had gelegd, bleef ze het gevoel houden, dat er iets achter haar rug om gaande was.

9

Evan Parnell ging voor de honderdste keer door zijn dossier. De notitie met het adres dat hij had opgeschreven was weg. Hij wist dat hij het zorgvuldig in het dossier had gestopt. Dat was wat hij deed. Hij zou zoiets niet vergeten. Hij maakte niet zulke fouten. Hij was voorzichtig. Hij was perfect. Dat moest hij wel zijn, met al die klootzakken die achter hem aan zaten. Hij vroeg zich af, en niet voor het eerst, of dit briljante plan van hem zou mislukken. Dat was het probleem met langdurige spelletjes. Je wist nooit wanneer ze fout zouden gaan. Het kostte geduld en wilskracht om een uitgebreid spel te spelen, maar hij was goed getraind. Hij zou niet in paniek raken. Hij was veel te dicht bij de hoofdprijs.

Hij had zijn spullen niet moeten verplaatsen. Hij had ze gewoon terug moeten brengen naar zijn kantoor en het in de kluis moeten opsluiten. En dan zou hij het risico lopen dat een van zijn "soldaten" erachter zou komen dat hij niet was wie hij zei dat hij was. *Verdomme.* Welke keuze had hij? Hij was zo dichtbij zijn doel dat hij zich geen zorgen meer zou hoeven te maken over deze shit.

Evan liep de dag in zijn hoofd na. Het speelde zich af als een film. De ochtend was begonnen zoals elke ochtend. Hij was precies een kwartier voordat de wekker om zes uur af zou gaan, wakker geworden. Hij had zijn lichaam lang geleden getraind om op dat moment wakker te worden. Hij had een ontbijt gehad met eiwitten, kalkoenbacon en mango. Alles in de juiste hoeveelheden. Het was wat hij elke dag, zonder uitzondering, at. Hij was een uur gaan joggen en was toen met de trein naar de stad gegaan. Hij had Matt ontmoet en was voor tienen vertrokken om zich voor te bereiden op zijn online ontmoeting met zijn Zuid-Amerikaanse contactpersoon. Ze konden de Chinezen nooit overbieden, maar het kon nooit kwaad om de Chinezen te laten weten dat hij opties had. Melissa had hem van het kantoor opgehaald en ze waren teruggegaan naar het onderduikadres. Hij had de rest van de ochtend op de computer gezeten, om de vergadering voor te bereiden. Hij had de plannen en schema's voor het Bryson Building doorgenomen nu alles binnen was.

Pas toen hij precies om 12.30 uur aan zijn lunch ging zitten, realiseerde hij zich dat er iets ontbrak in zijn aktetas. Hij had het uitgesteld omdat hij er de voorkeur aan gaf, om zijn schema niet te verbreken. Hij had een gesprek gehad met zijn contactpersoon en had geverifieerd dat hij het geld had dat hij nodig had. Toen, en alleen toen, kon hij zich concentreren op het probleem van de ontbrekende informatie.

Hij was precies tien keer door de inhoud van zijn aktetas gegaan. Hij was voorzichtig en grondig geweest. Het was er niet. Hij was naar het busje gegaan en had dat ook doorzocht.

Het was niet alsof hij dat ene papiertje nodig had. Hij herinnerde zich het adres. Hij herinnerde zich alles. Matt was degene geweest die het had opgeschreven. Evan was degene geweest die het van dat verdomde notitieblok van hem had gescheurd. Het laatste wat ze nodig hadden, was een papieren spoor dat verder ging dan absoluut noodzakelijk was, maar Matt was te dom om dat te zien. Als hij zijn broer nou niet nodig had...

Evan liet de gedachte los. Hij had hem voorlopig wel nodig. Matt had alle charme die Evan niet had, ondanks zijn betreurenswaardige drankprobleem. Matt was altijd de charmante geweest. Dat was de reden waarom Evan degene was geweest die het merendeel van de afranselingen in hun huishouden had gekregen.

Hij duwde de slechte herinneringen weg. Hij had op dit moment geen tijd om aan zijn jeugd te denken. Als hij het papier niet in het busje of het huis was kwijtgeraakt, dan was hij het tussen het kantoor en hier kwijtgeraakt.

Hij herinnerde zich de wind die vanmorgen door het centrum raasde. Evan sloot zijn ogen en het tafereel kwam weer bij hem terug. Hij was haastig de trap af gerend, erop gebrand om zich aan zijn schema te houden. Hij was langs de nieuwe verkopers die zijn broer had ingehuurd, gegaan. Ze waren queer, maar dat kon Evan niet echt schelen. Hij was Grace Hawthorne gepasseerd. Nu was Grace iemand die Evans aandacht wel trok. Grace besefte het misschien niet, maar ze wist veel te veel van zijn handelingen. Ze was vanaf de parkeerplaats naar boven gelopen. Hij had even een glimp van haar opgevangen en liep toen verder.

Wat als hij het was kwijtgeraakt en Grace het had opgeraapt?

Die teef stond te dicht bij zijn broer. Hoe vaak zou hij Matt nog moeten uitleggen dat hij Grace niet kon vertrouwen? Hij had de afgelopen week een mini-doorbraak gehad. Grace geilde blijkbaar op een klant en dat irriteerde Matt mateloos. Evan had toen meteen besloten om het te gebruiken, om de nieuwsgierige secretaresse uit Matts vertrouwenscirkel te duwen. Ze was te "bezorgd" naar Evans gemak. Als hij er niet zeker van was geweest dat zijn broer zich daardoor van hem zou afkeren, zou hij zich al lang geleden van Grace ontdaan hebben.

'Baas.'

Evan draaide zich om bij het horen van Melissa's stem. Kijk, *dat* was een vrouw. Melissa was een gehoorzame soldaat. Ze was een echte gelovige als het op het doel aankwam. In werkelijkheid gaf Evan geen reet om het doel, maar hij vond fanatici wel erg nuttig. Het waren vreselijk meegaande kleine pionnen — zolang ze niet doorhadden dat hij maar een spelletje speelde.

Hij gebaarde dat de lenige brunette binnen mocht komen en wachtte op haar rapport.

'Ik heb iets gevonden op de camera die je in Wrights kantoor hebt geplaatst dat je misschien wilt zien. En meneer, gefeliciteerd met het afronden van de deal voor het Bryson Building. Het zal een glorieuze dag zijn als we dat monster neerhalen.'

Een kleine huivering overrompelde hem. Hij had zich niet gerealiseerd dat potentieel verraad van zijn broer hem pijn kon doen. Zijn jarenlange werk had die emotie uit zijn ziel moeten branden. Iedereen verried hem uiteindelijk. Toch knaagde de gedachte, dat zijn broer zich actief tegen hem keerde, aan hem. Evan hield niet van het gevoel. Hoe dan ook, hij had een rol te spelen.

'We moeten allemaal worden gefeliciteerd, lieverd. En het zal een glorieuze dag zijn wanneer we het neerhalen. Wat heeft Wright nu gedaan? Iets dat onze missie in gevaar zou kunnen brengen?' Op geen enkele manier kon hij toestaan dat zijn connectie met Wright bekend zou worden. Alleen hij en zijn broer kenden de waarheid.

'Het is Wright niet. Het is de secretaresse.' Melissa glimlachte een beetje. Ze deed het niet vaak en die matige krulling van haar lippen verwarmde haar nooit. 'Het is niets van belang. Ik dacht dat je het misschien wel grappig zou vinden.'

'Heb je het naar mij gestuurd?' Evan opende zijn laptop en had het e-mailscherm in een mum van tijd open. Melissa antwoordde bevestigend, maar Evan keek al toe. Ze had het perfect voor elkaar gekregen. Er ging een koude rilling over Evans lichaam toen hij die nieuwsgierige teef door de spullen op Matts bureau zag gaan. Ze keek naar het notitieblok. Evan keek toe terwijl ze een potlood pakte en het adres onthulde dat Matt had opgeschreven. Grace Hawthorne wist het niet, maar haar Scooby Doo-truc had net haar doodvonnis ondertekend.

'Stuur alsjeblieft geen informatie door aan meneer Wright. Hij is een beetje onstabiel geworden. Behandel hem als een vijandige, maar nuttige bondgenoot.'

Melissa knikte alsof ze het altijd al geweten had. 'Er is meer. Je zou het helemaal moeten bekijken. Ik heb wat dingen te regelen, tenzij je me nodig hebt.'

Evan wuifde haar weg. Ze liep naar buiten en hij richtte zijn aandacht weer op de computer. Hij had uit voorzorg de bewaking van zijn broer ingesteld. Matt was zwak als het om sommige dingen ging. Het was belangrijk om ervoor te zorgen dat hij op het rechte pad bleef. Nu zag hij, dat zijn plan om een andere reden briljant was geweest.

De grote man van eerder in de week liep het beeld binnen. Hij achtervolgde Grace als een hongerige leeuw. Hij bewoog goed. Evan had het nog niet eerder opgemerkt. Johansson was de naam die hij had gegeven. Deze Johansson-man bewoog *heel* goed. Evan maakte een back-up van de band en bekeek hem opnieuw. Zijn lange ledematen bewogen met een vloeiende gratie die verder ging dan louter atletiek. Evan wedde dat hij door langdurige training geruisloos bewoog. Dat was hoe het leger hun *black-ops* trainde om te bewegen. Sean Johansson - als dat echt zijn naam was - was voormalig geheime dienst. Daar twijfelde Evan niet aan. Dus waarom onderhandelde een voormalige Groene Baret of marinier in Fort Worth, over een of andere domme deal?

Evans hersens overdachten de mogelijkheden. Hij zou eruit gestapt kunnen zijn en een baan als burger hebben gekregen. Evan keek naar Johansson. Zijn aandacht leek op Grace gericht te zijn. Hij drong ergens bij de secretaresse op aan.

Hij kon precies zijn, wie hij zei dat hij was. Evan maakte een aantekening om zijn achtergrond te controleren. Johansson was of een idioot die graag secretaresses neukte, of hij was geplant. Dat idee bezorgde Evan een golf van misselijkheid. Er was maar één persoon in de wereld die een soldaat zou hebben geplaatst bij hetzelfde uitzendbureau dat de broer van Patrick

Wright bezat. Hoe had die klootzak hem gevonden? Of had hij dat niet? Probeerde hij hem uit te lokken of had hij hem al in zijn vizier? De onzekerheid knaagde aan Evan. Hij zou het moeten uitzoeken voordat hij zijn laatste zet deed.

De scène ging verder terwijl Johansson de rok van Matts secretaresse optilde en haar daar op het bureau van haar baas neukte. Er was in ieder geval één ding goed gegaan op deze rotdag. Een warm gevoel verspreidde zich door Evans borst. *Dit moet zijn hoe geluk voelt.* Het was recht voor zijn neus, de laatste wig die hij zou drijven tussen Matt en die kleine hoer.

Hij zou Grace Hawthorne kunnen doden met de volledige goedkeuring van zijn broer.

En dan zou hij aan die Johansson-klootzak werken. Hij was maar een pion, net als de rest. Evan wist dat hij hem kon uitschakelen om zich dan op de grote spelers te concentreren.

* * *

Sean liep de slaapkamer binnen, nadat hij ervoor had gezorgd dat de keuken schoon was voor de nacht. Ondanks zijn eerdere beweringen dat hij niet schoonmaakte, had hij graag naast Grace gestaan en de vaatwasser gevuld. Het was een vertrouwd huiselijk tafereel geweest, dat hem aantrok op manieren die hij niet wilde overdenken, gezien zijn eerdere gesprek met Ian. Toch had hij veel meer van de avond genoten dan hij had verwacht. Grace was geestig en slim en had een goed gevoel voor humor. Ze wist ook wanneer de Dom weer in huis was. Sean had zijn Dom-stem gebruikt en gezegd dat ze in de slaapkamer op hem moest wachten. Ze was opgestaan en weggelopen om te gehoorzamen zonder in discussie te gaan. Ze had hem alleen maar aangekeken met die "hou van me, bescherm me, neem me" bruine ogen van haar en verdween achter de deur.

Hij was een klootzak. Hij zou branden in de hel voor wat hij haar aandeed. Hij noemde zichzelf elke scheldnaam die hij kon bedenken en ging toch naar de wasruimte om te controleren of het alarm uit stond. Hij hoefde de deur niet te openen. Hij had Jake de kopie van de sleutel die hij had gemaakt, gegeven. Hij had zijn partner de sleutel van het huis van Grace gegeven, een perfecte kopie van degene die ze hem in alle vertrouwen en liefde had gegeven.

Grace was verliefd op hem en hij liet wolven in haar huis.

Het was allemaal goed bedoeld. Het was allemaal om haar te beschermen. Zijn hart deed pijn, maar hij deed toch de deur van de slaapkamer open.

Sean keek neer op Grace en een golf van opwinding stroomde door zijn aderen. Hij was altijd opgewonden in haar buurt, maar als hij haar zo zag, voelde hij zich een reus onder mannen. Ze was een zacht stukje hemel dat op zijn bevel wachtte. Zoals hij had bevolen, wachtte ze op hem op de vloer van de slaapkamer in haar onderdanige positie. Sean haalde een hand door haar haar en was tevreden met haar zuchtje. Ze deed hem denken aan een kitten toen ze dat geluid maakte. Ze spinde toen hij haar streelde. Slechts één ding ontsierde de perfectie van het wachten op zijn bevel. De manier waarop Grace had gereageerd toen hij het kantoor van haar baas binnenliep, maakte Sean ongemakkelijk. Ze was nerveus geweest en Sean begreep niet waarom. Ze was geschrokken, alsof hij had ontdekt dat ze iets deed wat niet mocht. Hij had erover gedacht, om het bureau van Wright door te spitten terwijl ze naar de badkamer was gegaan, maar ze had de deur opengelaten en het kantoor was op dat moment vol geweest. Wat verborg ze?

Ze zag er volkomen argeloos uit. Sean liet zijn zorgen wegglippen. Hij had een klus te klaren.

Seans taak was hem in zo duidelijk mogelijke taal gegeven. *Leid het meisje af.* Ian was op dat punt heel duidelijk geweest. Sean moest Grace bezig houden en dan Jake en Adam binnenlaten als ze veilig sliep. Ze hadden de harde schijf niet stilletjes kunnen kopiëren. Het was te riskant op kantoor. Grace' bureau stond buiten. Zelfs toen Sean haar eerder had afgeleid, hadden ze de klus niet geklaard. Het moest vanavond gebeuren.

'Kleed me uit.'

Grace kwam in een oogwenk overeind. Haar handen gingen naar de knopen van zijn overhemd en maakten ze voorzichtig los. Ze was nauwgezet. Ze knoopte er een los, duwde de stof naar achteren en ging naar beneden nadat ze het vlees dat ze had blootgelegd had gekust. Nadat ze de eerste had gedaan, had ze naar hem opgekeken om toestemming. Hij zei niets, maar liet zijn lippen optrekken om haar het antwoord te geven dat ze wilde. Toen ze de onderkant van het hemd had bereikt, duwde ze het eraf, vouwde het netjes op en legde het op haar dressoir. Ze kwam terug en knielde om zijn riem los te maken.

Oh, ja, hij wilde daar een kus. Zijn lul stond al stijf rechtop en die zachte kusjes die ze op zijn schacht liet vallen, hielpen niets tegen dat probleem. Zijn broek en boxer vielen op de grond terwijl ze zijn ballen dezelfde aandacht gaf. God, ze voelden zwaar. Ze waren klaar om in een oogwenk te ontploffen, maar hij weerhield zich ervan zijn lul in haar mond te duwen. Ze zou het hem laten doen, maar daar ging het vanavond niet om. Vanavond ging het erom Grace te laten zien dat hij haar aankon.

Schuldgevoel knaagde aan Sean, maar zijn lul leek er niets om te geven. Het enige wat zijn pik wist, was dat Grace bereid was een spelletje te spelen. Ze kuste zijn ballen nog een laatste keer en vouwde toen de rest van zijn kleren op en borg zijn schoenen op. Ze zonk terug naar haar positie en wachtte. Sean liep naar het nachtkastje waar hij zijn aankopen van eerder op de dag had opgeborgen. Hij haalde de mooie klemmen tevoorschijn die hij met haar teint in gedachten had gekocht.

'Omhoog.' Hij had maar één woord nodig en Grace bewoog van de vloer naar het bed. Ze keek hem aan vanaf haar witte quilt. 'Handen op je enkels, kleintje.'

Grace deed wat hij vroeg. Ze kon onmogelijk weten hoeveel haar vertrouwen voor hem betekende of hoe weinig hij het verdiende. Ze leunde achterover en greep naar haar enkels. Het liet haar lichaam volledig voor hem open. Haar borsten staken naar voren, haar knieën gingen wijd open en gaven hem het mooiste uitzicht op haar kutje. Het was al nat en hij had het nog niet aangeraakt.

Hij voelde een tevreden glimlach aan zijn lippen trekken. Het enige wat hij hoefde te doen om Grace heet te krijgen, was haar te eten geven. Natuurlijk had hij haar zelf te eten gegeven. Hij had ervoor gezorgd dat ze naakt was en had haar toen op zijn schoot gezet en haar elke hap gevoerd.

Hij had ervoor gezorgd dat ze een uitstekende maaltijd kreeg met een goede wijn en nu was het tijd voor het toetje. Grace stond zeker op het menu. Toen hij naar haar keek, uitgespreid als een feestmaal voor hem, werd zijn schuldgevoel verdrongen door verlangen. God, hij had nooit een vrouw gewild, zoals hij deze wilde.

Hij reikte naar haar en omvatte haar borsten. Het gewicht ervan in zijn handen was al een bekend gevoel voor hem. Haar huid was lichtgevend in het zachte licht van de slaapkamer. Ze zag er zo prachtig uit, dat het hem bijna deed vergeten wat hij vanavond moest doen. Sean keek naar haar wijnglas. Het was halfvol. Sean vroeg zich af of het genoeg was. Hij kon het niet met zekerheid zeggen.

Hij had nog nooit een geliefde bedwelmd.

Sean nam haar tepel in zijn handen. Het was al een harde punt. Het stond omhoog en smeekte hem praktisch om het tussen zijn tanden te nemen en eraan te trekken. Hij speelde vanavond niet op die manier. Sean rolde het pronte ding tussen zijn duim en wijsvinger en zette er snel de klem op. Grace hapte naar adem toen de mooie klem met de kleine groene kristallen in haar vlees beet. Sean bevestigde methodisch de bijpassende klem en keek naar zijn werk.

Ze zou er mooi uitzien met ringen. Als hij haar kon overtuigen om die prachtige tepels te piercen, zou hij ze niet tevoorschijn hoeven halen. Ze zouden er altijd zijn voor hem om mee te spelen. Hij kon aan ze trekken met zijn vingers of zijn tong. Hij kon er een klein kettinkje doorheen halen of er kleine gewichtjes aan hangen om ze te stimuleren. Hij kon haar door een club laten lopen in niets anders dan de juwelen die hij op haar lichaam plaatste.

Voor de eerste keer in zijn leven begreep Sean zijn broers fascinatie voor een totaal ondergedompelde D/s relatie. Nu hij zo keek naar zijn sub, dacht hij erover om compleet bezit van haar te nemen. Als ze zijn slaaf was, kon hij haar simpelweg het bevel geven om haar baan op te geven en haar veilig thuis houden waar hij er zeker van kon zijn dat er niet weer zo'n klootzak als Matt Wright misbruik van haar maakte.

'Prachtig.' Hij streek met een vinger van de onderkant van haar hals over haar borst. Hij haalde zijn vinger over haar warme vlees over de kleine zwelling van haar buik en naar beneden naar dat zachte kutje. Grace rilde lichtjes terwijl zijn vingers over haar lippen gleden. De kristallen op de klemmen trilden lichtjes. Sean gaf toe aan zijn fantasie. Voor vanavond behoorde ze aan hem toe, lichaam en ziel. 'Aan wie behoor je toe, sub?'

'Ik behoor aan jou toe, Meneer.'

'En wie dien je?' Zijn middelvinger draaide liefjes rond haar klit. Hij zorgde ervoor dat hij het pruilende pareltje niet echt aanraakte.

'Ik dien jou, Meneer.' De hapering in haar adem liet Sean weten dat ze niets liever wilde dan die ene aanraking die hij haar ontzegde. Verwachting was de sleutel tot genot. Dat en geduld.

'Hoe dien je mij?'

'Op welke manier u maar wilt, Meneer.'

Hij kon niet anders dan lachen. Ze meende het. Ze zou hem op elke manier die hij vroeg dienen omdat ze erop vertrouwde dat hij haar nooit zou kwetsen. Dat zou hij nooit doen, tenminste niet op een fysieke manier. Haar hart was een heel ander verhaal.

Zou het een verschil maken, als hij haar zei hoe diep zijn gevoelens voor haar waren? Dat hij nog nooit zoveel genegenheid voor een andere vrouw had gehad? Of zou ze het alleen maar zien als nog een leugen die hij haar had verteld?

Seks. Hij zou haar aan zich binden met seks. Ze zou pissig zijn als ze achter de waarheid kwam, maar hun relatie zou een basis hebben. Hij was haar Dom. Hij zou haar zeggen dat ze moest luisteren en dat zou ze doen, maar alleen als hij haar omhulde met genot waarvan ze wist dat ze het nergens anders kon krijgen.

Hij besloot te beginnen waar hij al was. Hij stond toe, dat zijn duim stevig over haar clitoris wreef. Dat volle kleine knopje trilde en haar vocht bedekte Seans hand. Grace beet in haar lip. Hij wist dat zijn kleine sub aan van alles dacht om niet te komen. Ze had geen toestemming en ze was overduidelijk aan het proberen om ontzettend braaf te zijn.

'Kom voor me, maar stilletjes. Ik wil dat er geen woord over die zoete lippen van je komt of we zullen wat discipline nodig hebben.' Hij omcirkelde haar klit en haar heupen schokten toen ze toestond, dat de sensatie haar overnam. Haar hijgende gejammer zei hem dat ze genoot van haar orgasme. Het was gewoon een klein beginnend orgasme, niets vergeleken met wat hij haar kon geven, maar de avond was nog jong. Grace was zo ontvankelijk. Tegen de tijd dat dit voorbij was zou hij haar schreeuwend hebben. Dan kon hij haar wat disciplineren. Allemaal een onderdeel van het spel.

Sean haalde zijn hand weg en zonder er echt over na te denken bracht hij zijn vingers naar zijn mond. Hij hield van haar scherpe smaak. Hij likte zijn vingers en besloot toen dat het kleine voorgerecht niet bij hem paste. Hij had meer nodig dan een *amuse-bouche*.

Grace liet een hijgend gejammer horen toen hij op zijn buik ging liggen en zijn gezicht in haar kutje drukte. Hij likte van haar pulserende klit tot net voor de rozet van haar kont waar hij vast van plan was om vanavond wat tijd door te brengen. Hij knabbelde zachtjes aan haar tere schaamlippen, zijn tong likte het vocht op dat uit haar liep. Haar kutje was stevig en rijp en klaar om weer te genieten. Hij bracht twee vingers omhoog, bedekte ze met haar opwinding en duwde ze zachtjes in haar vagina. Zijn tong zette een stevig, snel ritme tegen haar klit. Hij neukte haar met zijn vingers en tong totdat zijn lieve, gehoorzame sub het opgaf en het steeds maar weer uitschreeuwde. Sean stopte pas toen ze begon te trillen. Haar hele lichaam sprong op toen hij haar klit nog een laatste lik gaf. *Naschokken*.

Sean stond op van het bed. Grace viel met een zacht gejammer achterover. Hij wachtte geduldig totdat ze haar ogen opende. Het duurde een moment maar die hazelnootkleurige schatjes waren rond toen ze eindelijk recht ging zitten.

'Ik weet dat ik geen geluid mocht maken. Het spijt me, Meneer.'

Dat had ze niet. Dat kon hij zien. Opnieuw een deel van het spel. Hij speelde graag met Grace omdat ze echt speelde. Ze wilde de billenkoek die hij haar had beloofd. Ze zou er intens van genieten. Hij kon op deze manier in de avonden met haar spelen en tijdens de dag zou ze haar scherpe tong op hem loslaten en hem een weerwoord geven wanneer hij het nodig had.

Het was het beste van twee werelden. Een onderdanige in de slaapkamer en een uiterst betrouwbare partner in de buitenwereld.

'Handen en knieën. Presenteer die kont aan mij.'

Ze wiebelde er een beetje mee terwijl ze zijn bevel opvolgde. Brutaal, zelfs als ze het spel speelde. Ze dacht dat ze wist wat er ging gebeuren. Het was tijd om haar een beetje te laten struikelen, om haar te laten weten dat ze er niet op kon rekenen dat haar Dom zich aan de regels zou houden.

'Straf hoeft niet altijd billenkoek te betekenen. Soms is het veel erger.'

'Hoeveel erger?' Ze draaide haar hoofd om en Sean was blij met het beetje terughoudendheid in haar ogen.

'Ik hoop dat je van die orgasmes hebt genoten, lieverd. Dat zijn voorlopig de laatste.'

Sean pakte de vibrator die hij had gekocht en maakte hem zorgvuldig schoon. Hij ging achter haar staan en zette het op een zacht gezoem. Grace' kutje was nat van verwachting toen hij het zachtjes in haar duwde. 'Houd het op zijn plek, Grace. Ik heb nog meer speeltjes om aan je te laten zien.'

Haar hand ging omhoog om de vibo op zijn plaats te houden. Ze wankelde even, maar bleef op haar plaats. Sean pakte zijn volgende cadeautje. Een plug van mooi formaat. Hij grinnikte terwijl hij het insmeerde met glijmiddel. Grace kreunde al. De vibo begon heen en weer te gaan, harder en sneller in haar kutje.

'Waag het niet te komen, sub.' Het was een bevel gegeven met dezelfde bijtende toon, als waarop hij zijn oude eenheid zou hebben bevolen. De beweging van de vibo vertraagde. 'Ik zweer je dat ik je aan het hoofdeinde vastbind en je voeten in een spreider zet en dan zul je op die manier moeten slapen. Je zult dagenlang niet komen, maar me 's morgens en 's avonds pijpen. Is dat begrepen?'

'Ja, Meneer.' Ze klonk alsof ze zich moeilijk kon concentreren. Hij was van plan het bijna onmogelijk te maken.

'Als ik het zeg, wil ik dat je tegen me in duwt.'

Grace kreunde en mompelde een vloekwoord binnensmonds. Ze leek te weten wat er ging komen.

Sean sloeg op haar kont. 'Let op je woorden.' Hij pakte de goed inges-meerde plug en plaatste hem tegen haar strakke kleine kontje. Hij werkte de roze plug er een beetje in. Ze was strak. Seans lul klopte in afwachting. Ze zou als een bankschroef om zijn pik zijn. Hij omcirkelde haar gaatje en begon de plug in korte halen in haar achterste te steken. Geleidelijk aan werd zijn geduld beloond toen ze voor hem open begon te bloeien.

'Terugduwen.'

Haar achterkant werd gehoorzaam rechter en ze duwde terug tegen zijn hand. De plug gleed naar binnen, diep in haar kont, opende haar zodat hij het later kon gebruiken. Grace haalde haperend adem. Sean ging op zijn hielen zitten en keek naar haar. De plug was een mooi tekentje van zijn bezit. Sean leunde naar voren en kuste de kuiltjes in haar onderrug. Hij haalde zijn handen over haar billen. Ze was zo vrouwelijk. Er was niets benig of jongensachtig aan Grace. Ze was gemaakt om een man te plezieren. Sean was van plan om die man te zijn—de enige.

Hij reikte naar beneden, zijn hand verving de hare op de vibo en hij liet zijn vrije hand aan de tepelklemmen trekken en plukken alsof het een instrument was. Grace trilde met de behoefte om te komen, terwijl de tijd doortikte. Haar hoofd viel naar voren en hij wist dat ze haar grens had bereikt. Dit was wat een Dom deed. Hij dwong zijn sub om haar grenzen te vinden en haar het allergrootste plezier te geven dat ze kon ervaren.

'Smeek me, Grace.'

Ze twijfelde niet. 'Alsjeblieft. Alsjeblieft, Meneer. Laat me alsjeblieft komen.'

Hij besloot dat het tijd was om toe te geven. Hij pakte het condoom dat hij neer had gelegd en rolde het over zijn lul. 'Aangezien je het zo vriendelijk vraagt. Maar niet zonder mij. Houd de vibo vast.'

Haar hand kwam omhoog om haar schacht gevuld te houden. Zijn ballen trokken pijnlijk samen bij alleen al de gedachte aan wat hij ging doen. Sean trok voorzichtig de plug uit haar gat. De kleine rozet trok samen alsof het zijn prijs wilde behouden. Hij had iets groters in gedachte. Hij spoot warm glijmiddel op zijn handen en streelde zichzelf van top tot de basis, zorgde ervoor dat hij glad was. Hij hoorde Grace kreunen en haar heupen trilden. Hij kon haar warmte vanaf hier voelen. Zijn handen waren ook een beetje bibberig. Het was zo lang geleden, sinds seks meer was dan een fysieke noodzaak die verholpen moest worden. Er was hier zoveel meer bij betrokken dan alleen zijn pik.

Maar zijn lul wilde nu zijn zin. Sean greep haar glorieuze, volle heupen vast en bracht zijn lid naar haar rozige kont. Hij kon zijn kreun niet binnenhouden, toen hij naar binnen duwde, vechtend tegen de kleine spieren die hij daar vond. Haar anus kromp rond hem samen, zoog hem naar binnen en duwde hem tegelijkertijd naar buiten. Ze voelde zo goed. Zonder dat hij het hoefde te zeggen, duwde Grace tegen hem aan, hielp hem. Centimeter voor vurige centimeter groef hij zijn weg naar binnen totdat hij niet verder kon, totdat zijn ballen tegen haar aan lagen. Sean hield zichzelf een moment daar, genoot van het gevoel om tot aan zijn ballen in Grace' kont te zijn.

'Alsjeblieft.' Een enkel woord dat rare dingen met zijn hart deed omdat het uit haar mond kwam.

'Ja, liefje.' Sean reikte naar beneden en pakte de vibo, duwde haar hand weg. Hij wilde de controle. Hij wilde degene zijn die haar aan alle kanten vulde. Hij drukte op het knopje dat de vibo harder zette en begon haar toen te neuken.

Grace was weg. Ze kreunde en stootte terug tegen hem, bokkend en spartelend in haar poging om te krijgen wat haar zo lang was ontzegd. Hij wist precies wat ze dacht, want hij was de man die haar daarheen had geleid. Sean hield zich ook niet meer in. Er was nu geen plaats voor finesse. Hij stootte in haar kont. Hij trok eruit en stootte hem er weer in. Het strakke gat vocht de hele weg heerlijk met hem. Hij bewoog de vibo op hetzelfde tempo als zijn lul in en uit haar, duwde hem omhoog om er zeker van te zijn dat het rabbithoofdje tegen haar klit wreef. Grace schreeuwde toen ze kwam. Het geluid was een oerklank en volledig vrouwelijk. Het vervulde Sean met trots en zorgde ervoor dat zijn ballen nog strakker optrokken. Grace stootte terug tegen hem en het gevecht was voorbij.

Sean liet de vibo los en greep allebei haar heupen bruut vast. Hij duwde haar op en van zijn lul zonder een gedachte, behalve die aan zijn eigen plezier. Vuur schoot over zijn ballen en hij kreunde terwijl er sperma uit zijn pik schoot. Hij probeerde zichzelf niet eens omhoog te houden. Hij liet zichzelf tegen haar aan vallen, zijn gewicht drukte haar in het bed. Zijn hele lichaam voelde loom terwijl het bloed door hem heen pulseerde. Hij sloeg zijn armen om Grace heen en werd omringd door de zachtheid van haar huid en de zoete geur van haar lichaam. Haar rode haar kriebelde en hun benen waren verwikkeld toen hij van haar afrolde, maar haar dicht bij zich hield. Grace legde haar hoofd op zijn borst. Zo lief. Zo vol vertrouwen.

'Ik laat een bad voor ons vollopen en pak nog een glas wijn voor je, kleintje.' De woorden waren uit zijn mond. Hij had ze erdoor geduwd.

Sean dwong zichzelf om te bewegen. Hij stond op en ging naar de badkamer, gooide het condoom weg en friste zichzelf op. Hij had even een moment nodig. Dat was geen seks geweest. Dat was iets meer geweest en hij was daardoor een beetje rusteloos. God, hij moest een klus klaren. Hij wilde het niet doen. Hoe lang zou het duren voordat de drug zijn werk deed? Niet lang, hoopte hij. Hij bad dat Alex de juiste dosis voor had geschreven. Als er iets met Grace gebeurde, zou hij het zichzelf nooit vergeven. Sean ging terug naar de slaapkamer. Misschien had die verdomde drug zijn werk wel gedaan. Hij wilde haar niet nog een dosis geven. Verdomme, hij zou het niet doen. Als deze dosis zijn werk niet deed, dan zouden ze het een andere avond wel doen. Hij wist dat Ian hem zou villen, maar het kon Sean niet schelen.

'Gaat het, Grace? Ik heb je niet bepaald gespaard.'

Ze had een dromerig lachje op haar gezicht toen ze naar hem opkeek. 'Ja, Meneer.'

Sean kuste haar voorhoofd en klom toen bij haar in bed. Hij had een beetje nazorg te verzorgen voordat hij in professionele modus ging. Grace rolde zich om zodat ze plat op haar rug lag. Ze was zo prachtig, een godin in rust. Met een beetje spijt, reikte Sean voorover en maakte voorzichtig de klemmen van haar tepels los. Grace' lieftallige gezicht kneep een beetje samen, tegen de pijn die de bloedstroom veroorzaakte. Sean leunde voorover en kuste het getroffen gebied voordat hij verder ging met de tweede tepel. Hij liet zijn hoofd zakken en kuste ook die. Deze keer bewoog Grace' hand naar zijn hoofd. Haar vingers raakten verstrikt in zijn haar.

'Ik hou van je.' Ze zei de woorden zacht, maar ze raakten hem als een losgeslagen locomotief die al rijdend tegen een klein insect aan knalde. Hij stopte en was volkomen stil terwijl de realiteit hem raakte.

Grace hield van hem. Ze had de woorden gezegd. Grace had het "L" woord gezegd en niet dat ene waarvan hij altijd een beetje geil van werd. Ze had het ene gezegd dat hem angst aan joeg. Zijn hart bonsde in zijn borst toen hij zich realiseerde dat er eigenlijk van hem verwacht werd dat hij iets terug zei. Wat moest hij zeggen? Hij wist wat hij hoorde te zeggen, maar ze zou hem niet geloven. Ze zou hem misschien nu geloven, maar later zou ze denken dat hij loog. Hij wilde niet tegen haar liegen. God, hield hij van Grace? Hij wist dat ze die ene was. Hij wist gewoon niet of hij überhaupt in het concept van liefde geloofde.

Grace ging rechtop zitten, en duwde hem zachtjes weg. 'Wauw. Dat leert me om zonder toestemming iets te zeggen.'

Sean keek in haar ogen. Ze waren groot en wilden net niet de zijne ontmoeten. Ze keek naar haar handen. 'Grace...'

Haar lach was veel te vrolijk toen ze eindelijk naar hem keek. 'Je zei iets over een bad? Ik denk dat ik eerder een douche nodig heb. Ik heb morgen een vroege dag en ik voel me een beetje duizelig. Ik moet waarschijnlijk gaan slapen.'

Ze begon van het bed af te kruipen. Seans hand kwam naar voren om haar pols vast te grijpen. 'Ik zei bad, Grace. Zijn we wel of niet meer in de slaapkamer? Ik heb nog steeds de leiding.'

'Ik wil niet meer spelen, Sean.'

'Ik speel niet. De seks is misschien een spel, maar de gevoelens zijn echt. Ik ben vereerd dat je je zo voelt. Ik ben ook gek op jou.'

Hij trok haar terug in zijn armen. Ze was in eerste instantie stijf. Hij was geduldig. Hij haalde zijn handen over haar rug, volgde de buiging van haar ruggengraat. Hij wikkelde hun benen samen, volledig onwillig om hun intimiteit op te geven. Zijn lippen vonden haar mond en hij vond hardnekkig zijn weg naar binnen. Hij kreunde toen ze onder hem ontspande en zich overgaf. Hij rolde haar op haar rug en bedekte haar lichaam met het zijne. Hij ging haar niet los laten. Hij ging haar nooit los laten. Ze was van hem.

Zonder een enkele gedachte aan iets anders, dan haar brandmerken, dwong Sean haar benen uit elkaar. Zijn lul salueerde alweer, iets wonderbaarlijks. Hij had altijd een beetje rust tussen rondes nodig gehad, maar niet met Grace. Zijn honger naar haar leek onverzadigbaar. Hij legde zijn voorhoofd tegen het hare en stootte in haar.

'Oh, Sean.' Geen Meneer deze keer. Sean wist dat ze niet speelde. Dit was geen spel.

Sean trok terug en stootte weer in haar. Ze voelde perfect rondom hem, zo heet, zo strak en behoeftig. Hij kon het niet zeggen. Hij kon haar niet zeggen dat hij van haar hield. Maar hij kon het haar laten zien. Hij kon haar dit geven. Sean liet zijn lichaam op het hare liggen, dwong haar om zijn gewicht te ontvangen. Ze kon het aan. Ze was zijn partner. In plaats van te protesteren tegen de ruwe behandeling, hield Grace vol. Haar benen sloeg ze strak rond zijn middel en haar handen groeven in zijn rug, spoorden hem aan. De eerste keer had zo lang geduurd. Dit was al bijna op zijn eind. Het voelde te lekker om in haar te zijn zonder iets tussen hen in. Vaag gingen de alarmbellen in Seans hoofd af. Hij droeg geen condoom. Hij ging komen. Hij ging diep in Grace komen. Zijn ballen trokken samen alsof ze het helemaal eens waren met die slechte beslissing.

Hij stopte niet. Hij duwde zijn volledige lengte naar binnen. Zijn onderlichaam schuurde tegen haar klit. Grace kreunde toen ze kwam, haar benen een klem rondom zijn middel. Haar kutje klemde rondom zijn lid en het was gedaan. Die kleine spieren melkten hem. Zijn ogen werden vochtig terwijl hij zijn zaad in haar pompte. Hij wilde dat dit gevoel nooit voorbij ging. Hij verkrampte toen hij zijn laatste zaad gaf en hij zakte voorover in haar armen. Hij lag daar te luisteren naar het gestage ritme van haar hart.

Hij was zo de lul.

Het maakte niet uit. Ze zou hem niet geloven, dus het maakte niet uit wat hij zei. Hij kon eerlijk zijn.

'Ik hou ook van jou, Grace.'

Hij keek op zodat hij haar reactie kon zien, kon genieten van het beetje tijd met de enige vrouw waar hij ooit die woorden tegen gezegd had.

Grace sliep. De drug had eindelijk zijn werk gedaan. Het was tijd voor Sean om het zijne te doen.

10

'Dat heeft lang genoeg geduurd, man. Ik dacht dat je nog een ronde zou gaan.' Jake kwam uit de schaduwen, zijn ranke lichaam bewoog als een geest. Het was zijn bijzondere talent. Jacob Dean was een geest geweest in Seans eenheid. Jake was degene geweest die hij had gestuurd, wanneer de situatie om een onzichtbare man vroeg. Zijn oude vriend grijnsde naar hem; zijn witte tanden zichtbaar in de duisternis van Grace' woonkamer. 'En ik dacht dat Adam zou sterven van verlangen om in jouw plaats te zijn.'

'Misschien doet hij dat alsnog.' Sean voelde zich een beetje opgefokt. Het laatste wat hij nodig had, was eraan herinnerd worden dat de ménage-jongens graag zijn plaats bij Grace zouden innemen.

'Liam zei dat je het rustig aan deed met Grace.' Adam volgde Jake naar de woonkamer. Hij had een kleine koffer bij zich. 'Zo klonk het niet van hier.'

Sean voelde zijn kaken op elkaar klemmen. Hij was vergeten dat Liam de slaapkamer afluisterde. Hij kon de gedachte, dat ze hadden geluisterd naar het hese gekreun van Grace, haar kreten van plezier, niet verdragen. Die waren alleen voor zijn oren bestemd. 'Je gaat die band vernietigen, Adam.'

Die hield zijn handen omhoog. 'Je moet mij niet aankijken. En ik heb de band niet. Het staat op een computer en Eve heeft het al gedownload.' Adams donkergroene ogen werden verrassend sympathiek. 'Je moet oppassen, man. Ik weet dat ze een geweldige dame is, maar je kunt haar niet vertellen dat je van haar houdt. Ze zal gekwetst worden. Ze is al gek op je. Ze is geen geheim agent die een spelletje speelt. Ze is een echte vrouw en ze zal je serieus nemen.'

'Ze was al onder invloed toen ik het zei. Ze heeft me niet gehoord.' Sean moest troost vinden in dat feit. De waarheid was dat de drugs al lang daarvoor hun werk in haar lichaam deden. Ze zou zich waarschijnlijk niet herinneren dat ze "ik hou van je" had gezegd. Dat zou voor hen beiden het beste zijn. Hij wilde hier niet over praten. 'Kunnen we dit afhandelen? Of zijn jullie allebei helemaal vergeten hoe je een systeem moet hacken?'

Adams oogleden vernauwden zich. 'Ik denk dat ik het wel kan.'

'Ja, zoals je het vanmiddag wel kon, toen je een simpele download moest doen, zodat ik haar verdomme niet hoefde te verdoven?'

'Hé, klootzak, ik kreeg daar de kans niet toe. Kayla kwam binnen en wilde praten. Wat moest ik doen?'

Sean was zich er heel goed van bewust dat hij zijn woede op zijn vriend afreageerde, maar hij leek er niets aan te kunnen doen. 'Misschien kun je met haar gaan winkelen, klootzak. Dat is alles waar je de laatste tijd goed voor lijkt te zijn.'

Jacobs zucht vulde de kamer. 'Ik zei toch dat je hem niet moest pushen, Adam. Hij is niet zoals wij. Hij is erg bezitterig. Deze keer moet je je handen thuis houden.'

'Ik heb gewoon een beetje met haar gespeeld.' Adam klonk een beetje als een kind, van wie een stuk speelgoed was afgenomen. Hij marcheerde langs Sean met een nukkige uitdrukking op zijn gezicht. Tegen de tijd dat Sean Jake volgde, was Adam zijn systeem aan het opzetten. Sean ging naar de foyer en pakte Grace' tas. Binnen een paar seconden had Adam de systemen opgezet. Hij staarde naar de computer en zijn handen vlogen over de toetsen. 'Het was gewoon wat flirten. En misschien een lichte zoensessie.'

'Pardon?' Het woord voelde ijskoud aan toen het Seans mond verliet.

'Hij maakt een grapje.' Jake sloeg zijn partner tegen zijn achterhoofd. 'Hou op met de beer los te laten, of ik laat hem je opeten. Doe je werk.'

'Goed,' gromde Adam. 'Ze heeft het met een wachtwoord beveiligd. Wat zijn de namen van haar zoons?'

'David en Kyle.' Sean had een deel van zijn middag besteed aan het kijken naar de foto's op Grace' schoorsteenmantel. Toen hij geen plan aan het smeden was om haar te verraden, had hij naar de twee aantrekkelijke jonge mannen gestaard die ze had opgevoed. Er waren foto's van hun diploma-uitreikingen en enkele vakantiefoto's van het gezin. Er was een oude foto van een glimlachende, donkerharige man met een bril. Hij zag er niet uit als een man, die een vrouw als Grace kon krijgen. Ze had heel veel van haar man gehouden.

Nu hield ze van hem.

'Werkt niet. Oké, de naam van haar man is Pete. Dat is het niet. Ze lijkt het elke week te veranderen.' Adam wierp een blik achterom naar Jake met een veelbetekenende blik in zijn ogen. 'Zou het?'

Jake haalde zijn schouders op terwijl hij naar het scherm staarde. 'Het is het proberen waard.'

Twee seconden later werd het scherm leeg en waren ze binnen.

Sean was nieuwsgierig. 'Wat was het wachtwoord?'

'Mijn Viking.'

Sean keek van zijn ene vriend naar de andere. Het was Sean duidelijk dat ze een grap deelden die hij niet begreep. 'Viking? Zoals het voetbalteam?'

Adam schonk hem eengrijns. 'Nee, *Sven*, zoals de langharige plunderaars van mooie vrouwen. Je doet haar denken aan een Viking.'

En zij deed hem denken aan een vruchtbaarheidsgodin. Sean voelde zijn maag draaien. *Vruchtbaar*. Hij had haar zonder condoom genomen en had er niet aan gedacht om zich terug te trekken. Hij had haar net genomen en zich in haar hete, strakke kutje geleegd. Dat klopte niet. Hij had er wel over nagedacht. Hij had overwogen om te stoppen, maar het gewoon niet gedaan. Wat als hij Grace zwanger had gemaakt? De vlinders in zijn buik kalmeerden een beetje. Als ze zwanger was, kon ze hem niet wegsturen als ze zijn leugens ontdekte. Een baby zou een permanente link tussen hen zijn. God, hij was een klootzak, maar de gedachte maakte hem niet bang.

Adam sloot de computer en ontkoppelde de laptop. 'Klaar. Nu kun je weer met Grace in bed springen.'

Sean glimlachte woest. Nu Adam zijn werk had gedaan, kon Sean gerust een gesprek aangaan met zijn vriend. 'Weet je zeker dat je klaar bent? Heb je alles wat je nodig hebt?'

Adam keek zelfvoldaan toen hij zijn uitrusting inpakte. 'Ik heb alles op dat systeem tot aan haar nieuwste solitaire-spel. Ik zal het op mijn gemak doornemen.'

'Probeer het eens met één oog, klootzak.' Zo snel als hij kon, trok Sean zijn vuist naar achteren en knalde die tegen het linkeroog van zijn vriend.

'Fuck!' Adam klapte voorover en bedekte het geraakte oog met zijn handen.

'Waag het niet om ooit misbruik te maken van mijn Grace. Ze is van mij. Als ik hoor dat je haar weer in zo'n positie hebt gebracht, dan zweer ik, Adam, dat ik de volgende keer je kop eraf trek.' Sean wachtte af of Jake zijn vriend ging verdedigen. Jake Dean was oneindig veel gevaarlijker in een gevecht dan Adam. Die was het brein, terwijl Jake de levensgevaarlijke spierbundel was. Jacob schudde alleen zijn hoofd terwijl hij keek.

'Ik zei toch tegen je, dat hij je een pak slaag zou geven als je bij haar in het kleedhokje zou stappen.'

Adam keek op, zijn oog werd al dik. 'Ik deed mijn verdomde werk. Er was me gezegd dat ik haar in de gaten moest houden en ik moet zeggen dat ik genoeg te zien had.'

Sean deed nog een stap naar de eikel toe en dacht er serieus over na om de klootzak om te leggen.

Jake sloeg zijn ogen op ten hemel en kwam tussen beide. 'Waag het niet om je gedrag te rechtvaardigen, Adam. Je wist precies wat je deed, toen je jezelf bij haar die kleedkamer in kletste.' Jake draaide naar Sean. 'Laten we wat ijs gaan halen. Ik wil graag de zwelling verminderen, anders zijn morgen op kantoor de roddels misschien dat ik mijn vriendje mishandel. Of ben je onze dekking vergeten?'

Sean zuchtte en bekeek de schade. Jake had een punt. 'Verdomme, Jake, ik dacht er niet over na.'

Jake schudde zijn hoofd toen hij Adams oog bestudeerde. 'Nee, maar ik zie dat je niet veel nadenkt op het moment, Sean. Misschien moet je een stapje terug doen. Het is helemaal niet vreemd voor Sean Johansson om terug naar het hoofdkantoor geroepen te worden. Het geeft jullie misschien beiden wat ademruimte.'

Sean ging nergens naartoe, maar het was makkelijker om gewoon te knikken en iets te mompelen over Grace' vriezer. Jake duwde Adam naar de keuken.

'Hij is niet meer mijn sergeant. Ik hoef zijn orders niet meer op te volgen. Ik ben uit het fucking leger geschopt, weet je nog?' klaagde Adam toen hij weg liep.

Jakes stem was laag en troostend. 'Ik weet het, kerel. Ik weet het. Laten we je oog verzorgen.'

Het duo schuifelde weg en Sean werd achtergelaten, met een vreemd gevoel van eenzaamheid. Jake en Adam stonden altijd voor elkaar klaar en dat hadden ze jarenlang gedaan. Sean was niet per se alleen. Hij had zijn familie, maar niet iemand die altijd aan zijn zijde stond en nu voelde het alsof hij wel zijn persoon had gevonden.

Als iemand hem in zijn gezicht stompte, was er niemand die voor hem zou zorgen. Zijn broer zou tegen hem zeggen dat hij het verdiend had en hem weg sturen. Grace zou dat echter niet doen. Grace zou hem waarschijnlijk betuttelen. Als hij geslagen zou zijn, zou ze een koud kompres in haar hand hebben en tegen hem staan te kirren, in een poging hem zich beter te laten voelen.

Sean pakte Grace' laptop op en legde hem terug in haar tas. Hij liep ermee door de woonkamer naar de hal en zette hem waar ze hem altijd had staan, klaar om morgen de deur mee uit te rennen. Hij zou haar laten overwegen om later te gaan of misschien zelfs de dag vrij te nemen. Het idee om haar bij het kantoor weg te houden, stond hem wel aan. Hij zou wentelteefjes en worst maken. Hij zou met haar knuffelen en een lange warme douche voor twee nemen en opnieuw de liefde met haar bedrijven. Het zou leuk zijn om te spijbelen. Ze zouden hun mobieltjes uit kunnen zetten en doen alsof de buitenwereld niet bestond.

Een stuk papier gleed uit het koffertje en viel op de tegelvloer. Sean knielde en raapte het op. Zijn bloed werd koud. Hij herkende het papier. Het kwam van het gepersonaliseerde briefpapier dat Matt Wright op zijn bureau had. Grace had een blok van dat papier in Wrights bureau geduwd toen Sean het kantoor binnenliep. Dit briefje was niet geschreven in Grace' handschrift. Een sterke, nette mannelijke stijl stond op het briefje. Wat was Grace' connectie met dit verdomde adres? Het was onschuldig. Dat moest wel. Het was iets dat hij later uit zou moeten vogelen. Hij nam snel een foto van het briefje met het adres en een reeks cijfers van een of ander account. Hij stuurde de foto in een email naar Eve.

Een mobiel trilde en Sean hoorde Jake zachtjes praten.

'Ja, Tag, hij is hier. Wacht even, ik geef hem even.'

Sean kwam Jake tegen toen hij de keuken uit liep. Sean had zijn mobiel uitgezet voordat hij naar Grace in de slaapkamer was gegaan. Hij had geen afleiding gewild, maar nu moest hij luisteren naar de preek van zijn grote broer. Jake schudde zijn hoofd toen hij Sean de telefoon gaf. Adam zat aan Grace' bar, een zak met bevroren erwten op zijn linkeroog. In de afgelopen achtenveertig uur had Sean zowel Liam als Adam een klap gegeven. Hij moest echt stoppen met zijn teamgenoten te slaan. Het begon een gewoonte te worden.

'Ja, wat is er?' De enige manier om met Ian om te gaan, was door er brutaal doorheen te praten.

'Je moet nu hierheen komen, Sean.'

Grote broer klonk bloedserieus. Hij zat vol in de bevelhebber-modus, en Sean was lang genoeg in dienst geweest dat een beetje gehoorzaamheid was ingesleten. 'Ja, meneer.' Maar slechts een beetje. 'Ik bedoel, nee. Ian, vertel me gewoon wat je nodig hebt. Ik kan nu niet weg. Ik moest Grace een slaappil geven. Ik denk niet dat het een goed idee is als ik haar alleen laat.'

Zijn broers lage grom pulseerde in zijn oor. 'Dat is precies waar ik het over heb. Zorg dat je naar Dallas komt. Ik wil dat je over een uur bij mijn bureau staat. Dat is een bevel, Sean. Laat Jake achter als je er niet tegen kunt om je Doornroosje alleen te laten.'

'Prima.' Sean wist wanneer zijn broer niet te vermurwen was. Als hij niet naar het kantoor kwam, zou Ian achter hem aan komen en dat kon hij niet riskeren. Hij zou naar kantoor gaan, de preek aanhoren en dan terug bij Grace zijn voordat ze wakker werd. Ze zou in de ochtend een beetje wazig zijn, maar hij kon de schuld op de wijn afschuiven. Het zou een perfect excuus zijn om haar weg te houden bij haar kantoor. 'Ik ben er over een half uur.'

Hij liet Jake en Adam in Grace' keuken achter met wat snelle bevelen om ervoor te zorgen dat ze veilig was. Hij had er geen goed gevoel over om haar onbeschermd achter te laten. Hij was degene die de drugs in haar lichaam had gebracht. Hij zou haar niet alleen laten.

Sean sprong in zijn geleende Benz en was blij dat hij blind de weg naar het kantoor wist. Hij reed op de automatische piloot, zijn wereld ineengekrompen naar één ding en één ding alleen—Grace Hawthorne. Voor de eerste keer in zijn tweeëndertig jaar was hij verliefd. Er was geen twijfel meer over mogelijk. Hij hield van Grace Hawthorne en er was een belachelijk deel van hem dat het de wereld in wilde schreeuwen. Hij had zijn wederhelft gevonden. Hij hield ervan om met haar te praten. Hij was dol op haar vriendelijkheid en haar snelle weerwoord. En god, hij hield van de manier waarop ze zich aan hem in bed onderwierp.

Hij had geprobeerd om haar op een afstand te houden, maar hij kon het gewoon niet. Hij wilde haar te veel.

Hij dacht aan het briefje in haar tas. Ian zou van een mug een olifant maken. Ian was een paranoïde klootzak. Sean hield van zijn broer, maar hij was pragmatisch als het op hem aan kwam. Ian had veel meegemaakt. Hij vertrouwde niemand als hij er niet vierentwintig uur per dag, zeven dagen in de week controle over had of een bloedverwantschap mee had. Ian zonderde zichzelf af van het team. Ian gaf zich op die manier vol over aan zijn werk, op een manier zoals Sean nooit had gedaan.

Sean reed de 183, naar het oosten, in de richting van het gebouw in het centrum van Dallas waar McKay/Taggart zat. Dit was zijn laatste klus. Hij wist het diep van binnen. Nadat deze klus geklaard was, ging hij achter wat hij echt wilde, aan. Hij ging naar de koksschool. Iedereen zou erom lachen, maar het was een doel van hem. Grace zou niet lachen. Ze zou hem steunen. Grace zou zijn steunpilaar zijn in zware tijden, en hem een schop onder zijn kont geven als hij het in zijn hoofd haalde om op te geven. Grace zou zijn voorproever zijn, zijn cheerleader, zijn partner en zijn grootste fan. Zij zou de reden zijn, dat hij ging voor wat hij wilde. En wat wilde hij? Hij wilde koken en hij wilde een gezin met Grace. Hij wilde dat cliché huisje, boompje, beestje. Hij wilde het totaalplaatje.

Hij kwam veel te snel aan bij de parkeergarage en schoof uit zijn Benz. Hij hoopte dat Grace niet gewend was aan de Benz. Zijn echte auto was een klassieke 1972 Scout. Hij zou hem inruilen voor een mini busje als ze dat wilde. Nou, misschien niet inruilen, maar hij zou een minibusje kopen, als dat was wat ze wilde.

Hij stapte de lift in en was in een oogwenk op de vijftiende verdieping.

'Hey, Sean. Hoe gaat het met je?' Eve stond voor de balie van de receptie te wachten, haar armen gekruist voor haar borst. Ze droeg een jeans en een blouse. Een teken, dat ze van thuis op was geroepen. Eve kleedde zich meestal perfect voor werk. Ze hield van mantelpakjes.

Dat Eve daar op hem stond te wachten, maakte hem extra alert. Eve was de gepromoveerde van het team. Ze was de freaking therapeut. Sean staarde naar haar, op zijn hoede over wat ze ging zeggen. 'Ik weet niet hoe het met me gaat. Waarom vertel jij het me niet?'

Haar lach verlichtte de kamer. Haar blonde haar was naar achteren gebonden in een staart waardoor ze veel jonger leek dan de achtendertig dat ze was. 'Oh, sukkel, ik ben zo blij voor je.' Ze gooide zichzelf in zijn armen. Sean merkte dat hij haar omhelsde, ondanks zijn verwarring. 'Grace is geweldig.'

'Dat vind ik inderdaad.' Hij trok zich terug. Het leek erop dat hij het serieus verkloot had. Iedereen wist dat hij tot over zijn oren verliefd was op Grace. Hij moest zich hier snel onderuit praten. 'Wat wil de grote baas?'

Ze fronste en schudde haar hoofd. Sean zag het litteken dat net onder haar rechteroor begon. Het was een bleek litteken van een mes waarvan Sean wist dat het groot geweest moest zijn. Hij had het maar één keer gezien. Dat litteken liep over een groot deel van haar bovenlichaam, een herinnering aan de enige keer dat de vroegere FBI profiler het echt verknald had. Nu verschoof Eve zelfbewust en sloeg de kraag van haar blouse bij haar nek op. 'Je moet met hem praten. Ik denk dat hij verkeerd zit, maar hij heeft wel een punt. Wat er ook gebeurt, geef Grace niet op. Ze is niet wie hij denkt dat ze is.'

Ian stapte de lobby in. Zijn enorme aanwezigheid vulde de ruimte op een manier zoals niemand anders dat kon. Ian zette zijn handen op zijn heupen, elke spier in zijn lichaam gespannen en schreeuwend tegen Sean dat hij in de problemen zat. 'Mijn kantoor, nu.'

Zonder te wachten om te zien of Sean gehoorzaamde, draaide Ian op zijn hakken om en marcheerde terug door de gang.

Sean voelde zich alsof hij weer twaalf was en aangesproken werd door zijn broer, tevens vervangende vader. Hij volgde Ian door de lange gang. Toen ze opgroeiden had zijn moeder de zeggenschap over het huishouden, nadat hun vader vertrokken was, al snel aan Ian over gedragen. Ian was een tiener geweest, maar hij had nooit gefaald. Hij had een baan gehad, ging naar de middelbare school en hielp zijn jongere broertje met huiswerk, zonder ooit te klagen. Ian was de rots geweest waar ze zich aan vast hadden geklampt. Ian was de berg geweest die hij nooit zou kunnen beklimmen.

Sean stapte Ians onberispelijk nette kantoor met het spectaculaire uitzicht op de horizon van Dallas, binnen. Het was een *powerhouse* dat het succes van de eigenaar uitschreeuwde. 'Waar gaat dit over?'

Ian ging in zijn stoel zitten. Zijn grote handen lagen bovenop het bureau, gebald in vuisten. Hij haalde diep adem voordat hij zijn preek begon. 'Je houdt van haar? Je houdt verdomme van haar? Ze wordt verdacht van terrorisme en jij brengt je tijd door met vertellen hoeveel je van haar houdt?'

Sean voelde alle spieren in zijn lichaam aanspannen alsof Ian met zijn vuisten, in plaats van met woorden sloeg. 'Ze is geen terrorist. Dit is absoluut belachelijk. Ze is een secretaresse. God, Ian, als je twee seconden met haar door zou brengen, zou je het zien.'

Het was overduidelijk dat Ian niet verder keek dan zijn dossier. Hij had zijn besluit genomen. 'Ze zit er tot haar nek toe in. Je kan niet van me verwachten dat ik je daar laat, na wat je vanavond hebt gedaan.'

Seans bloed werd koud. Terwijl hij niet geloofde dat Grace erbij betrokken was, was hij er vrij zeker van dat er iets aan de hand was met haar baas. 'Je kunt me niet weghalen. Ze is in gevaar. Ik verlaat haar niet.'

'Je komt terug. Ze is een verdachte, verdomme en je zei tegen haar dat je van haar houdt. Je bent op elke mogelijke manier gecompromitteerd. Je komt terug en je zult haar niet meer zien totdat deze missie voorbij is. Als ze niet in de gevangenis zit, of in het buitenland waar ze verhoord wordt door het Bureau, voel je dan vrij om haar mee te nemen naar de film en een zak popcorn te delen.'

Sean ging niet eens ruzie maken over zijn broers afkeer voor normale date-rituelen. Ian had zijn kinks en Sean ging daar niet over beginnen. Hij probeerde een andere tactiek. 'Heb je ooit van liegen gehoord? Ik zei tegen de dame wat ze wilde horen. Ze zal gehoor geven aan wat ik zeg. Ze is een sub, Ian. Beeld je dat beetje geluk eens in. Ze is een sub en ze heeft mij geaccepteerd als haar Dom. Ik heb vanmiddag een halsband rond haar nek gedaan. Ze zal doen wat ik haar zeg.'

Dat zou ze niet. Grace zou de hele tijd met hem vechten als ze dacht dat hij het mis had, maar dat hoefde Ian niet te weten. Als Ian dacht dat ze volgzaam was, zou hij hen misschien met rust laten.

Ian bestudeerde hem. 'Gelul.'

'Wat bedoel je daarmee?'

Ian kruiste zijn armen over zijn borst als een schild. 'Het betekent dat je terugkomt.'

Hij voelde hoe zijn tanden over elkaar knarsten en die behoefte om iemand te slaan kwam weer omhoog. 'Ik kom niet terug.'

Ian haalde diep adem. Hij ging terug in zijn stoel zitten en zijn handen gingen naar zijn borst, vouwden samen terwijl hij zijn broer bekeek. Sean kon duidelijk zien dat Ian probeerde te besluiten wat de beste manier was om met hem "om te gaan". Sean was een probleem dat opgelost moest worden en Ians briljante brein zou een manier bedenken om dat te doen.

Ian had overduidelijk besloten dat intimidatie niet zou werken, dus hij veranderde van tactiek.

'Kun je even logisch nadenken, Sean?'

Niet als het om Grace ging. Logica had geen plek als het Grace betrof. 'Natuurlijk.'

'Denk na over wat je aan het doen bent, Sean. Heb je je professioneel gedragen?'

Ah, de redelijke stem. Nou, hij kon ook redelijk zijn. 'Als je het hebt over naar bed gaan met Grace; we weten allemaal dat het waarschijnlijk zou gaan gebeuren. Je stuurde me erheen omdat je wilde dat ik dicht bij haar kwam. Nou, ik ben dichtbij. Ik zou niet nog dichter bij haar kunnen komen. Ik heb je info gebracht die we niet hadden gekregen als ik niet met haar naar bed was geweest. Heb je de foto van de notitie die ik heb gevonden, gekregen? Die ene met het adres? Je had die laptop van haar vanavond niet aan kunnen raken als ik daar niet voor had gezorgd.'

Ian leek niet bepaald overtuigd. 'Je hebt me één adres gegeven. Dat is nauwelijks een openbaring. Ik stuur Liam morgen om het te gaan bekijken.'

'Doe geen moeite. Ik wil het zelf graag zien. Er stond ook een lijst met een reeks aan cijfers op.'

Ian klapte zijn computer open. Hij vond al snel wat hij zocht. Zijn blauwe ogen staarden een tel naar het scherm. 'Dat zijn bankrekeningnummers. Vast afkomstig van een belastingparadijs zoals de Kaaiman eilanden. Waar heb je dit vandaan?'

Waarom had hij het gezegd? Hij kon niets anders dan de waarheid vertellen. 'Ik heb het in Grace' aktetas gevonden.'

Ians vingers gingen ruw door zijn lange blonde haar. Normaal gesproken was het achterover in het gelid gebracht, maar vanavond hing het rond zijn schouders. Sean dacht vaak dat zijn broer zijn haren lang had laten groeien voor een enkele reden—om afstand te nemen van de soldaat die hij vroeger was. 'Dus laten we dit even op een rijtje zetten. Grace gaat over het geld bij Wright Temps.'

'Soort van. Ze schrijft cheques uit. Ze is geen accountant.'

Die enkele wenkbrauw ging omhoog en Sean kreeg het gevoel dat hij op zijn tellen moest letten. 'Volgens Jake rapporteert de financiële afdeling aan haar. Ze schrijft cheques uit en ze loopt met een hoop cijfers voor accounts bij banken op de Kaaiman Eilanden rond. Jouw meisje wast geld wit, Sean.'

'Dat weet je niet. Trouwens het is een feit dat de financiële afdeling voor de show aan haar rapporteert. Zover ik weet, stuurt ze dat simpelweg naar Matt. Ze is gewoon een doorgeefluik naar de baas.' Maar zelfs hij begon nu twijfels te krijgen.

Ians vuisten knalden op het bureau en hij ging staan. Zijn gespannen lichaam was een weerspiegeling van zijn vlug afnemende geduld. 'Hoe naïef ben je?'

'Hey, hij is niet naïef, hij bestudeert het gewoon van alle kanten zoals je hem hebt geleerd.' Eve stond in de deuropening. Ze leunde tegen de deurpost, haar lieftallige gezicht was het enige kalme in de kamer.

Ian fronste. 'Ik vroeg niet of je bij deze vergadering aanwezig wilde zijn. Ik heb je alleen hierheen geroepen om het profiel van Grace te bespreken.'

'Begrepen, Ian, maar je zult dankbaar zijn voor mijn bemoeienis als je jouw broer niet helemaal van je wil vervreemden.' Eve zuchtte toen ze naar hen keek. 'Sean, Ian is bezorgd over deze klus. Er zijn een aantal dingen die niet kloppen en hij heeft liever dat je terugkomt. Zijn zesde zintuig draait overuren.'

Ians instinct had de neiging onfeilbaar te zijn. Hij had de griezelige gewoonte om te weten wanneer het slecht ging en om de kogels die op zijn pad kwamen te ontwijken. Dat was waarom hij de man in het leger was waar je naartoe ging voor moeilijke opdrachten en waarom de Inlichtingendienst hem nog steeds onder de sneltoets hield. Als Ian zei dat er iets aan de hand was, luisterde Sean. 'Wat is er mis, broer?'

Zijn gezichtsuitdrukking werd zachter toen hij een hand op een stapel dossiers legde. Sean had het gevoel dat hij er al de hele avond over had nagedacht. 'Ik weet het niet. Sommige dingen rijmen niet. Waarom wast een eco-terrorist geld wit? Eve's profiel lijkt wel de biografie van de Unabommer, dus waarom hangt hij rond met zakelijke types? Ik vind het maar niks. Er is iets anders aan de hand en ik vertrouw Black niet.'

Sean vertrouwde hem ook niet. Hij vertrouwde nooit iemand die van de CIA afkomstig was. Helaas was meneer Black de klant. Ian leek kalmer, nu ze weer over de zaak spraken, in plaats van over Seans betrokkenheid bij Grace. De spanning verminderde. 'Hebben we alle informatie die we van Black hebben gehad, opnieuw gecheckt?'

'Natuurlijk en het klopt allemaal. Maar je weet ook dat dat niets zegt. Als Black iets wil verbergen, heeft hij alle middelen om dat te doen. Wanneer Adam er eens even tijd voor heeft, gaat hij een *deepdive* doen. Dan gaat hij kijken of er iemand met Patrick Wrights gegevens heeft geknoeid. Althans, als ik hem kan laten ophouden met praten over hoe geweldig Grace Hawthorne is.'

Sean kreunde van binnen, want hij wist precies waar Ian heen ging. Hij was niet bepaald een goedgelovige ziel. 'Ze is niet een of andere Mata Hari, Ian. Ze probeert ons team niet te verleiden.'

Ians mond werd een koppige, strakke streep. 'Dat is niet zoals ik het zie. Ik ben gewoon blij dat Jake in de buurt van de vrouw zijn verstand lijkt te gebruiken.'

Sean kon ook koppig zijn. 'De enige manier om dit uit te vogelen is door dicht bij Wright te blijven. Dat doe je door dicht bij Grace te blijven. Ik ben degene die het dichtst bij Grace is. Ik ben in de beste positie om haar in de gaten te houden.'

Hij draaide naar Eve. 'Zeg, Eve, als ik Sean erin houd, kan hij zich dan op een professionele manier gedragen?'

'Natuurlijk.' Er lag geen twijfel in Eve's stem. Sean ontspande een beetje. Hij had tenminste één persoon aan zijn kant.

Maar Ian was nog niet klaar. 'In de buurt van Grace? Kan hij dan zijn eigen veiligheid wel goed beoordelen net als de veiligheid van de leden van zijn team, als hij dat moet opwegen tegen de veiligheid van Grace Hawthorne?'

Eve's schouders zakten ietsje naar voren en Sean wist dat hij zojuist de strijd had verloren. 'Nee. Hij meende wat hij zei. Hij is verliefd op haar. Je zou hem terug moeten trekken.'

Ian knikte lichtjes. 'Jake wist op dit moment al zijn sporen in het huis van die vrouw.'

'Fuck you, Ian.' Sean voelde zijn gezicht verstrakken, zijn kaak samenklemmen en zijn oogleden toe knijpen. *Die vrouw?* Het was volstrekt beledigend en hij ging het niet zomaar accepteren. 'Ik neem ontslag. Nu ben ik je werknemer niet meer. Probeer me nu maar bij haar weg te houden.'

Sean draaide zich om, klaar om de deur uit te lopen, met als enige gedachte, terug te keren naar Grace. Ians volgende woorden brachten hem tot een halt.

'Dan bel ik de politie en laat ik haar nu arresteren. Met het bewijs dat Black ons al gegeven heeft over het bedrijf, gecombineerd met die accounts waarvan ik zeker ben dat Grace die gebruikt om cheques uit te schrijven, zal ze wat tijd doorbrengen in hechtenis, alleen al om ondervraagd te worden, als ze tenminste niet echt vastgehouden wordt om te zitten.'

Sean draaide om en ging de confrontatie met zijn broer aan. 'Nee, zoiets zou je niet in je hoofd halen.'

'Als je dat denkt, dan ken je me helemaal niet, broertje. Ik zal bewijs tegen haar creëren als ik denk dat het jou in leven houdt. Hier is mijn aanbod. Ik laat je op deze klus blijven. Je hebt me het adres geleverd, je kan het gaan bekijken. Je kan ook de surveillance bij Grace overnemen. Op die manier kun je haar in de gaten houden. Je mag op geen enkele manier contact met haar opnemen. Zodra je dat doet, bel ik de politie. Jake en Adam zullen de bewaking van je overnemen.'

Woede verstikte hem. Hij stond in de deuropening, zijn gedachten raasden, probeerden een uitweg te vinden. Het probleem was dat Ian nooit een uitweg open liet. Ian zou het doen. Sean kon niets anders, dan het aanbod van zijn broer aannemen. Hij moest Grace beschermen. Ze zou de gevangenis niet aankunnen, zelfs niet voor een korte tijd. Zijn broer was een regelrechte klootzak. 'Ik zal je dit nooit vergeven, Ian.'

'Dat weet ik, maar als ik gelijk heb over Grace, dan zul je tenminste nog in leven zijn om me te haten.'

Sean beende de deur uit en keek maar even achterom. Zijn broer stond daar als een brok graniet, volkomen onbeweeglijk en zonder een greintje emotie. Eve probeerde hem tegen te houden, maar Sean trok zich van haar terug. 'Ik kan niet blijven voor een therapiesessie, Eve. Ik moet in een busje gaan zitten en luisteren naar onze "hoofdverdachte" die 's ochtends een douche neemt. Dat zou ik niet willen missen. Ik ben weg als dit voorbij is, Ian. Begrijp je dat?'

Ian knikte, alsof Seans ontslag een factor was geweest die hij had afgewogen en een acceptabel verlies had gevonden. 'Het is beter zo. Je bent hier niet voor gemaakt.'

Sean sloeg de deur achter zich dicht.

11

Grace werd een beetje duf wakker. Ze ging rechtop in bed zitten en keek rond, in een poging haar zicht scherp te krijgen. Haar mond voelde droog aan. Hoeveel wijn had ze gisterenavond op? Ze dacht dat het één glas was, maar ze moest ernaast zitten, toch?

Er stond een glas water op het nachtkastje. Ze lachte een beetje voordat ze een flinke slok nam. Sean was een attente man. De herinnering aan gisterenavond gleed als een koude regen over haar heen. Ze was nu wakker en een beetje beschaamd. Wat had haar bezield om hem te zeggen dat ze van hem hield? Grace verborg haar hoofd in haar handen. Ze wist waarom ze het gezegd had. Ze had het gezegd omdat ze het had gemeend. Ze hield van Sean Johansson. Ze wist ook, dat hij weg zou gaan en dat zou het einde van hun relatie zijn. Het beste waar ze op kon hopen, waren een paar hete weekenden en dan zou hij een jongere vrouw vinden, verliefd worden en gaan trouwen. Hij had die hele fase van zijn leven nog voor zich.

Grace schudde het van zich af. Hij was lief geweest. Hij had gezegd dat hij gek op haar was. Ze herinnerde zich dat nog. Hij had opnieuw de liefde met haar bedreven. Het was oké. Ze konden verder gaan en doen alsof ze het nooit gezegd had. Ze konden genieten van de rest van de week.

Ze ademde diep in, vroeg zich af of hij al in de keuken was om iets heerlijks te maken voor het ontbijt. Ze hoorde de douche niet lopen. Ze gooide de dekens van zich af en reikte naar haar badjas. Elke spier in haar lijf protesteerde en ze had pijnlijke plekken waar ze nog nooit pijnlijke plekken had gehad. Ze stond onvast op de vloer. Ze ging niet meer drinken. Blijkbaar kon ze het niet hebben.

'Sean?'

Niemand antwoordde. Grace liep de slaapkamer uit en de keuken in. Geen Sean en ook geen tekenen van een aankomende ontbijt-maak-sessie. De keuken was smetteloos schoon. Elk stuk servies was gewassen en weggezet. Het hele huis was stil als het graf.

Grace kreeg een slecht voorgevoel. Ze ging terug naar de slaapkamer en jawel, zijn kleine koffer was weg. Toen ze naar de bar keek, waren zijn sleutels weg. Hij had ze de vorige avond naast die van haar gelegd. Ze had gestaard naar de manier waarop die sleutels naast elkaar hadden gelegen, waarbij een warme intimiteit door haar aderen was gestroomd. Nu vulden tranen haar ogen. Hij was niet even iets halen of een rondje joggen. Ze voelde het. Hij was weg. Hij was midden in de nacht vertrokken zonder te wachten om gedag te zeggen.

Allemaal omdat ze dom genoeg was geweest om ik hou van je te zeggen? Dat leek een beetje overdreven. Het lukte Grace om de rand van haar bed te vinden. Ze zonk neer toen de tranen begonnen te vallen. Ze wist dat Sean niet van haar hield, maar ze had gedacht dat hij haar leuk genoeg vond om niet zomaar weg te lopen. Ze zat heel lang op het bed, dacht na over alles wat ze zich van de vorige avond kon herinneren. Er was niets dat erop had gewezen, dat hij een man was die op het punt stond om de benen te nemen. Hij was lief geweest en had de liefde met haar bedreven alsof ze de laatste vrouw op aarde was. Dat was vast omdat ze had gezegd dat ze van hem hield. Hij had waarschijnlijk een zich vastklampende wijnrank, die hem naar beneden trok, gezien. Natuurlijk wilde hij geen liefdesverklaring van de vrouw waar hij een week lang een avontuurtje mee had.

Grace dwong zichzelf op te staan, de douche aan te zetten, en haar tanden te poetsen. Ze doorliep haar ochtendroutine op de automatische piloot. Haar benen werkten, haar armen functioneerden, maar haar hoofd was ergens anders. Die zat vast in een lus van spijt, verwijten en niet zo'n klein beetje zelfhaat. Wat had ze wel niet gedacht? Ze had zichzelf in een D/s relatie geworpen met een man die ze amper kende. Ze had hem dingen met haar laten doen die zelfs haar man nog nooit met haar had gedaan en ze had hem gesmeekt het te doen. Ze was een grote idioot geweest.

En het ergste van alles was, dat ze hem al miste.

De telefoon ging nadat ze zich voor het werk had aangekleed en haar hart sloeg over. Voor het eerst die ochtend had ze een doel.

Ze pakte de telefoon. Opluchting stroomde als een drug door haar aderen. 'Hallo.'

Natuurlijk zou hij contact met haar opnemen. Hij was gewoon weg-geroepen. Hij had tenslotte een baan en een leven in een andere staat. Hij had haar niet wakker willen maken. Hij belde haar waarschijnlijk vanaf het vliegveld.

'Hey, mam.' De zonnige stem van haar jongste zoon vulde haar oren.

Normaal gesproken zou het haar opvrolijken. Nu merkte ze dat ze een oppervlakkige reactie uit haar mond dwong terwijl haar hart in haar schoenen zonk. Ze stond daar alle juiste dingen te mompelen, maar ze was er niet echt bij. Nadat ze naar een paar verhalen had geluisterd over hoe het in Austin ging, beloofde ze hem om wat geld voor benzine te sturen en hing op.

Toen zag ze het. Een klein stukje papier dat aan een magneet op de koelkast hing. Grace trok het er met trillende handen vanaf.

Grace—werd teruggeroepen naar Chicago. Heb een geweldige tijd gehad. Bedankt voor alles. Sean.

Veertien woorden. Geen beloftes om te bellen. Hij was degene geweest die had gezegd dat hun relatie langer kon duren dan de week dat hij hier was. Hij was degene geweest die erop had gewezen dat hij terug zou komen. Waarom had hij dat gedaan?

Om je makkelijker in bed te krijgen, idioot. Hij wilde dat je meegaand was en dat was je. Je was alles wat hij wilde, tot het punt waarop je zei dat je van hem hield. Niemand die zo lekker is, wil echt een veertigjarige vriendin.

Die vreselijke stem vulde haar hoofd. Het fluisterde tegen haar. Het spoot zijn verschrikkelijke twijfels, gedurende de reis, helemaal tot ze aankwam op kantoor. Ze hoorde het toen ze in een vergadering met Matt zat. Ze hoorde het tijdens haar koffiepauze met Kayla. Het brulde elke keer naar haar, als ze langs een spiegel liep. Ze sloeg de lunch over, werkte liever door aan haar bureau.

'Hoi, schoonheid, ga je mee naar happy hour met ons of heb je afgesproken met dat lekker ding van je?' Adam Miles ging op de rand van haar bureau zitten. Hij zag er jong uit en gevuld met energie die zij vandaag echt niet op kon brengen. Ze had rondgehangen met te veel jonge mensen. Dat was het probleem.

'Nee, ik moet nog wat werk doen.' Haar stem klonk zelfs vlak in haar eigen oren. Ze forceerde een lach op haar gezicht. 'Een andere keer.' In een verre, verre toekomst.

Adams ogen leken door haar heen te boren. 'Wat is er mis?'

'Gewoon hoofdpijn. Je weet dat wij oude vrouwen die krijgen.'

Hij werd zichtbaar bleek. 'Je bent niet oud, Grace.' Zijn hand reikte naar haar hand en verweefde hun vingers met elkaar. 'Je bent de mooiste vrouw die ik ken. Shit, ik ben dertig. Ik ben niet zoveel jonger dan jij. En je weet dat vrouwen mannen overleven met iets van zeven jaar. Dat maakt mij praktisch perfect. En Jake. Hij is eenendertig. Wij hebben de perfecte leeftijd voor je.'

Het was het eerste dat ze vandaag vermakelijk vond. 'Dat is goed om te weten. Als ik ooit een homoseksuele echtgenoot zoek, dan laat ik het je weten.'

Een moment leek hem dat op te schrikken. Hij keek bedachtzaam toen hij naar hun samengevlochten handen keek. 'Heeft niet elke meid een homo-echtgenoot nodig? En hey, soms komt de prins op het witte paard op een manier waarop je het niet verwacht. Je kunt geen koffiedik kijken, Grace. Kom, ga met me mee. Kijk, ik ben gewond. Je kunt me niet afschepen.'

Grace bekeek hem eens goed. Hij had geprobeerd om het te verbergen, maar zijn oog was licht gezwollen en zijn neus leek ook geschaafd. Haar zelfmedelijden verdween tijdelijk naar de achtergrond. Ze hief haar handen om zijn gekneusde gezicht te omlijsten. 'Oh liefje, wat is er met je gebeurd?'

'Ik ben overvallen. Ik werd overvallen door een stomme, enorm bezitterige klootzak.' Zijn sensuele mond pruilde een beetje. Hij was echt hartbrekend aantrekkelijk. Hij was slanker dan Sean, maar er was geen twijfel dat Adam Miles fit was.

Iemand had hem goed te pakken gehad. 'Hoe weet je dat jouw overvaller enorm bezitterig is? Het klootzak deel is wel duidelijk.'

'Nou, hij leek erg bezitterig toen hij me in elkaar sloeg over iets dat niet echt van hem was. In ieder geval, laten we hem vergeten, liefje. Ga met ons mee uit. Als we je kunnen verleiden om weg te gaan bij die enorme bonk mannenvlees, beloof ik om je een leuke tijd te geven. We doen een paar drankjes en gaan dan naar een of andere romantische komedie in de bioscoop. Het wordt leuk.'

Ze schudde even haar hoofd. Wat was ze anders van plan om te doen? Was ze van plan om naar huis te gaan en haar ogen eruit te janken? Ja. Dat somde ongeveer haar plannen voor de avond op. Ze zou naar huis gaan, een tijdje naar de televisie staren en dan proberen om iets te eten. Daarna zou ze naar haar lege bed gaan, als ze daar al kon slapen, en huilen. Kon ze niet eerst met haar vrienden uitgaan en dan naar huis gaan om vervolgens haar ogen eruit te janken? Als ze wat tijd doorbracht met de jongens, zou ze misschien niet hoeven te huilen. Misschien zou die verdomde stem dan weggaan.

En waarom zou ze moeten huilen? Het was niet alsof Sean van haar hield. Hij had dat gisterenavond wel duidelijk gemaakt. Geen man die echt om haar gaf, zou weg zijn gegaan zonder gedag te zeggen. Dat stomme briefje telde niet.

'Oké.' Ze twijfelde, maar het lukte haar om die woorden eruit te krijgen. Voor Seans komst was ze een fijne vriendschap met Adam en zijn vriendje Jake aan het opbouwen. Het zou troostend zijn om niet elke avond alleen door te moeten brengen. Ja, ze was het derde wiel bij Adam en Jake, maar ze was tenminste niet alleen, huilend in haar wijnglas.

Adams gezicht lichtte op en hij leek jonger dan zijn dertig jaar. 'Geweldig.' Hij leunde naar haar toe en kuste haar licht op de wang. 'Ik ga reserveren. Ik ben hier om vijf uur, oké?'

Reserveren? 'Ik dacht dat we naar happy hour gingen?'

'Gaan we ook. Op een leuke plek. Nu dat we je voor onszelf hebben, moeten we het vieren.' Een lome glimlach streek over zijn knappe gezicht. Hij reikte naar haar en raakte haar neus speels aan met zijn wijsvinger. 'Het komt allemaal goed, Gracie. Het is beter, je zult het zien.' Hij knipoogde en liep de ruimte uit, met zijn telefoon al tegen zijn oor.

Waar ging dat allemaal over? Wat was beter? *Mannen.* Ze begreep hen niet. Homo, hetero, vanilla, Dom. Ze zou in die vreemde breinen van hen nooit enige vorm van logica aantreffen. "Ik hou van je" zeggen was niet vragen om een belofte. Ze had hem niet gevraagd om met haar te trouwen. Ze had gewoon iets liefs gemompeld middenin echt spannende, verbluffende seks. Het had hem niet naar de andere kant van het land moeten jagen, alleen om aan haar te ontsnappen.

Verdorie. Daar ging ze weer.

Matts hoofd stak uit het kantoor. Grace zag dat zijn ogen weer bloeddoorlopen waren. Ze zou zweren dat hij hetzelfde pak droeg als de dag ervoor. In tegenstelling tot Adam, leek Matt veel ouder dan zijn leeftijd. 'Wil je even binnen komen?'

Grace pakte een notitieblok op en volgde haar baas zijn kantoor in. Haar hart deed pijn toen ze zich de laatste keer dat ze hierbinnen was herinnerde. Sean had haar gezegd dat ze over het bureau moest leunen en hij was zijn gang met haar gegaan. Natuurlijk had hij op elke manier die hij wilde, zijn zin bij haar gekregen. Ze kon zijn handen nog op haar heupen voelen terwijl hij die enorme lul van hem in haar duwde. Hij had haar gevuld, totdat ze niet meer kon herinneren dat ze zich daarvoor eenzaam voelde. Het was zoveel meer dan seks voor haar geweest. Dat was hetgeen haar pijn deed. Het had niet hetzelfde voor hem betekend. Niet eens een beetje. Ze zou hem zich voor altijd herinneren en hij was waarschijnlijk alweer bij de volgende vrouw.

'Werk je aan het feestje? Ik zou graag de plannen zien.' Matts stem haalde haar uit haar herinneringen.

Ze probeerde het beeld van Seans grote lichaam dat het hare nam, van zich af te schudden. Ze moest werken. Ze moest zich daarop concentreren. 'Ik heb de catering gebeld.'

'En de locatie?'

'Ik dacht dat we het Ashton konden gebruiken.' Het was een prachtig Art Deco hotel in het hart van het centrum. De balzaal was een perfecte plek voor zakelijke feestjes. Grace had daar twee jaar eerder het kerstfeest gegeven.

Matt was een moment stil, hij leek haar plannen nog te overdenken. 'Prima. Dat is een mooie plek. Dicht bij de snelweg. Dat werkt wel.'

Grace wist niet goed waarom het hem iets uitmaakte, maar de straat waar het hotel aan gelegen was, lag dicht bij de I-35. 'Ja. Ik kreeg een goede prijs en mag hun keukens gebruiken. Gelukkig hadden ze een afzegging, dus ze konden ons inplannen. Ik dacht dat het leuk zou zijn om een Aziatisch buffet te doen.'

Zijn neus trok in afkeur op, maar hij schudde het van zich af. 'Het eten kan me niet schelen, zorg gewoon dat iedereen komt. Stuur uitnodigingen naar iedereen en hun partners. En nodig andere huurders van het gebouw uit. Dit is belangrijk, Grace. Dit brengt ons naar een heel ander niveau.'

'Ik begrijp het.' De deal voor het Bryson Building was groot. Het was logisch dat Matt dat wilde vieren. Het was alleen zo dat hij alle juiste dingen zei, maar Grace kon zien dat hij op emotioneel niveau onverschillig was. Hij leek zo afgesloten.

'Goed.' Hij ging weer aan zijn bureau zitten en begon door de papieren te bladeren. Grace wachtte nog een moment. Hij keek niet naar haar op toen hij weer sprak. 'Ik heb een telefoontje van Kelvin gehad. Ze hebben besloten om een andere weg in te gaan.'

Sean zou niet meer terug komen. Hij was weg. 'Ik annuleer je vergaderingen met meneer Johansson.' De woorden smaakten naar as in haar mond, maar het lukte om ze te produceren.

Zijn blik kwam omhoog en hij keek haar onderzoekend aan. 'En hoe zit het met jouw ontmoetingen met hem?'

'Ik had niets met hem afgesproken.' Ze had niet gedacht dat dat nodig was. Hij woonde bij haar thuis.

'Oké. Het is beter zo, Grace. Je zult het zien. We hebben dat contract niet nodig. We zwemmen nu in het geld.'

Ze was blij dat hij er zeker van was. Zij had nog steeds geen contract gezien en ze zou er niet te veel op rekenen dat dit nog zou gebeuren. Hij had het vanmorgen niet op haar bureau gelegd. Hij hield het om de een of andere reden, dicht bij zich. Meerdere vragen begonnen zich in Grace' hoofd te vormen.

'Het is maar goed dat je die playboy niet serieus nam, nietwaar?' Matt had een superieure grijns op zijn gezicht.

Een blos kroop over Grace' huid. Het was maar goed dat ze niet door het kantoor was gerend om haar verovering te verkondigen. Alleen Adam, Jake en Kayla wisten dat ze hem buiten het werk had gezien. God, ze kon het niet aan, als iedereen wist dat ze met een jongere man een avontuurtje had gehad en al na een paar nachten was gedumpt. Het was maar goed dat hij niet terugkwam. Ze dacht niet dat ze het aankon om hem weer op kantoor te zien en mogelijk met iemand anders zou zien flirten.

'Ja. Het stelde niks voor.'

Hij pinde haar vast met een blik die haar deed afvragen hoeveel hij wist. 'Daar ben ik blij om. Misschien kun je je nu concentreren op jouw werk. Laat me weten hoe de planning van het feest verloopt. Ik wil dat dit perfect wordt, Grace.'

Grace knikte en was opgelucht toen ze merkte dat ze kon gaan. Ze sloop Matts kantoor uit. Het was niet raar dat hij erover was begonnen. Hij was vanaf het begin tegen haar relatie met Sean geweest. Hij was degene geweest die tegen haar had gezegd dat ze voorzichtig moest zijn. Voorzichtig? Hij had haar ronduit gezegd dat Sean niet zou blijven en dat had hij ook niet gedaan.

De rest van de middag draaide om telefoontjes met cateraars en plannen voor het grote feest. Om drie uur schreed Evan Parnell, Matts kantoor binnen, nadat hij tegen Grace grijnsde. Hij had haar nog nooit recht in de ogen gekeken. Het contact bracht haar van haar stuk. Het deed haar ook denken aan het stuk papier dat hij de vorige dag had laten vallen. Ze volgde haar instinct en zocht het adres op internet. Het was van een postbedrijf dat kluisjes en postophaaldiensten aan bood. Ze dacht aan die lange lijst met nummers. Sommige herkende ze nu. Ze had ze gecontroleerd aan de hand van bankrekeningen die Wright Temps gebruikte en had drie van de cijfers gevonden. Een ervan was echter te kort om een rekeningnummer te zijn. Grace vroeg zich af of het een kluisnummer of een locker code was.

Toen Evan Parnell Matts kantoor verliet, volgde Grace hem een moment later.

Het was dom. Ze wist het, toen ze hem naar zijn truck volgde. Het was niet haar taak om voor privédetective te spelen, maar hoe langer dit gedoe met Parnell duurde, hoe meer ze vermoedde dat hij haar baas chanteerde. Matt ging duidelijk achteruit en hij ging bijna altijd aan de zuip na een ontmoeting met Parnell. Logica vertelde haar, dat Matt hem al lang als werknemer had moeten dumpen. Dus waarom was Parnell er nog?

Grace probeerde hem op afstand te volgen. Ze verloor hem twee keer uit het oog, maar kreeg de zwarte truck bij de bank in het vizier. Parnell parkeerde en ging naar binnen. Hij was tien minuten in de bank. Hij kwam naar buiten met een envelop en stak meteen de straat over.

Grace controleerde de naam van de straat. Mount Dale Avenue.

Ze zette de auto in de parkeerstand en glipte eruit om Parnell te volgen naar het Addison Post en Opslag Centrum. De etalage was nieuw en het middelpunt leek het grootste deel van de kleine strook waar het zich bevond, in te nemen. Vanaf de straat kon ze zien dat Parnell met de medewerker stond te praten. Ze spraken even en toen mocht Parnell achter de balie langs en ging hij naar de achterkant van het gebouw.

Waar had Evan Parnell een opslagbox voor nodig? Hij had een grote opslagruimte voor zijn conciërge benodigdheden. Ze betwijfelde dat hij daar moppen en bezems bewaarde. Nu dat ze de naam van de plek wist, herinnerde ze de cheque die ze had uitgeschreven. Matt had haar gezegd het te betalen. Het was voor een kleine box hier. Ze had het volledige beveiligingspakket voor een jaar betaald. Ze ging ervan uit dat het voor Matt was. Waarom betaalde Matt voor Parnells opslag met fondsen van Wright Temp?

Grace keek op haar horloge. Ze zou zich moeten haasten om Adam en Jake te ontmoeten. Ze dacht er even aan om ze af te zeggen, maar besloot het niet te doen. De gedachte om naar huis te gaan, naar haar eenzame huisje, en de hele avond aan Sean te denken was te veel.

Buiten dat, moest ze een mysterie oplossen. Dat alleen kon haar gedachten van haar bijna-geliefde halen. Of Matt het nu wilde of niet, ze ging hem redden uit de klauwen van ene Evan Parnell. Ze zou uitvogelen wat voor greep die man op Matt had.

* * *

Het was laat toen Adam en Jake haar thuis afzetten. Adam parkeerde haar kleine hybride op de oprit. Ondanks haar protesten dat ze meer dan capabel was om zichzelf naar huis te rijden, hadden de jongens erop gestaan. Adam had haar sleutels op een gegeven moment gestolen en geweigerd om ze terug te geven. Jake was haar gevolgd. Hij zette zijn Jeep naast haar. Adam zette de auto stil en was er al uit om haar deur te openen, voordat ze de gordel af had gedaan.

'Bedankt.' Ze legde haar hand op die van Adam en liet hem haar uit de auto helpen.

De avond was fijn geweest. Ze had oprecht genoten van de tijd die ze met hen had doorgebracht, maar haar hart deed nog steeds pijn, bij de gedachte aan Sean. Was hij nu terug in Chicago? Had hij al een date? Hij had er waarschijnlijk twee of drie. En ze durfde te wedden dat zij niet homoseksueel waren.

'Sleutels?' Jake hield zijn hand omhoog. Adam gaf die aan zijn vriendje en leidde haar het kleine pad naar haar deur op. Jake had de deur geopend. Hij fronste. 'Heb je geen alarm?'

Ja. Het was onaangenaam en maakte een irritant geluid als ze er niet op tijd bij was. Ze zette haar aktetas neer. 'Het is een fijne buurt. Mijn zonen stonden erop dat het geïnstalleerd werd toen ze naar de universiteit gingen.

Ik probeer eraan te denken om het in te stellen als ze thuis zijn, maar verder gebruik ik het liever niet. Wil je koffie?'

Sean had gezorgd dat ze haar alarm aan zette. Hij was overstuur geweest toen hij erachter kwam dat ze het niet met regelmaat gebruikte. Ze had beloofd dat ze er beter op zou letten. Natuurlijk had hij op dat moment zijn mond op haar kutje gehad. Ze zou met zowat alles ingestemd hebben.

'Je moet het alarm aanzetten, Grace. Het kan me niet schelen hoe fijn de buurt is, slechte dingen gebeuren alsnog. Als jouw zonen genoeg van je houden om je te willen beschermen, zou je ze dat moeten laten doen.' Jake torende boven haar uit. Hij was groter dan Adam en stiller. Adam was licht en leuk. Jake was een bedachtzame hunk van een man. Hij was de verantwoordelijke in de relatie. Zijn stem was donker en diep. Grace merkte dat ze door zijn stem bijna knikte en ermee akkoord ging.

Nope. Dat ging ze niet nog een keer doen. Het lukte haar om haar schouders op te halen. 'Ik heb een honkbalknuppel en ik weet hoe ik hem moet gebruiken. Maak je geen zorgen over mij.' Ze liep de keuken in. Ze was klaar met dominerende mannen, zelfs als ze alleen maar goed advies uitdeelden. Grace begon met het zetten van koffie. Ze zorgde al heel lang voor zichzelf. Dat was niet veranderd, nu ze een paar dagen de sub van Sean Johansson was geweest. Trouwens, hij had haar alleen voor de seks gewild, dus ze was toch op zichzelf aangewezen geweest. 'Misschien neem ik een hond. Of een pistool.'

'Lieve god, nee.' Adam keek bijzonder geschokt. 'Op het pistool, liefje, niet de hond. We zoeken wel een leuke, grote Rottweiler voor je.'

'Adam heeft gelijk,' stemde Jake toe. 'Een pistool kan tegen je gebruikt worden of je schiet iemand neer, die je niet neer wilde schieten.'

Ze koos ervoor om de grote man te negeren. Jake torende boven haar uit. Zijn donkere ogen leken altijd zijn omgeving te beoordelen. Het was makkelijk om zich te concentreren op Adam, die een veel zonniger natuur had. Ze gaf hem een mok. 'Misschien is een hond nemen niet eens zo'n gek idee. Ik wil echter geen Rottweiler. Ik heb veel liever een Lab.'

Adam snoof toen hij zijn koffie aan nam. 'Ja, een leuke Lab likt de indringers waarschijnlijk wel dood.'

Grace lachte het weg en verliet de kamer. De rest van de avond was fijn, maar de jongens vertrokken veel te snel. Grace liet ze uit, Adam bleef een moment hangen.

'Zet het alarm aan, Grace.' Jake sprak over zijn schouder, toen hij naar zijn Jeep liep.

Adam knipoogde naar haar, een lichte blijdschap fleurde haar ziel op. 'Je moet doen wat hij zegt. Hij heeft graag de leiding.'

Adam leunde naar voren om haar op haar wang te zoenen, maar streek in plaats daarvan lichtjes over haar lippen. Hij trok zich bijna verlegen terug. Hij was waarschijnlijk beschaamd dat hij haar wang had gemist.

'Fijne avond, Adam.'

'Adam!' blafte Jake tegen zijn geliefde, zijn lange postuur rigide in het maanlicht.

'Nu zit ik in de problemen. Fijne avond, liefje.' Hij leek zich geen zorgen te maken, toen hij zich bij de langere man voegde.

Grace zuchtte en sloot de deur. Ze draaide de sloten om en liep terug de woonkamer in. Eenzaamheid daalde op haar neer. Ondanks haar eerdere pogingen om te vergeten, had Seans aanwezigheid de hele avond aan haar gekleefd. Adam en Jake hadden voorzichtig het onderwerp van haar liefdesleven ontweken. Ze hadden gesproken over Jakes broers en zijn ouders die kunstenaars waren. Ze hadden gepraat over het kantoor en films die ze leuk vonden. En alles bracht haar gedachten terug naar Sean.

Haar blik viel op Petes foto op de schoorsteenmantel. Het was een foto die ze hadden genomen tijdens hun vakantie naar Hawaii, vlak voor het auto-ongeluk dat hem zijn leven had gekost. Grace pakte de foto en tranen maakten haar ogen troebel. Ze had niet eens een foto van Sean. Grace zette de foto terug en ging stilletjes naar bed.

12

'Zeg me dat hij haar niet gezoend heeft.' Zelfs van een afstand was die beweging niet anders te interpreteren. Die fucking klootzak Adam flikte het weer. Sean voelde de behoefte om de straat over te rennen en een van zijn oudste vrienden in elkaar te slaan.

'Doe even rustig.' Liam schudde zijn hoofd. Het busje, dat diende als surveillance station was al krap, maar hij wees naar de videobeelden van buiten het busje. Jake liep door de straat naar hen toe. 'Het is net het centraal station hier. Waarom ben ik hier?'

'Omdat het jouw dienst is,' zei Sean afwezig.

Ze had Adam gekust. Grace had daar gestaan, nog geen dag nadat hij was vertrokken en had Adam gekust.

Liam ging achterover in zijn stoel zitten en bekeek Sean, zijn wenkbrauwen gefronst. 'Niemand van ons moet een verdomde dienst draaien. Jij wil niet weg gaan. Je moet naar huis en douchen. Jouw stank alleen al, zou de wereld moeten aankondigen dat we hier zijn.'

Sean gromde en opende de deur van het busje. Jake klom naar binnen. Zijn handen waren al verzoenend uitgestoken. 'Luister gewoon naar me, sergeant.'

Hij zou niets liever doen dan zijn handen rond Adams keel klemmen. Hij kon ze daar al voelen. Het zou hem zich zoveel beter laten voelen als hij iemand mocht wurgen. Hij had de hele dag doorgebracht met Grace achtervolgen, sluipend in de schaduwen terwijl die klootzak haar hand vast hield. Terwijl Sean de afgelopen vierentwintig uur met een hol gevoel in zijn maag had doorgebracht, had Grace zich snel herpakt. Ze had niet eens een nacht doorgebracht met om hem te rouwen. Ze was naar het werk gegaan en was niet eens van slag geweest. Ze was naar happy hour gegaan alsof hij nooit bestaan had. Ze had gelachen en geflirt met Adam.

'Waar is Adam?' Sean was verrast over hoe monotoon de vraag uit zijn mond kwam. Een kilte omhulde hem.

'Ik heb hem in de auto gelaten. Ik dacht dat ik jullie twee even een tijdje uit elkaar moest houden.'

Bitterheid vulde Seans brein. Ze had een andere man haar laten zoenen op de dag nadat hij een halsband rond haar nek had gedaan. Hij had het zo mis gehad en Ian bleek gelijk te hebben. Sean ging in de kleine stoel waar hij amper op paste, zitten. Zijn knieën zaten bijna tegen zijn kin. Eerst had ze Evan Parnell gevolgd deze middag. Dat alleen al was verdacht geweest. Hij had dat gemeld en Eve had aan de Parnell-connectie gewerkt. Nu was ze een ander het hof aan het maken en hij werd daarover boos op zijn team.

'Het is prima, Jake.' Sean dwong zichzelf om te knikken. Hij was voor de gek gehouden. Het was tijd om een beetje van zijn trots te herwinnen.

'Iemand moet dicht bij haar blijven. Kan net zo goed Adam zijn. Zeg hem dat ze een beetje pijn fijn vindt.'

Jakes ogen werden groot. 'Ik ga hem echt niet aanmoedigen. Kijk, ik weet dat je pissig bent, maar er speelt een hoop in zijn leven nu. Zijn vader ligt op sterven en geen van zijn klote broers laten Adam bij hem. Adam heeft het in zijn hoofd gezet dat hij zijn familie kwijt is en dat hij een nieuwe wil maken. Ik zweer je dat hij een fucking biologische klok heeft. We hebben het altijd gehad over het vinden van een vrouw voor ons tweeën, maar nu is hij er geobsedeerd door.'

Sean schokschouderde. In zijn hoofd kon hij alleen maar Grace daar zien staan terwijl Adam haar kuste. Ze had hem niet weggeduwd, niet geprotesteerd dat ze dat niet wilde. Ze had zijn zoen geaccepteerd. Hoeveel meer had ze van hem geaccepteerd? 'Kerel, serieus, het kan me niet schelen. Ik heb je gezegd dat ik het tegen Ian probeerde te vertellen, dat het allemaal was gespeeld. Ze is lekker, dat kan ik je wel vertellen. En ze is erg onderdanig. Ze is precies mijn type, maar te oud voor me. Als Adam het leeftijdsverschil niet uitmaakt, is dat mooi voor hem.'

Jake schudde zijn hoofd. 'Bullshit.'

Het was een woord waar hij gewend aan raakte. Hij kon alleen nog doorzetten. 'Geloof wat je wil, man. Ik ga naar huis om te slapen. Ik moet haar morgen volgen. Hey, doe me een plezier en zorg dat Adam hun relatie verdiept. Als hij met haar slaapt, hoef ik niet zoveel uren te draaien.' De gedachte aan Adam in haar bed, deed zijn bloed koken, maar hij hoopte dat hij een nonchalante lach op zijn gezicht geplakt had.

'Hey, Sean, misschien moet je het wat rustiger aan doen.' Liam had een half serieuze blik op zijn gezicht. Hij had één oordopje in zijn oor en bood de andere aan Sean aan. 'Misschien moet je hier naar luisteren? Ze praat nogal veel tegen zichzelf. Je kunt nog wat over haar leren. Ik zal eerlijk zijn, ik begin mijn mening over haar bij te stellen.'

Sean schudde zijn hoofd. Hij had zichzelf genoeg voor schut gezet. Hij was een professional. Hij had getraind, gevochten en gebloed om te komen waar hij was en hij had het bijna allemaal weggegooid voor een of andere meid die hij neukte. Dat was alles wat het was. Het was seks. Ian had daar ook gelijk in gehad. Hij zou naar de club moeten gaan en regelmatig een sub moeten nemen. Als hij zijn zaken op orde had gehad, zou hij niet in deze situatie hebben gezeten. Hij had Grace Hawthorne dan kunnen zien voor wat ze was. 'Het is jouw dienst. Schuif je werk niet op mij af, Liam.'

Jake reikte naar hem. 'Sean, doe dit niet. Wat Ian ook heeft gezegd, ze is er niet bij betrokken.'

'Jij bent niet degene die vandaag heeft gekeken hoe ze een vent achtervolgde.' Zijn hand lag op de klink. Hij hoefde hier niet te zitten en te luisteren naar een andere man die in Grace' web was gevallen.

Jakes wenkbrauwen gingen naar zijn voorhoofd. 'Echt? Wie?'

Sean spuugde de informatie uit. Nog geen uur geleden had hij het allemaal voor zichzelf willen houden. Het leek meer klets waardoor Grace slecht voor de dag kwam. Hij kon het niet meer negeren. 'Ze volgde de man, die de conciërge diensten vanaf dat adres dat we in haar koffertje hadden gevonden, runt. Het is een of andere opslag- en postdistributiepunt. Ze probeerde voorzichtig te zijn zodat hij haar niet zag. Het was erg overduidelijk wat ze aan het doen was. En ze heeft wat vage zooi op haar computer. Ik heb eerder met Eve gesproken. Ze zegt dat er een surveillancevideo is van het Bryson Building. Het was erg gedetailleerd. Het omvat in- en uitgangen en alles daartussenin. Als ze er niet bij betrokken is, waarom zou ze dan zoiets op haar computer hebben?'

'Dat bewijst niets behalve dat ze back-ups heeft van de computer van haar baas,' ging Jake tegen hem in.

'Waarom denk je dat? Wat moet Wright met een surveillancevideo?'

Jake leunde tegen de zijkant van het busje. 'Adam zei me dat de naam van het bestand "USB-stick die mijn baas gaat verliezen" is. Zover Adam kan beoordelen, heeft ze dat bestand niet geopend. Het staat gewoon op haar drive. Ze heeft die video zeker niet bekeken op haar mediaspeler.'

Wat er niet toe deed, als zij die tape had gemaakt. 'Misschien zijn jij en Adam degenen die we weg zouden moeten halen. Jullie twee lijken erg bereid om alles te geloven wat die vrouw zegt.'

Jake haalde diep adem. 'Die vrouw? Wauw, je gaat hier spijt van krijgen, Sean. Er zijn sommige dingen in het leven die veel belangrijker zijn dan een klus. Je hebt me al die jaren goed advies gegeven. Laat mij dat nu aan jou geven. Zeg Ian dat ie erin kan stikken. Waar hij je ook mee heeft bedreigd, je kunt het wel aan. Stap dit busje uit en ga je meisje halen. Als je vanavond op haar deur klopt en alles opbiecht, zal ze je vergeven. Als je te lang wacht, kun je niet meer terug, Sean. Als zij die ene is, moet je haar gaan halen.'

Alles in Sean wilde dat doen. Hij kon naar haar deur lopen, zich naar binnen wurmen en haar nemen. De holbewoner in hem, eiste dat hij dat zou doen. Hij kon haar zo lang en zo hard neuken dat ze niets meer zou herinneren, behalve hem. Wat ze in het verleden ook had geflikt, hij zou het voor haar oplossen. Hij zou er voor zorgen dat ze zich vanaf nu zou gedragen. Ze zou zijn lieve, gehoorzame vrouw zijn, anders zou de hel losbreken. Ze zou niet met elke beschikbare man flirten. Ze zou niet betrokken raken bij mensen zoals haar baas, of deze Parnell-persoon. Sean schrok van zijn eigen gedachte. Hij realiseerde zich dat als het aan hem lag, hij haar zwanger en afgezonderd van de wereld zou houden. Wat had die vrouw met hem gedaan? Hij had zich in zijn leven nog nooit zo agressief bezitterig gevoeld.

Liam keek op van zijn surveillance. 'Dit gaat in tegen alles waar ik voor sta, maar ik ben het met Jake eens. Misschien moet je met je meisje gaan praten.'

'Heb jij de indruk dat ik iets geef om het meisje?' Dat deed hij. God, hij hield van haar. Het was stom en hij zou er niet aan toe geven. Hij werd heen en weer geslingerd tussen haat en liefde. Het moest stoppen en de enige manier waarop hij kon stoppen, was doorgaan. Hij richtte zijn aandacht weer op Jake. 'Het was een klus, dat is alles. Ik verloor mijn verstand omdat ze super lekker is in de slaapkamer. Moet je eens proberen, man.' Als ze met de ménage-jongens in bed zou belanden, zou zijn haat heersen. Dat kon hij aan. 'Zeg tegen Adam dat hij mijn zegen heeft.'

Er trok iets ongelooflijk kils over Jakes gezicht en Sean vroeg zich af of hij niet zojuist een vriend had verloren. 'Ze is onze verantwoordelijkheid. Ik snap het.' Hij wendde zich tot Liam. 'Als je iets raars ziet, bel ons dan. Adam en ik kunnen hier binnen een paar minuten zijn. Liam, ik wil dat ze beschermd wordt. Zij is nu onze klus en ik heb de leiding.'

Dat deed pijn. Hij had niet meer de leiding over Grace. Deze gedachte stak Sean alsof een ratelslang hem had aangevallen en een schadelijk gif in zijn aderen had achter gelaten. 'Succes daarmee.'

Sean verliet het busje en sloeg de deur hard achter zich dicht. Het kon hem niets schelen als iemand het hoorde. Hij rende door de straat. Het was een leuke straat in een buitenwijk, precies het soort straat waar hij altijd van had gedroomd toen hij en Ian opgroeiden in hun woonwagenpark. Hij hield van Grace' huis. Het was zo anders dan de grimmigheid van zijn appartement. Zijn huis had een tv met groot scherm en een bank, een bed, een heleboel kookgerei en verder niets. Dat klopte niet helemaal. Het had ook dingen als haken aan het plafond en spreiders die Grace voor zijn plezier zouden blootleggen. Hij kon haar bij hem thuis vastbinden op een manier die hij bij haar niet kon. Echter, als hij haar bij Ians plek kon krijgen, zou hij de kerker misschien nooit verlaten. Ians kerker was iets wat hij nastreefde.

Stop. Hij ging daar niet heen. Hij kon huisje-boompje-beestje met Grace beter vergeten, en ook dat hij haar genot zou geven op een St. Andrews Kruis ging niet gebeuren. Hij was er klaar mee. Hij speelde niet meer het schoothondje van Grace.

Hij bereikte zijn Scout. Hij had Eve met liefde haar Benz teruggegeven. Hij had te veel opgesloten gezeten in de kleine luxe auto. Hij gaf de voorkeur aan zijn grote SUV. Hij stapte in de auto en ging er meteen vandoor. Hij reed niet naar zijn appartement. Hij ging niet naar huis om te slapen. Hij ging naar het kleine gebouw waar Grace, Parnell naartoe had gevolgd.

Het was laat. De straten waren stil, maar Sean parkeerde toch een blok verderop in het zakendistrict. Ook al waren de lichten allemaal aan, er was niemand. Zijn voeten maakten absoluut geen geluid op het trottoir. Sean stond een moment stil, zette zijn zintuigen voor de wereld rondom hem open. Op de normale geluiden van de stad na, was de avond stil. Een air conditioner kwam kuchend tot leven. Ergens kon hij een sproeisysteem horen. Niets anders. Hij was getraind door de besten. Ook al was hij allang uit het leger, het ritme kwam altijd snel terug. Hij bewoog efficiënt en voordat hij het wist, stond hij bij de achterdeur van Addison Post en Opslag Centrum. Hij had een paar keer om het gebouw heen gelopen om er zeker van te zijn, dat er niemand nog laat aan het werk was.

Het was tijd om binnen eens rond te kijken. Het zou gemakkelijk gaan want Sean wist dat de makkelijkste manier om een gebouw binnen te komen met een sleutel was. Of in dit geval de sleutelkaart. Hij had er een gepakt nadat Grace en Parnell waren vertrokken. Het was heel eenvoudig geweest om met het meisje aan de balie te flirten en haar tegen het lijf te lopen. Voordat ze wist wat er aan de hand was, had hij de kaart uit haar zak gehaald en weggestopt. Nu moest hij maar hopen dat niemand de codes had veranderd.

Hij schoof de kaart in de lezer van de achterdeur en het groene licht ging aan. *Bingo.*

Sean sloop door het gebouw en bleef in de schaduwen. Zijn lichaam dicht tegen de muur ondanks het feit dat hij voelde dat hij alleen was. Hij keek rond en vond waar hij bang voor was. Een rood lampje knipperde in de hoek. Beveiligingscamera. Het draaide niet, dus het was een vaste. Het was zo opgesteld om mensen die naar binnen en buiten gingen, vast te leggen, maar niet de mensen die zich door het gebouw bewogen.

Zijn ogen pasten zich al snel aan het donker aan. Hij was in de postkamer. De geur van licht beschimmeld papier drong in zijn neus.

Hij bewoog zich vrijelijk door de postkamer heen naar een klein kantoor. Hier waren geen camera's. Er stond een computer en er lag een hoop papierwerk. Sean schuifelde door tot hij een lijst met facturen vond. Geen Evan Parnell. Geen Matthew Wright. *Shit*. Grace. Volgens dit papierwerk betaalde Grace de rekening van box 115. Hij moest zijn hand laten stoppen met trillen. Wat ging hij in godsnaam doen? Zou hij Grace echt kunnen aangeven?

Volgens meneer Black richtte de Earth League zich op vervuilers. In het Bryson Building waren de kantoren van een van 's werelds grootste aardgasbedrijven gevestigd. Het was hetzelfde gasbedrijf waar Grace een petitie tegen had ondertekend. Waar was ze precies bij betrokken? Was ze echt van plan om dat gebouw op te blazen? Het leek onmogelijk, maar alles leidde terug naar haar. Er was maar één manier om er zeker van te zijn.

Hij liep naar de deur aan zijn linkerkant en daar was het. Een andere kamer, deze had gewoon rijen en kolommen met boxen in de muren. En nog een camera. Deze zwaaide rond, maar had ook zijn blinde vlekken. Geduld was het sleutelwoord. De meeste dieven raakten in paniek en renden weg of probeerden het ding eruit te halen, waarbij ze degene die het in de gaten hield, erop attent maakten dat er een dief was. Sean was geen dief. Hij was meer geavanceerd en hij wist dat geduld zou zegevieren.

Een, twee, drie... de cijfers maakten een staccato ritme in zijn hersenen. Vijftien seconden naar rechts en toen begon het aan zijn weidse zwaai. Het was niet de meest geavanceerde camera. Het bereik was niet geweldig. Het was adequaat, maar helemaal niet allesomvattend. De vraag was, waar was de kluis waar Sean in moest zien te komen?

Toen de camera zijn draai had gemaakt, stapte Sean in de blinde hoek en maakte zijn lichaam zo klein mogelijk. Kluis 220. De kluis waar hij naar zocht was 115. De rest moest de code zijn. Hij haalde diep adem en volgde de camera, bleef in de blinde hoek. Tellend wachtte hij en toen de camera terug zwaaide, stapte hij naar voren en lokaliseerde de kluis ongeveer halverwege zijn blikveld. Hij drukte de code in en de kluis klikte open. Hij haalde er een lange metalen doos uit, klemde het tegen zijn lichaam en bleef dicht bij de buitenmuur. In een paar minuten was hij terug in de postkamer, waarbij hij zijn prijs opende.

En hij raakte wat van slag.

Hij kon zijn broer wel wat aandoen. Zijn verdomde broer die altijd zijn mond dicht en geheimen voor zich hield. Dit ging niet om terroristen. En meneer Black had tegen hen allemaal gelogen. Opnieuw speelde het Bureau een spelletje en zij waren de pionnen.

Ze zaten midden in een spionnenspel.

* * *

Evan was volkomen tevreden met de manier waarop het gezicht van zijn broer rood werd, terwijl hij naar de opname keek. Matt was eerst kwaad geweest toen hij het kantoor binnenkwam. Hij was boos geweest toen hij ontdekte dat Evan hem had bespioneerd.

Amateur. Het was wat hij deed. Hij was al zo lang een spion dat het een tweede natuur voor hem was. Met dank aan het goede oude Amerika, voelde hij zich niet op zijn gemak, tenzij hij verdomd zeker wist wat de mensen rondom hem deden.

'Wat wil je dat ik met je doe?' Johanssons stem was op de band te horen. Evan wist wat er kwam.

'Neuk me, Meneer.' Grace' hijgende gekreun maakten Evans lul hard.

Hij had nooit echt nagedacht over zijn broers assistente, behalve over wat voor problemen ze kon veroorzaken. Ze was een goede dekmantel op verschillende niveaus. Ze schreef cheques uit zonder echt vragen te stellen. Het was hem gelukt om haar de rekeningen van verschillende op-slagruimtes waar hij geen banden mee wilde hebben, te laten betalen. Maar hij had haar nooit als een vrouw gezien. Dat was een vergissing geweest. Ze was een totale freak. Dat had hij nooit vermoed. Als hij dat had gedaan, had hij haar al lang geneukt. Als hij haar in zijn bed had genomen, had hij misschien niet hoeven doen wat hij nu moest doen.

'Hoe kon ze? Ze kent hem amper.' Matts gezicht was een masker vol pijn. Zijn handen waren samen gewrongen op zijn bureau, hetzelfde bu-reau waar de dame waar hij verliefd op was, keihard een andere man had geneukt.

'Sommige vrouwen zijn van nature gewoon hoeren.' Evan haalde zijn schouders op. En sommigen hadden gewoon een stevige hand nodig. Hij verwachtte dat Grace tot de laatste categorie behoorde. Verdomme, hij had dat moeten zien. Hij had altijd meer moeite met het lezen van vrouwen dan mannen. 'Je moet inzien dat ze de problemen niet waard is.'

Zijn broer was veel makkelijker te manipuleren dan de meeste vrouwen. Zodra iemand anders zijn speeltje of auto, of een meisje wilde dat Matt aanvankelijk genegeerd had, verhief hij zich met een boze bezitterigheid. Het maakte hem verschrikkelijk makkelijk om te voorspellen.

'Bitch.' Matts kaken klemden op elkaar, maar zijn blik verliet het scherm niet. Evan keek over zijn schouder. Ze waren bij het deel waar Johansson haar zo hard neukte dat haar tieten heen en weer deinden en haar gezicht samentrok. Ze was lekker. Het zou rot zijn om haar te vermoorden. Misschien kon hij wat plezier hebben voordat hij het deed. Evan verwierp het idee snel. Hij had geen tijd. Er stond heel veel geld op het spel. Zijn pensioen stond op het spel. Als hij eenmaal bij zijn huis op Thailand was, zou hij iemand vinden die nog lekkerder was.

En dan was er nog het feit dat ze hem vandaag was gevolgd. Hij zou zich er misschien meer zorgen over gemaakt hebben, als Sean Johansson er nog was geweest. Ze stond op het punt erachter te komen wat nieuwsgierigheid met ondeugende kleine meisjes deed.

Evan reikte in de archiefkast van zijn broer. Dat was waar zijn alcoholverslaafde broer de whisky bewaarde. Hij schonk hem een glas in, niet de eerste van de avond. Matt accepteerde het zonder vragen en sloeg het snel achterover. Hij zat in zijn stoel toen Grace klaarkwam en de grote, blonde man ook zijn plezier had. Evan klapte de laptop dicht en keek zijn broer ernstig aan.

'Ze gaat alles verpesten, dat weet je toch?'

Matts hand trilde lichtjes. 'Ik kan het niet geloven. Ze heeft hem genaaid. Ze is altijd zo afstandelijk geweest over aanraken, maar hem laat ze in mijn kantoor haar rok omhoog doen.'

Geduld. Evan liet zijn broer een paar minuten razen. Hij sloeg de plank volledig mis, maar hij had ook helemaal niets gezegd over het feit dat zijn secretaresse duidelijk had rond gegluurd. Terwijl Matt raasde, dacht Evan na over het probleem van haar vriend. Evan wist nog steeds niet zeker of hij niet meer van hem zou horen. Johansson, als dat zijn naam was, was getraind. Hij betwijfelde of hij door de CIA was opgeleid. Meer dan waarschijnlijk was hij ex-Special Forces. Een bedrijfsspion? Dat was niet buitengewoon, maar het bedrijf van zijn broer had niets dat een spion zou willen... behalve toegang tot andere gebouwen. Nee, hij vermoedde dat die klootzak van een Nelson hem erbij had gehaald. Hij was er zeker van dat Nelson zich deze week had voorgesteld als meneer Blauw of meneer Groen of achter welke kleur hij zich ook verschuilde. De hele CIA was één grote regenboog.

Het was niet verrassend. Nelson was zijn contactpersoon geweest. Nelson wist waartoe hij in staat was. Toen hij aan het einde van de laatste klus in Shanghai was verdwenen, had Evan genoeg bewijs achtergelaten dat wees op de vroegtijdige dood van Patrick Wright. Hij had een andere identiteit achter de hand gehad en was toen, na een beetje plastische chirurgie, eindelijk ingeburgerd als Evan Parnell. Het had de klootzak bijna vijf jaar gekost om hem in te halen, maar Nelson was te laat.

Evan had het pakketje. Hij had het gisteravond meegenomen na zijn "dienst" in het Bryson Building. Een verdomde dienst en hij had de prijs.

Verdomme, het was goed om terug te zijn in de Verenigde Staten, waar alles praktisch voor het oprapen lag. Als hij in China was geweest, had hij het niet na kunnen vertellen. Een kleine badge en een personeelsdossier en je was hier binnen. Nu hoefde hij alleen maar zijn hoofd koel te houden tot de levering. Nog een paar dagen en hij zou het pakketje op het feest afzetten. Zijn Chinese contactpersoon zou het oppikken. De Chinese regering zou ongeveer tien jaar onderzoek op het gebied van luchtvaarttechnologie krijgen en hij zou verdomme twintig miljoen dollar opstrijken.

Als Sean Johansson en Grace Hawthorne het niet voor hem verpestten.

'Dus wat gaan we eraan doen?'

Eindelijk kwam er een intelligente vraag uit de mond van zijn broer. Evan glimlachte met zijn beste "grote broer"-glimlach. 'Nou, ik heb wel een idee.'

Twintig minuten later ademde Evan de nachtlucht in. Het rook naar regen. Morgen zou het een goede dag zijn voor een storm.

13

De regen kwam in bakken naar beneden, sloeg tegen het raam naast haar bureau terwijl Grace de telefoon tegen haar oor hield. De vrouw aan de andere kant van de lijn ging maar door en door, zonder dat er een kans was om te antwoorden. Dit feestje werd haar dood. 'Ja, ik weet dat het op het laatste moment is. Oké, als we de spareribs niet kunnen doen, wat kan er dan wel? Dumplings klinken goed. Varken en kip. Oké.'

Het gesprek bleef zich maar voortslepen. De cateringcontactpersoon van het hotel was lang van stof. Ze had een verhaal over elk gerecht dat ze aanbood.

Sean zou gewoon koken. Ze vroeg zich af of Sean Aziatisch kookte. Waarschijnlijk wel. Hij leek de weg in een keuken echt te kennen. Het Franse gerecht dat hij had gekookt, was hemels geweest. Ze herinnerde zich de rijke smaak van de saus en hoe hij had aangeboden dat ze van zijn vingers mocht proeven. Grace had ze in haar mond gezogen en hield net zoveel van de smaak en textuur van hem als van het eten.

Stop. Aandacht erbij houden. Ze moest ermee ophouden om haar gedachten aan Sean elk moment in beslag te laten nemen. Ze had de afgelopen nacht het grootste deel van de nacht gehuild om Sean Johansson, en helemaal niet geslapen. Ze ging niet ook nog een goede werkdag aan hem verspillen.

'Stoofvlees in sinaasappelmarinade. Ik begrijp het.' Ze dacht dat dat een ja was op het rundvlees. Misschien had de vrouw haar verteld dat ze dat niet kon. Verdomme, ze moest haar hoofd erbij houden. Ze had nog maar een paar dagen voor dit feest en Matt was al in een slechte bui. Als dit verkeerd zou gaan, zou ze niet meer met hem kunnen werken.

'Luister, Sue, waarom stuur je me niet gewoon een lijst via de mail? Ik vertrouw je en ik weet dat je je best zal doen in de tijd die je hebt. Voor het drinken wil Matt een open bar.' Grote verrassing. De laatste tijd leek Matts leven één grote open bar. 'Kun je zorgen voor barpersoneel?'

Twintig minuten en een hoop onderhandelingen over hoeveel barpersoneel ze nodig hadden later, lukte het Grace om op te hangen. Het was tot zo ver, een productieve dag geweest. Het feest zou goed komen. Het contract met het Bryson Building was al gestart en hopelijk zou het geld binnen gaan rollen. Ze zouden het nodig hebben om het feest te betalen.

'Hoi.' Kayla lachte naar haar. Ze keek het kantoor rond. 'Waar is dat lekker ding van je? Het is bijna drie uur. Zou hij niet binnen moeten komen rennen met je middagkoffie, zodat je je sierlijke tenen niet hoeft te bezeren door te lopen? Ik heb hem nog niet gezien.' Ze boog zich met een kleine grijns op haar gezicht voorover. 'Heb je hem ergens vastgebonden?'

Hij had haar niet eens vastgebonden. Ze waren niet zover gekomen. Grace haalde diep adem en probeerde een doodnormale lach. 'Hij is terug naar Chicago.'

Kayla's gezicht vertrok. 'Oh, liefje. Het spijt me zo.'

'Het maakt niet uit. Het was een scharrel. Ik dacht dat je blij zou zijn. Ik heb me gewoon wat vermaakt.' Ze hield haar toon licht, probeerde zich door dit gesprek heen te slaan.

Het was overduidelijk dat haar vriendin de stoere meid praat niet geloofde. Kayla trok haar uit de stoel en knuffelde haar. 'Je zou niet eens weten hoe je je casual moet vermaken, liefje. Als jij met hem naar bed ging, was je er emotioneel bij betrokken. Ga je hem nog zien?'

Grace schudde haar hoofd. Ze kon niet meer doen alsof. Haar ogen liepen vol maar ze hield zich groot. 'Nee. Ik heb zijn nummer niet eens. Hij heeft een briefje achtergelaten. Er stond niets over bellen.'

'Klootzak.'

'Het was gewoon een avontuurtje.' Grace schudde haar hoofd. Dat was waar. Ze had altijd geweten dat dat alles was wat het zou zijn. Sean zou altijd teruggaan naar Chicago. Grace had gedacht dat ze zich iets langer aan hem vast kon houden dan wat ze nu had gedaan. Ze had ook gedacht dat hij op zijn minst gedag zou zeggen.

'Voor jou niet.' Kayla liet haar weer op de stoel zakken. Haar gezicht werd rood van boosheid. 'Als hij hier was, zou ik op zijn tenen stampen en dan zeggen dat het een ongeluk was. Als hij niet kan zien hoe geweldig je bent, is hij een idioot.'

Kayla zag er schattig uit in een zonnige gele jurk en de blauwe sjaal die volledig in strijd waren met het weer. Het regende buiten en de donderslagen deden het gebouw schudden.

'Hij is maar een man. Serieus, Kayla, het is goed zo.' Het weer paste perfect bij Grace' humeur. Het laatste dat ze wilde was hier op kantoor een openhartig gesprek met Kayla. Ze zou in tranen eindigen en ze wilde niet meer huilen. Ze had gisterenavond zoveel gehuild dat haar ogen nog steeds een beetje opgezwollen waren.

Kayla bestudeerde haar een moment. Ze fronste. 'Dat betwijfel ik. Ik ben er vrij zeker van dat je wat shopping therapie nodig hebt of op zijn minst wat tijd met Meneer Tequila. Maar nu dat je weer single bent, moeten we eens kijken of we je kunnen koppelen. Je moet die eikel vergeten en weer terug in het zadel.' Kayla's gezicht kreeg een geschokte uitdrukking. 'Tenzij... had ik niet gehoord dat je gisteren uit was geweest met Adam Miles?'

Ze wist niet zeker wat dat te maken had met terug in het zadel klimmen. Niet dat ze snel weer in het zadel of op een man zou zitten. Ze had het hete scharrelleven een kans gegeven en had zich er aan gebrand. 'We zijn gisterenavond wat gaan eten en naar de film geweest. Hij is een vriend. En hij is homo. Jake was bij ons.' Het kon geen hete date zijn als een man zijn vriendje meenam.

'Mijn hemel. Hoe was Jake precies "bij" jullie? Tonya van HR zegt dat die jongens wild zijn.'

Grace voelde haar ogen sperren. 'Waar heb je het over?'

'Tonya zei dat ze nog nooit een nacht had gehad zoals met die twee.'

'Nee. Ze zijn niet biseksueel. Ze zijn homo. Ze zijn net een relatie begonnen. Ik kan me niet voorstellen dat ze dat zouden doen.' Maar ze kon het een soort van wel, op een heel erg geile, spannende manier. Het waren twee prachtige mannen. Het idee dat die twee zoenden had altijd iets voor haar gedaan. Het idee dat ze zoenden en dan naar een meisje reikten die naar hen keek, deed echt iets met haar. 'Nee. Dat moet een roddel zijn. Je weet dat je geen aandacht aan roddels moet schenken.'

'Wat moet ik dan doen? Werken? Dat is verschrikkelijk saai, Grace. Ik denk veel liever aan jouw plotseling superhete seksleven. En ik heb niet gezegd dat ze biseksueel zijn. Misschien wel, maar volgens Tonya hadden ze alleen oog voor vrouwen. Heeft een van hen ooit iets geprobeerd bij je? Ik durf te wedden dat het Jake was. Hij is de donkere, peinzende van de twee. Ik durf te wedden dat hij ook de agressieve is.'

'Nee, het was niet Jake.' Ze had dat niet willen zeggen.

Kayla's grijns verlichtte de kamer praktisch. 'Dan was het Adam. OMG, Grace, wat is er gebeurd?'

'Het was niets.' Toch? Het was gewoon een kusje. En heel veel handen vast houden. En Adams arm rond haar middel tijdens een groot deel van de avond. Maar hij bedoelde er niets mee. Ze was niet zo verwaand dat ze verwachtte dat een dertigjarig lekker ding achter haar aan zat. Een lekker ding en zijn vriendje. Echter, nu dat ze erover nadacht, had ze hen nooit zien zoenen. Misschien waren ze gewoon verlegen. Ze schudde haar hoofd. Ze konden niet hetero zijn. 'Het was niets. Ik weet niet wat er tussen hen en Tonya is gebeurd, maar zij zouden mij niet eens zien staan.' Zelfs de gedachte aan twee lekkere mannen brak niet door het verdriet dat ze voelde over Sean. Die fantasieën zouden niet zo stimulerend zijn als de gedachte aan de man die ze kort "Meneer" had genoemd.

'Ik betwijfel het. Je bent niet erg zelfbewust.' Kayla stond op en zuchtte. Ze trok de sjaal van haar nek en begon hem om haar haren heen te draaien, om die te bedekken. 'Er is niets anders dat ik kan doen. We hebben lattes nodig. Ik ga door de regen om er een voor ons te halen. Jij blijft hier. Je hebt een rotdag gehad. Jij gaat altijd de koffie halen. Ik doe het vandaag.'

Maar dat had ze de laatste tijd niet gedaan. De laatste tijd was haar dagelijkse tripje naar het koffietentje twee straten verderop overgenomen door Sean. Tot gisteren.

Ze was altijd om precies drie uur naar het koffietentje gegaan. Maar toen ze begon uit te gaan met Sean, kwam hij opdagen met haar latte en dan kletsten ze een tijdje met elkaar. Gisteren had ze zichzelf gedwongen om het tripje te maken. Het had zonder enige twijfel bewezen dat hij weg was en dat het leven weer normaal was. 'Dat hoeft niet, Kay. Het is verschrikkelijk weer daar buiten.'

'Het klaart al op en ik heb wat cafeïne nodig. Geef me je regenjas en dan kan ik gaan.' Kayla's hand was al uitgestoken en wachtte.

Grace zuchtte, stond weer op en omhelsde haar vriendin. Ze had haar oude leven weer opgepakt, en had Kayla weer aan haar zijde. Ze had suiker en koffie en meidenpraat nodig. 'Bedankt. Neem ook een paar koekjes voor me mee. Ik ga trouwens naar happy hour met Adam en Jake vanavond. Ga je met ons mee? Dan kun je je eigen mening vormen over mijn kansen voor een toekomstige ménage à trois.'

Die zouden nul zijn, maar ze wilde best meespelen. Kayla offerde zich op door naar het koffietentje te gaan.

Toen ze helemaal klaar was om de regen te trotseren, groette Kayla haar vrolijk en beloofde ze zo snel mogelijk terug te komen. Grace leunde achterover. Matt was eerder op de dag vertrokken nadat hij een paar bevelen naar haar had geblaft. Hij was in een vreselijke bui geweest en had duidelijk een kater. Nu was het stil. Ze dacht er even over na om de opslagplaats nog eens te bezoeken en wat vragen te stellen. Het slechte weer maakte dat onmogelijk. Maar er was iets wat ze wel kon doen.

Grace stond op en liep naar Matts deur. Verrast ontdekte ze, dat die op slot zat. Ze probeerde het twee keer voordat ze het opgaf. Hij deed zijn deur nooit op slot. Verward liep Grace terug naar haar bureau en haalde haar sleutels tevoorschijn. Misschien was hij vergeten dat ze een kopie had, of had hij gewoon een fout gemaakt. Hoe dan ook, ze ging naar binnen. Ze wilde dat contract van de grote geldmaker, dat hij had getekend en dat ze vrijdag zouden vieren, zien.

Het duurde even voordat ze het bestand had gevonden. Ze bladerde erdoor en las elk bod aandachtig door. Twintig minuten later kwam ze bij het definitieve, ondertekende contract, en toen viel haar mond open.

Ze verloren geld op de deal met het Bryson Building. Hoe was dat mogelijk? Waarom zou hij dat doen? Wat had hem in hemelsnaam bezield om zo'n deal te sluiten?

Tegen de tijd dat Grace opkeek, stond Adam in de deuropening, een glimlach op zijn gezicht en zijn hand naar haar uitgestoken.

* * *

Sean zag haar vanuit zijn auto de straat oversteken. Haar gezicht was bedekt door haar knalrode paraplu, maar hij kende de regenjas die ze die ochtend had gedragen. Hij controleerde de tijd. Precies drie uur 's middags. Het was het koffietripje in de middag. Het zag er niet naar uit dat een beetje regen Grace van haar middagshotje zou weghouden. Wat een ellendige dag. Hij had niet geslapen. Elke keer dat hij zijn ogen sloot, was het enige dat hij zag Grace tussen Adam en Jake in, net voordat Patrick Wright, voormalig CIA-agent, opdook om ze allemaal te vermoorden. Het was zo verdomd aardig van meneer Black om niet te vermelden dat hij eigenlijk op een malafide agent jaagde. Klootzak.

Nadat hij terug was gereden naar Ian en tegen zijn broer had geschreeuwd omdat hij hem niet op de hoogte had gehouden, had hij de kopieën die hij van het bewijs had gemaakt, overhandigd.

Sean sloop uit de SUV om te beginnen aan de surveillance van Grace Hawthorne. Hij wist waar ze heen ging, dus bleef hij wat achter hangen. Het laatste wat hij wilde, was dat Grace hem zou zien. Dat zou hem nog meer in zijn broers achting doen dalen.

Hij had het in ieder geval een beetje goedgemaakt, met de informatie die hij de avond ervoor had meegebracht. De kluis waarvoor Grace had betaald en die Evan Parnell gebruikte, was vol geweest. Er waren twee paspoorten geweest, een overvloed aan creditcards op verschillende namen, contant geld uit verschillende landen. Er was ook een heel interessant dossier geweest over ene Eli Nelson, die ontzettend veel op meneer Black leek. Het leek erop dat Evan Parnell, vrijwel zeker Patrick Wright was met veel goede plastische chirurgie, die ruzie had met de CIA-agent. Er waren enkele ernstige beschuldigingen tegen de man. Er waren ook aanwijzingen dat Parnell bedrijfs- en overheidsgeheimen aan de Chinezen had verkocht en van plan was dit opnieuw te doen.

En Grace zat er middenin.

Dus, wie was zij? Een lieve weduwe met een voorliefde voor onderwerping en echt pech in baankeuzes, of een slimme medesamenzweerder? En kon het hem echt schelen? Hij had de hele nacht geen oog dicht gedacht omdat hij aan haar moest denken.

Ze had zich als een onkruid een weg om zijn hart gekronkeld en als hij er niets aan deed, zou ze hem uiteindelijk kunnen verstikken. Wat kon hij doen? Weglopen? Bij die gedachte draaide zijn maag om. Hij had gisteravond besloten dat hij Grace niet aan haar lot kon overlaten. Wat ze ook had gedaan, hij zou het regelen. Als ze besefte in hoeveel problemen ze zat, zou ze naar hem toe komen. Als dit voorbij was, zou hij haar zijn bescherming aanbieden en als ze eenmaal wettelijk aan hem was gebonden, zou hij haar nergens meer in de buurt van deze wereld laten komen. Hij zou haar de beste advocaat geven die er op de markt te krijgen was en zij zouden dit achter zich laten. Hij zou stoppen met dit werk en naar de koksschool gaan, en Grace zou ver van dit alles verwijderd zijn.

Hij zou haar nooit laten weten, hoeveel macht ze over hem had.

Voor hem, ging Grace met haar rode paraplu een steeg in. Het was een sluiproute naar de koffieshop. Sean stopte. Het zou vreemd zijn als iemand haar door een smalle steeg volgde. Hij dook de broodjeszaak naast de steeg in, en kocht een kop koffie voor zichzelf. Ze zou een paar minuten weg zijn. Sean staarde uit het raam en dacht aan de laatste ruzie die hij met zijn broer had gehad. Sean had gepleit dat ze Grace erbij moesten halen en haar een deal aan moesten bieden. Ian had erop gewezen dat ze niet echt in de positie waren om een deal met wie dan ook te sluiten. Ian wilde wachten en kijken wat er gebeurde. Sean wist wat dat betekende. Ian had een plan en hij deelde het met niemand.

De koffie brandde in zijn keel, maar Sean verwelkomde de hitte. Het was nog geen twee dagen geleden dat hij Grace' middagkoffie ging halen. Hij had ook een dag gespendeerd aan koken voor haar en zorgtaken voorbereiden, als ze thuis kwam van het werk. Hij was zo'n idioot.

Hun relatie zou deze keer anders worden. Ian had gelijk. Hij had een sub nodig die vierentwintig uur per dag, zeven dagen in de week onderdanig was. Als Grace zijn bescherming wilde, zou ze hem moeten accepteren als haar permanente Meester. Ze zou zijn halsband en zijn ring dragen.

Nee, dat zal ze niet. Ze zal je nog eerder met die ijzeren koekenpan die haar moeder voor haar heeft gekocht, tegen je hoofd slaan, Taggart. Waarom denk je dat ze naar jou komt als ze de ménage jongens heeft?

Sean herinnerde de zachte manier waarop ze zich aan hem had onderworpen. Ze had misschien gelogen toen ze had gezegd dat ze van hem hield, maar haar reactie op seksueel gebied kon ze niet gefaket hebben. Ze was zo geil geweest. Ze had alles willen doen wat hij zou vragen. Seks zou de sleutel zijn tot het hanteren van Grace.

Hij zou haar vastbinden en haar een beetje laten zweten. Hij was ontzettend goed met een *single tail* zweep. Die zou hij laten klappen en haar plagen totdat ze hem smeekte om haar te nemen. Hij zou erover nadenken. Het zou niet goed zijn om snel toe te geven, hoe erg zijn lul er ook om smeekte. Hij zou haar een tijdje aan het St. Andrews Kruis laten. Hij zou een vibo op haar kutje gebruiken en klemmen op die tieten van haar. Hij zou haar niet laten komen totdat hij er klaar voor was. Hij zou de leiding hebben.

Sean staarde uit het raam, terwijl de mensen voorbij liepen. Vrouwen met paraplu's, kinderen die spetterden in de plassen terwijl hun moeders ze mee probeerden te slepen, een paar mannen die zich voorbij het raam haastten. Een man met een honkbalpet trok Seans aandacht. Hij haastte zich niet. Hij liep geduldig alsof de regen hem niets deed. Zijn gezicht was weggedraaid, maar Sean had vaag de indruk dat hij de man eerder had gezien. Misschien iemand van Grace' kantoor?

Toen hij op de klok keek, zag hij tot zijn verrassing dat er al tien minuten voorbij waren gegaan. Ze zou ongeveer nu terug moeten lopen. Een kleine rilling van angst knetterde over zijn huid waardoor het kippenvel langs zijn armen opflakkerde. Waar was Grace?

Hij gooide zijn koffie weg en ging terug de regen in. Het kwam nu harder naar beneden. Misschien was ze gewoon verstandig. Ze zou moeten wachten in het comfort van de zaak en genieten van haar middagshot, uit de regen. Het was logisch. Dus waarom zat zijn maag dan in de knoop?

De wind stak op en Sean keek vol afschuw toe hoe Grace' rode paraplu over het trottoir fladderde. De wind tilde het op als een levendige ballon die aan de zwaartekracht ontsnapte. Het waaide langs hem heen, voordat het de straat raakte en wegrolde. Sean rende. Zijn voeten leken zwaar te wegen. Het duurde een eeuwigheid om de halve straat naar het steegje te rennen waar Grace was verdwenen. De tijd leek belachelijk traag te gaan en toen stond de tijd stil.

Sean voelde zich misselijk worden toen hij het lichaam in de steeg zag. Ze lag met haar gezicht naar beneden in de regen, haar ledematen in vreemde hoeken alsof het lichaam had geprobeerd te bewegen, maar ontdekte dat de taak onmogelijk was.

'Grace.' Zijn stem was iets meer dan een fluistering. De schreeuw die natuurlijk had moeten komen, bleef steken.

Geef alsjeblieft antwoord. Sta alsjeblieft op. Word alsjeblieft, alsjeblieft wakker verdomme. Dit is een droom, een heel erg slechte droom.

Zijn handen begonnen te trillen toen hij naar haar liep. Ze lag zo stil en toen zag hij het vreemde, rode water langs zijn voeten naar de goot stromen. Hij staarde er een moment domweg naar voordat hij zich realiseerde wat het was. *Bloed.* Oh god, Grace' bloed liep over de straat en in de goot.

Hij rende, struikelend, de tranen in zijn ogen vermengden met de regen op zijn gezicht. Hij viel op zijn knieën toen hij het mes in haar rug zag. Het handvat was eenvoudig en opvallend tegelijk. Het lemmet was begraven in haar zwarte regenjas. Het moest door de grijze blouse die ze vandaag droeg, zijn gegaan en in haar longen zijn begraven.

Ze ademde niet. Ergens diep van binnen wist hij dat ze overleden was. Al zijn training zei hem dat de wond fataal was. Alsnog bad hij. Hij probeerde niet om het mes eruit te krijgen. Dat zou het allemaal erger maken, als er nog iets was om het erger te maken. Hij realiseerde zich dat hij achter de man met het honkbalpetje aan moest. Dat was degene die Grace had vermoord. Hij zou op moeten staan en erachter aan moeten rennen, om de vrouw van wie hij hield, te wreken. Dus waarom zat hij dan in een steeg te janken? Waarom verdrong dit ellendige verdriet alle andere gedachten? Het nagelde hem op zijn plaats en hij vroeg zich plotseling af of hij ooit weer zou kunnen bewegen.

Hij kon het niet meer aan. Hij draaide Grace' lichaam om. Ze zouden hem hier bij haar vinden. Ze zouden hem huilend in de verdomde regen aantreffen en het kon hem niet schelen. Hij staarde in haar gezicht.

'Grace?'

Het waren niet Grace' ogen die zonder iets te zien naar hem opkeken. Het waren die van haar vriendin, de grappige, flirterige die hem met ernstig lichamelijk letsel had bedreigd als hij het hart van haar vriendin zou breken. Kayla. Ze had hem die tweede dag op het werk apart genomen en hem gewaarschuwd. Hij was onder de indruk van haar felheid geweest. Kayla was dood, niet Grace. Kayla, die Grace' regenjas en haar paraplu droeg. Kayla, die haar haar in een sjaal naar achteren had getrokken om het tegen de regen te beschermen. Hij had Kayla aangezien voor Grace. Grace ging elke dag langs dezelfde route op hetzelfde tijdstip naar de koffiebar.

De man met de honkbalpet was niet van plan Kayla te vermoorden. Hij had gedacht dat hij Grace aan het vermoorden was. Als hij zijn fout besefte, zou hij het opnieuw proberen.

Het eerste telefoontje dat Sean pleegde, was naar 911. Hij liep toen snel de steeg uit. Niemand had hem gezien. Daar was hij zeker van. Hij liep terug naar zijn auto en belde Jacob Dean.

Of Ian het nu leuk vond of niet, Grace moest erbij betrokken worden.

14

Adam nam haar mee in de lift, Jacob Dean vlak achter hem. Hij hield haar hand stevig in de zijne. Adam had zijn jasje en stropdas uitgedaan en zag er casual chic. Ze betwijfelde of hij er anders uit kon zien. Ze had hem nog nooit in jeans gezien. Hij kneep op een geruststellende manier in haar hand. 'Maak je geen zorgen om Kayla. We stoppen bij de koffiebar. Het komt nu echt met bakken uit de lucht. Ze zal blij zijn dat ze niet hoeft te lopen.'

Grace zuchtte en schoof haar telefoon weer in haar tas. Toen Adam bij Matts kantoor verscheen en haar mee uit eten vroeg, had ze hem afgewezen omdat ze op Kayla moest wachten. Ze had Kayla twee keer geprobeerd te bellen, maar er nam niemand op. Ze was bijna een uur te laat. Het zou gemakkelijker zijn om haar gewoon te gaan zoeken, zoals Adam had voorgesteld. Het was maar al te gemakkelijk om alles aan te nemen wat de knappe man haar aanbood. Na alle verwarring eerder op de dag, leek Adam erg betrouwbaar en uitnodigend.

Jake stond naast hen terwijl de lift afdaalde, maar zag er niet uit als een man die een fijn avondje uit ging hebben. Jake leek meer gespannen. Zijn ogen bewogen alsof hij naar iets zocht. Hij had heel weinig gezegd en Grace begon zich er zorgen over te maken of hij ergens boos over was. Misschien was hij boos dat hij geen avondje alleen met zijn vriendje uit kon gaan. Grace kon dat begrijpen. Jake wilde vast geen derde wiel erbij.

'Weet je wat, Adam, ik denk dat ik gewoon naar huis ga. Ik ga wel langs de koffiezaak en vind Kayla en dan kunnen jullie twee gewoon uit.' Ze gaf hem een bemoedigende lach. Misschien begreep hij de hint. Ze zou zijn gemoedelijke gezelschap missen, maar ze wilde niet tussen hem en Jake in komen.

'We zijn liever bij jou, liefje.' Adam keek op, zag de cijfers op de knoppen aftellen. Nu dat ze naar hem opkeek, zag ze dat hij ook een beetje gespannen was. Wat was er met hen aan de hand?

Ze ging op haar tenen staan en fluisterde in zijn oor. 'Ik denk niet dat Jake vanavond een meisje in de buurt wil hebben. Je zou plezier moeten gaan maken met je vriendje.'

Adam leek geschrokken toen hij naar haar keek en een langzame lach spreidde zich over zijn gezicht. Hij deed geen moeite om te fluisteren. 'Jake vindt het helemaal prima om een meisje in de buurt te hebben, liefje.'

De liftdeuren openden. Jake draaide zich naar haar toe. 'Geloof me, Grace, als zaken een beetje anders lagen, zou ik niets liever doen, dan je laten zien hoe prettig ik het vind om vanavond een vrouw te hebben.'

Wow. Jake klonk niet alsof hij een grap maakte. Zijn gezicht was hartstikke serieus. Voordat ze de kans had om te reageren, trok Adam haar mee de parkeergarage in. Ineens stopte Jake en stak zijn rechtervuist omhoog. Adams arm ging rond haar middel, trok haar tegen zijn harde borst.

'Wat?' Grace keek rond en probeerde te zien wat hij had gezien. Ze zou protesteren, maar het was nog niet zo lang geleden, dat er een of andere eikel op een motor bijna over haar heen was gereden en dat was buiten de parkeerplaats geweest. Hierbinnen had ze het altijd eng gevonden. Er waren veel te veel plekken waar mensen zich konden verstoppen. Het was te stil en duister. Ze parkeerde hier bijna nooit. Nu was ze erg dankbaar voor de begeleiding.

Het staccato geluid van voetstappen echode door de garage. Ze waren op een afstand maar kwamen dichterbij.

'Dek haar.' Jakes bevel kwam eruit als een lage grauw. Adam reageerde meteen. In twee snelle bewegingen, duwde hij haar rug tegen een pylon en Adam nam alle beschikbare plek in beslag.

'Wat is er aan de hand?' Ze sprak zacht, want dat leek het juiste om te doen.

Adams ogen keken op haar neer. 'Het komt allemaal goed, schat. Jake en ik gaan erg goed voor je zorgen.'

'Ik begrijp het niet.' Een sliertje van echte angst nam het over. Wat wist ze nou echt over deze mannen?

'Ik leg alles uit, als we hier weg zijn. Ik beloof het, het komt nu goed. We hoeven niet meer te doen alsof.' Adams lichaam drukte tegen het hare en zijn mond daalde af. Grace was te geschokt om te bewegen. Dit was geen vriendelijke mond die haar kant op kwam. Deze mond was sensueel en had een doel. Adams lippen sloten om de hare, drukten er zacht op. Het was zo anders van Sean. Het was lief, maar als Sean haar kuste, voelde ze het in haar onderbuik.

'Dit is niet bepaald een grote verrassing.' De kille woorden lieten Grace opschrikken uit haar gedachten. Ze duwde Adam weg want ze kende die stem.

Daar stond hij, alsof het universum hem uit haar gedachten had gehaald en hem tot realiteit had gevormd. Hij was gekleed in jeans en een T-shirt dat door de regen tegen zijn borst zat geplakt. Het kleefde aan hem, smolt rond elke spier. Zijn haar was achterover gekamd, hetgeen zijn gezicht grimmig en hard maakte. Hij was een en al mannelijkheid en alles in Grace reageerde op hem.

'Sean?'

Zijn blauwe ogen staarden een gat door haar heen. Adams arm kronkelde weer rond haar middel, en dwong haar om bij hem te staan.

'Waar is de auto, sergeant. Ik wil Grace hier zo snel mogelijk weg halen.' Adam klonk anders. De plagende, speelse toon van zijn stem was veranderd in iets harders, meer bedreven. 'We nemen haar mee naar ons huis en gaan ons daar verschuilen.'

'Ik ga nergens naartoe.' Grace maakte zich van Adam los. Sean was terug. Hij was teruggekomen. En vond haar kussend met een andere man. Dat was niet goed. 'Sean, hij is gewoon een vriend.'

Seans vuisten hingen gebald langs zijn zijden. Alles aan hem wees er op dat hij pissig was. Het was aan haar om hem te kalmeren. Doms vonden het waarschijnlijk niet fijn om hun subs in de armen van een andere man te vinden. Grace' hand ging naar het kettinkje dat ze droeg. Het zou misschien helpen, om te laten zien dat ze nog steeds zijn halsband droeg. Ze had het hart niet gehad om het af te doen.

Seans ogen flitste naar het gouden hartje om haar nek en toen weer naar Adam. 'Oh, ik durf te wedden dat hij dat is, liefje. Ik durf te wedden dat hij een goede vriend is. Je gaat nergens met hem naar toe.'

Seans woorden waren ijzig, maar hij stak zijn hand uit en Grace nam hem meteen aan. Ze liep van Adam naar Sean, zette zichzelf zo dicht bij hem als ze kon. Haar hand rustte op zijn borst. Het kon haar niet schelen dat hij koud en nat was. Een lichte blijdschap vulde haar hart. Hij was teruggekomen. 'Natuurlijk ga ik nergens heen, nu dat je terug bent. Hoewel ik zou moeten doen alsof ik *hard to get* ben. Dat briefje was een vreselijke manier om me te verlaten, Sean.'

Zijn ogen staarden naar beneden, nog steeds meedogenloos en koud, maar zijn hand kwam omhoog en kronkelde zijn weg in haar haren. Hij trok haar hoofd achterover en knalde haar mond tegen de zijne. Zijn andere hand greep haar kont en hield haar tegen zijn lijf, hetgeen geen twijfel liet bestaan over zijn verlangen. Zijn erectie drukte tegen haar buik terwijl zijn tong bezit nam van haar mond. Grace werd week. Iets zat haar minnaar dwars en of dat nou was, omdat hij haar had betrapt met Adam, of dat er iets in Chicago was gebeurd, ze wist dat hij zich moest laten gelden.

Toen hij eindelijk losliet, raakte ze de rand van zijn kaak aan. 'Hij is echt alleen een vriend. Hij bedoelde er niets mee.'

'Hij meende het.' Sean perste de woorden eruit.

Adams gezicht was rood. 'Natuurlijk deed ik dat, Grace. Ik geef om je. Ik geef heel veel meer om je, dan Sean doet. Hij gaf je aan mij. Begrijp je dat? Hij koos ervoor om je te verlaten en zei toen tegen Jake dat we zijn zegen hadden om met je naar bed te gaan.'

'Nu is niet het moment of de plek om mijn rechten op mijn sub in twijfel te trekken.' Sean deed een stap naar Adam toe en Grace vroeg zich af of ze de ruzie moest stoppen. Wat was er mis met Adam?

Adam leek geen gevoel voor zelfbehoud te hebben. Grace kon het opgekropte geweld in haar Dom voelen, maar Adam kwam gewoon dichterbij. 'Oh, echt? Jouw sub? Bedoel je niet slaaf, Tag? Sean Taggart heeft geen vriendin. Hij neemt een slaaf. Je moet weten dat hij er nooit een voor lange tijd heeft, Grace.'

'Jake, als je niet wilt dat je vriend in een ondiep graf in Oost-Texas eindigt, stel ik voor dat je zorgt dat hij zijn mond houdt.' Sean gromde het bevel.

Jacob Deans hoofd draaide van de ene man naar de andere. 'Gaan jullie dit serieus doen? We moeten gaan. Adam, houd je mond voordat je jezelf voor schut zet. Hij is terug. Ze heeft haar keuze gemaakt. En voor jou, fucking Neanderthaler, kunnen we haar naar een veilige plek brengen voordat je het "jouw bezit" teken op haar kont tatoeëert?'

Er was te veel aan de hand. Ongeveer drieduizend vragen gingen door Grace' hoofd terwijl Seans hand rond de hare klemde. Hij begon haar naar een rij voertuigen te slepen. Waar hadden de mannen het over? Ze spraken in een taal die ze niet begreep. Het had geen zin. Ze kenden elkaar amper. Ze hadden elkaar pas ontmoet toen Grace hen een paar dagen eerder had voorgesteld. En wie was in godsnaam Sean Taggart?

Grace zette haar zeven en een halve centimeter hoge hakken schrap en trok zich terug. Het was tijd voor een paar antwoorden. 'Stop. Waarom noemen ze je "sergeant" en "Taggart"? En hoe ken je ze? Waarom moet ik naar een veilige plek?'

Seans gezicht had felle lijnen toen hij zich tot haar wendde. Als hij haar hand niet zo stevig had vastgehouden, zou ze zich hebben teruggetrokken voor die aanblik. 'Doe wat ik zeg. Stap in de auto.' Hij gebaarde naar de enorme SUV en gooide zijn sleutels door de lucht. Jakes hand kwam omhoog en ving ze. 'Jij rijdt.'

Grace bewoog niet. 'Ik ga nergens naartoe totdat er iemand zegt wat er aan de hand is.'

Seans oogleden vernauwden zich.

'Je draagt mijn halsband, Grace. Je zult me gehoorzamen.'

Ze voelde een koppige blik over haar gezicht trekken, haar mond verstevigde, in haar ogen vormde zich een stalen blik. 'Jij zei dat dit alleen voor in de slaapkamer was, Sean. We zijn niet in de slaapkamer. Ik wil antwoorden.'

In plaats van redelijk te zijn, leunde Sean simpelweg voorover en greep haar vast. Hij gooide haar in een brandweergreep over zijn schouder. Grace voelde de wereld draaien en liet de aktetas vallen toen ze zich stevig aan Seans schouder vasthield. 'Ik heb me bedacht. Je zult me gehoorzamen, anders breekt de hel los. Ik doe dit om jou te beschermen, kleintje. De komende uren zullen veel makkelijker zijn als je alles doet wat ik je zeg. Het eerste bevel van de dag is: compleet gehoorzamen. Je kijkt naar mij voor ondersteuning tijdens de ondervraging en je zult niet liegen. Als ik ook maar een leugen over die zoete lippen hoor komen, dan lig je over mijn knie. Ik zweer je, dat als ik klaar ben, je een week niet kunt zitten.'

'Ondervraging? Wat voor spel speel je, Sean? Ik wil er niet aan mee doen.' Waarom ging iemand haar ondervragen? Ze begon bang te worden.

Haar speelse Dom was weg en in zijn plaats was een kil, agressief roofdier gekomen. Het roofdier zag er hongerig uit en Grace was bang dat zij zijn lunch was.

'Heel goed, Tag. De dame is al bang en jij biedt aan om haar te slaan,' zei Adam, zijn afkeer overduidelijk. Hij droeg haar aktetas bij zich.

Grace hoorde een autodeur openen en toen nog een. Ze werd op de achterbank geduwd. Zodra haar lichaam het leer raakte, krabbelde ze op en probeerde er aan de andere kant weer uit te gaan. Ze wist niet zeker wat er aan de hand was. Ze wist alleen dat ze eerst een paar dingen uit moest vogelen voor ze ergens met Sean naartoe ging. Het was overduidelijk dat ze niet begreep wat hier speelde.

Het lukte haar om de deur te vinden. Haar vingers klemden zich om het handvat. Ze hoorde een klik toen alles op slot ging en toen trok Sean haar terug. Frustratie overspoelde haar, toen Grace tegen hem aan porde. 'Laat me gaan of ik bel de politie.'

'Hiermee?' Sean hield haar mobiel omhoog. Hij moest het uit haar zak hebben gehaald. Hij gaf het aan Jake, die de auto startte. Adam ging naast hem op de voorbank zitten. 'Je wilt de politie niet bellen. Geloof me. Met het bewijs dat we over je hebben, zullen ze je onmiddellijk in hechtenis nemen.'

Grace voelde tranen opwellen. 'Waar heb je het over? Welk bewijs? Wat is er aan de hand en wie is in godsnaam Sean Taggart?' Ze schreeuwde bijna de woorden uit en ze leken door de cabine van het voertuig te stuiteren toen Jake achteruit reed.

'Ik ben Sean Taggart, Grace. Dat is mijn naam. Sean Johansson was een dekmantel terwijl mijn groep jou en je baas onderzocht.' De plotselinge trilling van een telefoon doorbrak de spanning en toen sprak Sean zachtjes met iemand aan de andere kant van de lijn.

'Ja, Ian, dat is wat ik zei.' Sean ging verder, terwijl Adam zich omdraaide op zijn stoel. Hij keek Grace aan met medeleven in zijn ogen.

'Mijn naam is echt Adam Miles. Ik heb niet de staat van dienst die Sean heeft, dus ik kan af en toe mijn echte naam gebruiken. Grace, ik wil dat je weet dat ik niet geloof dat je hier bij betrokken bent. Je bent er gewoon in verstrikt geraakt. Ik meende wat ik eerder zei. Jake en ik willen voor je zorgen.'

'Verdomme, Adam, wil je dat hij je vermoordt?' Jake snauwde de vraag terwijl hij op een aantal knoppen op de console van de SUV drukte. Tot Grace' verrassing zag ze een aantal verschillende perspectieven in de spiegels van het voertuig zien verschijnen. Het leek alsof er een camera achter op de auto zat en dat perspectief was duidelijk zichtbaar in de achteruitkijk-spiegel. Grace kantelde haar hoofd en kon zien, dat allebei de zijspiegels ook kleine monitoren hadden. Wie er ook reed, kon alles en iedereen die vanuit verschillende richtingen in de richting van de auto kwam, zien. Ze betwijfelde of dat een standaard optie was.

'Ze verdient de waarheid. Jij gelooft net zo min dat ze erbij betrokken is, als ik,' stelde Adam.

Jake schudde zijn hoofd. 'Dat is niet aan ons.'

Sean leek zijn gesprek te beëindigen. 'Oké, maar ik laat ze haar niet meenemen, Ian. Begrijp je dat?' Hij schoof de telefoon terug in zijn zak.

Zijn gezicht was net een blok graniet, toen hij recht vooruit keek. 'We gaan naar Ian. Hij heeft Black opgeroepen. Het Bureau wil met haar praten, maar ze hebben toegestemd om dat bij Ian te doen. We verblijven daar vannacht en morgen bedenken we wel wat we gaan doen.'

Adams gezicht werd asgrauw. 'Ze gaan haar meenemen, Sean.'

'Me waarheen meenemen?' Haar handen begonnen te trillen en ze kon de tranen, die over haar gezicht liepen, niet tegenhouden. Jake draaide de auto de snelweg op. De regen was weer begonnen. Het sloeg tegen het dak. Grace was er dankbaar voor. Misschien konden ze niet horen hoe hard haar hart sloeg.

'Het wordt uitlevering genoemd,' legde Adam uit. 'De CIA neemt je mee naar een ander land om je te ondervragen zodat ze de regels van het verdrag van Genève niet op hoeven te volgen.'

'CIA?' Waar was ze in hemelsnaam in terecht gekomen? Wat wilde de CIA van een secretaresse?

'Ik laat Black haar helemaal nergens mee naartoe nemen,' gromde Sean. 'Verdomme Adam, wil je dat ze in paniek raakt? Denk je echt dat ik zou toestaan dat een of andere eikel van het Bureau er vandoor gaat met mijn sub?'

'Nou, jij had er overduidelijk geen probleem mee om bij haar weg te lopen. Je gaf haar aan mij. Jake zei tegen me, dat je had gezegd dat we je zegen hadden, om achter haar aan te gaan.'

Grace kon zien hoe Jakes handen rond het stuur verstrakten. 'Ik zei ook dat hij het niet echt meende.'

'Rot allemaal op!' schreeuwde Grace en dat liet de mannen schrikken. Ze was klaar met de ruzie. 'Vertel me wat er aan de hand is en vertel het me nu, anders zweer ik dat ik ontplof. Ik ga schoppen, slaan en schreeuwen.'

Sean richtte zijn kille blauwe ogen op haar. 'Leuk gespeeld, liefje. Ga je me serieus vertellen dat je geen idee hebt wat er recht onder je neus gebeurt?'

Grace ontmoette zijn blik. Het begon in te dalen dat ze gebruikt was. Deze drie mannen kenden elkaar al heel lang. Ze speelden een of ander spel. Bitterheid kwam omhoog. 'Nou, aangezien ik blijkbaar geen idee heb wie jullie zijn, denk ik dat we mijn intelligentie als beperkt kunnen beschouwen. Behandel me als een vijfjarige. Vertel het me in woorden die ik kan begrijpen.'

Sean zuchtte en sloot zijn ogen kort. 'God, je gaat dit tot het einde uitspelen, of niet? Je hoeft niet te doen alsof, Grace. Ik ben de idioot, die weet wat je hebt gedaan en je ondanks dat wil beschermen. Als die zaken met Black voorbij zijn, gaan we praten over de voorwaarden van mijn hulp, maar ik zal voorlopig wel met je meespelen. De CIA volgt al jaren een malafide agent. Toen ze de firma waar ik voor werk, voor het eerst benaderden, gaven ze ons zijn dekmantel. Pas toen wij stevig bewijs hadden dat hij vroeger voor het Bureau had gewerkt, gaf ons contact dat toe. De man die we volgen, werkt al een aantal jaar ondergronds als een eco-terrorist. Het heeft hem een aantal ingangen gegeven bij bepaalde groepen, die nuttig voor hem zijn gebleken. Is dat waar je hem hebt ontmoet?'

Grace voelde hoe haar hele wereld op zijn kop werd gezet. Ze had de woorden CIA en eco-terrorist gehoord, maar kon geen enkele manier bedenken hoe een van beide een connectie had met haar leven. 'Ik heb geen idee waar je het over hebt.'

Zijn prachtige lippen gingen omhoog in een ongelovige grijns. 'Echt? We kennen je strafblad.'

'Ik was nog jong. Ik werd gearresteerd omdat ik protesteerde op privéterrein. Mijn vader heeft de boete betaald en de rechter zei dat het dossier werd verzegeld omdat ik zestien was. Ik ben nooit meer gearresteerd. Het had verwijderd moeten worden van mijn strafblad.' Grace herinnerde zich die dag nog als gisteren. Ze herinnerde zich hoe allebei haar ouders bij de gevangenis waren komen opdagen. Haar moeder had gehuild, maar haar vader was enorm pissig geweest. Hij was het jaar erop overleden en zij was vlak na haar achttiende verjaardag getrouwd en zwanger geweest. Het was haar enige poging tot maatschappelijke ongehoorzaamheid geweest.

'Er wordt nooit iets echt verwijderd, Grace. Mijn groep kan alles vinden. Je kan je niet verstoppen voor ons. Heb je Patrick Wright leren kennen omdat hij met ondermijnende ondergrondse groepen werkt? Ben je aangesloten bij de Earth League? Het is zijn dekmantel. Hij verstopt zich, in wat het Bureau als "vol in het zicht" ziet. Hij heeft vele namen gehad, maar dat is logisch voor iemand met zijn kundigheid. Voor zover ik kan zien, heeft hij zijn ondergrondse activiteiten gebruikt om bedrijfs- en overheidsgeheimen te verzamelen om aan buitenlandse instanties te verkopen. Hij gaat bedrijven of gebouwen binnen waar overheidsinstanties zijn gehuisvest en veroorzaakt problemen. Niemand denkt iets anders, dan wat hij wil dat ze denken. Hij kopieert de informatie die hij nodig heeft en iedereen is zo overstuur door de schade die zijn "groep" heeft aangericht, dat ze niet nadenken over wat er werkelijk is gebeurd.'

Grace' hoofd tolde. 'Patrick Wright? Zoals Matt?'

'Ja, het is zijn broer.' Dit kwam van Adam, die zacht sprak, alsof hij de klap die vanuit elke hoek kwam sinds ze in die verdomde parkeergarage was gelopen, probeerde te verlichten.

'Is Matt hier allemaal bij betrokken? Ik heb zijn broer nooit ontmoet.'

Sean was net zo sarcastisch als dat Adam lief was geweest. 'Natuurlijk niet, schat. We vermoeden dat Patrick Wright heel veel plastische chirurgie heeft ondergaan toen zijn tijd bij het Bureau voorbij was. Hij zou onder een valse naam gaan. Je zou hem kennen als Evan Parnell.'

'Oh, God.' De geheime vergaderingen. De contracten die nergens op sloegen. Waar had Matt hen allemaal bij betrokken? 'Het Bryson Building.'

'Ja, ik geloof dat we daar ook over zullen praten.'

'Sean, ik weet niets.'

Zijn ogen vertelden haar dat hij haar niet geloofde. 'Daarom is jouw computer bezaaid met bewakingsbeelden en informatie die een dief zou kunnen gebruiken. Luister naar me, je gaat ons alles vertellen. Je gaat Parnell aangeven en dan ben je hier vanaf.'

Frustratie bouwde zich in haar op. Hoe kon hij denken dat ze er iets mee te maken had? Hij kende haar. Ze was met hem meer intiem geweest, dan ooit eerder met een man. 'Ik weet niets. Evan Parnell is gewoon een man op het werk.'

'Je betaalt zijn rekeningen. Het is jouw naam die op de kluis staat die hij heeft.'

'Ik ben Matts secretaresse. Ik herinner me niet dat ik Parnell met iets heb geholpen, maar als ik het heb gedaan, dan was het voor het bedrijf. Het is een deel van mijn werk.' In de afgelopen jaren schreef ze cheques uit voor alle dingen die Matt nodig had. Het was rotwerk om het bij te houden, als je bedacht wat ze allemaal nog meer moest doen. Nu ze erover nadacht, was Matt begonnen met haar te vragen, om dingen uit een divers fonds te betalen rond de periode dat Evan Parnell was komen opdagen. Ze stelde niet altijd vragen als Matt haar vroeg een cheque uit te schrijven. Het was nooit meer dan een paar honderd dollar, misschien duizend. Zou ze gebruikt kunnen zijn om iets illegaals te doen?

Sean leek dat te denken. 'Al het bewijs tegen je, zal op tafel liggen als we aankomen op de plek waar we heen gaan. Je zult de zaak zien die we hebben opgebouwd en dan laat je deze belachelijke act misschien wel varen. Het zal allemaal veel makkelijker gaan als je gewoon eerlijk tegen ons bent. Je bent een kleine vis. Patrick Wright is de haai.'

Hij was zo kil, zo anders dan de warme man die haar minnaar was geweest. Dat was ook logisch. Die man had niet bestaan. Hij was een dekmantel geweest, om haar aan het praten te krijgen. Het leek Grace onbegrijpelijk dat ze zich in deze positie bevond, maar het stond buiten kijf dat ze in een auto zat, die onder toezicht stond van iemand die niet om haar gaf, die haar voor zijn eigen doeleinden zou gebruiken. Ze keek naar de man op wie ze verliefd was geworden en wist niet wie hij was. Ze was zo dom geweest. Wat had ze wel niet gedacht? Hoe had ze ook maar een seconde kunnen denken dat iemand die zo knap was als Sean Johansson... *Taggart* ooit in haar geïnteresseerd zou kunnen zijn? Ze was veertig en hoewel ze nog redelijk aantrekkelijk was, kwam ze niet in de buurt van zijn klasse.

'Het gaat zoveel makkelijker voor iedereen als je gewoon bekent, Grace.' Zijn veroordelende toon was de laatste druppel.

Grace trok zich terug. Ze zonk terug in zichzelf en liet de wereld rondom haar een achtergrondgeluid worden. Ze vouwde haar handen in haar schoot en verzekerde zich ervan dat ze Sean Taggart helemaal niet aanraakte. Het was niet makkelijk. Hij was een belachelijk grote man en hij leek niet geïnteresseerd te zijn, in het respecteren van haar ruimte. Grace bewoog een stukje zodat ze tegen de zijkant van de deur was gedrukt.

Seans hand kwam naar voren om haar onderarm te grijpen. 'Probeer het niet eens. De deuren zijn op slot en je kan het van binnenuit niet openmaken.'

Ze wilde protesteren, dat ze zichzelf heus niet zomaar uit een bewegend voertuig zou gooien, maar bleef stil. Ze had niets tegen deze man te zeggen.

'Niet huilen, liefje.' Adam draaide om en reikte naar haar. Grace schoof van hem weg. Hij had ook tegen haar gelogen.

Grace voelde de tranen over haar wangen rollen. Verdomme. Ze wenste dat ze een van die mensen was die emoties op konden kroppen. Dat had ze nooit gekund. Ze had altijd haar hart op de tong gedragen en niets leek haar te kunnen verharden. De tranen rolden naar beneden en plotseling sloeg een kilte in haar toe. De kou leek in haar botten te sijpelen. Misschien was het de kou of de emotie, maar Grace voelde hoe haar tanden begonnen te klapperen terwijl een lichte rilling over haar huid ging.

Sean vloekte en ze voelde hem naast zich bewegen. Hij reikte achterin de SUV en toen zijn hand terug kwam, had hij een deken vast. Grace zat bewegingsloos toen hij het rond haar schouders legde. Ze verstijfde toen hij haar in zijn armen trok.

'Kap daarmee.' Hij gebruikte zijn Dom stem bij haar, maar ze trapte er niet meer in. Het was niet echt. Het was gewoon nog een truc die hij bij haar had gebruikt. Hij had haar fantasieën uitgevogeld. De liefdevolle zorg die hij haar eerder had getoond, was het lokaas voor zijn val geweest. Ze lag op zijn schoot, tegen zijn borst gedrukt voordat ze kon protesteren. Grace kronkelde en probeerde bij hem weg te komen, maar zijn armen vormden een kooi om haar heen. Zoals met alles bij deze man was ze volkomen hulpeloos. 'Rustig, Grace.'

'Ik zit liever alleen.' Ze wilde bij hem weg. Het was moeilijk om ergens anders aan te denken dan hoe groot zijn lichaam was en hoe beschermd ze zich had gevoeld, toen ze nog dacht dat hij om haar gaf. De drang om haar armen rondom hem te slaan en bij hem uit te huilen was bijna overweldigend.

'En ik heb liever dat je kalmeert en me voor je laat zorgen.' Hij was stil, fluisterde de woorden in haar oor. 'Het heeft geen nut om tegen me te vechten, Grace. Je kan niet winnen. Je bent gepakt. Het kan me niet schelen waarom je het deed. Misschien had je het geld nodig, of wat dan ook, maar het stopt nu. Dus ontspan. Ik ga alles regelen. Ik zal voor je zorgen.'

Hij zou haar niet de waardigheid gunnen om alleen te zitten. Hij leek alles van haar af te willen nemen. Grace zat stijf in zijn armen, de tranen bleven vallen. Ze zou misschien niet bij hem weg kunnen komen, maar voor de rest had hij het bij het verkeerde eind. Er was een reden om te vechten. En ze zou hem ervan langs geven.

244

15

Sean haatte de stijve manier waarop Grace op zijn schoot zat, alsof ze het niet uit kon staan, om zo dicht bij hem te zijn. Wat voor spel speelde ze nu? Ze was er niet erg goed in. In plaats van hem op een zoektocht te sturen, had ze zich gemakkelijk overgegeven. Nu ze er alles aan moest doen om zijn zachte kant aan te spreken, deed ze kil. Hij zou haar van zich af moeten duwen en haar laten rillen van de kou. In plaats daarvan trok hij haar naar zich toe, niet in staat om te ontkennen dat hij dicht bij haar moest zijn.

Hij had gedacht dat ze dood was. Hij had haar lichaam gezien en geweten dat hij de rest van zijn leven alleen door moest brengen. Grace was zijn zielsverwant. Grace was die ene vrouw waar hij op had gewacht. Hij had niet geweten dat hij had gewacht, had er eerder niet veel over nagedacht, maar op het moment dat hij had gedacht dat Grace dood was, had hij geweten dat zij die ene was.

Wat ze ook gedaan had, hij zou haar niet laten gaan. Toen hij haar lichaam om had gedraaid en had ontdekt dat het Kayla was die haar leven was verloren in dat vochtige steegje, had hij zijn besluit genomen. Grace zou nooit weten hoeveel hij van haar hield. Het was beter dat ze dat niet deed.

Ze had zo lang gelogen, dat ze waarschijnlijk de waarheid niet herkende als die voor haar stond. Hij vroeg zich af hoe lang ze het van hem had geweten. Zij had de overhand gehad. Nu waren de rollen omgedraaid en hij zou de leiding hebben. Hij zou voor haar zorgen, maar hij zou nooit laten merken hoe ze zijn hart in een wurggreep hield.

'Het duurt nu niet lang meer.' Adams zachte stem zorgde ervoor dat Sean zijn vuist in dat gezicht van hem wilde stompen. Hij keek naar Grace alsof ze van hem gered moest worden. Sean staarde naar de man die hij al jaren kende. Hij had Adam en Jake dat eerste jaar in het leger leren kennen. Hij wist alles van hun voorliefde voor delen en hij had zijn mond gehouden. Hij had hen keer op keer gered. Was dit hoe Adam hem terugbetaalde? Door achter zijn vrouw aan te gaan? Hij en Adam zouden heel snel weer een gesprek hebben dat zou kunnen eindigen met het feit dat Sean een lichaam moest verbergen. Hij zou het kunnen, dacht hij met een soort baldadige voldoening. Hij zou maar al te graag een vechtpartij willen. Zijn lichaam zat vol met onderdrukt geweld. Hij kon niet achter Parnell aan, nog niet. Adam zou moeten volstaan.

'Ik wil graag een advocaat bellen.' Grace was erg stil, maar haar woorden waren monotoon en gecontroleerd. Haar handen trilden nog steeds, maar ze had de rust in haar lichaam onder controle.

Hij keek naar haar, wenste dat ze hem dezelfde gunst deed. Haar ogen staarden naar voren. 'Ik zorg dat je er eentje krijgt als het nodig is. Ik denk niet dat dat gebeurt.'

Hij was van plan ervoor te zorgen dat ze nooit met zoiets te maken zou krijgen. Patrick Wright, oftewel Evan Parnell, was degene die ze echt zochten. Ze hoefden Grace niet te vervolgen. Verdorie, ze zouden Patrick Wright waarschijnlijk niet vervolgen. Het zorgde voor slechte krantenkoppen als de CIA een van hun agenten verloor. Overgelopen agenten waren slecht voor de zaken. Patrick Wright zou geen rechtszaak krijgen. De CIA zou willen, dat dit allemaal onder het tapijt werd geveegd. Sean moest er alleen voor zorgen dat Grace beschermd was als de schoonmakers kwamen.

'Mag ik iemand bellen?'

Hij zuchtte. 'Je wordt niet gearresteerd. Ik probeer dat tegen te houden.'

Jake draaide de lange, bochtige weg, die eindigde bij Ians privé landgoed, in. Ian woonde buiten de stad, waar nog steeds ruimte was. Natuurlijk interesseerde Ian die ruimte helemaal niet; hij gaf om zijn privacy. Ian had dit kleine landgoed geselecteerd omdat het geen nieuwsgierige buren had. Terwijl Jake voorzichtig over de weg navigeerde, wist Sean dat zijn broer al was gewaarschuwd dat ze onderweg waren. Ians veiligheidsmaatregelen maakten hem attent op alles wat zijn terrein op kwam.

'En jullie zijn niet van de politie?' vroeg Grace.

'We zijn geen agenten. We zijn een groep oud-soldaten van de Speciale Eenheid die nu in de privébeveiliging werkt en zo af en toe ook werk voor de overheid doet.'

Ze snoof, een spottend geluidje. 'Dus je bent een huurling.'

Het stoorde Sean niet. Hij was voor erger uitgemaakt. 'Gebruik de naam waar je je het beste bij voelt. Het belangrijkste is dat we zo ongeveer elke situatie die je je kunt bedenken al een keer hebben meegemaakt. We kunnen je hieruit krijgen. Je zult ons gewoon moeten vertrouwen.'

Adam had zijn gordel afgedaan. Hij had een paraplu in zijn hand. Sean betwijfelde niet dat hij er zou staan om Grace naar binnen te begeleiden.

'Ja, ik zal jullie vertrouwen. Jullie hebben tot nu toe echt bewezen dat jullie betrouwbaar zijn.' Grace draaide haar hoofd, om uit het raam te kijken.

Sean volgde haar blik. Hij kon Ians grote boerderij snel dichterbij zien komen. Het had een enorme veranda die rondom het huis liep en het terrein was prachtig. Ian had het heel goed voor elkaar. Het enige wat hij Grace kon bieden was een waardeloos appartement dat absoluut geen vooruitgang was op haar huis. Hij had wel geld gespaard. Hij had tot nu toe gewoon niets gehad om het aan uit te geven. Het zou beter zijn om het in het restaurant dat hij wilde openen, te investeren, maar als Grace een mooiere plek nodig had om gelukkig te zijn, zou hij dat kunnen regelen. Als hij niet alles hoefde uit te geven om haar uit de gevangenis te houden. 'Het is mijn broers huis.'

Ze draaide en voor het eerst in twintig minuten keek ze naar hem. Haar hazelnootbruine ogen waren gezwollen van het huilen. Ze huilde niet zo mooi als sommige vrouwen. Als Grace huilde, was dat overal te zien. Hij wilde niets liever dan zijn mond tegen de hare drukken en alles laten verdwijnen. Hij dwong zijn handen stil op haar huid te blijven liggen. Ze waren rusteloos en wilden haar strelen en troosten. Haar tong kwam naar buiten om haar lippen te bevochtigen en hij voelde een tinteling in zijn ballen. Het was te lang geleden. Hij moest terug in haar bed belanden. Hij zou pas zeker zijn van zijn greep op Grace, als hij diep in haar was.

'Dus je broer was geen leugen?'

Hij vond het schuldgevoel dat door zijn hart scheurde toen ze naar hem keek alsof hij degene was die fout zat, maar niets. 'Nee, Ian is echt en je gaat hem zo ontmoeten. Ik heb niet overal over gelogen. Ik was over de meeste feiten in mijn leven eerlijk tegen je. Ik heb je alleen niet mijn echte naam verteld of wat ik voor werk doe.'

'Of dat ik een of andere verdachte ben.'

'Ja, dat heb ik er ook uit gelaten.' Als ze eenmaal in bed lag, zou hij haar laten spinnen als een katje. Haar reactie op hem was niet gespeeld. Hij moest die banden gewoon verstevigen en dan zou hij haar hebben. 'Als je Ian ontmoet, wees dan niet bang voor hem. Hij kan intimiderend zijn. Ik wil gewoon dat je erop vertrouwt, dat ik voor je zorg.'

Ze draaide weg, maar niet voordat hij het wantrouwen in haar ogen zag. Het maakte hem boos. Hij wilde die barrière van haar doorbreken en haar dwingen hem te accepteren.

De auto kwam tot stilstand. Zelfs vanuit zijn uitkijkpunt kon hij zijn broer, Eve en Liam op de veranda zien staan. Ian had zijn armen gekruist voor zijn enorme lichaam. Hij keek naar het voertuig met die blik, die Sean vertelde dat hij in de problemen zat. Hij zou Grace tegen Ian moeten beschermen. Ian kon meedogenloos zijn. Als zijn broer dacht dat Grace slecht voor hem was, zou Ian er alles aan doen om van de dreiging af te komen.

De deuren gingen van het slot en Grace krabbelde van zijn schoot. Sean had haar liever naar binnen gedragen. Het was modderig en ze kon vallen, maar hij betwijfelde of Grace dat zou toestaan. Sean volgde haar naar buiten. Adam hield de paraplu al boven het hoofd van Grace. Hij drukte het handvat in haar hand en opende een tweede voor zichzelf. Blijkbaar moest Sean voor zichzelf zorgen, ondanks het feit dat het zijn auto en zijn paraplu's waren.

Sean rende vooruit om uit de regen te komen. Grace en Adam deden het wat langzamer aan. Ze hadden beschutting.

Ian fronste toen Sean de treden op liep. 'Zeg me dat niemand heeft gezien dat je haar meenam.'

Jake volgde vlak achter Sean, en schudde de regen uit zijn haar. 'Natuurlijk niet. Ze hebben Sean helemaal niet gezien. Adam en ik hebben haar omgepraat om een beetje vroeger weg te gaan op het werk. Zover iedereen weet, is ze bij happy hour met haar vrienden. Ze zal het nieuws van Kayla ergens vanavond horen en dat geeft ons meer tijd. Vertrouw me, met de manier waarop de roddels op dat kantoor gaan, zal iemand haar bellen en een bericht achterlaten op haar mobiel. Niemand zal verwachten dat ze morgen op het werk is.'

'Weet ze het niet?' Eve keek achter Sean langs, waarschijnlijk probeerde ze een goede eerste blik op Grace te werpen.

'Ik wilde het haar niet op deze manier vertellen. Kayla was een hele goede vriendin van haar. We moeten haar langzaam aan het idee laten wennen.' Sean wist dat hij het had moeten zeggen, maar hij wilde veel liever wachten totdat ze alleen konden zijn. Hij moest haar vast kunnen houden, als hij tegen haar zei, dat iemand had geprobeerd om haar te vermoorden. Misschien zou ze zich dan aan hem vastklampen. 'Is Black hier?'

Ian schudde zijn hoofd en een lachje kroop over zijn gezicht. 'Nog niet. Het is ook prima, aangezien onze kleine verdachte de tijd ervoor lijkt te nemen om hierheen te komen.'

Sean draaide zich om en zag Grace lopen, of eerder, sloffen door de tuin. Haar hakken leken in het gras te verdwijnen, maar ze liet haar hoofd niet zakken. Adam liep naast haar. Zijn woorden werden gedempt door de regen, maar Sean was er zeker van dat hij haar ervan probeerde te overtuigen om met hem mee terug te gaan. Hij begreep gewoon niet dat Grace een stevige hand nodig had.

Sean rende de trap weer af, de stromende regen in. Zijn lange benen hadden de afstand snel overbrugt. Het kon hem niet schelen dat het pijpenstelen regende. Grace was nu al ongehoorzaam en zorgde voor problemen. 'Grace!'

Ze stopte en draaide zich naar hem toe. Ze zag er op een vreemde manier netjes uit in haar rok en grijze blouse. Het zou er beter uitzien als ze een paar van die kleine pareltjes zou ontknopen, maar Sean zou niet klagen. Hij wilde niet dat andere mannen ook naar haar borsten keken. Haar gezicht was bleek toen ze hem bekeek. 'Ik ga naar huis. Jullie zijn niet de politie, dus je hebt het recht niet om me hier te houden. Ik bel de politie als ik thuis kom en dan zoeken zij dit allemaal wel uit.'

In zijn aderen begon het langzaam te koken. Ze zette hem flink aan het pushen. Hij moest kalmeren. 'Dit is voor je eigen bescherming. Ik doe dit niet voor mijn plezier.'

'Het is echt belangrijk, lieverd. Ik blijf aan je zijde,' bood Adam aan met een stem, die Sean op zijn zenuwen werkte. Het knappe jongensgezicht van de andere man smeekte Grace vriendelijk. Sean vroeg zich af hoe Adam eruit zou zien als zijn ballen eraf waren en door zijn strot waren geduwd.

'Maak dat je wegkomt, Adam.' Sean wist dat hij de persoonlijke ruimte van de andere man binnendrong, maar Adam leek geen probleem te hebben met grenzen. Hij liep immers al dagen over die van Sean heen. 'Dit is tussen mij en mijn sub. Ik zie haar jouw halsband niet dragen, dus stap achteruit.'

Grace' hand ging onmiddellijk naar het gouden hart om haar nek. In één soepele beweging trok ze de delicate ketting van haar lichaam en gooide die in zijn gezicht. 'Ik ben niet van jou. Of van een van jullie. En als een van jullie me volgt, bel ik de politie zodra ik een passerende auto kan roepen en zal ik een aanklacht indienen wegens ontvoering.'

Ze draaide zich om en begon weer te lopen.

Sean stak zijn hand uit en greep haar elleboog. Tegelijkertijd duwde Adam zijn schouder naar achteren, waardoor Sean zijn evenwicht verloor. Hij en Grace gingen neer in de modder. De paraplu tuimelde weg. Grace viel op zijn lichaam en haar hele lijf drukte tegen hem aan. Zijn pik reageerde onmiddellijk. Haar gezicht kwam omhoog, zo dicht bij het zijne dat hij haar kon kussen zonder echt te proberen. En toen trok Adam haar omhoog, zijn handen beschermend om haar middel.

'Grace, het spijt me zo.'

Niet zo veel spijt als hij op het punt stond te krijgen. Sean was er klaar mee. Zonder een enkel geluid kwam hij van zijn plaats op de grond en sprong op. Er was geen schreeuw, geen waarschuwing. Het ene moment lag hij op de grond en het andere moment was Adam degene die in de modder lag.

Sean trok zijn vuist naar achteren en plantte hem recht in het gezicht van zijn rivaal. Hij kon Jake op de achtergrond horen schreeuwen. *Laat hem komen*. Hij zou die eikel ook neerhalen.

Adam schopte omhoog, probeerde Sean van zich af te rollen, maar Sean had de overhand. Een hand sloeg rond Adams keel en kneep. Adam hapte naar adem, liet zijn pogingen om zijn tegenstander van zich af te gooien achterwege. Beide handen kwamen omhoog in een poging Seans vingers van zijn keel te halen. Woede dreef Sean. Hij had te veel meegemaakt. Houden van Grace, haar verliezen—eerst door haar eigen verraad en toen aan een moordenaar—zijn zenuwen stonden op scherp. Ze was in leven, maar op een of andere manier leek ze verder van hem weg dan toen hij bang was dat ze dood was. Hij voelde zich compleet stuurloos als het op Grace aankwam, maar dit... oh, dit kon hij doen.

En toen werd zijn controle weggenomen toen iets hards op brute wijze tegen zijn hoofd sloeg. Hij verloor zijn grip en viel op de modderige grond. Adam sprong op, hij was nooit iemand die een kans miste. Sean had een hand op zijn gewonde hoofd toen hij zich realiseerde dat Adams vuist naar zijn gezicht kwam. Er was een flits van zilver en zwart en Adam voegde zich bij hem op de natte grond. Zijn voorheen onberispelijke pak was een zootje van modder en bloed.

Grace stond boven hen allebei, de paraplu nu opgevouwen en ze zwaaide ermee alsof het een knuppel was. Ze was een welgevormde, wrekende engel die op hen neerkeek. Haar haren waren tegen haar hoofd gepleisterd, haar blouse was doorweekt en het was duidelijk dat ze het koud had. Haar borsten zwaaiden terwijl ze lucht in haar longen zoog. Sean wist plotseling hoe het voelde om een barbaar te zijn. Ze was zijn partner en ze had hem getrotseerd.

'Grace, ik heb er genoeg van. Beweeg je lekkere kont naar Ians huis, anders gaan we problemen krijgen.'

Adam kwam overeind. Hij opende zijn mond, maar Jake had zijn hand rond de nek van zijn beste vriend. 'Geen woord. Ik zweer het, Adam, als je dit doorzet, ga ik Ian adviseren om je te ontslaan. Als dat niet werkt, overtuig ik Eve er van dat je niet fit genoeg bent om te werken.'

Adams mond viel open. 'Lekkere vriend ben je, verdomme. Ik doe dit voor ons. Ze zou die ene kunnen zijn. Je wil haar net zo graag als ik.'

'Nee, je doet dit voor jou. Je bent zo'n egoïstische klootzak. Ik ben al jaren je beste vriend. We zijn door een hoop shit gegaan, waar de meeste mensen niet met hun volle verstand uit zouden zijn gekomen. Het is ons gelukt omdat we een team zijn. We zijn ook een deel van dit team. Dit team is al jaren onze familie. Je bent een verrader van dit team. Alle gevoelens, wensen en verlangens zijn ondergeschikt aan het team en de missie. Dus, Adam, de vraag is, ben je nog steeds lid van dit team of ga je nu weglopen?'

Adam gooide Jakes hand van zich af en stormde naar het huis, zijn besluit overduidelijk. Jake knikte naar Sean en volgde, Sean alleen achterlatend met Grace. Er was in elk geval iemand die tenminste wist hoe hij met Adam moest omgaan. Grace' ogen waren groot alsof ze zich eindelijk realiseerde in hoeveel gevaar ze was. Ze deinsde terug, hield de paraplu voor haar borst. Alsof dat kleine ding hem tegen zou houden.

'Ga je mee naar binnen, Grace?' De vraag was monotoon en kalm. Hij stond doodstil, maakte geen beweging. Dat hoefde hij niet. Als hij haar wilde, zou hij haar nemen en dan zou er niets zijn, dat ze kon doen om hem tegen te houden.

'Ik zei al tegen je dat ik naar huis ga. Ik heb die stomme halsband afgedaan, Sean. Je kan het aan de volgende idioot geven die dom genoeg is om je te vertrouwen.'

Zijn bloed begon pulserend door zijn lichaam te stromen toen de woede in iets anders veranderde. Ze zouden nooit door een verhoorsessie heen komen met zoveel spanning tussen hen. Misschien was het tijd om zijn instincten te volgen. 'Ik zal nooit een andere sub nemen. Je bent van mij en dat blijft zo.'

'Niet in dit leven, Sean.' Ze snauwde de woorden. Elke beweging van haar lichaam smeekte hem om het probleem aan te pakken.

'Je hebt een stopwoord, Grace,' bood hij grootmoedig aan. 'Ga je het niet zeggen?'

'Flikker op.'

Hij gromde praktisch. 'Niet jouw stopwoord, schatje.'

Hij was binnen een tel bij haar.

* * *

Wat was ze in godsnaam aan het doen? Ze wierp hem de handschoen toe en ze leek niet te kunnen stoppen. Vanaf het moment dat ze Seans leugens had ontdekt, had er iets boosaardigs in Grace' borst gewoed. Een tijdlang was het overstemd door verdriet en twijfel aan zichzelf, maar nu kwam het tot leven en eiste het om gehoord te worden.

'Je hebt een stopwoord, Grace.' Sean was zo schitterend. Zijn blonde haar was donker nu het nat was en zijn kleding kleefde aan zijn lichaam als een gretige, aanbiddende minnaar. Zijn ogen waren op haar gericht, en lieten er geen twijfel over bestaan, wat zijn intentie was. De regen viel met bakken uit de lucht, maar zijn lage gegrom moest niet verward worden met een aanbod tot genade. 'Ga je het niet zeggen?'

De woorden waren haar mond uit, voordat ze na kon denken over het feit of het wel slim was. Oh, ze zat zo diep in de problemen en alsnog was dat stopwoord begraven met absoluut geen hoop, om ooit gezegd te worden. 'Flikker op.'

Een woeste grijns verlichte zijn gezicht. 'Niet jouw stopwoord, schatje.'

Sean bewoog bijna sneller dan haar ogen konden volgen. Hij was zo snel en sierlijk. Er was alleen tijd om te proberen om haar paraplu weer te gebruiken, maar voordat ze kon toeslaan, klemde zijn hand rond het handvat. Het werd weggegooid. Grace probeerde te draaien om het gevecht te verlengen. De uitkomst was onvermijdelijk. Ze zou neer gaan, maar ze zou niet makkelijk neergaan.

Grace duwde zich tegen hem aan toen hij haar in zijn armen trok. Haar borsten drukten tegen hem aan. Zijn handen verstrakten rond haar armen, vormden boeien waar ze niet aan kon ontsnappen. Zijn mond knalde tegen de hare.

Ja, zei een stem diep in haar. Dit was waarom ze hem onder druk had gezet. Dit was wat ze nodig had. Ze kon er niet om vragen. Haar trots eiste dat ze bij hem weg bleef, maar haar hart wilde hem onder druk zetten zodat hij haar gaf wat ze wilde. Ze wilde Sean. Ze wilde hem in haar, met een felheid die haar verraste. Seans tong domineerde. Ze voelde zich klein en hulpeloos ten opzichte van hem. Hij dook in haar mond terwijl de regen naar beneden kwam en er was niets dat ze kon doen, behalve het verlangen voelen.

En toch... Grace deed een poging om zich tegen zijn borst af te zetten. Hij had haar gebruikt en zou dat blijven doen. Wat dacht ze wel niet? Waarom kon ze haar stopwoord niet gebruiken en er klaar mee zijn?

'Vecht niet tegen me.' Hij mompelde de woorden tegen haar lippen. 'Ik wil zachtaardig zijn. Ik wil je laten zien hoe het kan. Als je me blijft pushen, breng ik je naar de kerker en dan zal er geen tederheid zijn.'

Maar ze wilde zijn tederheid niet. Die bleek vals te zijn. Zijn passie echter, die zou ze nemen. Grace plantte haar voet op de zijne. Hij siste van de pijn toen de stiletto contact maakte en liet haar handen even zakken. Grace draaide zich om, om te proberen weg te rennen. Ze lag met haar gezicht voorover in de modder en Seans grote lichaam drukte haar naar beneden voordat ze een tweede stap kon zetten. Ze zat gevangen tussen de drassige aarde en Seans hardheid.

'Ik zei het je.' Hij schreeuwde de woorden, terwijl hij haar vasthield. Ze worstelde, maar hij was veel te zwaar. Ze voelde hem bewegen, kronkelen en toen rolde hij haar in één vloeiende beweging om en pakte haar snel weer op. Hij had zijn riem in zijn handen. Voordat ze kon protesteren, bond die strook leer haar handen voor haar lichaam samen en Sean trok haar op als een kalf dat hij zojuist had vastgebonden. 'Je kunt met me meelopen, of ik kan je door de modder slepen. Jouw keuze, Grace.'

Of ze kon haar stopwoord zeggen en er klaar mee zijn, klaar met hem. Ze begon achter hem aan te lopen, zijn handen trokken haar mee, maar de schoenen bleven in de modder steken en ze struikelde. Sean vloekte en in een oogwenk werd ze in zijn armen genomen en naar het grote huis gedragen. Haar gebonden handen lagen in haar schoot. Ze rilde van de kou, maar een deel van haar werd warm. Wat voor soort vrouw was zij, dat hij haar kon gebruiken en ze hem praktisch smeekte om meer?

Sean stopte niet toen hij de trap opging. Zijn ogen staarden recht voor zich uit.

'Later, Ian,' gromde hij toen ze een enorme blonde man passeerden die de broer van Sean moest zijn. Er waren ook anderen, maar geen teken van Adam en Jake. Grace was daar dankbaar voor. Dit was tussen haar en Sean.

Sean trapte de voordeur open.

'Sean, wat denk je verdomme dat je aan het doen bent?' vroeg Ian, hen volgend.

Grace kon hem over Seans linkerschouder zien. Hij leek precies op Sean, alleen harder en gevaarlijker. Ian Taggart zag er niet uit als een man die gewend was om genegeerd te worden.

'Zijn er handdoeken in de kerker?' Sean stopte niet. Hij bewoog zich doelbewust door de gang. Grace' hart bonsde. *Kerker.* Ze had nog nooit een kerker gezien.

'Sean, dit is volkomen belachelijk.'

'En toch gebeurt het,' kaatste Sean terug. 'Ga je tussen mij en mijn sub komen?'

Grace hoorde Ians zucht. Sean leek een paar magische woorden te hebben gezegd waardoor hij een beetje terugdeinsde. 'Je hebt iemand nodig die erop toeziet dat alles goed gaat. Heeft ze wel een stopwoord?'

Een pervers idee overviel haar. Die grote, blonde man die haar niet eens kende, deed alsof ze een idioot was. 'Ja, het is "rot op"!'

Sean barstte in lachen uit en liep door een stel openslaande deuren. Ze hoorde Ian praten met de blonde vrouw die op de veranda was geweest. Hij zei iets over hoe zijn broer krankzinnig was geworden.

Toen sloeg Sean de deuren dicht en Grace dacht niet meer na. Zijn mond bedekte de hare en verslond haar. Grace sloot haar ogen en gaf zich over aan het gevoel. Dit was echt. Het was misschien het enige echte dat nog over was in de wereld. Sean rukte zijn mond van de hare en Grace voelde het verlies.

De deuren gingen weer open, maar het leek Sean niets te schelen. Ze hoorde de andere mensen praten terwijl Sean naar het midden van de kamer liep. Hij zette haar neer, maar voordat ze zich kon bewegen, had hij haar gebonden handen aan een haak in het plafond vastgemaakt. Grace kon nog nauwelijks staan. Het maakte haar kwetsbaar en vreselijk opgewonden. Ze huiverde en ze wist niet zeker of het van de kou, of iets anders was.

Seans handen gleden over haar hele lichaam. Hij overspoelde haar met zijn aanwezigheid. Zijn vingers knoopten het topje dat ze droeg los en doken meteen onder haar beha. Haar tepels, die al stijf waren van de kou, stonden pijnlijk rechtop. Hij kneep erin, het gevoel schoot van haar borsten naar haar kutje. God, ze had dit nodig. Ze had hem nodig.

'Je hebt het koud.' Hij deed een stap achteruit. Hij wendde zijn ogen niet van haar af, maar stak zijn hand uit. 'Ik heb een mes nodig.'

Grace zag de fijne trillingen over haar lichaam gaan. Ian fronste zijn wenkbrauwen toen hij een gemeen uitziend mes in de hand van zijn broer drukte. Grace zag dat zowel hij als de blonde vrouw de kamer waren binnengekomen en dat de deuren gesloten waren. Grace wenste dat haar handen vrij waren zodat ze zich kon bedekken, maar Sean leek zich totaal geen zorgen te maken over hun publiek.

'Sean,' fluisterde ze. 'We zijn niet alleen.'

Zijn blik kwam omhoog. 'Ja, daar was ik van op de hoogte. Welkom in de kerker. Dit is hoe het werkt. Als ik je voor een publiek wil nemen, is dat omdat ik mijn mooie eigendom wil laten zien. Je weet wat je moet doen om me te laten stoppen.'

Hij bleef haar uitdagen met dat verdomde stopwoord. En ze bleef er maar voor kiezen om haar mond te houden.

De vrouw stond voorovergebogen en haalde iets uit een la. De muur aan het eind was bedekt met planken. Toen ze opstond, had ze een handdoek in haar hand. Ze gaf het aan Ian.

Ian fronste fel naar zijn broer. 'Je hebt geen mes nodig. Je moet je hoofd laten onderzoeken.'

Sean snoof en ging toen verder met haar blouse. Hij was duidelijk niet van plan om haar fatsoenlijk uit te kleden.

'Verdomme, Sean, ik hou van deze blouse.' Grace kronkelde toen Sean door de stof bij de schouders en mouwen sneed.

Zijn blauwe ogen boorden door haar heen toen hij de blouse weggooide en met haar beha aan de slag ging. Hij sneed haar eruit. Ze was naakt vanaf haar middel naar boven zonder dat ze zichzelf kon bedekken. Een flits hitte ging door haar heen. Ze zag de ruimte voor wat het was—een privé kerker. Sean had daar niet over gelogen. Er was een grote X aan de muur met leren bondage riempjes. Haar hersenen maakten overuren. Het was een St. Andrews Kruis. Ze had een glimp opgevangen van een groot bed toen hij haar naar binnen had gedragen en een muur met allerlei paddles en zwepen en bondage sets. Hij leefde echt in deze wereld waar zij slechts over gelezen had. Sean duwde haar rok van haar heupen, maar gebruikte het mes om de touwtjes van haar slipje door te snijden.

'Was dat nodig?' vroeg Grace. Hij had het ook samen met de rok uit kunnen trekken.

'Je hebt ze niet meer nodig.' Hij pakte de handdoek van zijn broer over en begon haar af te drogen.

Hij was tot op het bot doorweekt, maar zorgde eerst voor haar. Grace wist dat ze haar stopwoord uit zou moeten spugen, maar ze kon het niet. Als ze dat ene woord zei, zou alles voorbij zijn. Sean zou er klaar mee zijn. Hij zou haar niet meer aanraken.

Ian stond achter in de kamer alsof er een grens was die hij simpelweg niet over wilde. 'Denk je überhaupt wel na, Sean? Black zal hier zo zijn. We moeten haar naar de verhoorkamer brengen.'

Sean leek een paar centimeter te groeien. 'Vertel je me nu, wat ik met mijn sub moet doen?' Toen Ian niet naar hem wilde komen, liep Sean naar Ian. Hij ging oog in oog met zijn broer staan.

'Nou, iemand moet dat doen. Het lijkt er niet op dat je haar aan kan.'

Grace had zo ongeveer genoeg van Ian. Ze was misschien boos op Sean, maar dit was tussen hen en ze was er klaar mee, dat andere mensen hun neus erin staken. Zij was degene die hier in de kou stond en naakt was ten overstaan van compleet vreemden. Ze kon het niet gebruiken dat Sean en Ian het nu gingen uitvechten. 'Hij kan me prima aan. Ga weg.'

Ians ogen werden groot en zijn borst kwam naar voren. Sean stapte tussen hen in. 'Gaat niet gebeuren. Het is niet aan jou om haar te straffen. Je hebt haar gehoord. Grace, hij maakt zich zorgen om je. Zeg hem hoe je me noemt.'

'Op dit moment noem ik je voornamelijk klootzak.'

Sean gromde.

Ze besloot om er maar klaar mee te zijn. Hoe sneller Ian vertrok, hoe sneller ze hem niet meer alles liet zien wat ze had. 'Prima, Meneer. Meester. Het zal wel, dit is tussen ons.'

Ian schudde zijn hoofd. 'Je hebt een uur. Niet meer. Kom mee, Eve.'

Hij liep de kerker uit, zonder nog een keer naar de vrouw die Eve heette, om te kijken. Ze leken geen intieme partners te zijn, hoewel de blondine zich volkomen op haar gemak had gevoeld in de kerker. Eve draaide haar hoofd om en glimlachte, terwijl ze naar Grace een duimpje omhoog stak, voordat de deur dichtging.

Sean draaide zich naar haar om. 'Je manipuleert me weer.'

Grace trok aan de leren riem, maar het gaf niet mee. 'Weer? Ik, jou manipuleren? Ik denk dat het andersom is, Sean.'

'Nee?' Hij trok zijn eigen shirt uit, nu veel rustiger dan voorheen. 'Je bent boos over mijn bedrog. Je bent boos omdat ik je betrapt heb. Je wilt me net zo pissig maken als jij, zodat ik je zonder enige vriendelijkheid neem, en je me dan kunt haten.'

'Waarom denk je dat ik je nu al niet haat?' Ze was diep van binnen bang, dat ze dat niet deed. Misschien probeerde ze precies te doen wat hij zei.

'Nou, om te beginnen, dat je mijn persoon verdedigt. Dan is er het feit dat we hier zijn. Je bent misschien boos, maar je weet dat dit iets tussen ons is. Er is geen plek voor iemand anders in deze relatie.' Hij pakte de handdoek op en ze hield een zucht in, toen hij haar lichaam ermee droog begon te wrijven. Hij begon met haar uitgestrekte handen.

'We hebben geen relatie, Sean. We hebben een stel leugens die je mij verteld hebt.'

Zijn handen wreven de dikke handdoek in een sensueel gebaar over haar heen. Hij gaf veel aandacht aan haar borsten. De donzige handdoek bewoog over en rond de eerste en toen de andere. Toen hij klaar was, voelde elke centimeter van haar borsten gevoelig.

'Echt? Welke leugens heb ik je verteld, buiten mijn naam en mijn beroep?'

Haar huid tintelde toen hij naar beneden ging. De kou was weg, vervangen door een milde hitte. Grace slikte een gekreun in, toen hij zacht haar kutje droog maakte en aan haar benen begon. Ze moest de controle zien te houden. Het zou zoveel makkelijker zijn als hij gewoon pissig bleef. 'Je zei dat je om me gaf.'

'Geen leugen, kleintje.'

Ze geloofde het niet, maar het was gemakkelijker geweest om te negeren dat hij alles behalve een leugenaar was toen ze aan het vechten waren. Nu stond hij aan haar voeten en omwikkelde hij ze een voor een, met zijn handen. Hij was nog tot op het bot doorweekt, maar zij werd warm en droog. 'Ik geloof je niet. Je zegt dat gewoon omdat je me onder controle wil houden tijdens dat verhoorgedoe.'

Sean kwam overeind, zijn handen gingen naar de rits van zijn broek. Grace kon er niets aan doen, dat haar de manier waarop zijn grote lul een tent maakte van de spijkerstof, opviel. Ze verlangde ernaar om hem aan te raken. Ze was ineens erg blij dat haar handen boven haar hoofd gebonden waren.

Sean duwde de doorweekte jeans over zijn heupen en droogde hardhandig zijn prachtige lijf af. Hij was thuis in de kerker. Hij was weer een Dom.

Hij drong haar persoonlijke ruimte binnen. Zijn naakte lichaam drukte tegen het hare, de connectie zoemde over haar huid.

'Ik doe dit om je te beschermen.' Zijn hand dwaalde van haar nek af naar haar gespannen tepels. 'Ik ga je uit deze toestand halen, Grace. Vertrouw me.'

Hem vertrouwen? Tranen vulden haar ogen. 'Hoe kun je dat van me vragen terwijl jij me helemaal niet vertrouwt?'

Zijn helderblauwe ogen gingen half dicht. 'Dit is niet de tijd of de plek hiervoor. We zullen het snel genoeg over het bewijs tegen jou hebben. Nu heb ik iets nodig en ik weet dat jij dat ook hebt.' Zijn erectie drukte tegen haar buik.

Grace zette zich zoveel als met de boeien mogelijk was tegen hem af. 'Ik heb het nodig, dat je me alleen laat.'

Hij zuchtte diep. Zijn handen raakten haar nek aan, traceerden de lijn waar haar ketting ooit lag. 'Dat is het laatste wat je nodig hebt.'

'Vertel me niet wat ik nodig heb.' Hij frustreerde haar eindeloos. Ze bracht haar voet omhoog om hem te schoppen. Alles, om hem net zo gevangen te laten voelen als zij zich voelde. Ze maakte niet eens contact. Zijn hand schoot naar voren om haar te vangen.

'Probeer dat niet nog een keer. Ik ben geduldig. Bij de volgende overtreding, pak ik de rijzweep, Grace.'

Zijn kalme stem liet het haar opgeven. Ze was een kolkende massa van emoties en hij was volkomen kalm. Het kwam niet eens in de buurt van "eerlijk". Ze schopte en raakte uiteindelijk zijn been. Hij stapte eenvoudigweg achteruit en verdween uit het zicht.

'Kom terug en vecht met me,' gromde ze. Het klonk alsof hij lades opende. Ze wist precies waar hij naar zocht en een deel van haar was er dankbaar voor.

'Ik wil niet met je vechten.' Zijn woorden waren kortaf, alsof hij wat van zijn geduld verloor. 'Verdomme. Bied je excuses aan of gebruik je stopwoord. Anders moet je tot twintig tellen, sub.'

Hij hield een rijzweep in zijn handen. Grace staarde ernaar. Het was ruwweg de lengte van Seans onderarm en de top zag eruit als zacht leer. Hoe zou het voelen?

Hij bracht haar hoofd omhoog, zijn vingers lichtjes tegen haar kin. Zijn ogen hielden de hare een moment vast. 'Ik wil dit niet doen. Ik wil je liever naar beneden halen, je handen losmaken en de liefde met je bedrijven.'

Hij wilde de liefde bedrijven met een vrouw waarvan hij geloofde dat ze allerlei misdaden had begaan? Hij had niet eens uitgelegd waar hij haar van wilde beschuldigen, maar hij wilde wel dat ze ging liggen en hem verwelkomde in haar lichaam? Ze wilde hem, maar niet zo. Dit was het einde. Ze zou hem na deze sessie niet meer aanraken en ze wilde zijn tederheid niet. 'Ik haat je.'

Zijn ogen sloten even alsof de woorden hem pijn deden. Hij was een spectaculaire acteur, maar dat wist ze al. 'Als dit is wat je nodig hebt... tel tot twintig, sub.'

De rijzweep kwam in een boog van vlammen over haar kont naar beneden, likte haar huid en deed haar naar adem snakken. Haar huid brandde en toen kwam de hitte binnen.

'Je moet tellen, Grace.' Zijn woorden waren zwaar, vermoeid zelfs.

'Een.'

Meteen kwam de rijzweep weer naar beneden. Het geluid sloeg als de donder door de ruimte. Tranen liepen in haar ogen, maakten de wereld een zachte, waterige plek. Ze liet haar hoofd naar voren vallen toen de tweede slag over haar heen kwam. 'Twee.'

Ze had het zich altijd afgevraagd. Hier had ze altijd van gedroomd. Ze wist dat het een perversiteit was, maar iets in de manier waarop de pijn warmte werd en de hitte genot, maakte dat Grace zich vrij voelde. Dit was waar ze naar op zoek was. Het ging niet echt om de pijn. Het ging erom, hem genoeg te vertrouwen om zichzelf aan hem over te geven. Ze hoefde hier niet na te denken of zich zorgen te maken. Ze mocht alleen voelen.

Sean had een perfect ritme. Hij leek precies te weten wat ze nodig had en Grace was hem vreemd genoeg dankbaar. Na zoveel jaren de behoefte te hebben opgekropt, liet ze zich wegdrijven.

'Vijf,' zei ze toen de vijfde slag kwam. Ze zette haar kaken op elkaar en liet de hitte vloeien.

De rijzweep kwam steeds opnieuw neer. Ze telde door, van tien en elf naar twaalf. Haar eigen stem leek nu ver weg, alsof het niet echt een deel van haar was. Nu was ze op een plek waar niets meer iets uitmaakte, behalve die zoete warmte en de opwinding die haar vagina liet kloppen. De wereld en al haar zorgen verdwenen en ze kon zich concentreren op het voelen.

'Negentien.'

Ze raakte een beetje in paniek en kwam uit haar veilige plek. Nog één en ze moest hem opgeven. Nog één en ze moest weer alleen zijn. De rijzweep kwam naar beneden en ze kon het niet zeggen. Ze kon hem dat laatste nummer dat het einde van hen betekende, niet geven.

Hij wachtte er niet op. Ze hoorde de rijzweep op de grond vallen en voelde zijn handen langs haar brandende kont glijden.

Zijn lippen drukten in de welving onderaan haar ruggengraat en het voelde te fijn om te vechten. Hij liet zijn mond langs haar rug glijden. Toen hij bij haar nek kwam, streelde zijn mond haar. Zijn lichaam wiegde haar. Hij greep haar borsten, zijn lul nestelde zich tussen haar billen. Zijn mond vond haar oorlellen en likte en plaagde ze.

'Ik heb je nodig, Grace.' Hij trok zacht aan haar tepels, het gevoel deed haar kreunen. Hij wreef zijn lul tegen haar. 'Ik heb je zo hard nodig.' Zijn handen gleden langs haar lichaam en vonden de V van haar dijen. 'Je bent zo nat. Je bent zo nat voor mij.'

Zijn vingers gleden gemakkelijk in haar kutje. Ze was kletsnat. Haar klit trilde bij elke beweging van zijn hand. Hij stootte een enkele vinger in haar terwijl zijn lul tussen haar billen drukte.

En ze kon niet tegen hem vechten. Ze wilde hem. Ze wilde nog een laatste keer met hem. Ze protesteerde toen zijn hand uit haar kutje kwam. Het leverde haar een beet in haar oor op, een erotische kleine marteling. Sean wist precies hoeveel pijn hij moest geven. Hij wist precies hoe hij haar moest laten voelen. Hij opende haar hart op manieren die ze onmogelijk achtte, maar hij voelde niet hetzelfde voor haar.

Ze zou nooit een andere man vinden zoals hij. Ondanks alles wat hij had gedaan, zou Grace hem de rest van haar leven missen.

Hij trok haar handen van de haak boven haar hoofd. In een oogwenk was de riem weg en was ze vrij. Hij streek met zijn sterke vingers langs haar armen om ervoor te zorgen dat ze de bloedsomloop niet had verloren. Toen hij klaar was trok hij haar naar zich toe. Zijn prachtige gezicht was zo serieus, het was moeilijk te geloven dat dit slechts een spelletje voor hem was. 'Ik... ik ga voor je zorgen.'

'Maar je vertrouwt me niet.' Het was geen vraag. Ze wist het antwoord. De kennis was een bittere pil, maar ze had hem geslikt.

Zijn kaken spanden zich en zijn handen klemden zich om haar heen. 'Het komt goed. Ik ga voor je zorgen.'

Hij bracht zijn lippen naar de hare, en zijn tong likte en eiste toegang. Hij likte haar lippen zoals hij dat bij een decadent dessert zou doen. Ze opende zich onder hem. Ze wist dat ze moest vechten, maar ze kon het niet. Ze wilde nog een laatste moment met hem hebben. Hierna zou ze eenzaam zijn met alleen herinneringen aan hem om haar warm te houden. Ze kronkelde haar armen om hem heen terwijl hij haar optilde.

'Sla je benen om me heen. Ik kan niet wachten.'

Zijn grote lul vond met gemak haar kutje en Sean drong zich naar binnen, vulde haar en liet haar kreunen. Hij duwde haar op zijn pik en hield haar tegen zich aan, waardoor hij zich een weg naar binnen dwong. Ze hield zich stevig vast terwijl hij naar het bed liep, zonder hun verbinding te verliezen. Hij liet zich vallen op het bed en kwam zwaar bovenop haar terecht. Ze zat gevangen tussen het zijde van de lakens en de warmte van zijn huid.

Zijn handen kwamen naar voren en omlijstten haar gezicht. 'Alles goed met je?'

Ze knikte. Ze trok zich niets aan van haar pijnlijke huid. Het was op dit punt gewoon nog een sensatie.

'Godzijdank.' Sean tilde zijn bovenlichaam op en streelde haar. 'Oh, je voelt je zo goed.' Zijn blik was zwaar van verlangen. 'Zo verdomd juist.'

Hij gebruikte lange, langzame, gekmakende stoten in haar. Hij werkte zich een weg naar binnen en hield zichzelf daar even voordat hij zich langzaam bijna helemaal naar buiten trok. Grace klemde haar benen om hem heen, ze wilde hem niet kwijtraken. Keer op keer stootte hij naar binnen en trok hij terug. Hij vulde en trok zich vastberaden terug. Grace probeerde haar heupen omhoog te duwen. Ze wilde hem dwingen om die ijzeren wilskracht van hem te verliezen. Hij gromde gewoon en gebruikte zijn gewicht om haar beneden te houden. Ze had geen andere keuze dan alles te nemen wat hij haar gaf. Zijn lul stootte diep en Grace dacht dat ze gek zou worden als hij het niet afmaakte. Elke millimeter van haar vagina deed pijn.

'Alsjeblieft.' Het kwam er onbedoeld uit.

Zijn mondhoek krulde zich op en Grace wist dat ze een fout had gemaakt. Hij had gewacht tot ze zou smeken. Hij speelde een spelletje tot het einde toe. 'Als dit is wat je nodig hebt, dan zal ik het je geven.'

Hij stootte zijn pik naar binnen. Hij ging op zijn knieën zitten, zijn handen op haar dijen, dwong ze uit elkaar zodat elke centimeter van haar kutje open en bloot voor hem lag. Sean keek naar beneden en Grace wist wat hij deed. Hij keek toe hoe zijn lul haar kutje plunderde. Hij keek toe, terwijl hij neukte, wat voor zijn gevoel van hem was. Hij dreunde tegen haar aan. Zijn gezicht was rood en zijn adem kwam in rafelige stoten naar buiten. Hij duwde tegen haar aan en raakte die magische plek. Haar vagina kwam tot leven en ze vloog. Seans duim streek over haar klit, waardoor ze schokte van genot. Ze hoorde nauwelijks zijn gekreun toen hij zich tegen haar aan drukte en haar overspoelde met zijn sperma.

Hij duwde in haar, ook al voelde ze zijn lul zachter worden. Het was alsof hij de verbinding niet wilde verliezen. Na een tijdje zakte hij naar beneden en liet zijn hele gewicht op haar neerkomen. Zijn gezicht lag in de kromming van haar nek en hij lag tegen haar lichaam aan.

'Van mij.' Ze hoorde het gefluister, voelde de bezitterige kus die hij in haar nek gaf.

Maar dat was ze niet. En dat zou ze ook niet meer zijn.

16

Sean keek door de dubbelzijdige spiegel en dacht even na, over wat voor een complete perverseling zijn broer was. Hoeveel mensen hadden thuis een kamer met een spiegel in twee richtingen en een kijk-gedeelte? Ian Taggart dus wel. Hij vond het handig bij het trainen van Doms en subs. Nu had Ian alle seksspeeltjes weggehaald en er een erg saai ogende tafel met klapstoelen geïnstalleerd. Het zag eruit als het decor van een verhoorkamer uit een politieserie, tot en met de nerveus uitziende verdachte en de overheersende ondervrager.

Alleen zag Grace er niet echt nerveus uit. Ze zag er moe en teruggetrokken uit terwijl ze zat en alles negeerde wat Ian zei. Eve zat bij hen in de kamer, maar ze keek naar Grace in plaats van mee te doen aan het verhoor. Hij had gezien hoe Eve's gezicht van behoedzaam naar bezorgd naar ronduit meelevend ging. De *profiler* van de groep leek te denken dat Grace een onschuldige toeschouwer was. Angst begon door Seans lichaam te pulseren, waardoor hij gespannen en rusteloos werd.

Wat als hij het mis had? Wat als hij toestond, dat zijn verleden de huidige situatie met Grace kleurde? Als ze onschuldig was, had hij veel om zich voor te verontschuldigen.

Haar rechterhand trilde licht toen ze die naar haar nek bracht. Ze reikte naar iets. Verdomme, ze reikte naar de ketting die hij haar had gegeven. In de paar dagen dat ze het had gedragen, was het duidelijk dat ze eraan gewend was geraakt om ermee te spelen, waarbij ze mogelijk het hartje tussen haar duim en wijsvinger wreef. Het zou haar troost hebben geboden. Nu reikte ze ernaar en het was er niet meer. Het lag nog steeds buiten, verdwaald in de modderige tuin. Hij zou het vinden, repareren en het haar teruggeven.

En ze zou het misschien recht in zijn gezicht terug gooien.

Haar lichtbruine ogen leken gericht op een punt achter Ians hoofd. Haar mond stond strak en de lijntjes rond haar ogen leken dieper dan normaal. Sean vroeg zich af, wanneer ze voor het laatst iets had gegeten. Hij had haar erg onder druk gezet en nu deed Ian hetzelfde. Hij wilde niets liever dan die kamer binnenlopen, haar in zijn armen nemen en haar mee naar huis nemen. Hij zou haar voeden en baden en haar tegen zich aan trekken terwijl ze sliep. Hij wilde hiermee klaar zijn.

'Ze lijkt niet erg mee te werken.'

Sean voelde zijn buik samentrekken. Meneer Black. Hij was op komen dagen, vlak nadat Sean Grace uit de kerker had geëscorteerd. Sean had met haar gedoucht en gezorgd voor haar roze achterwerk. Hij had zich aangekleed en wilde wat kleding voor haar zoeken, toen Eve hem een zak had gebracht. Iemand was ergens naartoe gereden om voor Grace een rok, blouse en schoon ondergoed te halen. Waarschijnlijk Adam, aangezien de maten perfect waren, maar Sean was alsnog dankbaar. In de hele tijd dat, hij voor haar had gezorgd, had Grace daar gewoon als een pop gestaan, lusteloos en levenloos. Ze was in een complete post-scène dip beland. Ze volgde al zijn instructies op, maar ze was niet bij hem. Ze was ergens anders, ergens waar ze niet met hem hoefde om te gaan. Hij moest door die muur heen breken.

'Misschien weet ze niets,' zei Adam.

Adam, Jake en Liam stonden achterin de kleine kijkruimte. Sean had zijn best gedaan om de man te tolereren. Jake had hem gevraagd om begrip te hebben. Er gingen geruchten dat Adam het moeilijk had, maar het kon Sean niet schelen. Als Adam weer een poging deed om Grace te versieren, was hij dood.

'Dat betwijfel ik, meneer Miles. Het bewijs spreekt voor zich.' Black stond naast Sean, en deed geen moeite om naar Adam te kijken. Zijn kille ogen waren overduidelijk op Grace Hawthorne gericht. Hij was gekleed in een duur, waarschijnlijk handgemaakt pak dat paste bij zijn dure schoenen. Zijn donkere haar was modieus, hoewel conservatief, geknipt. Hij was aantrekkelijk maar heel gewoontjes, het soort man waar je gemakkelijk voorbij zou kijken. Zijn wenkbrauwen gingen vragend omhoog toen hij zich tot Sean wendde. 'Heb je in zijn kluis gekeken? Taggart zei dat jij degene was, die het bewijs vond dat ik de waarheid verdraaide.'

'Je loog. Dat is wat je doet.' Sean vertrouwde de man nog steeds niet. Dat zou hij nooit doen zolang meneer Black voor de CIA werkte.

Meneer Black haalde alleen zijn schouders op. 'Het verdient de kost. Ben je erachter gekomen wat hij deze keer probeert te stelen?'

'Iets uit het Bryson Building. Hoe lang doet Parnell dit al?'

Black grinnikte, maar het geluid was vreemd koud. 'Parnell? Sorry. Ik zie hem nog steeds als Wright. Ik was zijn contactpersoon, weet je, hoewel hij altijd al een koppige was. Verdomd fijne spion, maar nou zijn de schurken dat meestal wel. Hij is hier al minstens drie jaar mee bezig. Vijf jaar geleden, deed hij alsof hij dood was. Het kostte me wat tijd om hem op te sporen. Ik had nooit gedacht dat hij zijn broer erbij zou betrekken. Hij had geen hechte band met zijn familie. Zijn vader was wat ruw tegen hem. Dat hij geen hechte familiebanden had is een van de redenen waarom we hem hebben aangenomen. Hij is slim en voorzichtig. We moeten behoedzaam met hem omgaan, anders slaat hij op de vlucht.'

Als Sean ook maar een moment dacht dat Parnell zou wegrennen en Grace helemaal zou vergeten, zou hij de man een paar sportschoenen geven. Maar zo'n man zou zijn losse eindjes aan elkaar knopen. Kayla's lichaam bewees dat zonder enige twijfel. Hij richtte zijn aandacht weer op de verhoorkamer.

'Ik weet het niet.' Grace schoof een stuk papier terug naar Ian. Sean strekte zich uit om te zien wat het was. Het leken haar gesigneerde cheques voor de kluis. Ian, of misschien meneer Black, hadden aan wat touwtjes getrokken en hadden van de bank kopietjes gekregen. Haar stem klonk blikkerig en vermoeid over de speakers.

'Je moet het weten, mevrouw Hawthorne. Is dat of is dat niet uw handtekening op de cheques?' Ian wees naar de handtekening, zijn stem hard en onverbiddelijk.

'Ja, ik heb de cheques getekend.'

'Voor Evan Parnell?'

Ze haalde haar schouders op. 'Ik wist niet echt waar het voor was. Matt had het me gevraagd. Ik betaal kleine bedragen en al zijn persoonlijke spullen. Het is zijn bedrijf, zijn geld. Als hij ergens vijfenzeventig dollar per maand voor wilde betalen, dan zal ik gevonden hebben dat het zijn zaak was.'

'Maar de kluis stond op jouw naam.'

Ze beet op haar lip en bleef stil.

Ian ging door.

Black leunde naar hem toe. 'Weet je. Wright was altijd goed met de vrouwtjes. Hij had er altijd een of twee aan het lijntje om te doen wat hij wilde. Hij hield er nooit van om sporen na te laten, als een mooie vrouw dat voor hem kon doen. Natuurlijk had hij de neiging om ze te doden als hij klaar was, maar hij genoot ervan zolang het duurde. Ze is waarschijnlijk verliefd op hem.'

'Ze gaat niet met hem naar bed.' Sean spuwde de woorden uit. Hij geloofde die specifieke beschuldiging geen moment. 'Hij heeft haar niet aangeraakt.'

Black draaide nu naar hem toe, en gaf Sean zijn volledige aandacht. 'Echt? En hoe weet je dat?'

Sean dwong zijn stem om vlak te blijven. Het was een fout geweest om te reageren. Black was misschien nu de klant, maar hij was nog steeds van de CIA. Hij kon elk moment omslaan. Ian zou pissig zijn als hij wist dat Sean zomaar informatie aan Black had gegeven. 'Ik heb mevrouw Hawthorne al een paar weken onder surveillance. Ik denk dat ik het wel had geweten als ze een minnaar had.'

De enige minnaar die ze had, was hij. Hij was er zeker van. Daar had ze niet over gelogen.

Blacks ogen vernauwden zich, maar toen draaide hij terug naar de verhoorkamer. 'Wright kan lastig zijn. Met hem weet je het maar nooit. Dus de vrouw die hij vandaag heeft vermoord; denk je dat hij achter Hawthorne aan zat en in plaats daarvan haar vriendin te pakken kreeg?'

Hier kon hij over meepraten. 'Ik geloof het wel. Kayla Green volgde het patroon van mevrouw Hawthorne. Ze had Grace' jas aan en droeg haar paraplu. Ze zijn ongeveer even groot. Het regende behoorlijk hard. In de regen zou ik Kayla voor Grace hebben aangezien. Verdorie, dat heb ik ook gedaan. Ik volgde haar. Waarschijnlijk beseft hij zijn fout inmiddels wel. Ik twijfel er niet aan dat hij het opnieuw zal proberen.'

Een reptielachtige glimlach gleed over Blacks gezicht. 'Ja, ik geloof ook dat hij dat zal doen.'

Een koud gevoel daalde in Seans buik neer toen hij naar Black keek. De man leek erg tevreden en dat beloofde niets goeds. Sean kon zien, dat hij al probeerde uit te vogelen hoe hij Grace in zijn voordeel kon gebruiken.

'Wat heeft Mevrouw Hawthorne gezegd toen ze erachter kwam dat haar vriendin dood was?'

Er was een moment complete stilte voordat Adam sprak. 'We hebben het haar nog niet verteld.' Hij stopte even. 'We dachten dat Sean het zou moeten doen. Hij is degene die haar het beste aan kan.'

Sean blikte terug naar Adam. Hij leek te willen praten, maar wist dat nu niet het moment was. Ze bespraken hun vuile was niet waar klanten bij waren. Sean knikte langzaam en draaide terug naar Black. 'Ze is nu een beetje kwetsbaar. Ik dacht dat het beter was om haar door het verhoor te krijgen, voordat ik dat ter sprake bracht.'

'Tenzij ze al wist dat Wright het op haar gemunt heeft en dat de reden is dat ze haar vriendin heeft gestuurd.'

'Dat zou ze nooit doen.' De woorden waren uit zijn mond voor hij ze tegen kon houden.

Black bestudeerde hem een moment bedachtzaam. 'Het is iets simpels, weet je. Wat was dit dagelijkse ritueel, dat ze haar vriendin liet doen in plaats van zijzelf?'

'Koffie. Ze haalt altijd om drie uur 's middags lattes.'

Black haalde zijn schouders op en wuifde met zijn hand. 'Alles wat ze moet doen is een beetje huilen. Doen alsof ze een of ander trauma in haar leven heeft. Vrouwen zijn erg gevoelig voor een beetje drama. Ze is een weduwe. Ze zou kunnen zeggen dat ze haar man miste en zich een beetje somber voelde. Een vrouw zal er alles aan doen om een vriendin zich beter te laten voelen, zelfs door de regen lopen om een kop koffie voor haar te halen, terwijl ik zeker weet dat de kantine er een heeft.'

'Ik geloof het niet,' zei Liam, die voor het eerst sinds het interview was begonnen, sprak.

Black staarde de Ier aan. 'Waarom? Ben jij een expert op het gebied van die vrouw? Ik dacht dat meneer Taggart degene was die was aangewezen om... voor haar te zorgen.'

Sean hield niet van de manier waarop hij het zei, maar Liam reageerde al. 'Na dagenlang naar haar te hebben geluisterd, kan ik zeker zeggen dat ik me een expert op het gebied van die vrouw voel. Ze praat tegen zichzelf. Veel. Niets dat ze heeft gezegd, geen gesprek dat ze heeft gehad via de telefoon of iets wat ze tegen zichzelf mompelde terwijl ze zich 's ochtends klaarmaakte, heeft me een enkele hint gegeven dat ze in staat is tot waar je haar van beschuldigt. In deze, schaar ik me aan Eve's kant. De dame is onschuldig. We moeten haar uit de vuurlinie halen en verder gaan.'

Black was als een hond met een bijzonder sappig bot. 'Misschien weet ze dat je luistert.'

Liam sloeg zijn ogen ten hemel op. 'Echt niet. Als ze dat had gedaan, had ze de soundtrack van "Wicked" niet gezongen terwijl ze aan het stofzuigen was. Het meisje kan geen wijs houden. Ze is echt verschrikkelijk. Geloof me, niemand zingt zo, als ze weten dat er naar hen wordt geluisterd. Ook praat ze tegen haar borsten. Ze vraagt waarom ze niet goed in haar bh willen zitten. Wie doet dat?'

'Ze zou erg gewiekst kunnen zijn.' Black luisterde naar geen woord dat ze zeiden.

Een vreemd soort kalmte kwam over Sean heen toen hij naar Black luisterde. Er was weinig tegen Black in te brengen. Grace had de breuk met hem als excuus kunnen gebruiken om Kayla weg te sturen als kanonnenvoer. Als ze een meedogenloze dief was, zou het makkelijk voor haar zijn om haar vriendin te sturen en het mes voor haar te laten incasseren. Seans hersenen draaiden overuren terwijl hij naar Grace keek. Ze was zo lieflijk zoals ze daar zat. Ze was perfect en dat was het probleem. Hij vertrouwde zijn instincten niet. Grace leek perfect, daarom moest er wel iets mis zijn met haar. Black ging door. Ver weg, kon Sean de man horen praten over hoe Grace ze allemaal voor de gek hield, maar Sean was eindelijk kalm genoeg om de relevante vragen te stellen.

Wie was Grace Hawthorne? Grace Hawthorne was het soort vrouw die met gemak een cheque uitschreef voor iets terwijl ze niet zeker wist wat ze nou eigenlijk kocht. Ze zou het doen omdat ze de mensen rondom haar vertrouwde. Grace Hawthorne was het soort vrouw die loyaal was aan een man, die haar een kans had gegeven, ook al was die man een ellendige alcoholist. Sean voelde zijn hart samenknijpen in zijn borst. Grace was het soort vrouw, die een man zou volgen waarvan zij dacht dat hij haar baas oplichtte ook al bracht het haar in gevaar.

God, hij hoopte dat Grace het soort vrouw was, die een man die van haar hield, een tweede kans wilde geven.

'Ze heeft hier niets mee te maken,' zei Sean, met een diepe kalmte in hem. Hij vertrouwde Grace. Het was de hoogste tijd dat hij zijn rol als medewerker aan de kant zette. Hij was geen geheim agent meer. Hij was Grace' geliefde, haar Dom en het was tijd om haar te beschermen. Hij liep langs Black.

'Dat werd tijd verdomme.' Adam zuchtte toen hij voorbij liep.

Sean nam de tien stappen van de kleine kijkruimte naar de deur van de verhoorkamer. Hij schuifelde de ruimte in en negeerde Ians blik en de opengesperde ogen. Grace draaide zich naar hem toe, haar ogen voor het eerst in een uur, helder en gefocust. Hij pakte een stoel en ging naast haar zitten, schoof zijn hand op de hare. 'Ga verder. Beantwoord de vraag. Het komt allemaal goed.'

Ze moesten hier doorheen komen. Het zou niet weg gaan en ze kon zich op geen enkele manier ervoor verstoppen.

Grace' gezicht trok lieflijk samen. Ze staarde een moment naar hem, maar ze trok haar hand niet weg. Na een korte pauze, draaide ze terug naar Ian. 'Ik ken Matts broer niet. Hij praat over hem, maar meestal nadat hij er een paar op heeft, als je begrijpt wat ik bedoel.'

Sean kneep in haar hand. Het was het meest opgewekte antwoord dat ze tijdens het hele verhoor had gegeven.

Ians wenkbrauw schoot arrogant omhoog. 'Dus je zegt me, dat je niet wist dat Evan Parnell eigenlijk Patrick Wright is?'

Grace' ogen werden groot en ze klampte zich aan Seans hand vast. 'Nee. Totdat Sean het me vertelde, had ik geen idee. Ik weet niet hoe ik dat had kunnen weten. Ik heb foto's van Matts broer gezien. Hij lijkt helemaal niet op Evan.'

Sean leunde voorover. Hij was zich pijnlijk bewust van het feit dat Black de ruimte instapte. 'Liefje, hij heeft waarschijnlijk erg veel plastische chirurgie ondergaan. Sommige criminelen met geld veranderen hun uiterlijk om aan de wet te ontsnappen, of in dit geval, zijn vorige werkgever. Hij heeft het waarschijnlijk in Midden-Amerika gedaan. Hij lijkt zowel daar als in Azië banden te hebben. Wright probeert de wet en het Central Intelligence Agency te ontlopen.'

'Dus Evan Parnell is een bloedverwant van Matt, maar hij heeft het me nooit verteld?' Ze kauwde op haar onderlip.

'Ik weet zeker dat hij niet wilde dat je het zou weten. Wanneer kwam Parnell precies opdagen?' Sean wist het antwoord door de paper trail, maar hij was benieuwd om het vanuit Grace' standpunt te zien.

'Een paar jaar geleden. We waren op financieel gebied op wat problemen gestuit. Ik heb nooit een echte uitleg gekregen over waarom. De boeken leken allemaal in orde. Matt zei dat het de economie was, maar we hadden contracten die binnenrolden. Ik vermoedde altijd dat Matt iets had gedaan met het geld, wat hij niet had moeten doen.'

Sean knikte, in wat hij hoopte dat een bemoedigende manier was. Dat was precies wat zij ook hadden verwacht, dat er was gebeurd. Matt Wright gokte graag als hij dronk. Hij speelde veel en niet goed. 'Dus Parnell kwam een paar jaar terug bij je baas?'

'Ja. Hij zei dat hij probeerde om zijn conciërgedienst naar een hoger niveau te tillen. Hij had wat werk gedaan in het Noordoosten, maar had moeten verhuizen. Hij had geen contacten in Dallas. We hadden nog niet eerder conciërgediensten aangeboden. Ik was verrast. Matt is een beetje een snob. Hij vond het leuk dat hij IT-services vertegenwoordigde. Dat had aanzien in onze wereld.'

'Maar een IT uitzendkracht zou in de gaten gehouden worden, mevrouw Hawthorne.' Black ging in de stoel naast Ian zitten. 'Ze zouden erg beperkt zijn in hun toegang tot de systemen en het gebouw.'

Grace leunde naar voren, haar schouder veegde langs de zijne. Sean kon de angst praktisch van haar af voelen rollen. 'Wie is hij?'

Black fronste en leunde naar voren. 'Ik ben de man die jouw lot bepaalt, mevrouw Hawthorne.'

Grace draaide om Sean aan te kijken. 'Heb ik een lot?'

Sean hield zijn grinnik in. Hij leunde naar haar toe. 'Hij is een dramaqueen. Hij kan er niets aan doen. Hij hoort bij de CIA. Ze krijgen er les in of iets dergelijks.'

Sean zag de vluchtige lach van zijn broer, voordat Ian die verborg.

Eve deed geen moeite. Ze lachte hardop. 'Grace, dit is een man die zichzelf meneer Black noemt. Hij werkt voor de CIA. Hij was vroeger Patrick Wrights contactpersoon.'

Black keek met een strenge uitdrukking naar Eve. 'Bedankt voor de introductie, mevrouw St. James. Ik wilde misschien wat van die informatie voor mezelf houden. Mevrouw Hawthorne hoeft, om mijn vragen te beantwoorden, mijn levensloop niet te weten.'

'Je bent op Amerikaans grondgebied, Black,' onderbrak Sean. 'Ze hoeft je vragen überhaupt niet te beantwoorden. Ze kan ook een advocaat nemen.'

'Sean...' Ians waarschuwing werd onderbroken.

Meneer Black leunde naar voren. 'Ik denk niet, dat dit een goed idee is. Als ze dat doet, ben ik bang dat ze zal worden verdacht van de dood van Kayla Green. Dat is niet iets wat zomaar verdwijnt. Als de pers iets over dat verhaal hoort, zal het je achtervolgen, mevrouw Hawthorne.'

Grace' hand werd slap in de zijne en Sean zag al het bloed uit haar gezicht wegtrekken. 'Wat zei je?'

Sean probeerde haar hand terug in de zijne te trekken, maar ze schoof bij hem vandaan. Als Sean Black op dat moment had kunnen doden, had hij het gedaan.

Black lachte de gladde lach van een roofdier, dat wist dat hij in het voordeel was. 'Ik sprak over de dood van je collega. Ze is gevonden, vermoord in een steeg. Het was bij een koffiezaak.'

'Grace, ik wilde het je vertellen.' Seans woorden voelden zwak.

Grace luisterde niet. 'Kayla is niet dood. Ik zag haar vanmiddag nog. Ze zat gewoon vast in de regen.'

'Hoe kon je het haar op die manier vertellen?' Eve klonk verontwaardigd.

'Black, dit is niet de tijd of de plek.' Ians kaak spande aan.

'Oh, maar dat is het wel. Het is overduidelijk dat jouw groep niet is wat ik dacht dat het was. Jullie horen *badass* te zijn, maar jullie pakken deze verdachte met handschoentjes aan.' Hij draaide terug naar Grace. 'Je vriendin is dood. Ik geloof dat ze dood is doordat Patrick Wright dacht dat jij het was. Wat betreft de wijze waarop ze dood is gegaan, Wright had altijd al een voorkeur voor messen, boven pistolen. Je zou het aan je dappere minnaar daar moeten vragen. Hij is degene die haar lichaam heeft gevonden.'

Nu keek Grace naar Sean. Haar hazelnootbruine ogen beschuldigden hem. 'Je wist het. Je wist wat er met Kayla was gebeurd, maar je hebt het me niet verteld?'

Hij hield zijn stem zacht, probeerde het tussen hen te houden. 'Grace, ik ging het je vertellen, maar wanneer we alleen zouden zijn.'

'We hebben zojuist een uur alleen doorgebracht, Sean. Het kwam niet in je op om het me toen te vertellen?'

Nee, dat had het niet. Het was niet eens door zijn hoofd gegaan. Hij was te veel bezig geweest, om met haar de liefde te bedrijven, met haar te markeren als de zijne. Hij had met niets anders rekening willen houden, dan met de behoefte om dicht bij Grace te zijn. 'Ik ging het je vanavond vertellen, als we thuis zouden zijn.'

'Ik ga nergens heen met jou, Sean. Of je dacht dat ik het al wist, omdat ik er iets mee te maken had, of je besloot dat het aan jou was om te bepalen of ik wel of niet te weten zou komen dat mijn vriendin dood was.' Ze draaide terug naar Black, wees Sean duidelijk af. 'Waarom zou Parnell, ik bedoel Wright, me dood willen hebben?'

Sean wilde de arrogante lach van het gezicht van die klootzak slaan.

'Nou, mevrouw Hawthorne, ik vermoed dat je meer weet dan je ons zegt, of meer dan je denkt. Gaf u om uw vriendin?' vroeg Black.

'Ik hield van haar.' Haar stem was zacht. Wat ze zei was waar. Daar was bij Sean geen twijfel over mogelijk. Ze hield van haar vriendin en ze viel recht in Blacks val.

'Dan is er maar een manier om haar nu te helpen en de moordenaar te pakken.'

Sean stond meteen op. 'Dat gaat niet gebeuren.'

Black schonk geen aandacht aan zijn blik van gerechtvaardigde woede. Hij leunde naar Grace. 'Ik geloof dat jij de enige bent die dit op kan lossen.'

Grace vouwde haar handen samen. Ze maakte een strakke vuist op tafel. 'Wat moet ik doen?'

* * *

Er werd kort op de deur geklopt, maar Grace nam niet de moeite om de persoon te vragen binnen of buiten te blijven. Ze wist wie het was en woorden zouden Sean Taggart niet buiten houden als hij naar binnen wilde. Ze zou de deur van de grote slaapkamer op slot hebben gedaan nadat het "verhoor" voorbij was, maar ze vermoedde dat Sean wel een sleutel zou hebben gebruikt of gewoon de deur in zou hebben getrapt. Hij had vaardigheden die ze nooit achter hem had gezocht.

De afgelopen uren had ze ontzettend veel over haar minnaar geleerd. Hij was een voormalige agent van de Speciale Eenheid. Sean Taggart was een onderscheiden commando die gevaarlijke missies in Afghanistan had uitgevoerd. Hij had eerder voor de CIA gewerkt, toen hij in het leger zat en als huurling in de Verenigde Staten. Hij was een gevaarlijke man.

Hij was ook een man die heel wat scheldwoorden kende. Hij had een paar woorden op meneer Black gebruikt, toen Grace had toegestemd om te helpen, waarvan ze niet eens zeker wist of het Engels was. Daarna had hij er een paar op haar gebruikt.

Grace zat op het bed terwijl de deur openging en Sean binnenkwam met een enorm dienblad. Het deed pijn om naar hem te kijken. Hij was zo prachtig. Hij was een bestendige aanwezigheid in een wereld die nu totaal scheef leek. Ze wilde niets liever dan dit hele probleem in zijn schoot werpen en hem het voor haar laten oplossen. Het zou gemakkelijk zijn om te doen. Hij zou het haar laten doen. Ze hoefde het alleen maar te zeggen en Sean zou het overnemen. Ze zou weggestuurd worden naar een veilige plek. Hij zou het afhandelen.

En hij zou nooit meer op dezelfde manier naar haar kijken. Ze herinnerde zijn woorden op die eerste avond dat ze de liefde hadden bedreven. Hij wilde een partner. Ook al was ze niet van plan om die partner te zijn, ze kon zich er niet toe zetten om de woorden te zeggen, waardoor ze gewoon een andere, zichzelf aan hem vastklampende sub werd.

'Ik heb avondeten voor je meegenomen.' Hij stond aan het voeteneind van het bed, zijn woorden zacht en behoedzaam.

'Ik heb geen honger.' De gedachte aan eten... toen pikte haar neus de aroma's op. Ze keek naar het dienblad dat hij op het bed had gezet. Het was net zo elegant gedekt als in een restaurant. Er was bestek, een porseleinen bord met een kleine portie van iets dat heerlijk rook, een salade, een wijnglas en een karaf witte wijn. 'Is dat een taart?' Het rook niet zoet. Het was hartig en herinnerde haar eraan dat ze al uren niet had gegeten.

'Het is comfort food. Het is een kippenpasteitaart.'

'Daar houd ik niet van.' Dat smaakte altijd naar karton en flauwe soep.

'Dat komt omdat je er nog nooit een hebt gehad, die helemaal zelf is gemaakt.' Hij zette het blad neer en klom op het grote bed naast haar. Hij sneed in de taart en hield een goed gevulde vork in de lucht. 'Open doen.'

Haar mond was open voordat ze erover nadacht. Hij had die Dom-stem op haar gebruikt. Grace stond op het punt haar lippen te sluiten toen de smaak over haar tong gleed. Haar ogen sloten zich in decadente overgave.

'Zie je. Het is heel anders als je verse ingrediënten gebruikt. En het deeg is het recept van mijn moeder.' Ze hoorde de voldoening in Seans stem.

Grace gaf toe. Ze nam de vork van hem aan. Hij leek een beetje teleurgesteld, maar gaf het op. Hij was zo'n massa tegenstrijdigheden. Hij was een grote, sterke krijger die wist hoe hij met een geweer moest omgaan en hoe hij vanaf de basis een taartbodem moest maken. Hij was een Dom die zo liefdevol voor haar zorgde, maar haar ook voor de wolven had geworpen.

Dat laatste mocht ze nooit vergeten.

Sean schonk haar een glas wijn in. Grace reikte ernaar en herinnerde zich toen de laatste keer dat hij haar had bediend. Er klopte iets niet aan die avond. Die avond had ze precies twee glazen wijn gedronken en was ze buiten westen geraakt. Grace wist dat ze geen zware drinker was, maar ze had genoeg tijd bij happy hour doorgebracht om wat wijn aan te kunnen. Ze wierp Sean een korte blik toe. 'Is deze ook gedrogeerd?'

Hij werd rood. Grace was er vrij zeker van dat hij dat niet vaak deed. 'Nee. Ik zal dat nooit meer doen, Grace. Ik beloof het. Als het iets uitmaakt, ik dacht toen, dat ik je beschermde.'

Grace nam voorzichtig een hap salade. Ze wilde niet echt eten, maar ze moest op krachten blijven. Ze moest morgen weer terug naar het hol van de leeuw. 'Niet echt.'

Ze legde de vork neer terwijl de gebeurtenissen van de dag haar weer overspoelden. Hoe kon Kayla dood zijn? Hoe kon Kayla, lieve, levendige Kayla, in een steegje aan haar einde zijn gekomen? Tranen welden op.

Sean haalde het dienblad en alles wat erop stond, meteen van het bed en voegde zich weer bij haar. Zijn sterke armen trokken haar tegen zijn borst.

Hij hield de achterkant van haar hoofd vast, zijn vingers zonken in haar haren. 'Oh, schatje, het is al goed. Ga je gang en huil maar. Ik blijf bij je.'

Het was makkelijk om in zijn warmte weg te zakken. Ze sloeg haar handen rond zijn nek toen hij haar op zijn schoot trok. Ze droeg iemands oude T-shirt, waarschijnlijk die van Sean. Zijn neus drukte in haar nek. Er was niets wezenlijk seksueel aan de aanraking. Er was niets inherent seksueels aan de aanraking, alleen twee mensen die intiem waren en troost zochten in elkaars nabijheid.

Grace snikte. Ze liet zichzelf gaan. Ze huilde voor Kayla en alles dat die was verloren. Ze was nog zo jong geweest. En ze huilde voor zichzelf, omdat ze Pete was verloren en toen Sean. Omdat ze al zo lang sterk was geweest voelde het goed om los te laten. Grace huilde voor Matt, die zo verloren was. En ze huilde omdat ze zo bang was. Meneer Black wilde dat ze haar leven op het spel zette zonder enige training of kennis. Ze ging een spel spelen waarvan ze de regels niet eens kende, maar ze kon nu niet meer terug.

De hele tijd hield Sean haar dicht tegen zich aan. Soms mompelde hij geruststellende woorden in haar oren, soms wiegde hij haar gewoon tegen zich aan. Na een lange tijd hoorde ze zijn sterke hartslag, en begon ze weer bij te komen. Hij had een solide, warm lichaam om aan vast te klampen. Ze wist wat ze moest doen; hem wegduwen. Ze zou sterk moeten zijn, maar het leek alsof ze al haar kracht had gebruikt bij het aannemen van Blacks aanbod.

Morgen ging ze terug naar haar werk, maar niet als Matts secretaresse. Dat was nu haar dekmantel. Ze ging terug als een spion.

'Grace.' Seans stem was zacht en dicht bij haar oor. Ze lagen als puzzelstukjes om elkaar heen gelegd. 'Laat me je hier weghalen, schat. Ik kan ons voorbij Ians beveiliging krijgen. We stappen in de auto en rijden gewoon weg. Ik heb wat geld gespaard. Laat me je meenemen. We rijden een tijdje, halen nieuwe ID's en dan kunnen we gaan, waarheen we maar willen.'

'Ik dacht dat je ervan overtuigd was dat ik zo schuldig was als maar zijn kon.'

Zijn ommekeer was verrassend geweest. Sinds ze uit de regen waren binnengekomen, was hij heel teder tegen haar geweest. Het was zenuwslopend. Ze gaf de voorkeur aan de boze Sean in plaats van deze man die haar behandelde alsof ze van glas was. Het was gemakkelijker om zich van hem af te zonderen.

De blik in Seans blauwe ogen werd zacht en hij streek met zijn hand door haar haren. Overal waar hij haar aanraakte, voelde ze de verbondenheid met hem. 'Ik was een idioot, schat. Mijn enige excuus is, dat ik van jou ondersteboven was. Ik ben nog nooit in deze positie geweest. Het bracht me van mijn stuk. Ik ben veel meer gewend aan mensen die tegen me liegen. Het is beroepsdeformatie.' Hij was even stil en leek tot een besluit te komen. 'Je hebt de littekens op mijn rug gezien?'

Ze knikte. Ze was van plan geweest om ze allemaal te kussen, toen ze dacht dat ze gewoon minnaars waren. Ze had met haar lippen over alle plaatsen willen gaan waar hij gewond was geraakt. Zonder er bij na te denken, ging haar hand naar zijn schouders, waarvan ze wist, dat enkele van de grote, zilverkleurige littekens langs zijn rug begonnen te kronkelen.

'Die heb ik in Afghanistan gekregen. Mijn commandant, die ik buiten mijn moeder en broer, meer dan wie ook vertrouwde, stuurde me samen met twee anderen op een missie naar een dorpje net buiten het territorium dat onder controle van de Taliban stond. Op tien kilometer afstand van het dorp, reden we op een bermbom. Ik ben de enige die het overleefd heeft. Blijkbaar hadden we slechte informatie ontvangen. De CIA eiste de eer niet op, dus mijn commandant werd gebeld. Hij probeerde het op mij en de twee mannen in mijn eenheid die om waren gekomen bij de explosie, af te schuiven. Hij zei dat we geen autorisatie hadden om daar te zijn. Hij beweerde dat we de Humvee hadden gestolen en drugs op gingen halen. Dat soort dingen gebeuren. Ik moest voor de krijgsraad komen. Ian vond bewijs dat ik gewoon een bevel opvolgde en, nou ja, hij heeft behoorlijk goede connecties in die wereld. Het spreekt voor zich dat ik vrijuit ging, maar het heeft mijn vertrouwen in de medemens niet bepaald goed gedaan. Drie maanden later werden Jake en Adam betrapt op het neuken van de verkeerde persoon... tegelijkertijd, natuurlijk. Ze waren goede soldaten. Ze zijn erin geluisd. Op dat moment was het leger mijn leven. Dan heb je mijn vader nog, die ons heeft verlaten.' Sean zuchtte en schudde zijn hoofd. 'Wat ik probeer te zeggen, Grace, is dat ik geen man ben die dingen zomaar aanneemt.'

'Ik begrijp het. Ik denk dat ik er hetzelfde over denk.'

Hij grinnikte. 'Jij bent een heel ander wezen, Grace. Ik heb me daar uiteindelijk bij neergelegd. Jij bent een vrouw die mensen vertrouwt en met hart en ziel van iemand houdt. Je moet het me vergeven, dat ik iets wat ik nog nooit gehad heb, niet meteen herken.'

'Ja, nou, dat hart van me heeft de laatste tijd veel te verduren gehad, dus ik denk dat ik het een beetje af ga sluiten.' Misschien was het tijd om wat harder te worden.

Zijn handen verstrakten. 'Dat hoeft nu niet meer. Ik heb je gezegd dat ik je zou beschermen en ben ook van plan om dat te doen. De eerste manier waarop ik je kan beschermen, is je hier weghalen. Je bent niet gemaakt voor dit spel. We gaan gewoon weg en kijken nooit meer achterom.'

Het klonk perfect. Ze konden een of ander tropisch eiland vinden en twee heel andere mensen zijn. Ze hoefden nooit meer terug te komen. En ze zou haar zoons nooit meer zien. Grace ging rechtop zitten toen die verschrikkelijke gedachte bij haar op kwam. Ze begreep dat Parnell niet Kayla had willen vermoorden. Hij had het op haar gemunt. Maar hij kon veel ergere dingen doen, dan haar louter vermoorden. 'Mijn jongens. Hij kan aan mijn jongens komen.'

Sean trok haar terug naar beneden, schudde zijn hoofd. 'Nee, dat kan hij niet. Vanaf morgenochtend hebben ze allebei vierentwintig uur per dag, zeven dagen in de week beveiliging. Liam is op dit moment onderweg naar Austin. Hij gaat je zoons ophalen en ze gaan naar een veilige plek, totdat dit voorbij is. Ian en ik hebben al met hen gesproken. Je oudste zoon heeft nogal een grote mond.'

Grace lachte lichtjes. David was altijd voorzichtig in de buurt van zijn moeder, maar ze wist dat hij behoorlijk kon vloeken als hij boos werd. Hij was ook erg beschermend. Kyle was zachtaardiger, maar hij zou net zo bezorgd zijn. Ze wilde ze hier niet bij betrekken. Ze hadden hun eigen levens. 'Wat heb je tegen hen gezegd?'

'Ik heb de situatie uitgelegd. Ik heb ze gezegd dat je middenin iets gevaarlijks zat en dat ik je zou beschermen. Ik moest goed op ze inpraten, anders denk ik dat ze op het vliegtuig hierheen waren gestapt. Dat is geen goed idee.'

Grace was het met hem eens. Ze wilde haar kindjes nu niet in haar buurt hebben. Ze zouden net zo kunnen eindigen als...

'Het was niet jouw schuld.' Sean trok haar dicht tegen zich aan, alsof hij haar gedachten kon lezen. Het was logisch dat hij goed was in lichaamstaal lezen.

Grace schudde de emotie van zich af. Als ze stil bleef staan bij Kayla, zou ze weer uit elkaar vallen. 'Dus die Liam-gast gaat mijn jongens beschermen? Is hij een beetje goed?'

Seans lippen krulden iets omhoog. 'Nou, een aantal Europese overheden vindt van wel.' Hij keek serieus naar haar en nam haar gezicht in zijn handen. 'Liam is dodelijk, schat. Hij is slim en snel. Hij heeft me nog nooit teleurgesteld. Hij zal voor ze zorgen. Ik heb moeten beloven, dat je ze in de ochtend belt.'

Het zou fijn zijn om hun stemmen te horen, om te weten dat ze veilig waren. Ze zou hun ongetwijfeld talloze vragen kunnen beantwoorden. 'Wat heb je ze nog meer verteld?' Hij zou het vast niet over iets anders hebben gehad dan over deze kwestie.

'Ik heb ze verteld dat ik met je ging trouwen.'

'Je hebt wat gezegd?' Haar gegil weerkaatste door de kamer.

Sean haalde alleen zijn schouders op en reikte naar het wijnglas dat hij op het nachtkastje had gezet. Hij nam een flinke slok en gaf het toen aan haar. 'Ik heb tegen David gezegd dat ik met je ging trouwen en dat hij zich geen zorgen hoefde te maken. Ik denk dat het een verkeerde inschatting van mij was. Hij leek zich nu niet meer alleen zorgen te maken over de situatie waarin we zitten, maar ook over onze relatie.'

Grace nam de wijn aan. Het leek erop, dat ze het nodig zou hebben. Ze probeerde niet te denken aan het feit dat Seans lippen dezelfde plek hadden aangeraakt als die van haar nu deden. Het was een van die intieme dingen die stelletjes deden. Grace kroop uit bed en begon te ijsberen. 'Ik kan niet geloven dat je hem dat verteld hebt.'

Sean lag achterover tegen het sierlijke hoofdbord en zag er belachelijk lekker uit in jeans en een T-shirt en zonder schoenen. Zelfs zijn grote voeten waren sexy. 'Nou, ik dacht dat het beter was, dan het joch vertellen dat ik superhete D/s seks had met zijn moeder. Buiten dat, is het waar. Ik ben van plan om met je te trouwen. Ik dacht dat het kenbaar maken van mijn erg goede intenties, hem gerust zou stellen. Ik begrijp kinderen niet. Nadat ik had uitgelegd dat ik met je wilde trouwen, dreigde hij om mijn penis met een roestig mes af te hakken en het ergens te duwen waar een hetero man zijn penis niet in geduwd wil hebben, ook al vermoed ik dat een homoseksuele man zijn eigen penis ook niet in zijn kont wil hebben. Het is eigenlijk een panseksuele bedreiging.' Hij lachte flauwtjes. 'Maar als je wil experimenteren, schat, sta ik ervoor open. Ik heb het zelf nooit geprobeerd, maar ik heb gehoord dat het plezierig kan zijn.'

Ze gaf hem, wat zij hoopte, een boze lach. 'Ja, ik denk nu aan experimenteren op jou, Sean.' Misschien had haar zoon het juiste idee.

'Probeer het, kleintje. Ik daag je uit. Ik heb je aan dit bed vastgebonden voordat je me aan kunt raken en dan zullen we zien wie er gemarteld wordt. Weet je wat ik met je wil doen?'

Haal het niet in je hoofd. Blijf verdomme weg van alles wat met seks en Sean Taggart te maken heeft. Ze was niet dom. Zo trok hij haar naar binnen. Elke keer dat ze wegkwam, richtte hij die blauwe ogen op haar en werd ze gevangen. 'Wat?'

Al haar goede bedoelingen betekenden niets voor haar hete plekje. Wanneer had dat deel van haar lichaam het overgenomen? Vrijwel meteen toen ze Sean had ontmoet.

Zijn diepe stem deed iets met haar. 'Ik wil je vastbinden aan het bed. Het zou niet moeilijk moeten zijn. Ian heeft zijn hele huis ingericht om te spelen. Ik weet zeker dat er touwen in het dressoir achter je liggen. In mijn tas zitten een paar speeltjes die ik voor ons heb gehaald. Ik heb erop gewacht, om ze op je te gebruiken.'

'Wat voor speelgoed?'

'Een mooie kleine plug voor je kont. Deze is een beetje anders dan de vorige. Deze is gemaakt van glas. Het is gemaakt voor sensatiespel. Ik kan het koud maken. Hoe zou dat voelen tegen je kontgat? Of ik kan het opwarmen en het zou in je kont glijden als een harde, hete lul. Je vond het leuk toen ik je in je kont nam. Ik zal je een tijdje met de plug neuken, maar ik zal het niet lang kunnen volhouden. Ik zal mijn lul moeten insmeren met glijmiddel en naar binnen moeten werken. Ik zal je nemen totdat je vergeet hoe het is om mij niet binnen in je te hebben. Ik zal een butterfly vibrator op je klit zetten. Je wordt dan gevangen tussen mijn lul in je billen en die vibrator op je clitoris. Het punt is, dat als ik je eenmaal vastgebonden heb, je van mij bent. Je zult mijn beeldschone slaaf zijn en ik zal precies met je doen wat ik wil.'

Zijn stem liet haar huid tintelen. Ze wilde niets liever dan toegeven en hem alles met haar laten doen, en toch hield iets haar tegen. Ze was op haar hoede. Hij had al eens eerder gedaan, alsof hij geïnteresseerd was om haar dingen te laten doen die hij wilde dat ze deed. Hij was een gewiekste soort geheim agent. Als het een keer had gewerkt, waarom zou hij het dan niet nog een keer proberen? Als hij haar ook maar een beetje kende, moest hij weten dat ze hier niet van weg kon lopen. Die man had haar vriendin vermoord. Ze zou zichzelf niet in de spiegel kunnen aankijken, als ze hem zou laten ontsnappen. Als ze het kon verhinderen, zou ze dat doen. Nog los van de dingen die Patrick Wright haar persoonlijk had aangedaan, was hij een bedreiging voor het land. Wie zou er nu niet helpen als dat allemaal op het spel stond? Ja, al het gepraat om haar naar een veilige plek te brengen, zou gewoon een pagina in Seans goed doordachte script kunnen zijn.

'Je gelooft me niet.'

Ze wenste, dat hij haar niet zo goed kon lezen. 'Je moet toegeven dat het logischer is dat ik denk dat je me gewoon bespeelt.'

'Dat verdien ik. Maar dankzij jou zitten we in deze positie, Grace.' Zijn Dom-stem klonk weer.

'Mij?'

'Ja, jij. Je hebt me in deze positie gemanipuleerd en probeer het maar niet te ontkennen. Ik kwam die avond langs, om met je te eten. Ik was niet van plan om met je in bed te belanden. Wat er in het zwembad gebeurde, was mijn schuld. Je was veel te verleidelijk om los te laten en ik wilde je al dagen. Maar ik had besloten het daarbij te laten, omdat ik wist dat ik meer wilde. Wat waren je instructies die avond?'

Ze voelde haar gezicht rood worden. Ze wist precies waar hij het over had. 'Ik zou de wijn openen. Je hebt nooit gezegd waar ik op je moest wachten. Ik opende de wijn.'

'En ontmoette me naakt in een prachtig onderdanige positie waarvan je wist, dat ik me er niet vanaf zou kunnen wenden. Klassiek gedrag voor een verwende sub. Ik wist dat het me in de problemen zou brengen en ik nam je toch. Nu betaal ik ervoor, nietwaar?' Hij fronste zijn wenkbrauwen. 'Je zou niet zo boos op me zijn als ik die kleine, maar noodzakelijke afstand tussen ons had bewaard.'

Hij had waarschijnlijk gelijk, maar Grace wist ook, dat als hij haar avances die eerste avond had afgewezen, ze zich van hem zou hebben teruggetrokken. Hij zat toen echt in een lastig parket. Ze was echter niet van plan om dat toe te geven.

Hij wachtte, maar zuchtte toen hij leek te beseffen dat ze niet antwoordde. 'Prima. We weten allebei wat je deed. We zijn allebei schuldig, schat. Jij voor het toppen vanaf de bodem en ik omdat ik het liet gebeuren. Het zal niet meer gebeuren. Doe je kleren uit, Grace. Neem de positie in.'

Ze haatte de manier waarop haar hart tekeerging. 'Je kunt niet verwachten dat ik met je speel na alles wat er is gebeurd.'

'Ik speel niet. Dit is serieus. Dit is iets, waarvan ik denk dat je het nodig hebt. Zeg me dat je me vanavond niet nodig hebt en ik loop de deur uit. Ik zal niet ver gaan, want ik laat op geen enkele manier iets bij je in de buurt komen terwijl deze zaak gaande is, maar ik zal je vannacht alleen laten. Doe anders wat ik je heb gezegd.'

Opnieuw gaf hij haar de keuze. Ze koos nogmaals voor hem, tegen beter weten in. De gedachte om de nacht alleen en zonder hem door te brengen gaf haar de rillingen. Hij had gelijk. Ze had zijn armen om haar heen nodig, zijn stem die haar commandeerde, anders zou ze de hele nacht in angst en wanhoop doorbrengen. Grace trok het shirt uit en viel op haar knieën.

17

Sean moest zijn best doen om zijn jeans uit te doen. Zijn lul was keihard en pijnlijk. Dat was al zo vanaf het moment dat hij op Grace' bed klom. Ze had op dat moment pijn, maar het kon zijn lul niet schelen dat ze emotioneel was. Het had alleen geweten dat ze dichtbij was. Nu kon hij ze geven wat ze allebei zo hard nodig hadden.

Voor hem was ze het mooiste op de wereld, haar hoofd gebogen, wachtend op zijn bevel. Daarin vertrouwde ze hem tenminste. Hij legde een hand op haar hoofd en erkende en accepteerde haar onderwerping. 'Sta op, kleintje.'

Ze kwam een beetje moeilijk overeind. Voor iemand die niet getraind was, leek Grace te weten wat ze moest doen, maar vaak struikelde ze over de kleine dingetjes. Hij keek ernaar uit, om haar formeel te trainen. Hij zou haar mee naar de club nemen en met haar pronken. Hij zou zo trots zijn, om haar eerste, enige Dom te zijn.

Ze stond voor hem, haar hazelnootbruine ogen keken op. Het verdriet en de onzekerheid was er nog. Hij wilde dat het weg was. Hij liet zijn hand zacht over haar huid glijden, beginnend bij de ronding van haar schouders.

Hij bewoog van haar schouders naar de ronding van haar borst. Haar borsten waren rond en zwaar. Hij hield van de manier waarop haar tepels liefjes samentrokken onder zijn blik en praktisch smeekten om zijn aanraking. Hij nam haar borsten vast, genoot van het gewicht in zijn handen. Ze zuchtte en liet haar hoofd achterover vallen. Sean ging op zijn knieën zitten en likte aan een harde tepel. Hij zoog het kleine knopje in zijn mond en overlaadde het met zijn affectie. Hij trok en zoog aan de tepel. Zijn handen gleden rond haar midden en pakten die prachtige kont van haar vast.

Sean ging naar de andere borst, wilde het niet overslaan. Hij tongde haar en kon de zoete geur van haar opwinding al ruiken. Ze was zo ontvankelijk. Hij bracht zijn duimen naar beneden en schoof ze allebei in haar sappige kutje. Haar hele lichaam trilde toen hij haar klit masseerde. Zijn duimen gleden over en rond haar schaamlippen. Alles aan Grace was zacht, van haar roze kutje tot haar heerlijke borsten, tot haar hart.

Hoe had hij ooit kunnen denken dat ze betrokken kon zijn bij iets dat iemand anders pijn zou kunnen doen?

Sean kuste zijn weg over haar lichaam. Hij liet zijn tong in haar navel duiken en voorbij de kleine ronding van haar buik. Hij wreef zijn neus in de *V* van haar dijen, liet haar geur en smaak hem omringen. Ze was de beste persoon die hij ooit ontmoet had. Hij ging haar niet loslaten. Hij ging haar op de een of andere manier koesteren en beschermen.

Sean liet zijn tong eindelijk zijn gang gaan. Hij gaf die sappige perzik een lange lik en werd beloond met een oprechte huivering van zijn sub. 'Op het bed. Ik wil je op je rug, benen gespreid, armen boven je hoofd.'

Grace haastte zich om te gehoorzamen. Ze ging op het donzige witte dekbed zitten en spreidde haar benen voor hem. Sean nam even de tijd om naar zijn sub te kijken. Haar haren vormden een schril contrast met het wit van het dekbed. Haar ogen keken hem verlangend aan. Ze dacht nu niet aan de gebeurtenissen van de dag. Ze maakte zich geen zorgen over morgen. Ze was in het moment en dat was het geschenk dat hij haar kon geven.

'Je bent prachtig, verdomme.'

Een klein lachje speelde rond haar lippen.

Hij voelde zijn wenkbrauwen omhoog gaan. Hij zag zo door haar heen. Ze was een open boek, verdorie. Hij was gewoon te blind geweest om het te accepteren. 'Geloof je me niet?'

'Sean, ik ben ouder dan jij en zelfs als ik tien jaar jonger was, zou ik *out of your league* zijn.'

Hij leunde voorover en kuste haar knieën. 'Ik weet niet in wat voor *league* jij zit, maar jouw league bevalt me wel. Wat je ook over mij denkt, weet dat ik nooit gelogen heb over het feit dat ik je wil.' Hij kuste een pad langs haar been omhoog. 'Ik wilde je vanaf het moment dat ik je zag en dat is sindsdien niet gestopt. Ik houd van je benen en de manier waarop ze rond me slaan als ik mijn lul in je stop.' Hij kuste haar buik. 'Ik houd ervan dat je huid hier zo zacht is.' Hij grinnikte en begroef zijn gezicht in haar borsten. 'Ik wil precies hier slapen, Grace. Ik wil elke avond in slaap vallen, terwijl ik diep in je begraven ben en tegen je borsten aan lig.' Hij zuchtte en ging met enige tegenzin verder. Hij drukte zijn neus in haar nek. 'Ik vind je de heerlijkste vrouw die ik ooit heb ontmoet en denk er niet eens aan om me een leugenaar te noemen.' Hij bereikte haar mond en nu lag zijn lid perfect op zijn plek. Hij kuste haar lieflijk toen hij zijn lul naar binnen stootte. 'God, ik kan hier niet over liegen. Dit is mijn thuis.'

En dat was het ook. Sean was zich ervan bewust dat hij geen van de spelletjes speelde die hij haar had beloofd, maar dat konden ze later nog doen. Ze hadden de hele nacht. Hij liet zijn gezicht tegen de ronding van haar nek vallen terwijl hij in en uit haar strakke schede stootte. Ze klemde rondom hem samen, de spiertjes in haar golfden tegen zijn lul. Ze sloeg haar benen en armen om hem heen en hij werd door haar omhuld. Sean versnelde het tempo, volledig overmand door liefde voor deze vrouw. Hij had nooit eerder geloofd, dat er één persoon voor hem was, maar Grace had bewezen dat hij ongelijk had. Zij was van hem. Hij was van haar. En het was perfect.

Hij stootte een lange tijd door en stelde dat moment dat het einde aankondigde, uit. Hij was voorzichtig. Hij zorgde ervoor dat zijn bekken haar klit raakte met elke stevige stoot. Hij las al haar tekens; hoe haar benen zich verstrakten, hoe haar adem haperde en hoe vaak ze zijn naam riep. Ze kwam drie keer, schreeuwde het uit van plezier voordat hij uiteindelijk toegaf en ook kwam. Hij greep haar heupen en drukte zich tegen haar aan terwijl hij kwam en kwam.

Een lichte vreugde overviel hem. Het was pas de eerste van vele. Hij had haar tederheid getoond, nu kon hij spelen. Nu kon hij alle dingen doen die hij haar had beloofd. Ze was zijn geliefde, zijn toekomstige vrouw en zijn lieve onderdanige. Hij kon alles met haar doen wat hij wilde.

'Ik hou van je, Grace.' Hij ademde de woorden als een mantra tegen haar huid.

'Olifant.'

Het woord sneed door zijn gelukzaligheid heen en zijn hoofd kwam onmiddellijk omhoog. Dat moest hij verkeerd gehoord hebben. 'Wat?' Hij was met stomheid geslagen.

Haar bruine ogen waren groot en gevuld met tranen. 'Ik zei olifant.'

Haar armen vielen langs haar lichaam en haar benen ontvouwden zich. Ze trok zich ineens terug.

Sean voelde paniek opkomen. Ze geloofde hem niet. Het was de enige verklaring. 'Grace, ik hou van je. Ik houd zo veel van je.'

Haar gezicht vertrok. Ze was haar zelfbeheersing aan het verliezen. Ze duwde hem weg. 'Ik heb mijn stopwoord gezegd. Ik wil dat je gaat.'

Met bonzend hart stond Sean op. Ondanks dat elke spier protesteerde, trok hij zijn lichaam van het hare. Hij staarde op haar neer, machteloos tegen het wapen dat ze tegen hem had. 'Schat, doe dit niet. Ik houd van je. Je moet me geloven.'

Hij wilde bij haar blijven. Het alfamannetje in hem wilde zich een weg terug naar binnen forceren. Hij zou haar kunnen dwingen hem te accepteren. De Dom deed een stap achteruit.

Grace rolde zich op tot een bal en wendde zich van hem af. 'Ik heb je gevraagd om te vertrekken. Ik wil alleen zijn, Sean. Ik heb mijn stopwoord gebruikt.'

'Ik houd van je. Ik zal die woorden niet binnenhouden, omdat je bang bent.' Hij verzamelde zijn kleren, zijn hart zo zwaar als een rots. 'Ik houd van je.'

De deur tussen hen sluiten was het moeilijkste wat hij ooit had gedaan.

* * *

Grace ging rechtop in bed zitten. De klok op het nachtkastje gaf 3 uur aan. Ze wist meteen dat het 's nachts was. Ze haalde een hand over haar gezicht. Ze had gehuild in haar slaap. Zou ze ooit stoppen met huilen? Haar lichaam voelde zwaar, elke spier vermoeid. Maar haar mond daarentegen, was ongelooflijk uitgedroogd. Grace staarde naar de deur die naar de gang leidde. Zat ze hier vast?

Ze trok de badjas, die voor haar was achtergelaten, aan. Ze ging het uitzoeken. Als ze hier een gevangene was, dan konden ze er maar beter op voorbereid zijn, dat ze een paar klachten zou indienen. Het enige dat ze in deze kamer kon drinken, was de wijn die Sean had achtergelaten. Hoewel dronken worden verleidelijk was, besloot Grace dat het geen goed idee was. Ze had water nodig.

Grace ving een glimp van zichzelf op in de grote spiegel boven het dressoir. *Wauw*. Ze zag er moe uit. Haar ogen waren gezwollen en rood. Ze was geen vrouw die mooi huilde. Terwijl ze staarde vroeg ze zich af hoe Sean haar had kunnen vertellen dat ze beeldschoon was. Ze streek over haar haren en probeerde het minder op een vogelnest te laten lijken. Ze kon niets doen tot de ochtend. Dan zou ze eisen dat iemand haar naar huis zou brengen. Ze moest op kantoor zijn en doen alsof alles normaal was.

Aarzelend legde Grace haar hand op de deurknop en probeerde hem te draaien. Tot haar verrassing ging hij meteen open. Ze struikelde bijna over een lichaam in de deuropening.

Sean ging rechtop zitten en staarde naar haar. Zelfs in de donkere gang kon ze zien dat zijn gezicht koppige lijntjes had. De linkerkant van zijn gezicht had diepe vouwen alsof hij ergens op had gelegen. 'Waar ga je naartoe?'

'Wat water drinken. Wat doe jij hier?'

Hij draaide zijn nek en kreunde van pijn. Hij strekte, kennelijk probeerde hij de circulatie weer in zijn ledematen te krijgen. 'Ik kan je niet alleen laten. Je laat me niet in ons bed. Dit is het dichtste dat je me in de buurt laat, dus slaap ik hier.'

Ze wilde lachen, maar hield zich in. Hij zag er zo serieus en tegelijkertijd jongensachtig uit. Zijn haar viel in zijn gezicht en verzachte de gewoonlijke harde lijnen. Ze wilde hem meer dan wat dan ook geloven. Toen hij "ik hou van je" zei, raakte ze in paniek. Het had zo'n pijn gedaan toen ze zich realiseerde dat Sean had gelogen dat ze het simpelweg niet nog een keer kon doen. Ze had de afgelopen uren doorgebracht met denken over hoe een relatie met Sean zou zijn. Ze verschilden zo enorm van elkaar. Hij begon pas net aan zijn leven. Ook al zaten er maar acht jaar tussen hen, er was een schat aan ervaringen die hij niet had. Hij was nog nooit getrouwd, had nooit kinderen gehad. Zij had er twee op de universiteit. Zou ze opnieuw kunnen beginnen?

Die vraag zou uiteraard al te laat kunnen zijn. Ze waren niet voorzichtig geweest. Hij had haar een paar keer zonder condoom genomen. De gedachte liet haar niet in paniek raken zoals zou moeten, maar zijn baan zorgde voor genoeg angst om haar weg te laten rennen. Zelfs als hij de waarheid vertelde, dacht ze niet dat ze ermee kon leven, dat ze wist dat elke dag zijn laatste kon zijn. Zijn werk was gevaarlijk. Ze was al een man van wie ze hield verloren. Ze dacht niet dat ze dat nog een keer aan kon.

'Dus, laat je me er nog langs?' Het kwam er chagrijniger uit dan ze bedoelde.

Hij stond meteen op. Waar eerder een slaperige jongen was geweest, stond nu een intens alerte man. Hij gebaarde de gang in. 'De keuken is die kant op.'

Ze hoorde zachte stemmen, toen ze dichter bij haar bestemming kwam.

'Ziet ernaar uit dat jij niet de enige bent die aan slapeloosheid lijdt. 'Sean duwde tegen de draaideur, die leidde naar de prachtige gastronomische keuken. Alles aan de ruimte was blinkend en modern. Jake en Eve zaten aan het eiland in het midden van de ruimte. Het was bedekt met mooi, zwart graniet. Ze hadden allebei een mok voor zich en een boterham. Ze spraken op zachte toon. Ze keken allebei op en lachten toen de deur open ging.

'Hallo, Grace.' Jake knikte naar haar. 'Eve gaf me net haar mening over hoe ik mijn beste vriend in leven moet houden.'

'Hem weghouden bij Grace,' zei Sean binnensmonds.

Eve keek van Grace naar Sean en terug. Haar ogen leken hun lichaamstaal te lezen. 'Ik zei tegen Jake dat, wanneer Adam zich realiseert dat Sean bloedserieus is over Grace, hij verder zal gaan met zijn leven. Nu dat Sean aangekondigd heeft dat hij met Grace gaat trouwen, denk ik dat Adam het zal accepteren.'

Sean zuchtte en liep naar het kastje. Hij schoof achter haar langs.

'We gaan niet trouwen,' antwoordde Grace met een gefrustreerde zucht. Tegen hoeveel mensen had Sean verkondigd dat hij met Grace ging trouwen? Had hij al uitnodigingen verstuurd?

Jake grijnsde, het buigen van zijn lippen verlichtte zijn dreigende, knappe uiterlijk. 'Ik denk dat ik die weddenschap wel aan ga. De sergeant is gewend dat hij zijn zin krijgt.'

'Hij had echter wel wat subtieler kunnen zijn. Sean, de volgende keer als je een grote aankondiging hebt, geef dan een leuk feestje,' zei Eve. 'Bijna alles was beter geweest dan de manier waarop je het aangekondigd hebt.'

'Wat heb je gedaan?' Grace stelde de vraag met een soort ademloze verwachting.

Jake lachte. 'Wat hij altijd doet. Hij sloeg zijn broer tot moes en zei tegen Ian dat hij met je ging trouwen en dat hij het leuk kon vinden of op kon rotten.'

Grace draaide zich om, geschokt door Jakes woorden. Ze had het idee gekregen dat Sean een hechte relatie had met Ian. 'Je hebt gevochten met je broer?'

Hij haalde zijn schouders op en gaf haar een glas water voordat hij knielde om iets te zoeken in het onderste keukenkastje. Hij kwam weer omhoog met een kleine pan. 'Hij maakte me boos. Omelet of tosti?'

'Tosti,' zei ze automatisch. Ze schudde haar hoofd, wilde het gesprek niet opgeven. 'Waarom zou je je broer slaan?'

Jake ging achterover op zijn barkruk zitten. 'Het is iets dat ze doen. Sommige families knuffelen of hebben lange discussies. Ian en Sean Taggart slaan elkaar tot moes. Het is hun manier. Je raakt eraan gewend.

Thanksgivings zijn leuk. Je zou eens moeten zien wat er gebeurt als Ian advies aan Sean over het menu begint te geven.'

'Ik vertel Zijne Hoogheid ook niet hoe hij zijn bedrijf moet runnen, hij zou zijn neus uit mijn keuken moeten houden,' grauwde Sean.

Eve schudde haar hoofd. 'Dat is zo'n onzin. Kleine Tag zegt altijd tegen Grote Tag hoe hij zijn bedrijf moet runnen.'

'Kleine Tag?' moest Grace vragen. Ze konden het toch niet hebben over de een meter negentig en honderd kilo pure spieren van Sean.

Sean werd een beetje rood toen hij de enorme koelkast met dubbele deuren in dook.

'Ian is groter en ouder,' legde Jake uit. 'Van wat ik begrijp, heeft iedereen ze sinds ze op school zaten, zo genoemd.'

Ze kon zich niet voorstellen dat iemand Sean klein noemde, maar Ian was wel een paar centimeter langer. Natuurlijk was Sean veel knapper. 'Ze zouden hen Sexy Tag en Sexyer Tag moeten noemen.'

Sean gaf haar een betoverende lach. Hij knipoogde. 'Bedankt, schat.'

'En hoe weet jij dat ik niet de sexyer versie ben?' Ians diepe stem liet Grace schrikken. Grace zag dat Eve en Sean niet in elkaar krompen, alsof ze al die tijd al hadden geweten dat hij er was. De man van een meter vijfennegentig vulde de deuropening. Hij had een pyjamabroek aan en verder niets. Hij was nog steeds niet zo lekker als Sean.

'Ik weet het.' Sean gaf zijn broer een superieure blik en ging terug naar zijn koekenpan. Grace kon al iets hemels ruiken. 'Ik ken mijn Grace. Je bent haar type niet.'

Grace lachte bijna. Ook al waren ze bijna een tweeling, Sean had gelijk. Er was iets duisters aan Ian Taggart dat simpelweg niet te vinden was in zijn jongere broer. Sean kon piekeren als de beste, maar er was altijd een fonkeling in zijn ogen. Ian zag er een beetje uit als een man die nooit lachte.

'Ik dacht dat je je subs moest aanpakken,' zei Eve, starend naar de grote man. Er was totaal geen verlangen in de ogen van de mooie blondine, slechts de plagende blik van een zusje. 'Wat is er mis, Ian? Hebben de pijnsletjes zich eindelijk gerealiseerd dat je ze nooit een halsband om gaat doen?'

Grace leunde dichter naar Eve. 'Was er meer dan één?'

Eve's lippen gingen omhoog in een samenzwerende grijns. 'Bijna altijd. Ze bellen hem elk uur van de nacht en smeken hem om hen billenkoek te geven.'

'Ze hebben namen, Eve.' Ian keek boos naar haar.

'Herinner jij je hun namen?' vroeg Jake.

Ians wenkbrauwen kwamen samen in een intimiderende *V*. 'Kunnen we de discussies over mijn privéleven tot een minimum beperken in de buurt van de nieuwkomer?'

Eve sloeg haar ogen op ten hemel. 'Ze is niet vanilla, Ian. Ze krijgt geen hartkloppingen omdat ze hoort dat je vrouwen graag billenkoek geeft. Ik denk dat ze wel uit heeft gevogeld dat het een familietrekje is. Het is bovendien beter om het allemaal openlijk te bespreken voordat ze je groupies tegenkomt en zij je Meester noemen.'

Ians oogleden vernauwden zich. Grace voelde het gewicht van zijn blik. 'Dat is niet hoe ze Sean noemt.'

Sean gooide de pan met het gemak van jarenlange ervaring om en ving het brood op aan de andere kant. Hij gaf zijn broer een blik. 'Is dat serieus jouw probleem met haar? Jouw probleem met Grace is dus dat wij geen vierentwintig uur per dag, zeven dagen in de week D/s relatie hebben? Wanneer had jij voor het laatst een serieuze relatie, Ian?'

Ians ijzige blik schoof over haar heen. 'Ze heeft niet eens een halsband, Sean.'

Eve zuchtte. 'Ik ben bang dat Ian zijn levensstijl erg serieus neemt, Grace. Je bevindt je midden in een familieruzie. Zie het als een geloofssysteem. Dit is Ians geloofssysteem en hij heeft het doorgegeven aan zijn broer. Ian heeft Sean praktisch opgevoed, weet je. Ian is bang, dat zijn broertje niet gelukkig kan zijn in een vanilla relatie.'

'Hij denkt dat ik een *brat* of een SAM ben.' Grace keek nadrukkelijk naar Ian, die een beetje geschokt leek dat ze het jargon kende. SAM stond voor Smart Ass Masochist. Een brat was ongeveer hetzelfde. Allebei waren ze een type van submissive, die een serieuze Dom uit de weg zou gaan. Ze was niet compleet onwetend. Natuurlijk had ze veel informatie uit haar romanceboeken gehaald, maar ze had ook op internet gezocht.

Sean schoof de tosti op een bord. 'Ik had je toch gezegd dat ze geen toerist was. Ze heeft me al geaccepteerd als haar Dom. Alleen maar omdat Grace en ik ervoor kiezen om dat niet vierentwintig uur per dag, zeven dagen in de week te zijn, betekent het nog niet dat we privé niet praktiseren. En het is moeilijk voor haar om de halsband te dragen als ze hem in mijn gezicht gooit.'

Hij klopte op de barkruk en zette het bord neer. Hij keek naar haar, een uitdaging in zijn ogen. Ze dacht er kort over na om tegen hem te zeggen dat hij op kon rotten, maar besefte toen dat ze daar niks mee zou opschieten. Haar maag knorde en ze wilde dat broodje echt graag. Ze kon hem bovendien niet voor schut zetten waar zijn broer bij was. Openlijk ongehoorzaam zijn als ze een discussie hadden over of Sean haar wel aankon, leek haar een beetje gemeen. Ze vond het bovendien maar niets dat Ian zich met hun zaken bemoeide.

'Bedankt,' zei ze zo lief als ze kon. Ze sprong op de stoel.

Seans tevredenheid was bijna voelbaar. Hij kuste haar voorhoofd en spoorde haar aan om het broodje te proberen. 'Bovendien, heeft ze helemaal geen halsband nodig. Ze zal een ring aan haar vinger hebben zodra we er eentje kiezen.'

Grace opende haar mond om te protesteren want ze ging niet met hem trouwen puur om zijn trots. Sean schoof snel het broodje bij haar naar binnen voordat ze iets kon zeggen. Grace zou het uitgespuugd hebben maar het was hemels. Het brood knapperig en beboterd terwijl de kaas perfect gesmolten was. Ze had er zo naast gezeten. Ze had gedacht dat seks Seans wapen tegen haar was, maar verdomme, de man kon koken.

Hij grijnsde naar haar. 'Het is niet je gebruikelijke tosti. Ik heb een rokerige Gouda gebruikt en volkorenbrood en heb het gebakken in een beetje truffelolie. Ik geef comfort food graag een gastronomisch randje. Op een dag maak ik mijn versie van macaroni met kaas voor je.'

Eve's ogen werden glazig. 'Serieus, het is geweldig. Het lijkt helemaal niet op wat er uit een pakje komt. Als hij niet als een broer voor me was, zou ik me op hem geworpen hebben toen hij de eerste keer dat spaghetti ding maakte.'

'Kreeft *Alsace*. Ik heb het recept gekregen van een restaurant in Venetië.' Sean keerde zich om en begon op te ruimen.

'Weet je, Sean, nu je toch aan het koken bent...' Ian keek naar Grace' bord. Ze trok het dichter naar zich toe, niet bereid om het te delen.

'De keuken is gesloten. Ik heb alle kaas gebruikt voor Grace' tosti.' Sean draaide zijn rug naar zijn broer.

Grace voelde de spanning tussen hen. Wat had Ian gezegd, waardoor Sean hem had geslagen? Ze wist zeker dat het om haar ging.

Ian zette zijn handen op het aanrecht van het eiland en staarde naar Grace.

'Gaat het je morgen lukken?' Uit zijn toon kon ze opmaken dat hij er weinig vertrouwen in had.

'Natuurlijk.' Grace had haar verhaal klaar. Ze had haar dekmantel eindeloos besproken met meneer Black. Ze was vroeg weggegaan op het werk met wat vrienden en toen had Sean Johansson gebeld. Hij was weer in de stad en hij wilde haar zien. Ze had de nacht met hem doorgebracht en wist niet wat er met Kayla was gebeurd tot vanochtend. Als iemand het haar eenmaal had verteld, kon ze toegeven aan haar echte emoties, maar ze was dit verschuldigd aan Kayla.

'Want als een van de broers Wright ook maar een vermoeden heeft dat je liegt, twijfel ik er niet aan dat we ze kwijt zijn.' Ian zag eruit als een man die geen groentje wilde betrekken bij zijn klus. Hij had dat meerdere keren gezegd tegen de CIA man. 'Als Evan Parnell ondergronds gaat, zijn we onze kans kwijt. We moeten ervan uitgaan dat Parnell informatie heeft die hij wil verkopen. Hij zal het niet zomaar naar hen e-mailen. De Verenigde Staten scannen sinds 9/11 naar zulke dingen. Hij zal het droppen nadat hij er zeker van is dat het geld veilig is. We moeten hem op heterdaad betrappen. Dat is de enige manier om Parnell en de buitenlandse geheim agent te pakken.'

'Ik begrijp het.' Grace kende de risico's. Ze moest haar hoofd erbij houden.

Sean stond plots aan haar zijde. 'Of we kunnen Grace helemaal uit de kwestie halen. Ik kom binnen en neem haar mee op een romantisch uitje. Ze zal dat nodig hebben. Iedereen zal dat begrijpen. Haar vriendin is overleden. Ze heeft wat tijd nodig.'

'Ik vertrek niet, Sean,' zei Grace vermoeid. Nu ze wat eten in haar buik had, werd ze slaperig. Er was zoveel gebeurd, ze wilde rusten en misschien zou ze dan wakker worden en zou het allemaal een droom zijn. Sean zou een saaie IT directeur zijn en ze zouden een normaal leven kunnen leiden. Totdat daar sprake van was moest ze een rol spelen. 'Het gaat gebeuren op dat feestje, ik weet het gewoon. Matt heeft er zo op aangedrongen dat we een contract gaan vieren, dat hem geld kost. Waarom zou hij me anders zo hard onder druk zetten?'

Het feestje op vrijdag was de sleutel. Parnell moest de informatie langsbrengen om betaald te krijgen. Het feestje was de perfecte gelegenheid. Er zouden genoeg mensen en luide muziek zijn. Het was in een hotel, het zou niemand verbazen, dat er vreemde mensen rondliepen. Natuurlijk hing het allemaal van haar af. Zij was degene die het feestje regelde. Net zoals hij haar leek te gebruiken voor al het andere, leek Evan Parnell aan haar touwtjes te trekken om zijn daden te verhullen.

'Ik ben het met Grace eens. Hij gaat contact maken op dat feestje. Als hij met de Chinezen werkt, dan heeft hij één kans. Zij geven je geen tweede kans. Hij moet zijn informatie doorgeven op de aangewezen tijd anders riskeert hij dat hij het contract verliest.' Ian kruiste zijn armen over zijn enorme borst.

'Ja, hij zou wanhopig kunnen worden. Nog een reden dat ik Grace er niet bij betrokken wil hebben.' Seans stem klonk gespannen en Eve's vingers trommelden op de tafel.

'Jongens, jullie hebben dit meningsverschil al eerder gehad,' wees Eve hen er op. 'Het eindigde met geweld, zoals alles tussen jullie dat doet. Grace heeft haar besluit genomen. Hou erover op.'

Ian leek niet geïnteresseerd in luisteren naar de psycholoog. 'Als je niet wil dat ze het doet, zeg dan dat ze het niet mag doen. Doe een halsband rond haar nek, of een ring om haar vinger en zeg haar wat ze moet doen.'

Jake kreunde en liet zijn hoofd in zijn handen zakken. 'Jullie zijn beide koppige klootzakken, dat weten jullie, toch?'

Grace' koppige klootzak negeerde Jake. Sean deed een stap naar zijn broer toe. 'Misschien werkt dat met jouw subs, maar Grace heeft een eigen wil.'

'Ik denk dat dat waarschijnlijk de reden is dat Ian een probleem heeft met haar,' onderbrak Jake.

Ian draaide naar hem. 'Ik kan je ontslaan, weet je.'

'Beloftes, beloftes,' zei Jake met een zucht. 'Ik ga naar bed voordat dit weer in een gevecht eindigt.'

Ian negeerde Jake ook. 'Mijn subs zijn misschien niet permanent of zelfs maar exclusief, maar ze zijn veel gehoorzamer. Ze volgen de regels van ons contract of ze zijn niet lang mijn subs. Dat is waarom jouw relatie met Grace waarschijnlijk zal falen. Je hebt geen contract en geen regels.'

'Hey,' begon Grace zichzelf te verdedigen. Eve hief haar hand op.

De blondine kwam tussen Sean en Ian, draaide haar gezicht omhoog naar dat van Ian. 'Jij bent niet op de proef gesteld zoals Sean en Grace zijn beproefd. Je hebt geen idee wat je zou doen in hun situatie. Je weet dat ik van je hou als van een broer, Ian, maar je zit nu verkeerd. Je moet nu stoppen. Hij laat zich niet van haar weghouden.'

'Ik zou niet in de situatie zitten, waar ik een sub had die weigerde me te gehoorzamen.' Ians stem was vol van de zekerheid van een man die zijn eigen grenzen kende.

Eve schudde haar hoofd. 'Grace doet dit niet om koppig te zijn. Ze doet dit niet omdat ze wraak wil. Ze doet dit omdat ze weet dat ze niet veilig is, totdat die man is uitgeschakeld en Sean zal alles doen om ervoor te zorgen dat ze veilig is. Sean is ook in gevaar. Je leest haar verkeerd, Ian. Grace houdt van je broer. Oh, ze geeft het misschien niet toe omdat hij zich als een domme sukkel heeft gedragen, maar dat doet ze. Ik zie het in haar ogen.'

Ians kaak verstrakte. Hij strekte zichzelf uit. 'Zorg gewoon dat ze dit niet verkloot, Sean.'

Hij draaide om en liep weg, elke spier in zijn lichaam gespannen.

Eve's schouders zakten in. 'Nou, dat heb ik verkloot. Ik denk dat ik ook naar bed ga.' Ze draaide naar Grace toe. 'Geef Ian wat tijd. Sean is alles wat hij heeft. Hij is erg beschermend.'

Toen Eve wegliep, schonk Sean daar geen aandacht aan. Zijn blik lag op Grace. 'Is wat Eve zei waar?'

Grace had totaal niet de intentie om daarover te praten. Het was een te lange dag geweest om die beslissing te nemen. Ze had tijd nodig en slaap. 'Ik wil gewoon naar bed, Sean.'

Hij knikte langzaam en volgde haar. Ze voelde hem achter zich en vroeg zich af of hij echt van plan was op de vloer voor haar deur te slapen. Ze kon die gedachte niet uitstaan. Ze opende de deur naar haar slaapkamer en draaide naar hem om. Hij zag er net zo moe uit als zij zich voelde. 'Kom naar bed, Sean.'

Hij had zijn kleren al uit en lag onder de dekens voordat ze zich kon bedenken. Grace kroop naast hem in bed. Ondanks haar twijfels was ze blij dat hij naast haar lag.

'Ik hou van je, Grace.' Hij deed geen poging om haar aan te raken, maar zijn woorden waren als een liefkozing.

'Ik kan dit momenteel niet aan.' Ze kon het niet. Ze kon het nog niet zeggen. Ze zou er misschien nooit klaar voor zijn om het te zeggen.

'Ik hou genoeg van je voor ons allebei. Ik zeg het totdat je me gelooft.' Hij rolde op zijn rug. 'Mag ik je vasthouden? Niets meer, kleintje.'

Grace viel in zijn armen. 'Je bent de enige die me zo noemt. Ik ben niet echt klein.'

Zijn borst bewoog toen hij grinnikte. Zijn handen streelden haar haar en zijn sterke hartslag klonk als een slaapliedje. 'Je bent klein vergeleken met mij. Je bent precies goed voor me.'

Grace liet de warmte van zijn lichaam door haar huid opnemen en zonk in slaap.

18

Evan Parnell, voorheen Patrick Wright, keek hoe de trut door de deur liep. Hij zat op de bank in het kleine buitenkantoor dat dienst deed als Matts receptie. De deur zwaaide open en ze kwam binnenwaaien alsof hij niet zijn best had gedaan om haar vierentwintig uur eerder te vermoorden. Een man in een pantalon en een blouse volgde haar en sprak geanimeerd. Adam Miles.

Grace Hawthorne dumpte haar laptoptas op haar bureau en lachte naar die queer die altijd in haar buurt leek te zijn. Iets aan die gast en zijn minnaar deed de alarmbellen in Parnells hersenen afgaan, maar hij liet het snel los. Ze bewogen goed, maar ze namen waarschijnlijk lessen in Krav Maga want dat was trendy. Ze waren ook niet zo overduidelijk als andere homoparen die hij had ontmoet, maar het beledigde hem nog steeds. Hij hield niet van queer personen en hij was al helemaal niet bang van hen. Als ze überhaupt gevaarlijk waren, zou dat zijn omdat iemand hen getraind had. De meeste geheime agenten kwamen uit het leger. Het leger had de neiging om die doetjes snel weg te sturen.

Sean Johansson was een ander verhaal en hij was precies op tijd terug om de dingen echt te verkloten.

Johansson liep naar binnen met een beker van het koffietentje waar die stomme vriendin naar op weg was geweest. De knoop in Parnells maag verstrakte. Als Grace gewoon haar dagelijkse routine had gevolgd, zou hij niet zo bezorgd zijn. Ze zou dan in het mortuarium liggen en Evan zou niet met het gezeur van zijn broer hoeven te dealen. Eerst vond Matt het prima dat Grace vermoord werd, want ze was een ontrouwe trut. Maar nu Matt weer van haar hield, kon hij geen leven zonder haar erin voorstellen, en waarom moesten ze nou toch verdomme iemand vermoorden?

Het was genoeg om zijn handen rond Matts keel te willen leggen en te knijpen totdat hij niet meer kon zeuren. Kon zijn broer niet zien hoe dicht ze bij het doel waren? Hij moest gewoon zijn hoofd erbij houden tot het vrijdagavond was.

Parnell had geprobeerd zijn contactpersoon te bereiken. Iets klopte er niet. Hij voelde het diep van binnen. Hij moest de levering verplaatsen, maar de verdomde Chinezen namen niet op. Die fuckers speelden een spel op hoog niveau en hadden niet graag dat de regels werden veranderd. Als hij de levering niet op de aangewezen tijd deed, zouden ze hoogstwaarschijnlijk besluiten dat hij het aan een andere koper verkocht had en zouden ze achter hem aan komen. Hij zou twee overheden hebben die hem probeerden te vermoorden en geen twintig miljoen dollar. Hij moest hoe dan ook die levering doen.

'Meneer Parnell?'

Grace' stem trok hem uit zijn gedachten. Hij keek op. De secretaresse was eindelijk lang genoeg gestopt met staren naar de mannen rondom haar om te realiseren dat er iemand in haar kantoor zat. Die grote hazelnootbruine ogen trokken hem aan. Het was toen hij in de ogen van die andere keek, dat hij zich zijn fout had gerealiseerd. Hij kon zich de spanning van haar opjagen nog herinneren, het mes erin steken en haar lichaam omdraaien zodat ze zou weten wie haar had vermoord. Hij had er zo naar uitgekeken om de schok in die prachtige ogen te zien. De ogen die naar hem hadden gestaard waren een verschrikkelijke verrassing geweest.

'Ik wacht gewoon op de baas.' Evan toonde niets van zijn misselijkmakende angst. Hij hield zijn gezicht kalm en gebruikte een kalme stem. Hij speelde deze rol al een aantal jaren. Hij had het helemaal onder de knie. 'We hebben een probleem met het Bryson Building.'

'Klinkt saai,' zei de queer met een dramatische zucht. Hij zwaaide naar Grace. 'Zie ik je bij de lunch, liefje?'

De grote blonde man fronste. Zijn borst was net zo opgeblazen als bij een gorilla, die zo zijn territorium moest beschermen. Wist de idioot niet dat die andere man homo was? 'Vandaag niet helaas. Ik vrees dat ik vanmiddag mijn verloofde nodig heb, Adam. We gaan ringen uitzoeken.'

Nog een onplezierige verrassing. Het paste helemaal niet bij zijn doeleinden om die klootzak weer in de stad te hebben en al helemaal niet dat hij rondom zijn slachtoffer hing. Wat was in godsnaam het spel van die man? 'Heb je eindelijk een man gevangen, Hawthorne?'

Ze liet zich niet op de kast jagen, maar zuchtte slechts. 'Ik denk het. Ik lijk niet van hem af te kunnen komen.' Ze opende de agenda met afspraken op haar bureau toen de homo wegging om te doen wat homo's dan ook mochten doen als werk. Ze fronste toen ze opkeek. 'Je hebt geen afspraak.'

Hij haalde zijn schouders op. Hij had nog nooit een afspraak gemaakt. Grace wist het misschien niet, maar hij was de baas, verdorie en dat was hij geweest sinds de dag, dat hij zijn broers leven weer binnen was gelopen. 'Heb ik niet nodig.'

Ze trommelde met haar vingers in een ongeduldig ritme over het eiken van haar bureau. Iets was er anders aan kleine Grace. Ze leek te zeker van zichzelf. 'Weet je, al Matts andere directe ondergeschikten maken afspraken om hem te zien. Hij is een druk bezette man.'

Ja, Matt had het waarschijnlijk druk met om negen uur 's ochtends laveloos worden. Evan voelde zijn woede opkomen. Wat voor recht had ze, om hem in twijfel te trekken? Hij dwong zichzelf om rustig te blijven. Ze zou haar verdiende loon wel krijgen. 'Ik heb maar een minuutje nodig.'

'Prima. Ik prop je er wel tussen, maar ik zou het fijn vinden als je vanaf nu zo vriendelijk wil zijn om een afspraak te maken.' Met samengeperste lippen pakte ze het potlood op, en schreef ze zijn naam.

Johansson zat op de rand van haar bureau, zijn enorme aanwezigheid was het enige dat Evan ervan weerhield om de klus te klaren die hij gisteren verkloot had. Parnell was een kort moment dankbaar voor de aanwezigheid van de grote, dwaze idioot. Hij was er nog steeds niet zeker van dat Johansson geen geheim agent van een of andere instantie was, maar hij wist wel dat nu niet de tijd of de plek was om met Grace af te rekenen.

Matt koos dat moment uit, om zijn lijf het kantoor binnen te slepen. Hij droeg een pak dat er geperst en fris uitzag, maar de rest van hem zag eruit alsof het onder een stoomwals had gelegen. Zijn ogen waren bloeddoorlopen, zijn haar verfomfaaid. Zijn huid had een vale gele kleur. Hij stopte en staarde een moment lang naar Sean.

'Je bent terug.'

Johansson lachte. Het was het soort lach dat andere mannen irriteerde. Het was een lach die een man alleen gebruikte bij een rivaal om hem te laten weten dat hij alles waar ze om hadden gevochten, had gewonnen. 'Maak je geen zorgen. Ik ben hier niet meer voor zaken. Ik ben hier alleen voor Grace.'

Evan stond op. Het was tijd om over te gaan op zaken. Hij kon Matt niet opnieuw betrokken laten raken bij een driehoeksverhouding. 'Ik moet met je praten.'

Zijn broer wierp hem een norse blik toe. 'Over een minuutje. Ik moet eerst met Grace praten.'

Zijn geduld werd nog een stukje langer op de proef gesteld, hij zou dit niet lang vol blijven houden. 'Dit is belangrijk.'

Matts hand lag op de deurklink. Grace liep al naar hem toe, laptop in haar hand. 'Dit ook. Ik moet met Grace praten. Er is iets verschrikkelijks gebeurd. Ik zie je zo.'

De deur sloot achter hen, voordat Evan nog een woord kon zeggen.

Johanssons lach was zelfingenomen terwijl hij een slok nam van de koffie van zijn verloofde. 'Lekker weer hebben we, hè?'

Het was stormachtig buiten. Het was niets vergeleken met de storm die Evan over hun hoofden wilde ontketenen.

'Wat heeft hij hier te zoeken, Grace? Ik dacht dat je hem had geloosd.'

Matts woorden kraakten door de lucht en de hoop dat ze een fatsoenlijk gesprek konden hebben werd aan stukken geblazen. Grace zette haar laptop neer, deed geen moeite om hem te openen. Het zag er niet naar uit dat ze vandaag werk zouden verrichten. Het daagde bij Grace dat als hij haar zou ontslaan, ze niet door hoefde te gaan met dit alles. Ze kon met een schoon geweten weglopen. En Sean zou blijven. Wat hij ook zei, hij moest een klus klaren en hij zou het doen. Zijn broer rekende op hem. Ondanks de ruzie die ze hadden, wist Grace dat Sean van zijn broer hield.

'Ik heb hem niet geloosd, Matt.' Grace ging zitten, hoopte dat ze de spanning in de lucht zou verlichten. 'Hij werd terug naar kantoor geroepen.' Ze bleef bij hun dekmantel. 'Hij ging terug naar Chicago, had wat losse eindjes om aan elkaar te knopen en nam verlof. Hij is alleen terug gekomen om tijd met mij door te brengen.'

'Je gaat met hem naar bed.' De beschuldiging werd zijn mond uitgeperst.

Grace bleef geduldig. Als ze schreeuwde zoals ze wilde, zou Sean het hier met Matt uitvechten en dat zou niemand helpen. 'Dat zijn uw zaken niet, meneer Wright. Als u het gevoel heeft dat het mijn prestaties beïnvloedt, dan wil ik dat met u bespreken.'

Hij zakte onderuit in zijn stoel. 'Verdomme, Grace, ik dacht dat we vrienden waren.'

'Dat zijn we, Matt. Je weet dat je me alles kan vertellen.' *Vertel me over Parnell. Zeg me dat je hier niet bij betrokken bent. Vraag alsjeblieft om hulp.*

Zijn gezicht vertrok, zijn mond zakte open en zijn ogen werden vochtig. 'Ik heb je wel iets te vertellen.'

Grace leunde naar voren, haar hoop vloog op.

Matt nam een moment en zelfs toen hij sprak was hij zacht. 'Er is gisteren iets gebeurd. Ik heb een telefoontje van de politie gehad.'

Grace voelde de tranen opkomen. Ze had geweten dat dit zou gebeuren. Nu hoefde ze tenminste niet te acteren. Haar emoties waren echt. 'Over wat?'

'Grace, ik weet dat je vriendinnen bent met Kayla Green.' Hij sloot zijn ogen alsof hij niet naar haar kon kijken. 'Het spijt me dat ik je dit moet vertellen. Ze is gisteren vermoord. De politie denkt dat het een overval was die verkeerd afliep.'

Grace liet zichzelf gaan. Eindelijk liet ze haar tranen de vrije loop. Ze luisterde naar de klets die Matt uitkraamde en voor het eerst realiseerde ze zich dat haar baas hierbij betrokken was. Ze kende hem. Ze kende zijn gewoonten. Hij voelde zich schuldig en daar was maar een reden voor. Hij had geweten dat zijn broer een moord ging plegen. Hij had geweten dat zijn broer haar had willen vermoorden en hij had het laten gebeuren. Een koude rilling gleed over Grace' huid.

Matt stond op en doorkruiste de ruimte tussen hen. Hij ging op een knie zitten en keek op naar Grace. 'Liefje, het spijt me zo dat ik degene ben die het je moet vertellen. Ze was zo jong. Ik kan het nog steeds niet geloven. Ik heb gisteren nog met haar gesproken.'

Grace herinnerde zich dat hij haar amper aan had kunnen kijken. Hij was vroeg vertrokken en hij was maar heel kort bij haar geweest. Hij had geweten wat er zou gebeuren. Grace wilde hem slaan. En anders schreeuwend uit de kamer rennen. Ze kon geen van beiden doen. Ze moest lijden onder zijn klamme handen die over de hare gleden, zijn roodomrande ogen die naar haar opkeken.

'Ik kan er gewoon niet bij, dat ze dood is.'

Ze dwong zichzelf om stil te zitten, om zijn 'sympathie' te accepteren.

'Ik weet het.' Zijn stem was zacht. 'Maar zulke dingen gebeuren. Ik denk dat het gewoon het lot was. Maar, Grace, soms kan het lot ons ook redden. Soms kan het ons ervan weerhouden om een grote fout te maken.'

Zijn hand bewoog rusteloos over de hare. Ze kon het niet meer aan. Ze trok haar hand weg en stond op. 'Ik denk niet dat Kayla het ook zo had gezien. En ik denk al helemaal niet dat dit het lot was. Het was een of andere ellendige man. Het was een persoon die het niet kon schelen wie hij pijn deed.'

Matt stond wankel op. 'Ja, dat denk ik ook. Maar soms zijn dingen niet zo simpel.' Hij liep naar haar en drong haar persoonlijke ruimte binnen. 'Grace, zeg tegen die eikel dat hij terug moet gaan naar Chicago. Je had het beloofd. Je had beloofd dat je ons een kans zou geven.'

Zijn handen lagen op haar heupen en ze kon de whisky in zijn adem ruiken. Ze kruiste haar armen voor haar borst, probeerde wat afstand tussen hen te creëren. 'Matt, we zijn alleen vrienden.'

Zijn ogen vernauwden en zijn handen verstrakten. 'Je hebt het beloofd.'

Ze moest zichzelf tegenhouden om hem niet weg te duwen. 'Ik heb je gezegd dat ik erover na zou denken. Ik houd niet van je, Matt. Niet op die manier. Ik ben zo dankbaar voor de kans die je me hebt gegeven, maar ik heb gewoon niet die gevoelens voor je.'

'Door hem,' spuugde hij zo ongeveer uit. 'Alles was prima voordat die eikel op kwam dagen.'

'Je zag me niet eens staan voordat Sean op kwam dagen.' En dat had ze helemaal prima gevonden. Ze was meer dan blij geweest om alleen de secretaresse te zijn die hij voor lief nam.

Een lachje speelde rond zijn lippen. 'Is dat waar je door overstuur bent? Liefje, soms kost het wat jaloezie om een man een tandje bij te laten zetten. Ik heb je altijd gezien. Ik wachtte gewoon totdat ik er klaar voor was om me te binden. Nu ben ik dat.' Hij werd weer serieus. 'Ik kan je redden, Grace.'

'Redden waarvan?' Ze wist het, maar ze wilde dat hij het zei.

Hij twijfelde, zijn blik verschoof bij haar vandaan. 'Van die klootzak Johansson. Waar zou ik het anders over hebben? Zie je niet dat hij je gewoon gaat gebruiken? Hij houdt niet van je. Hij kan niet van je houden zoals ik dat doe. Dat is onmogelijk. Hij gaat je gebruiken en verlaten. Hij zal nooit met je trouwen.'

'Hij heeft het al gevraagd.' Ze deed geen moeite om te zeggen dat ze het had afgewezen. Dat was geen deel van hun dekmantel. Grace probeerde zich van Matt weg te trekken. Zijn hand pakte haar bovenarm.

'Wat?'

Grace beet op haar onderlip. 'Je doet me pijn.'

'En wat denk je dat je verdomme met mij doet? Ik hou van je, Grace. Ik heb je een baan gegeven toen niemand anders je aan wilde nemen.'

'En ik ben er verdomd goed in.' Ze was geen liefdadigheidsgeval. Ze leidde dit kantoor al jaren. Wrok kwam in haar op. 'Je doet me pijn.'

'Ja, jij doet me ook pijn.' Matt gromde tegen haar, schudde haar lichtjes. 'En ik dan?'

'Nou, jouw hoofd wordt eraf gehakt als je jouw handen niet meteen van haar afhaalt.' Seans lage stem was dreigend en Matt trok zich onmiddellijk terug.

Sean stond in de deuropening. Hij deed geen poging om Matt te onderscheppen, maar de dreiging lag in zijn houding. Zijn blik was op Matt gevestigd en de andere man wilde die niet ontmoeten.

'Sorry, Grace,' mompelde Matt.

'Grace, liefje, ik heb zojuist verontrustend nieuws gehoord.' Seans stem was terug naar gelijkmatig en soepel.

Ze knikte en raapte zichzelf bij elkaar. Het bloed bonsde nog steeds door haar aderen. 'Ja, ik heb het gehoord van Kayla.'

Sean liep de ruimte in. Matt ging naar zijn bureau alsof hij wat afstand tussen hen moest creëren. Sean trok haar in zijn armen en ze voelde zich veiliger dan ze zich de hele ochtend had gevoeld. Ze hoefden niet te doen alsof, als het hierop aan kwam. Het was een deel van hun dekmantel. Grace begroef haar gezicht tegen zijn borst.

'Je begrijpt het vast als ik haar mee naar huis neem. Ze is te emotioneel om de hele dag te blijven.' Seans handen streken over haar rug terwijl hij sprak.

'Prima. Neem haar mee naar huis. Is alles klaar voor vrijdag?'

Grace draaide naar haar baas, haar voormalige vriend, de man die geen moeite had genomen om haar te waarschuwen, dat ze vermoord ging worden. 'Ja, ik kan de telefoontjes die ik moet plegen vanuit huis doen en ik loop morgen alles na. De uitnodigingen zijn de deur al uit en het hotel is geboekt. Maak je geen zorgen. Je zult je feestje hebben.'

'Dan zou je naar huis moeten gaan. Ik kan de dingen hier wel afhandelen.' Hij ging aan zijn bureau zitten. 'Stuur Pat... Parnell naar binnen als je weggaat. Ik zie je morgen.'

Sean nam haar hand en leidde haar naar buiten. Ze raapte haar spullen bij elkaar terwijl Parnell toekeek. De hele tijd voelde ze Parnells ogen op zich gericht.

Sean was stil toen ze bij de lift wachtten. Hij gebruikte zijn telefoon, zijn vingers typten een bericht. Ze was er zeker van dat hij Jake en Adam ervan op de hoogte stelde dat ze onderweg waren. De situatie tussen Sean en Adam was gespannen, maar op een bepaald punt moesten ze tot een wapenstilstand zijn gekomen. Ze werkten samen om haar veiligheid zeker te stellen. Ze had een uitgebreid overzicht van de broers Taggart gekregen over alle veiligheidsprotocollen, voordat ze naar het kantoor mocht. Zowel Sean als Ian hadden beloofd dat ze ervan langs zou krijgen als ze afweek van de protocollen. Haar was verteld om niet alleen te gehoorzamen aan Sean, maar ook aan Ian, Adam en Jake. Ze had daar gezeten, terwijl ze zich afvroeg of de afwezige Liam soms ook boven haar stond, als hij haar zoons niet aan het beschermen was. Toen ze Sean erop had gewezen dat ze zijn halsband niet meer droeg en dat hij dus niet het gezag had om haar rond te commanderen, laat staan zijn vrienden, had ze een lange, gevaarlijke, zenuwslopende blik van hem gekregen. Ze had besloten om het geluk niet te tarten. Zij waren tenslotte de experts.

De liftdeuren gingen open en Sean trok haar naar binnen. Zodra ze dichtgingen, gleden zijn handen over haar armen. 'Ik zweer dat ik hem ga vermoorden als hij een afdruk op je heeft achtergelaten.'

Zijn gezicht stond op onweer en nu realiseerde ze zich wat het hem gekost had om het spelletje mee te spelen. Hij wilde Matt aan stukken scheuren omdat hij haar had aangeraakt. Grace liet hem haar inspecteren en drukte toen haar lichaam tegen het zijne, ontspande instinctief tegen hem aan. 'Het gaat prima, Sean. Hij werd alleen een beetje handtastelijk.'

Het was aan haar om hem te kalmeren. Ze had eerder misschien geprotesteerd dat ze niet meer zijn submissive was, maar het argument klonk steeds zwakker. Het begon pure koppigheid te worden. Ze haalde een hand door zijn haren.

Zijn vingers zochten haar heupen. Zijn hele lichaam ontspande toen ze hem aanraakte. Zijn gezicht verloor de woede toen hij zijn lippen tegen haar voorhoofd drukte. 'Ik wil niet dat je alleen bent met hem.'

Dit was het gevaarlijke deel. Ze was er niet zo zeker van dat Sean haar niet over zijn schouder zou gooien en haar simpelweg op zou sluiten totdat dit voorbij was. Dat zou niet passen bij haar doelen of die van de missie. Ze moest deze holbewoner flink in toom houden. 'Ik beloof het. Ik zal hem ontwijken als de pest. Alleen vandaag en morgen nog en dan breng ik de hele vrijdag door in het hotel. Ik zal niet alleen met hem zijn.'

'Weet gewoon dat er altijd iemand meekijkt, of luistert.' Hij raakte voorzichtig de broche die ze droeg aan. Het had een kleine camera en luisterapparaat tussen de juwelen zitten. Hij had het zelf in haar trui gehaakt en zich ervan verzekerd dat het werkte voordat hij haar vanochtend naar haar werk bracht. Grace wist dat Ian en Eve ergens in het gebouw meeluisterden.

'Het enige wat je hoeft te doen, is het woord zeggen en de hulptroepen komen je redden.'

'En dat zal ik ook doen.' Echter alleen als laatste hulpmiddel. Ze wilde Sean veilig houden. Ze wilde niet dat hij zijn lichaam als een schild gebruikte. 'Nou, laten we gaan en de plek van het evenement bekijken.'

Hij knikte, al leek hij het niets te vinden. Hij was de hele weg naar het hotel bedachtzaam.

* * *

Twee avonden later wist Grace dat ze een beslissing moest nemen. Ze zat aan haar tafel en keek naar Sean terwijl hij in de keuken werkte. Een of andere hemelse geur vulde het huis. De laatste paar dagen met hem waren merkwaardig genoeg vreedzaam geweest. De vreemde ongedwongenheid in hun dagelijkse routine had Grace gespannen gemaakt. Ze zou zich zorgen moeten maken over het feest van morgen. Ze zou moeten plannen en zaken nagaan, maar alles waar ze aan kon denken, was dat het allemaal voorbij zou zijn en ze geen echte greep op Sean zou hebben. Ze was vriendelijk tegen hem geweest, maar ze had hem op een armlengte afstand gehouden, wilde haar hart niet weer voor hem openstellen. 's Avonds sliep hij naast haar, maar ze bleven aan hun eigen kant van het bed. Hij leek te wachten totdat ze een beslissing nam over hen.

Waar was ze echt bang voor?

Sean was niets anders dan lief geweest. Hij had haar met rust gelaten, en bracht zoveel tijd met haar door, als ze toestond. Hij maakte ontbijt en avondeten voor haar en haalde haar op voor de lunch. 's Avonds keken ze tv of lazen ze een boek in een gezellige stilte. Grace had een telefoontje gehad van Liam en kon met haar zonen praten. De avond ervoor had David gevraagd of hij Sean mocht spreken. Ze had de telefoon gegeven en hij had meteen de kamer verlaten. Ze had geen idee, wat voor onderwerpen David met Sean te bespreken had dat dit dertig minuten moest kosten, maar Sean was de rest van de avond stil geweest.

Nu concentreerde hij zich op zijn werk. Zijn zachte lach was vervangen door een spanning die niet weg ging, wat ze ook deden. Ze vroeg zich af of hij aan hetzelfde dacht als zij. Na morgen zou er geen reden meer voor hem zijn om bij haar te blijven. De klus zou voorbij zijn. Zij zou veilig zijn. Hij kon naar huis gaan.

En Grace kon een nieuwe baan zoeken. Ze kon proberen om haar doorsnee leventje weer op te pakken. Ze kon het advies van haar vrienden aannemen en weer proberen om te daten. Misschien op een van die online dating sites. Ze konden misschien de perfecte man voor haar vinden. Of ze kon toegeven dat de perfecte man voor haar op dit moment tortilla's aan het bakken was op nog geen tien meter afstand.

Maar dat was gevaarlijk om vanuit te gaan. Haar hart klopte sneller bij die gedachte. Ze kon zichzelf aan hem aanbieden om er vervolgens achter te komen dat hij echt alleen maar dicht bij haar bleef omdat hij een klus te klaren had. Hij zou alleen geïnteresseerd in haar kunnen zijn als een submissive partner. De seks zou uiteindelijk niet meer zo spannend zijn. Hij kon besluiten dat hij met een jong ding wilde trouwen. Hij wilde misschien helemaal nooit trouwen, ondanks wat hij gezegd had. Hij had zich toen schuldig gevoeld. Of, nog erger, hij kon bloedserieus zijn. Hij kon van haar houden. Hij kon met haar trouwen. En hij kon doodgaan.

Grace nipte van de wijn die Sean twintig minuten eerder voor haar neus had gezet. Ze had met heel haar hart van Peter Hawthorne gehouden en hij was doodgegaan. Hij was gestorven in een auto-ongeluk. Er was niets in het universum dat haar beloofde dat het deze keer anders zou zijn. Sean had een gevaarlijke baan, maar zelfs als hij de IT man zou zijn die hij had beweerd te zijn, gebeurden er ongelukken. Het kwam uiteindelijk aan op slechts een vraag. Tranen vulden Grace' ogen terwijl ze zichzelf de vraag stelde waar ze bang voor was.

Als ze van Sean Taggart hield, was ze het dan niet aan zichzelf en hem verplicht om dapper genoeg te zijn om haar hart te riskeren?

Sean legde de laatste hand aan zijn enchiladas toen Grace opstond en naar de slaapkamer liep. Ze hoorde de ovendeur open en dicht gaan terwijl ze haar broek en trui uittrok. Toen ze naakt was, viel ze op haar knieën en nam de juiste houding op de grond aan. Met haar hoofd naar beneden, handpalmen omhoog, wachtte ze.

Het duurde slechts een enkel ogenblik voordat ze de deur open hoorde gaan. 'Grace? Liefje, het eten zou klaar moeten zijn...' Zijn stem stokte, maar na een moment kwamen zijn schoenen in beeld en ze voelde zijn handpalm op haar hoofd. 'Grace, als dit jouw versie van afscheid is, neem ik het niet aan. Je lijkt te denken dat ik na morgen zal verdwijnen en dat je leven weer normaal wordt, maar ik zeg je dat dit niet zal gebeuren. Ik ga nergens naartoe. Ik hou van je. Ik blijf het zeggen totdat je het gelooft. Als je me eruit gooit, slaap ik weer in je deuropening.'

Ze was zich er van bewust dat de tranen over haar wangen liepen toen ze naar hem opkeek. Zijn gezicht was rood door emotie, zijn kaak verstrakt. 'Ik denk dat ik je liever bij me in bed heb, Meneer. Liever dan dat ik over je heen struikel als ik in de ochtend vertrek. Buiten dat ben ik eraan gewend geraakt dat er iemand voor me kookt.'

Hij schudde zijn hoofd en ging op zijn knieën zitten, op haar ooghoogte. 'Nee. Geen Meneer meer.' Zijn hand verdween in de rechterzak van zijn pantalon. Hij haalde er het kleine gouden kettinkje met het hartje uit dat hij haar had gegeven en die zij in zijn gezicht had gegooid. 'Ik heb door een heleboel modder geploeterd om dit te vinden, kleintje. Ik wil het rond je nek en ik wil geen Meneer meer genoemd worden.'

Ze knikte en hield haar haren omhoog. Ze wist wat hij wilde. Hij sloot het kettinkje rond haar keel. 'Dank je wel, Meester.'

Hij nam haar gezicht in zijn handen, omvatte het met zijn grote handen. 'Mijn Grace.'

Hij leunde naar voren en nam bezit van haar mond. Grace ontspande onder zijn aanval. Sean was meedogenloos. Zijn tong dook, eiste haar reactie. Zijn handen waren ineens overal. Hij omvatte haar borsten en haalde ze toen over haar rondingen. Hij traceerde elke ronding van haar rug en zijn vingers grepen haar billen, trokken haar tegen zijn keiharde erectie.

Hij trok haar uiteindelijk voorzichtig terug, zijn handen draaiden in haar lokken. Zijn blauwe ogen waren donker van passie en zijn gezicht een masker dat zijn verlangen amper in toom hield. 'Je zal met me trouwen, Grace.'

Ze moest bijna lachen. Dat was het beste dat ze zou krijgen van een Dom zoals Sean. In essentie was het een vraag. Ze zou het accepteren of niet en dat zou haar antwoord zijn. Er was geen reden om hem te laten wachten. 'Ja, dat zal ik doen.'

'We gaan trouwen en ik neem ontslag bij het bedrijf. Ik ga naar de koksschool en dan ga ik een restaurant openen, als de tijd rijp is.'

Tranen liepen weer in haar ogen. 'Je neemt ontslag?' Ze greep zijn armen beet om overeind te blijven, haar opluchting was zo groot.

Hij fronste, begreep het overduidelijk verkeerd. 'Ja, en daar valt niet over te onderhandelen. Ik heb genoeg geld gespaard. Ik verkoop mijn appartement en trek hier bij jou in. Ik heb genoeg om voor je te zorgen. Je hoeft geen andere baan te vinden.'

'Ik werk graag, Sean. Ik vind het niet erg. Ik ben gewoon blij dat je je leven niet meer riskeert.'

Zijn wenkbrauwen trokken op en hij grinnikte. 'Je maakte je zorgen om me?'

'Sinds ik erachter ben gekomen wat je doet, elke dag,' gaf ze toe. 'Ik ben blij dat je ontslag neemt. Ik weet dat je goed bent in wat je doet, maar het is niet je passie.'

'Jij bent mijn passie en je eet graag. Ik doe het alleen maar om jou een plezier te doen, kleintje.' Hij grijnsde, zuchtte toen hij haar dicht naar zich toe trok en knabbelde aan haar oorlel. 'Als ik klaar ben om het restaurant te openen, kun je me helpen het te runnen.'

Een kleine rilling van verwachting ging door haar heen. 'Ik zou dat geweldig vinden, Sean, maar tot die tijd...'

Hij sloeg op haar kont. Het kleine beetje pijn zorgde ervoor dat haar kutje gutste van opwinding. 'Je doet wat ik zeg.'

Opgewonden of niet, ze gingen dit nu regelen. 'Ik dacht dat je niet vierentwintig uur per dag, zeven dagen in de week een D/s relatie wilde.'

Hij had het goede fatsoen om een beetje schaapachtig te kijken. 'Misschien ben ik tot de conclusie gekomen dat Ian gelijk heeft. Ik dacht dat ik het eerder niet belangrijk vond, maar nu wil ik verantwoordelijk zijn voor je. Grace, ik wil geen ruzie maken. Ik wil de avond in je doorbrengen. Als je per se wil werken, dan vinden we iets passends, maar ik laat je niet meer voor een man als Matt werken. We zoeken een compromis. Oké?'

Ze had het gevoel dat alle concessies over dit onderwerp erg in zijn voordeel zouden zijn. En dat ze hem kon pushen als ze echt wilde. Haar relatie met Sean ontvouwde zich voor haar. Ze zouden worstelen en vechten om de controle en het zou uitdagend worden. Elk moment zou het waard zijn. 'Ja, Meester.'

Ze zou een middenweg vinden. Ze zouden een manier vinden die voor hen allebei werkte. Het was de manier waarop hun huwelijk zou werken. Hij zou de wet voorschrijven en zij zou proberen om er een weg omheen te vinden. Ian had gelijk. Ze had een beetje *brat* in haar.

Seans oogleden vernauwden. 'Ik weet wanneer ik in de problemen zit. Geef me vanavond in ieder geval wat gehoorzaamheid. Op het bed. Handen en knieën.'

Grace krabbelde op het bed, gretig om te gehoorzamen. Hierin zou ze hem nooit in twijfel trekken.

Ze hoorde hem de tas, die hij op de eerste avond dat ze terug waren van Ian naast het bed had gezet, openen. Het was een kleine leren tas en Grace twijfelde er niet aan dat het de spullen bevatte die hij speciaal voor haar had voorbereid. Het bevatte speeltjes die hij voor haar had gekocht. Haar ogen sloten van zoete verwachting.

Hij spreidde haar billen en ze rilde toen hij glijmiddel op haar anus spoot. Ze verbeet een kreun toen ze de plug haar gat in voelde gaan. 'Duw terug.' Grace duwde haar achterkant voorzichtig op het kleine stukje plastic. 'Dat is prachtig,' zei Sean terwijl hij het stevig inbracht.

'Oh, god,' kreunde Grace toen ze de zachte vibraties voelde beginnen. Scherpe prikkels van sensaties overspoelden haar.

'Dat is pas het begin,' beloofde Sean. 'En Grace, je mag niet komen.'

Ze sloot haar ogen. Dat ging bijna onmogelijk worden. Elk zenuwuiteinde smeekte nu al om ontlading en hij was nog niet klaar met spelen. Zijn handen omcirkelden haar middel en ze voelde een klein object recht over haar clitoris geplaatst worden. Een vlinder vibrator. Ze zou het nooit volhouden. Hij maakte de kleine bandjes rond haar middel vast en duwde toen op de knop die de vibraties startte.

'Verdomme, Sean.' Haar bekken werden overspoeld met zoemend plezier.

Hij sloeg op haar kont. 'Geen gevloek en je gebruikt mijn titel als ik je neuk, liefje.'

Een perverse spanning ging door haar heen. Ze kon naar hartenlust met deze man spelen. 'Prima, verdomme, Meester.'

Hij sloeg haar op haar andere bil. 'Ik kan dit de hele avond doen.' Hij schoof twee vingers in haar kutje. 'Als je zonder toestemming komt, zweer ik dat ik je een hele week niet neuk. Is dat duidelijk?'

'Sean!' Ze jankte praktisch omdat hij een bijna onmogelijke taak gaf.

Zijn kleding ruiste bij het uitkleden. 'Ik zei niet hoe lang ik het je vol laat houden, kleintje. Maar als je ongehoorzaam bent, zal het je duur komen staan. Je zal me dan wakker maken met een pijpbeurt, en je zal me weer zuigen voordat we gaan slapen. Je zal er niets voor terug krijgen.' Hij liep rond het bed en ze kon hem zien. Zijn trotse lul stak omhoog vanuit de *V* van zijn dijen. Ontspannen streelde hij zichzelf. Zijn hand gleed van de dikke basis tot de bolvormige top. 'Het is niets meer dan wat je verdient. Je bent van onderaf aan het toppen sinds ik je heb ontmoet. Dat stopt vanavond. Als ik ook maar iets van manipulatie opmerk, bind ik je aan het St. Andrews Kruis en krijg je met de zweep. Is dat begrepen?'

'Ja, Meester.' Het zou haar situatie niet helpen, om ruzie met hem te maken. Hij was de baas in de slaapkamer. Ergens anders was het een spel van macht, maar hier was hij koning.

'Mooi.' Voorvocht droop van zijn lul. 'Lik de top.'

Ze leunde naar voren en haalde haar tong over de vochtige spleet. Ze werd beloond met een kreun van haar vent. Ze kon zich concentreren op likken en de grote lul in haar mond zuigen. Haar kutje en kont zoemden, maar het was zoete achtergrond muziek. Ze draaide haar tong rond de top van Seans lul, en schonk er veel aandacht aan.

'Inderdaad. Zuig me nu naar binnen.' Hij drukte hem in haar mond, vulde het met zijn vlees. Een hand wikkelde in haar haren terwijl hij haar zijn lengte voerde.

Grace zwolg in zijn smaak en het gevoel. Hij vulde haar mond. Ze ontspande haar kaak om hem verder te nemen. Hij drukte op de afstandsbediening voor haar trillingen en maakte het moeilijk voor haar om zich te concentreren. De vibraties brachten haar naar een orgasme en ze was vastbesloten dat het niet zou gebeuren. Dit was een strijd. Ze plaagde de gevoelige onderkant van zijn lul. Ze gebruikte het puntje van haar tong erop en zoog hem toen diep, nam hem achter in haar keel.

'Oh, fuck ja.' Seans gooide zijn hoofd achterover, de afstandsbediening in zijn hand leek vergeten terwijl hij zichzelf verloor in het genot van haar mond. 'Slik me. Ik ga komen. Je neemt elke druppel.'

Hij liet de afstandsbediening vallen en concentreerde zich op het neuken van haar mond. Grace ontspande haar keel toen hij zijn weg naar binnen dwong. Zijn heupen pompten en zijn zware ballen raakten haar kin. Grace draaide haar tong tegen de onderkant van zijn lid. Hij was te groot. Ze kon hem niet omcirkelen, maar toen ze nadrukkelijk rondom hem slikte, brulde hij toen hij haar mond begon te vullen met sperma. Grace dronk hem op. Ze likte hem schoon met liefkozende strelingen van haar tong.

Zijn hand verloor de greep in haar haren, streek er liefdevol over heen terwijl hij tegen haar bleef stoten. Na een lang moment trok hij zich eruit. 'Heel goed. Spreid nu die benen. Ik wil mijn kutje neuken.'

Ze voelde een nieuwe stroom vocht over haar vagina lopen. Hij ging haar neuken, haar vol met hem en speeltjes stoppen. Geduld, Grace, zei ze tegen zichzelf. Ze moest geduldig zijn.

Hij liep rond en ze voelde het bed verschuiven toen hij tussen haar gespreide benen ging zitten. Zijn vingers rekten haar vagina.

'Wil je komen?'

Hoe kon hij haar dat vragen? Dat was alles waar ze naar verlangde. 'Ja, Meester. Alsjeblieft.'

Ze hield zichzelf in. Het was lastig om stil te liggen wanneer ze alleen maar tegen zijn vingers wilde stoten, om haar vagina tegen hem te schuiven totdat ze ontplofte. Alles wat ze kon doen was smeken. Hij had de macht en het maakte haar zo geil dat ze er niet tegen kon.

Hij hield zijn hand stil in haar. 'Ik zou je zo kunnen achterlaten, schatje. Ik zou je steeds opnieuw naar het randje kunnen brengen maar je er net niet over kunnen laten gaan. Ik zou het kunnen doen totdat je me wil geven wat ik wil.'

'Wat wil je?'

De woorden kwamen met een gekwelde kreun uit zijn mond. 'Jou veilig hebben, Grace. Jou hier helemaal uit halen.' Zijn vingers kwamen naar buiten en Grace dacht een angstig moment lang dat hij dat zou doen. Toen verstevigden zijn handen de greep op haar heupen en ze voelde de top van zijn lid tegen haar ingang. 'Maar ik hou van je. Ik zou je niet anders willen hebben, schat.'

Hij zonk in haar en Grace huilde bijna door de sensatie.

Haar handen grepen de quilt onder zich vast. 'Meester, alsjeblieft.'

'Ja,' gromde hij achter haar. Hij neukte hard, stootte zijn lengte in haar. 'Je mag komen. Oh, je bent zo strak. Ik kan die plug tegen mijn lul voelen trillen.' De top van zijn lid gleed tegen haar G-spot en Grace schreeuwde toen ze kwam. Het orgasme rolde over haar heen als een golf van gevoelens. Het was meer dan alleen genot. Ze voelde hun connectie zo scherp. Haar hoofd viel naar voren en alles in haar ontlaadde.

Sean neukte haar meedogenloos. Zelfs toen ze bijkwam van haar eerste high, bracht hij zijn hand over de vlinder, drukte de vibrator strak tegen haar klit, waardoor ze opnieuw kwam. Deze keer duurde het lang, het begon in haar baarmoeder, trilde naar buiten totdat haar huid zinderde van blijdschap en haar bloed bonsde.

Grace verloor de controle over haar armen en viel naar voren. Alleen Seans sterke handen hielden haar omhoog. Zijn lul sprong in haar op terwijl hij naar binnen stootte en kreunde toen hij zich liet gaan. Grace voelde de warmte van zijn zaad in haar vagina en baarmoeder en zuchtte tevreden.

Hij lag een moment huid op huid met haar, voordat hij zich losmaakte en voorzichtig de speeltjes verwijderde. Hij maakte alles schoon en kwam terug in haar armen. Hij wiegde haar tegen zijn borst en ze kon het kloppen van zijn hart horen.

'Mijn vrouw,' fluisterde hij toen hij haar dicht tegen zich aan hield.

Ja, hij was haar man. Ze duwde de gedachten aan morgen weg. Vanavond waren ze samen en de toekomst leek perfect.

19

Grace keek om zich heen naar de menigte die door de balzaal van het Ashton Hotel liep. De balzaal bevond zich op de bovenste verdieping van het hotel. 'S avonds bood het een spectaculair uitzicht over de stad. Haar blik ging naar het grote balkon. Het was verlicht met twinkelende lichtjes en had een grote bar waar de aanwezigen wijn konden drinken en konden genieten van de lichtjes van Fort Worth. De binnenkant was net zo mooi. De hele ruimte was omgetoverd tot een elegant casino in Monte Carlo-stijl. Minstens vierhonderd mensen verzamelden zich in de balzaal. Het was verschrikkelijk moeilijk om bij te houden wie waar naartoe ging. Ze hoopte maar dat Ian Taggart wist wat hij deed.

Ze zag hem, toen hij een mooi gekleed stel een selectie dumplings aanbood. Ian zag er elegant uit in zwarte avondkleding. Hij bleek charmant te kunnen zijn wanneer de gelegenheid dat vereiste. Hij was een perfecte ober. Zelfs het hoofd van het bedienend personeel had gezegd dat ze hem zou inhuren voor elk evenement dat ze had. Elk vrouwelijk oog keek naar hem terwijl hij zich een weg baande door de menigte.

Natuurlijk had Ians kleine broertje ook zijn deel met bewonderaars. Grace voelde haar oogleden samenknijpen toen een van de meiden van HR probeerde te flirten met haar Viking. Hij keek plots op, alsof hij voelde dat ze keek. Een lachje speelde over zijn sensuele lippen en haar jaloezie verdween. Sean was van haar. De andere vrouwen konden hem proberen te versieren, maar hij zou altijd thuis komen bij haar. Ze keek naar de ring die hij haar die ochtend om had gedaan. Het was een *Princess cutt* diamant van een volledige karaat en de bijpassende trouwringen, zowel die van hem als die van haar, lagen in de juwelendoos op haar dressoir.

'Je hebt ja gezegd.' Matts gespannen stem liet haar opschrikken uit haar gedachten.

Ze draaide zich, om hem naast zich te zien staan. Zijn ogen waren gefixeerd op de ring aan haar vinger. Hij was gekleed in een pak, maar het was al gekreukt en hij was bezig aan zijn vierde Whisky Cola. Tenminste, Grace dacht dat het zijn vierde was. Ze was misschien de tel kwijt.

'Ik hou van hem.' Haar hand ging omhoog om met het andere teken van Seans bezit te spelen. Haar vingers krulden rond het gouden hartje waarvoor hij door de modder had geploeterd, om het voor haar te halen.

'Je kent hem amper.'

Grace pikte Matts onzin niet vanavond. Ze was in zijn buurt heel voorzichtig geweest. Conform Seans instructies had ze vermeden zijn kantoor binnen te gaan. De enige keer dat ze moest, had ze Jake Dean gebeld voordat ze naar binnen ging. Hij zat aan haar bureau toen ze naar buiten kwam. Ze was er zeker van dat Jake de hele tijd aan de deur had staan luisteren, wachtend om toe te schieten als ze hem nodig had. 'Ik ken hem genoeg om van hem te houden. En Matt, je moet alvast weten dat ik maandag mijn opzegtermijn van twee weken indien.'

Als er na vanavond een bedrijf was om naar terug te gaan. Wat de uitkomst van deze avond ook zou zijn, ze zou niet teruggaan. Het was tijd om een nieuw hoofdstuk in haar leven te beginnen. Als Matt hier uit zou komen, zou hij een nieuwe secretaresse nodig hebben.

Zijn hele gezicht vertrok. 'Je neemt ontslag.'

'Het kan geen verrassing zijn voor je, Matt. Na alles wat er in de afgelopen weken is gebeurd.' Ze kruiste haar armen voor haar borst. 'Ik denk dat het beter is als we allebei verder gaan.'

Zijn kin verstrakte en een lelijke blik glinsterde in zijn ogen. 'Je hebt gelijk. Ik heb toch iemand jonger nodig.'

Ze kon zichzelf bijna voelen stralen. Sean had haar tot vanochtend niet uit bed gelaten. Het was hem gelukt om zijn enchiladas te redden, maar ze hadden de decadente maaltijd in bed gegeten tussen ruwe sekssessies door. Haar Meester had genoten van hun verbintenis en ze was er blij mee. En een beetje beurs. Misschien moest ze yoga gaan doen.

'Hij heeft je verpest.' Matt gromde en drong haar persoonlijke ruimte een beetje binnen. 'Je was altijd lief. Nu gedraag je je als een slet. Mijn broer heeft gelijk.'

'Broer?' Hij moest dronken zijn. Hij had zijn broer al jaren niet genoemd, behalve in de verleden tijd. Voordat ze zijn gedachten kon volgen, verscheen Adam aan haar zijde.

'Hey, schat, ik denk dat de cateraars jouw hulp nodig hebben.' Adams hand lag op haar elleboog en hij trok haar ongeveer een meter van Matt weg.

'Gaat het?' Sean dook op aan haar andere zijde. In tegenstelling tot Adam hoefde hij niet te doen alsof. Hij was haar verloofde. Hij had elk recht om bezorgd te kijken. Hij keek boos naar Matt.

'Natuurlijk.' Grace lachte de hele situatie weg. Het was overduidelijk dat ze hier veilig was. Ze kon geen stap zetten zonder dat een van de geheime agenten bovenop haar zat. Ze zag Eve, gekleed in een nauwsluitende cocktailjurk, toekijkend hoe de scène af zou lopen. Jake Deans ogen bekeken de ruimte vanaf zijn stoel aan de Black Jack tafel. Ze was er zeker van dat Ian gewoon wachtte op de kans om iemand flink aan te pakken. En ergens in dit alles, keek meneer Black toe met zijn donkere ogen, wachtend op de kans om zijn oude spion uit te schakelen.

'Het gaat prima.' Ze weefde haar vingers door die van Sean en gaf hem een geruststellend kneepje. 'Ik wilde Matt net vragen waar zijn vriend Evan is. Ze lijken de laatste tijd zoveel met elkaar om te gaan. Ik dacht dat hij hier zou zijn.'

Seans hand verstrakte rond de hare in een onmiskenbare waarschuwing om het niet te pushen.

Matt lachte, een lelijk geluid. 'Oh, ik verzeker je dat hij hier ergens is. Ik denk dat hij je wel opzoekt, Grace. Ik weet dat hij een woordje met je wilde wisselen. Ja, maak je geen zorgen om Parnell. Je zult hem snel genoeg zien.'

Matt draaide zich om en begon weg te lopen. Sean liet Grace' hand los en ze vond de blik in zijn ogen maar niets, toen hij Matt begon te volgen. Adam legde zijn hand op Seans borst.

'Dit is niet het juiste moment, sergeant.'

'Hij bedreigde haar zojuist.'

'En hij zal zijn verdiende loon krijgen,' beloofde Adam. 'Ze wordt goed in de gaten gehouden. Het komt goed. Ian kijkt, probeert de buitenlandse geheim agent te identificeren. Bijna alle anderen hebben hun ogen op jouw meisje. We gaan ervoor zorgen dat ze hier heelhuids uit komt. Kalmeer nu en vermoord Wright niet totdat je een verdomd goed alibi hebt.'

Adam leek tot Sean door te dringen. Haar Viking leunde voorover en gaf haar een lange kus. Ze wist beter, dan weg te trekken. Ze wilde het niet eens. Sean liet haar los en ze kon de bezorgdheid in zijn ogen zien. Hij draaide zich alsnog naar Adam. 'Prima. Ik moet hoe dan ook contact opnemen met onze gast. Hij wordt zenuwachtig.'

Sean had Black niet mee willen brengen, maar de CIA-agent had erop aangedrongen. Aangezien hij de rekeningen betaalde, was Ian gedwongen om het toe te staan. Black zat in een kamer op de verdieping onder hen en keek via beveiligingscamera's naar de balzaal. Ians partner, Alexander McKay, die ze net een paar uur geleden had ontmoet, was bij hem. Het was moeilijk voor Grace om te geloven dat de grappige, lieve Eve getrouwd was geweest met die beer van een man. Hij was net zo somber en gesloten als Ian. Sean liep weg om zijn contactpersoon op te zoeken.

Adam keek hem hoofdschuddend na. 'Je hebt die arme man in de knoop gelegd, schat.'

Grace haalde diep adem en kwam terug van de adrenalinestoot van de woordenwisseling met Matt. 'Het verbaast me dat hij me bij jou heeft achtergelaten.'

Adam haalde zijn schouders op. 'We zijn tot een akkoord gekomen. Ik blijf met mijn handen van je af en hij laat me leven.' Adams knappe gezicht vertrok een beetje van zelfspot. 'Het spijt me dat ik zo hard heb gepusht. Ik dacht echt dat je je tot ons aangetrokken voelde.'

Hij zei ons en Grace begreep nu dat hij hem en Jake bedoelde. Ze waren onafscheidelijk. Sean had haar over hun achtergrond verteld. Ze verzachtte een beetje. 'Ik voelde me ook tot jullie beide aangetrokken, zelfs toen ik dacht dat jullie homo waren. Hoe zou ik dat niet kunnen zijn?'

'Maar je houdt van de sergeant.' Het was geen vraag en behoefde geen antwoord. Het was een feit en het leek erop dat Adam het had aanvaard. 'Mijn enige excuus is dat ik dacht dat je perfect voor ons was. We worden er niet jonger op, weet je. We moeten onze derde vinden, zodat we kunnen beginnen.'

'Waarmee beginnen?' Ze was meer dan nieuwsgierig. Adam leek een visie te hebben over hoe zijn leven zou moeten gaan. Hij leek niet te denken dat een vrouw delen met Jake, gewoon voor de lol was.

'Het normale gedoe. Een gezin, kinderen, een huis en een hond. Ik weet dat we eigenaardig zijn, maar dat betekent niet dat we geen normale dingen willen.'

Grace keek naar de erg donkere, knappe Jake Dean. Vrouwen hingen rond hem heen, maar het leek hem niet op te vallen. Jake leek niet op zoek te zijn naar iets dat permanent was. En hij had nooit echt naar haar gekeken.

Wat als Adam en Jake een andere smaak in vrouwen hadden? Dat zou het vinden van een vrouw voor hen allebei behoorlijk moeilijk maken.

Toen liep Sonja Patton van de loonadministratie voorbij. Ze was een brunette met zachte rondingen en een nog zachter gezicht. Ze was misschien vijf kilo te zwaar, maar er was iets lieflijks aan haar. Jakes blik gleed over haar heen.

'Ja, schat, hij heeft een type.' Adam grinnikte alsof hij haar gedachten kon lezen. 'Hij was erg aangetrokken tot je. Hij is gewoon beter in het verbergen ervan dan ik. Kijk naar de vrouwen die zijn aandacht proberen te krijgen. Ze zijn allemaal dun als een model en gehard. Vrouwen. Ik begrijp jullie niet. Jullie hongeren jezelf uit om de aandacht van een man te krijgen, terwijl de meeste mannen een beetje zachtheid willen. Hebben jullie naar de *Playboy* gekeken? Dat zijn niet dezelfde mensen als die je op de cover van *Cosmopolitan* vindt. Maak je geen zorgen om mij en Jake. We zullen ons hemelse beetje vrouwelijkheid wel vinden. Ze walst waarschijnlijk over ons allebei heen, net zoals jij bij Sean hebt gedaan.'

Grace lachte naar haar vriend. De vrouw die tussen Adam en Jake terecht zou komen, zou een geluksvogel zijn. Helaas was Grace veel te verliefd op een Viking om het ooit te overwegen. Grace keek een keer door de ruimte. Alles verliep perfect. Het was een goed feestje. Misschien zou ze als dit voorbij was, in de feestplanning moeten gaan.

Een dunne vrouw gekleed in een grijze pantalon en een zwarte glittertop ving haar blik. De vrouw met donker haar dat in een knot naar achteren getrokken was, zag er opvallend bekend uit. Grace probeerde zich te herinneren waar ze haar had gezien.

'Wat is er?' vroeg Adam en volgde haar gezichtslijn.

Ze schudde haar hoofd. 'Niets.' Ze was vast de vriendin van een van de medewerkers. Dat zou het verklaren. Ze draaide terug naar Adam. 'Zei je niet dat er een probleem met de catering was?'

Twintig minuten later had ze het probleem met de dumplings geregeld en liep alles weer op rolletjes. De band was het podium opgegaan en op de dansvloer ging het los. Grace kon niet anders, dan zich herinneren hoe goed het voelde om in Seans armen te zijn toen ze samen hadden gedanst.

Ze zag Matt vanuit haar ooghoeken. De vrouw die bekend voorkwam, liep hem voorbij en knikte. Zijn ogen volgden haar even. Grace zuchtte. Ze hoopte echt dat Matt niet in de problemen zou raken. Het laatste wat ze kon gebruiken was afrekenen met een dronken, geile baas die de vriendin van een werknemer probeerde te versieren en een gevecht middenin haar succesvolle feestje begon.

Ze was dankbaar toen Matt van de vrouw wegdraaide en naar het balkon terras liep. Hij passeerde een grote palmboom in een pot. Grace zag dat er iets uit zijn zak viel toen hij de deur opende en het zacht verlichte terras opliep.

Grace zuchtte. Hij veranderde ook nooit. Hij verloor altijd zijn spullen.

Of deed hij dat eigenlijk wel?

Grace stopte in het midden van de kamer. Ze had nog geen spoor van Evan Parnell gezien. Was dat echt een verrassing? Als hij zo slim was als iedereen zei dat hij was, waarom zou hij dan zijn gezicht laten zien bij de levering als zijn broer het voor hem kon doen?

Grace keek de ruimte rond en dacht erover om naar Adam of Jake te rennen. Zou ze het pakketje uit het oog verliezen? Was zij de enige die het gezien had? Wat moest ze doen? Sean had naar beneden gemoeten om zich te melden bij Alex en meneer Black. Wat als ze hun kans misten?

Met bonzend hart stak Grace de ruimte over. *Blijf rustig. Raap het verdomde ding op en ren dan naar Adam.* Ze zou zo snel rennen als haar tien centimeter hoge hakken toe zouden laten. Ze zou het afgeven aan Adam en dan zouden zij en Sean naar huis kunnen en zou deze nachtmerrie voorbij zijn.

Een plotseling beeld van een donkerharige vrouw in een busje dat buiten het gebouw wachtte, dreef door haar brein. De vrouw in de grijze pantalon! Ze had in het busje gezeten dat Evan Parnell die dag had opgehaald. Alles werd haar nu duidelijk. Het was de dag dat ze achter het papiertje met het adres van het postbedrijf aan had gezeten. Parnell had buiten het gebouw gestaan en het busje was naar hem toe gereden. Grace kon het donkere haar van de vrouw zien en haar licht vertrokken gezicht toen ze stopte en wachtte totdat Parnell in stapte. Ze had niet gedraaid om hem aan te kijken, zoals ze met een vriend of geliefde zou doen. Er was geen warme begroeting tussen hen geweest.

Ze was zijn werkneemster. Parnell had vanavond meer dan één persoon voor hem aan het werk.

Zo snel als ze kon, leunde ze voorover en pakte de USB-stick. Grace kwam overeind en begon naar Adam te lopen, duwde zichzelf door de menigte van mensen die naar het buffet dat zojuist was geopend voor het diner, gingen. Ze kon hem voor zich zien en wilde net naar hem roepen toen ze iemand aan haar elleboog voelde trekken.

'Geen kik.' Iets drukte in haar zij en ze zag Parnells partner naast haar staan. De donkerharige vrouw had een hand op Grace' elleboog. Grace keek naar beneden en zag een klein pistool tegen haar ribben gedrukt. Het werd op een pijnlijke wijze in haar zij geduwd. Elke zenuw in Grace' lichaam stond op scherp. 'En probeer ook niet de aandacht te krijgen van die grote klootzak, tenzij je wil dat ik deze leuke mensen ga neerschieten. Ik vermoord jou eerst en dan begin ik met de rest. Ik doe het als het moet.'

'Wat wil je?' Grace bleef zachtjes praten, toen de vrouw haar naar de achterkant van de ruimte begon te manoeuvreren. Er gebeurde zoveel dat ze zich afvroeg of iemand het zag. Ze zagen er waarschijnlijk uit als twee vrouwen die spraken in een veel te luide ruimte.

De stem van de andere vrouw was een ruwe snauw in Grace' oor. 'Ik wil dat de planeet een mooie plek is. Het zijn zakelijke types zoals jij die alles verpesten voor de rest.'

'Ik ben een secretaresse.' Ze moest kalm blijven, haar aan de praat houden. Sean was beneden waar ze allerlei surveillance-apparatuur hadden. Hij zou naar haar zoeken. Hij zou achter haar aan komen.

'Je werkt voor de man. Je neemt hun geld aan, je kunt delen in hun lot. We halen het Bryson Building en het gasbedrijf erin, neer. Wij laten ons niet stoppen door jou.'

Ze leken naar de deur achter in de balzaal die leidde naar de trap, te gaan. Ze wilde hard roepen, maar was bang dat de vrouw precies zou doen waar ze mee dreigde. En de band die speelde zo luid. Grace betwijfelde of iemand haar over de bulderende feestmuziek heen zou horen.

Ze probeerde met haar te redeneren. 'Je baas heeft tegen je gelogen. Evan Parnell is niet geïnteresseerd in het milieu. Hij is een ex-CIA agent. Hij gebruikt jou en je groep als dekmantel om geld te verdienen door zakelijke en overheidsgeheimen aan buitenlandse overheden te verkopen.'

De vrouw snoof. 'Dat is belachelijk. Ik heb Parnell twee jaar lang gevolgd. Ik ken mijn mentor. Hij heeft ons alles wat hij weet over het neerhalen van de vervuilers geleerd.'

Grace probeerde tijd te rekken. 'Kijk, ik weet niet wat hij je heeft verteld, maar wat zijn interesse in het Bryson Building ook is, het gaat niet om het gasbedrijf. Hij wilde dat gebouw in voor een andere reden.'

Het pistool drukte zo hard dat het Grace' ribben pijn deed. 'Lopen. Probeer niets uit te halen, anders schiet ik je neer. Open nu de deur.'

Grace opende de deur en werd bijna meteen overvallen door de stilte in het trappenhuis. Zodra de deur achter hen sloot, was het alsof ze in een andere wereld waren. Ze kon de muziek amper horen en het licht leek veel te fel. Er waren trappen recht voor haar die naar beneden gingen en aan haar linkerzijde was er een die naar het dak leidde.

'We gaan naar boven.' Daar was het weer, de druk van staal tegen haar zijde.

'Waarom, wat is daar boven?' Grace rekte tijd, maar ze wist niet goed wat ze nog meer kon doen. Ze was geen actieheld. Ze was doodsbang. Het kostte haar alle moeite om overeind te blijven. Ze moest in leven blijven tot Sean bij haar was.

'Dat is voor mij een weet en voor jou een vraag.'

Ze trok Grace mee, maar haar hakken gleden uit op de gladde industriële vloer. Grace probeerde overeind te blijven, maar struikelde en viel naar voren. Haar gijzelneemster vloekte. Ze schuifelde naar de trap die naar boven ging en toen vulde het geluid van een pistool haar wereld met een enkele knal die eeuwig leek te echoën. Grace was plotseling bedekt met een fijne nevel van rood spul.

Bloed. Oh, god, ze was neergeschoten. Ze voelde aan haar zij en probeerde het gat te vinden dat zeker in haar buik zat. Het deed geen pijn zoals ze had gedacht. Ze kon helemaal niets voelen. Een sterke hand trok haar omhoog.

'Gaat het, Grace?'

Grace hield zich vast aan Adam toen hij haar overeind trok. Ze zag een glimp van de vrouw die haar meegenomen had, een enkel, keurig kogelgat in het midden van haar voorhoofd.

Ze staarde naar beneden. 'Hoe...?'

Adams stem leek van veraf te komen, maar ze kon hem verstaan. Hij had een wapen in zijn handpalm, het pistool dat hij had gebruikt om haar ontvoerster te vermoorden. 'Ik zag haar naar je toe komen. Toen ik me realiseerde dat ik niet bij je kon komen voor zij dat deed, bedacht ik dat er maar twee plekken voor haar waren om je mee naartoe te nemen: via de voordeur of naar deze trap. Jake staat voor op de uitkijk en ik rende naar de verdieping hier beneden. Het was te gemakkelijk om me te horen als ik je van achteren volgde.'

'Je was snel.' Haar handen trilden. Ze draaide van het lijk weg. Adam zag eruit als een ander persoon. Weg was de vrolijke, grappige vriend die ze had leren kennen en in zijn plaats stond een dodelijke krijger.

'Ja.' Adam antwoordde met een korte, harde toon.

'Maar ik ben sneller.' De woorden kwamen van boven en Adam reageerde met een felheid. Hij duwde haar naar achteren, bedekte haar met zijn lijf.

'Maak dat je hier wegkomt, Grace.' Hij begon naar achteren te lopen, naar de trap die naar beneden leidde, maar haar hele wereld werd gevuld met verschrikkelijke explosies en ineens ging Adam neer.

Grace keek met afgrijzen hoe Adams witte blouse besmeurd werd met bloed. Hij viel op zijn knieën, een droevige blik op zijn gezicht.

'Ga,' schreeuwde hij met wat misschien zijn laatste adem was.

Hij viel naar voren, maar niet voordat ze het kogelgat in zijn buik zag.

'Je gaat nergens naartoe, Grace.' Evan Parnell had zijn pistool op haar gericht. Hij was van top tot teen in het zwart gekleed. Zelfs zijn handen waren bedekt met zwarte handschoenen.

Grace probeerde om bij Adam te komen. Een rode stip was ineens op haar borst gericht, recht op haar hart. Parnell kwam de trap af, bewoog met de gratie en zorgvuldigheid van een goedgetrainde man.

'Ik zei: daar blijven, Grace. Ik meende het.' Parnell klonk nu anders. De norsheid die altijd in zijn stem zat, was weg. Deze man was soepel en bekwaam.

'Laat me hem helpen,' smeekte Grace. Ze was geen verpleegster, maar ze was bereid om alles te proberen.

'Hij valt niet meer te redden.' Hij gaf zijn dode assistente een enkele blik en schopte toen Adams lichaam omver toen hij zich bij Grace op de overloop voegde. 'Nog in leven, flikker? Laat het leger tegenwoordig jouw soort toe?'

Er kwam bloed uit Adams mond. Hij keek op naar de man die hem had neergeschoten, nog steeds met een strijdvaardig gezicht. 'Ben uit het leger gezet, klootzak. Beste dag van mijn fucking leven. Maar sorry dat ik je moet corrigeren, ik ben niet homo.'

Parnell haalde zijn schouders op. 'Het hele queer gedoe is een goede dekmantel. Ik had je totaal onderschat. Als je je niet zo'n zorgen had gemaakt om het meisje daar, betwijfel ik of ik je te grazen had kunnen nemen. In ieder geval bedankt dat je voor Melissa hebt gezorgd. Ik wilde haar zelf vermoorden, maar ik haat het om mijn karma te ruïneren, als je begrijpt wat ik bedoel.'

'Fuck you,' spuugde Adam uit.

'Laat me hem alsjeblieft helpen.' Grace voelde de tranen over haar gezicht lopen. Adam lag hier dood te gaan. Ze moest iemand bellen. Ze moest hulp zien te regelen. De realiteit van de situatie begon bij haar te dagen en de paniek dreigde het over te nemen. Ze drukte het weg. Het zou Adam niet helpen en het zou haar niet helpen. 'Wat wil je van me, Patrick?'

Ze gebruikte zijn echte naam, in de hoop dat het hem van zijn stuk zou brengen.

Zijn ogen werden groot en hij siste. 'Die klootzak heeft me gevonden. Verdomme.' Hij keek naar Adam, wiens hand het gat in zijn buik bedekte. 'Ik had het kunnen weten. Ben je van de CIA?'

'Ben een opdrachtnemer. Ik heb een hekel aan spionnen. Je kan ze niet vertrouwen.' Adam klemde met elke ademhaling zijn tanden op elkaar.

'Daar heb je tenminste gelijk in. En als je denkt dat je Nelson kan vertrouwen, zit je verkeerd. Hij is net zo corrupt als ik ben.' Parnell draaide zijn kille ogen naar Grace. 'En wat ik van jou wil, nou, jij domme trut, ik wil dat je de twintig miljoen betaalt die je me gekost hebt.'

'Waar heb je het over?' vroeg Grace.

Hij wees naar haar zak. 'De USB-stick. Je moest het gewoon oppakken. Gelukkig had ik Melissa die naar de levering keek om er zeker van te zijn dat er niets mis zou gaan. Ik ben tenminste het pakketje niet verloren. Als de Chinezen het niet willen kopen, dan weet ik wel een paar Venezolanen die het willen hebben. Je man is een idioot, weet je. Ik kan niet geloven dat hij je deze klus heeft laten doen. Nou, jij komt met mij mee of ik jaag een kogel door het hoofd van die daar.'

'Grace, ik ben toch al dood. Rennen.' Adams ogen smeekten haar.

Grace had geen keus. Ze kon niet toekijken hoe Parnell hem zou doden, niet als er een kleine kans was dat hij het zou overleven. Jake zou zich realiseren dat er iets mis was. Hij kon er op tijd zijn, maar alleen als ze wegliep met Parnell.

'Oké, ik heb de USB-stick en ik ga met je mee.' Ze stak haar hand uit en liet Parnell haar naar hem toe trekken.

Hij grinnikte tegen haar oor, het geluid scherp en verontrustend. 'Je bent een domme trut, Hawthorne. Ik kan hem nog steeds vermoorden. Ik doe het echter niet. Hij biedt een erg mooie afleiding.' Hij begon haar naar de trap te duwen, drukte haar naar voren. 'Weet je, een normale spion zou langs zijn lichaam lopen om bij mij te komen. Ik heb het gevoel dat deze groep heel knuffelig gaat worden. Dat maakt het zoveel gemakkelijker om ze een voor een uit te schakelen. Of om een deal te sluiten. Je bent mijn middel om hieruit te komen, rooie.'

Hij duwde haar naar boven. Toen Grace het dak bereikte, vroeg ze zich af of dit de laatste plek was die ze ooit zou zien.

* * *

Sean vloog de kamer binnen. Alex McKay had hem opgeroepen om hierheen te komen en Sean wist dat hij moest gehoorzamen. Hij troostte zichzelf met het feit dat Adam en Jake op Grace pasten. Sean had zijn teamgenoten duidelijk gemaakt dat de bescherming van Grace belangrijker was dan wat dan ook. Het was geen gesprek waar ze Ian bij hadden betrokken. In sommige opzichten zou Sean altijd de commandant van Jake en Adam zijn. Na alles wat ze samen in Afghanistan hadden meegemaakt, was er een band gesmeed die moeilijk te verbreken was. Hij en Adam hadden het uitgevogeld en hadden een soort overeenkomst bereikt. Adam zou met zijn handen van Grace afblijven en Sean beloofde hem niet te gebruiken voor schietoefeningen.

'Wat is er?'

Black stond achterin de kamer te kijken naar de rij met zwartwit televisies die de beelden weergaven van de kleine surveillancecamera's die ze in het hotel neer hadden gezet.

'Meneer Black gelooft dat hij op zijn minst een van Patrick Wrights handlangers herkent. Een vrouw genaamd Melissa Lowe. Ze is een bekend lid van de Earth League. Ze is op het feestje. Ze heeft geprobeerd om contact te maken met Matt Wright.' Alex gaf hem een geprinte foto van een slanke, jonge vrouw. Alex was gekleed in een joggingbroek en T-shirt. Hij zag er meer als uit als een rugbyspeler buiten het seizoen dan een voormalig FBI-agent.

'Oké, volg haar.' Hij trok zijn SIG sauer tevoorschijn en checkte de pal. 'Enig idee wie de buitenlandse geheim agent is?'

'Ian heeft hem tien minuten geleden uitgeschakeld. Hij was Chinees.' Alex zei het tussen neus en lippen door. Hij wees naar de toiletten. 'We hebben gezichtsherkenningssoftware gebruikt. Ik denk dat hij er nogal door verrast was. Hij is vastgebonden en wacht op transport naar de dichtstbijzijnde faciliteit. We hoeven alleen maar uit te kijken naar de levering, het pakket op te halen en te hopen dat Wright zijn gezicht laat zien. Zo niet...'

Blacks gezicht zag er in het licht van de monitoren spookachtig uit. Hij keek nooit op. 'Zo niet, dan zullen de Chinezen denken dat hij een dubbelagent is en dan heeft hij twee overheden achter zich aan die hem proberen te vermoorden. Maar ik wil dat pakketje.'

'Heb je enig idee wat het is?' Sean was nieuwsgierig.

'Er is een klein aerodynamisch bedrijf in het Bryson Building,' zei Black. 'Een van de ingenieurs daar werkt aan bepaalde upgrades die een enorm voordeel vormen voor onze huidige drone programma's.'

Drones veranderden de luchtvaartoorlog. Drones vlogen op enorm hoogtes en konden doelen bombarderen en informatie verkrijgen zonder mensenlevens te riskeren. Als de VS op technologisch gebied een sprong maakten, zouden de Chinezen flink betalen om bij te blijven. 'Oké, dat geloof ik.' Hij nam de foto die Alex hem gaf, aan. 'Ik zorg ervoor dat iedereen weet van Melissa Lowe.'

Hij hoorde Black zuchten. 'Hoeft niet. Ik denk dat iedereen het nu al weet.'

'Wat?' De haren in Seans nek kwamen overeind. Er gebeurde iets slechts. Hij kon het voelen. Het kleine stemmetje dat altijd tegen hem sprak voordat er iets slechts ging gebeuren, fluisterde. Hij stapte langs Alex en staarde naar de monitoren. De monitor in het midden was de enige die belangrijk was.

'Shit, is dat jouw Grace?' Alex leunde voorover achter hem langs.

Sean keek hoe Parnells medeplichtige Grace naar de achterkant van de balzaal leidde. Afschuw bouwde in zijn lichaam op. Ze verdwenen van de ene monitor om op de volgende te verschijnen. De donkerharige vrouw had iets in Grace' zij gedrukt, ongetwijfeld een pistool. Grace' gezicht stond strak toen ze om zich heen keek.

God, ze was waarschijnlijk op zoek naar hem. Ze was in gevaar en hij was beneden.

Sean zag hoe Adam Miles Grace opmerkte en Jake een teken gaf. Een paar seconden later rende Adam de kamer uit en Jake volgde in een rustiger tempo. Sean keurde dat plan goed. Een om de voorkant te bekijken, een andere om de achterkant op te gaan, maar van onderaf. Adam zou ze op hun weg naar beneden ontmoeten of ze volgen. Als ze terug zouden keren, zou Jake er zijn.

'Ik ga terug.' Hij zou hetzelfde pad volgen als Grace had gedaan. Hij begreep waarom en wat Adam had gedaan, maar Sean zou zich al schietend een weg banen. Hij zou Parnell er niet met haar vandoor laten gaan.

'Ik ga met je mee.' Alex volgde hem naar buiten.

Sean schudde zijn hoofd. Hij leunde naar voren. 'Nee, jij moet hier blijven en de boel coördineren. Ik vertrouw hem niet.' Hij gebaarde naar de CIA-agent.

Black draaide zich naar hem toe. 'Ik heb Patrick Wright levend nodig. Hij heeft informatie die dit land nodig heeft. Hij heeft contacten. Als je hem vermoordt, verliezen we alles.'

'Ik doe mijn best.' Sean keek naar Alex.

Alex knikte, maar zijn gezicht was vertrokken van bezorgdheid. 'Zorg gewoon dat je veilig bent. En...'

'Ik zal op Eve passen.' Hij was sneller de deur uit dan dat Alex hem kon bedanken.

Sean was geen idioot. Alex en Eve konden ruzie maken zoveel als ze wilden. Ze waren dan misschien gescheiden, maar hij wist dat geen van hen op dates ging. Hij stopte de gedachte aan hen weg en concentreerde zich op Grace. Hij passeerde de lift en ging recht naar de trap. Zodra de deur achter hem sloot, hoorde hij schoten afgevuurd worden. Hij hield zijn eerste instinct—om Grace' naam te schreeuwen en te rennen naar wat hem te wachten stond, binnen. Hij riep elk stukje training dat ze hem gegeven hadden op. Het wapen in zijn hand werd een verlenging van hemzelf. Hij sloop stilletjes de trap op en bad dat de schoten van Adam afkomstig waren die Parnells medeplichtige uitschakelde.

Als dat niet zo was, zou hij de rest van zijn leven jagen op de man die zijn zielsverwant had vermoord. Het zou het enige zijn dat Sean in leven zou houden.

Sean stopte toen hij het trappenhuis inging en gebruikte al zijn zintuigen. Elke zenuw die hij had, stond op high alert. Toen hij Grace' stem hoorde, ontspande een deel van zijn ziel.

'Waar heb je het over?' Haar trillende stem was het fijnste geluid dat hij ooit had gehoord. Het betekende dat ze nog in leven was en hij een kans had om haar te redden.

Parnell had iets gezegd over een USB-stick. Hij moest het pakketje bedoelen. Parnell wist dat de deal niet meer doorging en leek te denken dat hij Grace kon gebruiken om hier weg te komen. Hij hoorde Grace aanbieden om met hem mee te gaan en Adam tegen haar zeggen dat hij al zo goed als dood was. *Shit.* Hij was misschien pissig op Adam Miles, maar hij liet een of andere kloterige corrupte spion hem niet vermoorden.

Toen hij de deur boven hem dicht hoorde vallen, bewoog Sean snel. Hij nam de trap met twee treden tegelijk. Adrenaline stroomde door zijn aderen. Hij stopte abrupt toen hij de overloop van de balzaal bereikte.

'Fuck.'

Adam lag op de koude betonnen vloer, zijn ingewanden er half uit. Er was nog een lichaam dat aan de kant lag, maar alleen Adam was belangrijk.

'Zeg het maar, sergeant.' Adam keek met zwakke ogen naar hem op. 'Ga. Hij heeft Grace. Hij gaat haar vermoorden. Daar is geen twijfel over mogelijk. Je kan niet zomaar achter hem aan gaan. Je moet een manier vinden om hem te besluipen. Er zijn voldoende ventilatieopeningen die toegang hebben tot het dak. Alex heeft de bouwtekeningen.'

Sean haalde zijn telefoon tevoorschijn. Het stond klaar om Alex te contacteren. 'We hebben een man gewond. Adam is gewond met een schotwond in zijn buik. Hij is in het trappenhuis. Wright heeft Grace op het dak. Ik ga er heen. Ik heb je nodig om me naar een van de ventilatieopeningen van het dak te leiden. Ik moet erg stilletjes aankomen.'

Hij kon niet blijven. Hij gaf om Adam, maar hij was verantwoordelijk voor Grace. In de korte tijd dat hij haar kende, was Grace zijn hele wereld geworden. Hij keek neer op de man die jarenlang naast hem had gevochten en smeekte hem bijna om vergeving.

'Waar wacht je verdomme op?' Adem probeerde recht te gaan zitten, maar viel terug op de grond.

Sean bewoog naar het dak en bad dat ze hier allemaal levend uit kwamen.

20

De nacht had een frisheid die aankondigde dat de herfst nabij was. Het enige dat Grace voelde, was de kou. Parnell duwde haar het dak op. Grace rilde een beetje in haar mouwloze cocktailjurk en dacht eraan hoe Sean die had dichtgeritst en een bezitterige kus op haar schouder had gedrukt. Ze had zich gelukkig en geliefd gevoeld.

'Je ziet er prachtig uit,' had hij gezegd. Grace had zich mooi gevoeld.

Ze zou hier sterven. Ze zou Seans armen niet meer om haar heen voelen. Parnell zou haar echt niet in leven laten.

'Ga daarheen.' Parnell wees naar de zijkant van het gebouw. Op deze hoogte kon ze de lichte beweging van het gebouw voelen. Misschien was het slechts haar verbeelding. Ze kon het geklets op het terras onder haar horen. De wind blies het geluid naar haar toe, wat betekende dat alles wat ze zou zeggen waarschijnlijk de verkeerde kant op zou gaan. Misschien als ze heel hard zou gillen...

'Denk er niet eens aan.' Parnell wees het pistool haar kant op. 'Je bent dood voordat je kan schreeuwen.'

Haar hand omklemde de USB-stick. Hij had haar nog niet gedwongen om het af te geven. Hij leek iets anders meer te willen, en ze was bang wat dat was. Hij dreef haar naar de zijkant van het gebouw. Het dak zat vol met luchtschachten en airconditioningtoestellen. De wind jaagde op deze hoogte rond. Haar maag draaide toen ze naar beneden keek.

'Je hebt me een hoop gekost, dame.'

'Dat was niet mijn bedoeling.' Haar rug raakte de betonnen muur die haar scheidde van de val langs vijfentwintig verdiepingen naar de grond onder hen.

'Kan me niet schelen.' Hij grauwde toen hij zijn pistool haar kant op wees. 'Neuk je de CIA-agent die ze achter me aan hebben gestuurd?'

Ze schudde haar hoofd. 'Hij is een onafhankelijke opdrachtnemer.' Ze herinnerde het woord dat Adam had gebruikt. 'Hij werkt voor een particulier beveiligingsbedrijf. Zijn broer runt het.'

'Welke firma is dat?' Zijn rechterwenkbrauw kwam omhoog alsof hij haar uitdaagde om hem te trotseren.

Hij onderschatte haar wil om hem aan het praten te houden. Elke minuut die hij sprak, was een minuut dat ze in leven bleef. Nog even en Sean zou op zoek gaan naar haar. En dat zou hij doen. Ze wist het. Hij zou hemel en aarde bewegen om bij haar te komen. Ze moest er klaar voor zijn als hij zijn zet deed.

'McKay-Taggart. Ze hebben een kantoor in Dallas.' Ze had het nog niet gezien, maar ze was van plan om haar verloofde te helpen met er zijn spullen in te pakken. Hij ging terug naar school en zij ging hem helpen. Hij ging deze wereld verlaten. Ze gingen een gezin stichten.

Tranen prikten in haar ogen. Ze zouden alles wat hun hart begeerde kunnen krijgen, als ze het overleefde.

'Nooit van...fuck. Ian Taggart?' Hij spuugde de naam uit als een vloek. Grace knikte.

'Godverdomme.' Parnell, Wright, wat zijn naam ook was, haalde diep adem en knalde zijn voet tegen de grond. 'Die klootzak heeft Taggart achter me aan gestuurd. Heb je enig idee wie Ian Taggart is?'

'Hij is Seans broer.' Dat was echt alles wat ze over de man hoefde te weten. Nou ja, ze wist een paar van zijn seksuele voorkeuren, maar ze vond niet dat die pasten bij haar huidige toestand.

Zelfs in het maanlicht kon ze zien dat Parnell een beetje groen zag. 'Hij is een legende in dit werk. Hij is degene waar je naartoe gaat als het natte werk te nat wordt, als je snapt wat ik bedoel.'

Dat deed ze niet. Ze wist niets. Ze begreep er niets van. Ze wilde gewoon Sean. Ze wilde zijn armen rondom haar.

'Ian Taggart is een fucking huurmoordenaar. Hij vermoordt mensen.' Parnell schudde zijn hoofd. 'Dat is net iets voor Nelson, om verdomme een huurmoordenaar achter me aan te sturen. Na alles wat ik voor hem heb gedaan. Taggart is me er eentje. Als hij zegt dat hij een beveiligingsbedrijf runt, is het bijna zeker een dekmantel voor zijn echte werk.'

Grace probeerde daar niet aan te denken, want ze kon zien dat Sean erg stilletjes over het dak achter Parnell sloop. Haar hart stopte bijna toen ze hem in een ventilatieopening op het dak zag, pas bewegend toen de airconditioner aan sprong en zijn geluid dekte. Hij bewoog veel vloeiender dan een man van die grootte zich zou moeten kunnen verplaatsen. Voor de eerste keer moest Grace toegeven, dat haar kerel een getrainde moordenaar was en ze was er erg dankbaar voor. Hoop overspoelde haar weer. Sean was er. Hij zou ervoor zorgen dat alles goed kwam.

'Je hebt het mis over Ian.' Ze moest hem aan de praat houden. Ze moest Sean tijd geven. Ze inventariseerde zorgvuldig haar omgeving. Slechts een paar meter links van haar, stond een grote airconditioning. Ze zou dekking nodig hebben als Sean zijn zet deed. Hij zou niets kunnen doen voordat hij wist dat ze veilig was.

Parnell snauwde tegen haar. 'Ik heb het niet verkeerd. Hij is het ergste van de ergste en hij gebruikt jullie allemaal. Ik durf te wedden dat hij met Nelson samenwerkt. Verdomme. Ze werken waarschijnlijk allemaal samen met Nelson. Hoe noemt hij zichzelf deze week? Meneer Black? Meneer Gray? Het is allemaal hetzelfde. Jullie zijn allemaal hetzelfde. Dat betekent dat jij gewoon een pion bent en dat er niemand voor jou zal komen.'

Hij zat ernaast. Ze wist het omdat haar kerel hun richting op kwam. Hij had gewoon nog een beetje tijd nodig. Zij was de enige die het hem kon geven. 'Ik ga met Sean Taggart trouwen. Hij zal voor me komen. Hij zal een deal met je maken.'

'Niet als zijn broer dat niet toestaat. Een man als Ian Taggart zal hem gewoon vermoorden om zijn zin te krijgen.'

'Nee. Sean is zijn broer. Ian houdt van zijn broer.'

Sean sloop naar haar toe, zijn laarzen maakten geen geluid op het oppervlak onder hem. Hij had zijn jasje en stropdas uit moeten doen. Hij was een elegante panter die op weg was naar zijn partner.

In het maanlicht leken Parnells ogen zo zwart al de nacht. 'Ian Taggart houdt nergens van. Geloof me, liefje. Als je zoveel van Taggart hebt gezien, en dat heb ik, maakt het niets meer uit. Ik heb mijn broer twintig minuten geleden vergiftigd. Hij zou nu ongeveer in moeten storten. Het was makkelijk.'

'Matt?' Ze kreeg moeite met ademhalen bij de gedachte. Hij was de afgelopen paar dagen verschrikkelijk geweest, maar hij was ooit een goede man geweest. De gedachte dat hij dood was, deed haar pijn. Hoeveel mensen in haar leven gingen er nog dood voordat dit voorbij was?

Patrick Wrights gezicht werd een masker van minachting. 'Ja. Ik was nooit van plan om mijn winst met hem te delen. Hij heeft het bijna onmogelijk gemaakt om deze klus te klaren en nu heb jij het voor elkaar gekregen om dit te verkloten. Ik moet mijn contactpersoon vinden en hem ervan proberen te overtuigen dat ik hem niet heb belazerd.'

'Dat wordt lastig, Wright.' Sean kwam overeind en had de vijand stevig in het vizier. 'Aan de kant, Grace.'

Toen Parnell draaide, gehoorzaamde Grace. Ze dook voor dekking. Ze ging achter de metalen behuizing van de airconditioning zitten toen Parnell naar Sean snauwde.

'En wat bedoel je daar nu mee? En waarom heeft jouw broer nietsnutten gestuurd? Is hij niet mans genoeg om me zelf onder ogen te komen? Of wil hij misschien dat ik het zware werk voor hem doe?'

'Mijn broer is druk bezig met jouw contactpersoon. Ian heeft hem al uitgeschakeld. Ik twijfel er niet aan dat hij zo snel mogelijk tot de redding zal komen.' Sean klonk erg zeker van zichzelf.

Grace was doodsbang. Hij was hier met een moordenaar. Grace ging op haar knieën zitten en probeerde vanachter haar dekking te spieken. De twee mannen leken in een of ander impasse te verkeren.

'Jouw broer is een deal aan het maken.'

Sean schudde zijn hoofd. 'Ik geloof het niet, Wright. Ik ken mijn broer. Hij vindt de CIA niet leuker dan ik dat vind.'

'Jouw broer was tien jaar lang een agent, idioot. Ik ben er niet zeker van dat hij geen agent meer is. Hij gebruikt zijn bedrijfje als dekmantel.'

Sean kwam tot stilstand, maar liet zijn pistool niet zakken. Grace' zag dat de woorden van Parnell hem raakten. 'Dat is niet waar.' Hij verstevigde zijn stand weer. 'Ik ga je overdragen aan de CIA.'

'Gaat nooit gebeuren,' vloekte Parnell en haalde de trekker over.

Grace schreeuwde toen ze Seans schouder naar achter zag vliegen. Hij was vliegensvlug. Hij rolde, nam zijn kans en schoot. Parnell keek naar zijn borst. Zijn pistool viel en hij smakte op zijn knieën.

Grace sprong meteen rechtop. Ze schopte haar schoenen uit en rende naar Sean, die alweer overeind stond. Grace was voorzichtig en ze inspecteerde de wond. Er zat een gaatje in zijn blouse en zijn schouder was bloederig. Het was zijn linkerkant die de kogel had opgevangen en hij hield zijn linker arm dicht bij zijn zijde. Zijn rechter hield het wapen op Parnell gericht.

'Ga terug naar beneden, Grace.' Seans gezicht had scherpe lijnen toen hij zijn gevallen tegenstander naderde.

Grace volgde hem alleen maar. Het zou geen zin hebben om ruzie te maken en ze was niet van plan om hem te verlaten.

Sean hield het pistool op Parnells hoofd gericht en draaide hem om. Het was een herhaling van wat er met Adam was gebeurd, hoewel Parnell door de borst was geschoten. Bloed borrelde omhoog door de kleine maar dodelijke wond. Grace wist dat ze iets hoorde te voelen, maar hij had Kayla, Matt en waarschijnlijk Adam vermoord. Tevredenheid dat hij had gekregen wat hij verdiende, was de enige emotie die ze had.

'Klootzak, ik wist dat ik je had moeten vermoorden toen ik de kans had.' Parnell stikte in zijn woorden.

Seans gezicht drukte geen greintje empathie uit. 'Voor wie werk je?'

Parnell lachte, een verschrikkelijk geluid dat in zijn borst ratelde. 'Voor de enige persoon die ik kan vertrouwen, eikel, ikzelf. Je zult het wel leren. Misschien niet. Als je voor Nelson werkt, ben je net zo dood als ik ben.'

Dat leek Sean te verontrusten. 'Was Nelson jouw contactpersoon?'

Parnells stem zakte steeds verder weg. 'Hij heeft me alles geleerd wat ik weet. Nu zal hij dat aan jou leren. Je verdient alles wat hij je aandoet, klootzak.'

Parnells hoofd viel achterover en hij was dood.

'Wat betekent dat?' Grace keek op naar Sean. Ze moest geloven dat dit voorbij was. De blik op Seans gezicht gaf haar niet veel hoop.

'Gaat het, broertje?'

Sean leek een beetje te ontspannen toen zijn broer het dak op liep. Hij had een pistool in zijn hand en zijn blik schoot over het gebied, op zoek naar nieuwe bedreigingen. Hij was nog steeds gekleed in zijn oberuniform. Het zag er niet naar uit dat de man zijn kleren gekreukeld had toen hij blijkbaar een buitenlandse agent neerhaalde.

'Is hij uitgeschakeld?' Ian knikte naar Parnells lichaam. Op zijn gezicht was absoluut geen emotie te lezen.

'Ik heb hem gepakt, maar hij is niet beschikbaar voor een ondervraging. Ik weet dat ik hem eigenlijk levend had moeten pakken, maar hij gaf me niet veel keus.' Er was geen trots in Seans verklaring. Hij gaf alleen antwoord op de vraag.

'Hoe erg ben je er aan toe?' Ians stem was vlak, alsof hij alleen in staat was om het absoluut minimale aantal woorden te gebruiken dat nodig was.

'Hij is in zijn schouder geschoten,' zei Grace snel. Sean stond zichzelf toe om op de grond te zakken. Hij kreunde toen hij voorzichtig zijn schouder aanraakte. Grace ging ook naar beneden, om op haar knieën naast hem te zitten.

'Het is niet zo erg. Adam is er erger aan toe.' Seans adem kwam er hijgend uit.

Ian knikte en liet zijn wapen zakken. Hij leek tevreden te zijn dat het gevaar was geweken. Hij haalde zijn telefoon uit zijn zak. 'Ja, Alex, we hebben nog een bus nodig. Sean. Het gaat prima met hem, maar hij heeft iemand nodig om de kogel eruit te halen.' Ian keek naar zijn broer. 'Adam houdt zich nog staande. Jake en Eve behandelen hem. De ambulance kan hier elk moment zijn. En de politie. Hebben we het pakketje?'

Grace raakte Seans schouder aan, ze had de aanraking nodig. 'Ik heb het.'

Ian stak zijn hand uit. 'Mooi. Geef het aan me.'

Ze keek naar Sean, die knikte. Ze wilde net de USB-stick overhandigen toen ze een andere figuur de deuropening zag verduisteren. Hij hief zijn pistool en schoot.

Ian Taggart bewoog zich als een cheeta. Het ene moment was hij het doelwit van de man en het volgende was hij weg.

Grace trok de USB-stick terug. Ze had zich nog nooit in haar leven zo kwetsbaar gevoeld. Ze zocht dekking, maar ze kon Sean niet achterlaten. Sean worstelde om overeind te komen. Zijn arm kwam omhoog, maar hij was langzaam. De man bij de deur was op volle kracht. Grace gilde toen de nacht weer om haar heen flitste en Sean voor de tweede keer neer ging. Ze kroop naar hem toe, haar knieën schrapend over de ruwe vloer. Seans rechterdij was opengescheurd. Bloed leek overal vandaan te komen.

'Goedenavond, Jonge Taggart. Als je dat pistool optilt, schiet ik de vrouw neer. Gooi het wapen weg en dan overleeft ze het misschien.' De man met het pistool werd van achter verlicht. Ze kon zijn gezicht niet onderscheiden, maar ze kende die stem. Meneer Black. Evan Parnell had gelijk gehad met zijn inschatting dat zijn oude baas zich tegen het team zou keren.

Sean trok een verbeten gezicht.

Grace keek om zich heen en probeerde wanhopig te achterhalen waar Ian was gebleven. Hij had hen niet zomaar kunnen achterlaten. Sean wierp het pistool vloekend in de richting van de deuropening.

'Je zou uit het werk moeten stappen, Kleine Tag. Je broer is hier veel beter voor geschikt dan jij bent.' Hij kwam een stukje uit de deuropening en Grace kon meneer Blacks gezicht zien. Als hij zich druk maakte over het verraden van het team dat hij had ingehuurd, dan liet hij dat niet blijken. 'En ik weet dat je hier bent, Ian Taggart. Dacht je echt dat ik niet wist dat je me door had? Ik wist het. Maar je bent een spelletjesspeler tot het bittere eind. En je hebt je broertje en zijn vrouwtje gebruikt in een poging me te pakken. Ik bewonder je, Tag.'

Grace voelde Sean onder haar verstijven. Hij probeerde te bewegen, haar achter hem te duwen.

'Ik neem graag het pakketje aan, mevrouw Hawthorne,' zei Black met een lach die zijn ogen niet bereikte.

Als ze het pakketje gaf, waren ze allemaal dood. Dat zag ze nu in. Ze keek naar beneden en Seans gezicht stond strak. Hij deed zijn best om zich te bewegen, maar zijn lichaam wilde simpelweg niet meewerken. Hij trilde van frustratie.

'Ik zou blijven liggen als ik jou was, meneer Taggart.' De CIA agent liep kalm naar voren. Het pistool in zijn hand was op Sean en Grace gericht, maar zijn ogen bewogen over de ruimte, om te kijken of alles veilig was.

'Maak dat je wegkomt, Grace,' Sean duwde haar weg. Hij leek zijn linkerhand helemaal niet te kunnen gebruiken. Hij duwde haar met zijn rechter. Zelfs in het maanlicht kon ze de wanhoop in zijn ogen zien. 'Ga. Wat je ook doet, geef hem het pakketje niet. Vind Ian.'

Dat kon ze niet doen. Ze wist niet eens zeker of ze Ian op dit moment vertrouwde. Paniek dreigde haar te overvallen. Ze was het enige dat tussen Black en Sean stond.

'Oh, liefje, ik heb liever dat je niet wegrent.' Black richtte voorzichtig en schoot nog een kogel in Seans been, deze keer de linker.

Grace had een hand op Seans lichaam toen de kogel zijn dij raakte. Ze voelde elke spier trekken en draaien. Sean kreunde toen het bloed weer begon te vloeien. Tranen stroomden over haar wangen, maakten haar wereld een waterige troep. Hoeveel meer kon hij hebben? Black speelde met hen. Als hij klaar was zou hij simpelweg een kogel in Seans hart schieten en ze zou moeten toekijken hoe hij stierf. Wat kon ze doen? Seans hele leven, elke dag die hij vanaf nu zou hebben, hing van haar af.

'Als je nog een keer schiet, ben ik niet meer verantwoordelijk voor mijn daden.' Ian liep van achter de stenen omheining met de deuropening, naar hen toe.

Het deed er nu niet toe, want Black had hen op de korrel. Grace probeerde haar lichaam over dat van Sean te leggen. Hij kon niet nog een verdomde kogel opvangen. Ze probeerde hem zoveel mogelijk te bedekken. Haar lichaam was het enige schild dat ze had. Ze begroef zijn hoofd tegen haar borst.

Hij probeerde haar weg te duwen, zijn rechterhand kwam zwakjes omhoog. Ze keek op hem neer. Hij was zo mooi. Haar hart was met hem gevuld. Hij kon hier niet dood gaan.

'Oh, dat is lief.' Black stond naast haar. 'En niet iets dat ik kan toestaan.'

Grace hapte naar adem toen Blacks hand zich in haar haren wikkelde en haar omhoog trok. Elke zenuw in haar hoofdhuid brandde van de pijn, maar ze dwong zichzelf om tegen hem te vechten. Hij trok haar toch omhoog, als een lappenpop in de genadeloze handen van een kind.

Black hield haar stevig vast. 'Nu neem ik mijn pakketje, Tag, en ga er vandoor. Dit is mijn pensioen. Je kunt me neer schieten, maar dan vermoord ik het vriendinnetje van je broer en misschien lukt het me wel om hem ook nog uit te schakelen. Wat zal het zijn, Tag? Je laat me vertrekken met het meisje en je broer leeft lang genoeg om op een operatietafel te belanden. Anders...'

'Ik zal het je nooit vergeven,' zwoor Sean met trillende stem. Grace dacht niet dat hij het tegen Black had. Zijn hoofd was omhoog, zijn ogen starend naar zijn broer alsof hij Ian kon dwingen om iets te doen. 'Doe dit niet, Ian. Je weet wat ik wil.'

Ians gezicht bleef een stoïcijns masker. Hij keek niet naar zijn broer. Zijn ogen waren rustig op Black gericht. 'Neem haar maar.'

'Goede keuze. Hij kan altijd nog een andere meid vinden.'

Grace hield de USB-stick stevig vast toen Black haar naar de muur sleepte. Ze draaide haar nek om naar beneden te kijken. Eronder was een leeg balkon, een soortgelijk balkon als waar het feestje nog aan de gang was. Dat balkon was verlicht met twinkelende lichtjes. Het leek nu zo ver weg. Het balkon onder haar was donker en stil. Het was de enige echte ontsnappingsroute die Black had. Ian had gevraagd om een ambulance. Er zouden agenten en ambulancepersoneel in het trappenhuis zijn en ze konden elk moment hier zijn. Ze was er zeker van dat Black een goede conditie had en waarschijnlijk erg atletisch was. Maar verdomme, dat was een flinke val. Als hij hen eenmaal op dat balkon had, zou hij haar vermoorden. Hij had haar niet nodig, alleen het pakketje. Ze zou ballast zijn als hij dat eenmaal had.

'Grace!' Het was Sean gelukt om zich te draaien en hij probeerde naar het pistool dat hij weg had gegooid te kruipen.

Hij zou niet stoppen. Haar Viking zou sterven voordat hij haar liet gaan. Het zou gewerkt hebben. Het zou tussen hen gewerkt hebben. Ze had een heel rijk tweede leven kunnen hebben met Sean als haar echtgenoot. Alle redenen om bang te zijn verdwenen bij het aanzicht van zijn worsteling. Haar liefde voor Sean was alles dat er nu toe deed. Hij zou niet stoppen met voor haar te vechten. Ze was hem hetzelfde verschuldigd.

Ze had nog enkele seconden voordat hij bij het pistool was en Black gedwongen werd om hem te vermoorden. Ze had een kans om de man van wie ze hield, te redden. Ze begreep waarom Black niet eerder voor het pakketje was gegaan. Zij had het en hij had haar. Ze zaten in een patstelling. Ian kon niet schieten want hij wilde haar niet raken. Als ze het pakketje niet had, zou Black haar meteen vermoorden.

Maar hij overschatte haar wil om te leven in een wereld waarin Sean dood was. Misschien kon de chaos deze keer haar handlanger zijn.

'Wil je het pakketje?' Ze haalde haar arm naar achteren en gooide het zo hard als ze kon over haar schouder. Het vloog over de muur. 'Ga het maar halen!'

Zodra het pakketje haar hand verliet, brak de hel los.

'Fuck,' vloekte Black en sprong naar de muur toen Ian naar hen toe begon te rennen. Grace probeerde weg te komen, om bij Sean te komen, maar Black greep de hals van haar zwarte cocktail jurk. Het sneed in haar vlees, verstikte haar. Ze was nog steeds zijn schild. Ian kon geen schot vuren zonder haar te raken. 'Als ik neer ga, neem ik jou met me mee.'

En Grace vloog. De wereld leek te vertragen. Ian rende naar haar toe, maar zij bewoog sneller. Haar maag keerde ervan om toen ze achterover viel, kijkend naar het gebouw, de veiligheid en Sean die steeds verder en verder weg leken te zijn.

Ze hoorde Sean schreeuwen, maar het leek iets van heel ver weg. Ze leek een eeuwigheid te vallen. Op een gegeven ogenblik liet Black haar kraag los. Toen ze het balkon raakte, landde ze met een misselijkmakende plof, die de lucht uit haar longen sloeg. Ze keek op naar de zwarte nacht. Niets deed pijn. Dat was niet goed.

Ze zag Black voorbij rennen en toen Ian Taggart die naast haar landde. Hij knielde naast haar. Zijn gezicht was het enige dat echt leek in de wereld. Hij leek zoveel op zijn broer. Sean. Haar Viking.

'Grace?' Zijn hand kwam naar voren, zijn vingers rustten tegen haar keel.

Ze probeerde te bewegen, te zeggen dat ze oké was, maar niets leek te werken. Ze wilde praten, tegen Sean zeggen dat ze van hem hield, maar de woorden kwamen er niet uit.

Sean schreeuwde nog steeds. Ze wilde hem vasthouden. Oh, ze ging hem missen. Tranen gleden hulpeloos uit haar ogen. Ze kon niet bewegen. Waarom kon ze niet bewegen?

Ian keek op met een frons op zijn gezicht. Zijn lichaam trilde alsof hij vocht tegen een instinct. Zijn prooi ging ervandoor, realiseerde Grace zich. Toen legde hij het wapen neer, zijn beslissing was overduidelijk gemaakt.

'Het komt goed.' Hij trok haar hand in de zijne. 'Verdomme, Grace, je moet het overleven. Overleef het alsjeblieft. Hij vergeeft het me nooit als je doodgaat.'

Het laatste dat ze hoorde was Ians stem die om nog een ambulance vroeg. Toen werd de wereld donker en alle verschrikkingen verdwenen.

* * *

Grace kwam langzaam weer bij bewustzijn. Het gebeurde telkens voor maar een paar seconden. Ze werd zich bewust van een verschrikkelijke, verlammende pijn en dan zag ze een flits van zijn gezicht. Een prachtige Viking waakte over haar. Hij zei iets en dan was het allemaal weg en nam de duisternis haar weer mee. Er waren tijden waarop het enige dat echt leek de warmte van een hand in de hare was, die in haar vlees kneep, haar smeekte om terug te komen.

Maar de wereld was hier warm. Het was hier veilig. De duisternis was geen slechte plek om te zijn en ze kon hier voor altijd blijven als ze wilde.

En toch riep de Viking naar haar.

'Alsjeblieft,' smeekte hij.

Hij was het enige dat haar hier gebonden hield. Hij zou haar niet laten gaan.

Haar kinderen waren volwassen. Ze zouden haar missen, maar ze hadden haar niet meer nodig, niet echt. Het was oké om te gaan. Het was oké om zich te verstoppen voor de pijn.

'Ik houd van je.' Hij fluisterde het steeds opnieuw. Hij gaf het nooit op.

Langzaam realiseerde Grace zich dat de eeuwige rust moest wachten. Sean liet haar niet gaan.

Toen ze eindelijk haar ogen opende, leek het allemaal een vreemde droom. Haar lichaam deed pijn en ze keek naar de man die lag te slapen met zijn hoofd op haar borst. Hij hield haar hand vast, zijn grote lijf in een ziekenhuisstoel gepropt. Dat was waar ze was. Ze was in het ziekenhuis. De gebeurtenissen van de avond waarop ze gewond raakte, kwamen terug.

Het speelde zich als een horrorfilm af in haar hoofd, maar het eindresultaat lag naast haar te slapen. Sean leefde nog.

Ze wiebelde met haar tenen. Oh, ze bewogen. Haar hele lichaam was een bundel van pijn, maar ze voelde het tenminste. Ze omarmde de pijn in haar botten, omdat het betekende dat ze leefde.

'Sean?' Haar mond was droog, haar stem roestig.

'Mam?' Een bekende stem was te horen. Ze draaide om haar zonen aan de andere kant van de kamer te zien. Ze was even verdwaasd.

Er werd flink geschuifeld toen Sean wakker werd en ineens waren David en Kyle aan haar zijde.

'Mam? Je bent wakker. Goddank, je bent wakker.' Kyle ging ervandoor, en riep om een verpleegster.

'Hoe lang?' vroeg Grace.

Seans ogen vulden zich met tranen en hij probeerde het niet eens tegen te houden. Hij liet ze over zijn gezicht lopen. Grace staarde naar hem. Hij was zo perfect.

'Je hebt tien dagen in een coma gelegen.' Hij legde zijn voorhoofd voorzichtig tegen het hare. 'Ik dacht dat ik je kwijt was.'

Ze liet haar vingers het gouden zijde van zijn haar vinden. Ze was zwak, zo zwak, maar hem aanraken gaf haar kracht.

Ze keek op naar haar oudste kind, die een hand op Seans rug had liggen. Kyle rende de kamer weer in en de verpleegsters namen het over. Ze had al haar mannen in een kamer.

'Ik hou van je, Grace.'

Ze lachte door de pijn. Alles wat ze wilde was hier. 'Ik weet het. Ik hou ook van jou, Viking.'

* * *

Het duurde drie dagen voordat Ian Taggart haar kamer in glipte.

Het hele team was op visite geweest. Adam en Jake hadden Adams stoere, nieuwe littekens laten zien. Ze waren gebobbeld en rood, de nietjes waren er net uit. Adam was bijna dood geweest, maar hij grapte erover. Eve had bij haar gezeten, en haar alles verteld wat er was gebeurd. Zij was degene die had uitgelegd hoe dicht bij de dood Adam was geweest. Sean moest onder narcose gebracht worden voordat hij iemand toestond om hem te opereren. Hij was vastbesloten geweest om op Grace te wachten. Nu had Sean nog een paar extra littekens op dat glorieuze lichaam van hem, maar hij was aan de beterende hand. Liam was op komen dagen met bloemen en een grote, zachte teddybeer. Alexander McKay had tijdschriften gebracht, maar Ian was niet langs geweest.

Ian had gewacht totdat Sean en haar zonen op pad waren voor een andere maaltijd dan ziekenhuisvoedsel. Toen gleed hij haar kamer in als de schim die hij was.

'Zou het überhaupt helpen als ik zei dat ik er spijt van had?'

Ze deed niet alsof ze het niet begreep. Ze keek naar haar grote zwager in spe. 'Heb je dat?'

'Ja,' gaf hij toe. Zijn armen kruisten over zijn enorme borst. 'En ik zou het weer doen.'

Hij zou zijn broer kiezen. Dat kon ze wel aan. 'Dat begrijp ik.'

Zijn gezicht werd iets zachter. 'Maar Grace, ik heb je onderschat. Je bent goed voor Sean. Je bent veel sterker dan ik dacht.'

Ze haalde haar schouders op. 'En nu heb ik een metalen plaat in mijn hoofd.' En ze zou het haar daar terug moeten laten groeien. Haar schedel was op een paar plaatsen verbrijzeld. Het had weinig gescheeld. 'Ik denk dat het me stoer maakt.'

Hij lachte een beetje. 'En je zal voortaan standaard gefouilleerd worden bij de beveiligingspoortjes. Je zult enorm vervelend zijn voor metaaldetectors.'

Grace fronste. Ze zou door die metalen plaat wellicht inwendige onderzoeken moeten ondergaan. 'Ik haat die man.'

Ians gezicht werd duister. Grace begon te begrijpen dat dit het gezicht was, dat hij kreeg als hij dacht aan zijn prooi. 'Ik krijg hem wel, Grace. Al is dat het laatste dat ik doe. Ik vermoord die man. Hij is van de aardbodem verdwenen. Hij is corrupt geworden, maar ik zal hem vinden. Het goede nieuws is dat we het pakketje hebben gevonden voordat hij het kon. Het lag helemaal beneden op straat. Je hebt nogal een talent voor gooien.'

Het boeide Grace niet. Sean was er zeker van dat Black of Nelson of wat zijn naam ook was, niet achter hen aan zou komen. Daar was geen reden voor. Ze waren van alles verlost. Dat was wat belangrijk was. 'Ik ben blij dat we de informatie hebben. En over Black gesproken, ik weet zeker dat je zal doen wat je moet doen. Werk je nog steeds voor de CIA?'

Ians ogen werden groot en een moment dacht ze dat hij niet zou antwoorden. 'Nee. Ik ben er een paar jaar geleden weggegaan. Ik stond nooit echt op de loonlijst, als het ware. Ik was iemand die ingehuurd werd. En het leger leende me uit. Ik zal nooit meer voor die klootzakken werken. Ik weet niet wat Black over me gezegd heeft, maar alles wat ik ooit heb gedaan was voor het welzijn van mijn land.'

Grace geloofde hem. Er leek diep van binnen integriteit in Ian te zitten.

En nu leek Ian dolgraag te willen kletsen. Niemand wilde met haar over de zaak praten. Elke keer als ze ernaar vroeg, veranderden ze van onderwerp alsof ze zich zorgen maakten dat het haar gebroken hersenen zou overladen. 'Is Matt echt dood?'

Ian knikte. 'Ja, Grace. Hij is dood. De politie vond hem in een toilet. Het leek op een hartaanval, maar we weten dat dit niet het geval is. Het toxicologische rapport zal ons vertellen wat voor soort gif op hem is gebruikt. De officier van justitie buigt zich over Wright Temps. De Earth League is uiteengevallen en de FBI heeft het onderzoek officieel overgenomen. Het zal even duren voordat ze de rotzooi die Patrick Wright heeft achtergelaten, hebben doorzocht. Ik wil je ervan verzekeren dat je bent vrijgesproken van enig vergrijp. Ik heb met zowel de FBI als de CIA gesproken. Je bent hiervan verlost, Grace. Jij en Sean zijn vrij.'

Een knoop in haar maag ontwarde. Ze was blij om te horen dat ze onschuldig was verklaard, maar wetende dat Sean uit de vuurlinie was, bracht haar echt rust.

Ian was een lang moment stil, keek naar de lelies waarmee Sean haar kamer had gevuld. 'Ik kende een vrouw die van lelies hield. Ze is er niet meer.'

Er viel een lange stilte terwijl hij naar die bloemen staarde en Grace wist dat ze een deel van Ian Taggarts ziel zag, dat maar weinig mensen te zien kregen. Hij stelde zichzelf voor haar open. Hij accepteerde haar als zijn familie. Hij draaide zich naar haar toe en er was een bepaalde bescheidenheid in zijn houding die ze nog nooit bij hem had gezien. 'Ik heb iets van je nodig, Grace. Ik weet dat ik het recht niet heb om het te vragen.'

Ze wilde hem over de vrouw vragen, maar het moment was voorbij. 'Ik luister.'

'Kom voor me werken.'

Dat was niet wat ze verwacht had. 'Waarom?'

Ze had nog niet eens nagedacht over werk. Ze had echt een baan nodig. Zij en Sean waren de avond ervoor door hun financiën gegaan. Hij had geld gespaard, maar ze zouden meer nodig hebben om later zijn restaurant te beginnen. En de koksschool was niet goedkoop.

'Omdat ik iemand nodig heb die het kantoor runt.' Hij staarde naar haar, wachtte geduldig.

Ze staarde terug. Dat was onzin.

Hij zuchtte. 'Prima. Sean wil niet met me praten. Hij beantwoordt mijn telefoontjes niet en laat me niet in zijn buurt. Hij wil me niet vergeven. Jij bent de enige band die ik nog met mijn broer heb. Ik wil hem niet kwijt. Ik weet dat ik fouten heb gemaakt, maar ik houd van hem. Ik wil mijn familie niet kwijtraken.'

Nou, dat geloofde ze. Als er iemand in de wereld een sterke familie nodig had om hem geaard te houden, dan was het Ian Taggart. Aangezien zij binnenkort zijn familielid zou worden, was het een idee waar over nagedacht moest worden. 'Wat als Sean me niet voor je laat werken?'

Ze moest toegeven dat ze het idee intrigerend vond. En die groep had echt iemand nodig die op hen paste.

Een lachje trok over Ian Taggarts gezicht. 'Ik denk dat je wel een manier zult vinden. Dat doen jullie subs altijd.'

Grace grijnsde terug. Ja. Dat deden ze altijd.

EPILOOG

ES MAANDEN LATER

'Alweer guacamole?'

Adam staarde naar de schaal op haar bureau. Sean maakte haar lunch klaar. Hij had op vrijdagen vrij van school en elke vrijdag bracht hij een gastronomische picknick mee. Toevallig verscheen ook elke vrijdag Adam. Hij beweerde dat zijn eetlust was verdrievoudigd sinds hij was neergeschoten. Grace kon het niet zien aan de snit van zijn pak. Hij was net zo fit als altijd.

'Ik ga nooit tegen zwangere vrouwen in,' verkondigde Sean, grijnzend toen hij de tortillachips tevoorschijn haalde. 'Ze kan niet genoeg krijgen van avocado's. De baby gaat er groen uit komen.'

Grace pakte een chipje uit de hand van haar echtgenoot. Ze hunkerde er echt naar. Ze wilde overal avocado's op. Het meisje in haar buik hield ervan. Ze liet de smaak over haar tong gaan toen ze haar hand over haar uitpuilende buik legde. Sean bedekte haar hand met de zijne en drukte een kus op haar lippen. Ze was viereneenhalve maand zwanger. Om de een of andere reden wist ze zeker dat dit een meisje was.

'Kunnen zwangere vrouwen niet van koekjes houden?' Adam bietste toch een chipje en wat dip.

'Ik ben geen banketbakker.' Sean zei het alsof dat het ergste was wat iemand kon zijn. Sean was een verschrikkelijke voedselsnob geworden.

Grace was blij dat Sean en Adam weer vrienden waren. 'Ik zal vanavond wat chocolatechip koekjes maken. We hebben wat zoetigheid nodig. Die jongen daar zou me dag en nacht proteïne voeren.'

Sean haalde zijn schouders op. 'Oefening baart kunst.'

Adam slenterde weg, nadat hij van een gezonde portie chips met guacamole had genoten. Grace ging achterover zitten en genoot van het uitzicht terwijl haar man voorover boog om de rest van haar feestmaal uit te pakken. Verdomme, hij zag er lekker uit in een spijkerbroek. Hij zag er naakt nog beter uit. Het enige waar ze meer naar verlangde dan avocado's was haar Viking. Ze wilde net naar hem reiken en hem op zijn lekkere kont slaan toen Ian voorbij liep. Hij knikte naar haar toen hij naar zijn grote kantoor op de hoek liep. Hij stopte niet om met Sean te praten, maar de manier waarop hij naar zijn broer keek ontging haar niet. Ian miste hem, maar hij pushte niet.

Ze vond het leuk om de office manager van McKay-Taggart te zijn. Ze genoot er vooral van om tegen haar zwager in te gaan. Sean had vooruitgang geboekt. Hij sprak weer met Ian. Oh, hij was bijzonder kortaf, maar Grace had hoop.

Ze had niet de intentie om haar kindje geen kennis te laten maken met haar oom.

'Ik ga de soep opwarmen.' Sean kuste haar weer. Hij deed het vaak. Hij legde altijd zijn handen op haar. 'Nergens naartoe gaan.'

'Gaat niet gebeuren, liefje.'

Na een paar minuten kon ze het hemelse aroma van tortillasoep vanuit de kantine ruiken.

'Hallo?'

Grace keek op. Een prachtige vrouw in een groene trui en blauwe jeans staarde haar aan. Ze had een bos krullerig bruin haar en klemde een oversized handtas voor zich. Ze was mooi op een zachte, vrouwelijke manier. Ze had een zandloper figuur en grote groene ogen. 'Hoe kan ik u helpen?'

De vrouw, waarvan Grace schatte dat ze achterin de twintig, misschien vooraan in de dertig was, beet nerveus op haar lip. 'Ik moet een bodyguard inhuren. Mijn literaire agent raadde uw firma aan.'

'En waarom heeft u een bodyguard nodig?' Het was geen ongewoon verzoek, maar het was er ook zeker geen, dat ze kregen van mensen die zomaar even binnen kwamen wandelen. Sterker nog, er liepen zelden zomaar mensen naar binnen.

De vrouw lachte, maar het was een nerveus geluid. Haar ogen gingen verdrietig naar beneden. 'Ik weet dat dit vreemd gaat klinken, maar iemand probeert me te vermoorden.'

Het was iets verschrikkelijks om te horen, toch merkte Grace dat ze glimlachte. Ze wist precies hoe ze dit moest spelen. 'Oh, hemeltje. Daar kunnen we zeker mee helpen. En waarom één bodyguard nemen, als je er twee kan hebben?'

Sean kwam net terug uit de kantine toen ze een belletje naar Jake aan het plegen was. Ze had een voorgevoel hierover. Jakes ogen werden groot toen hij tevoorschijn kwam om de mooie Serena Brooks naar zijn kantoor te begeleiden.

'Koppelaarster,' beschuldigde Sean haar toen hij de kom voor haar neer zette.

Zijn blik was heet, toen ze ging zitten. Ze kende die blik. Ze ging zo iemands kantoor ingetrokken worden om een beetje te spelen. Haar zwangerschap had er helemaal niet voor gezorgd dat Sean het rustiger aan wilde doen. Hij was nog steeds haar hongerige Meester. Goddank.

'Je weet wat ze zeggen over pas getrouwde stellen. Ze kunnen het niet uitstaan als iemand niet zo gelukkig is als zij zijn.'

Hij knipoogde naar haar. 'Dan moeten Adam en Jake oppassen.'

Ja. Als ze net zo'n geluk hadden als zij en Sean, konden ze dat maar beter doen.